커플만세

커플 만세

초판 1쇄 찍은 날 § 2007년 7월 31일
초판 1쇄 펴낸 날 § 2007년 8월 11일

지은이 § 홍윤정
펴낸이 § 서경석

편집장 § 문혜영
편집책임 § 이종민
편집 § 한지윤

펴낸곳 § 도서출판 청어람
등록번호 § 제1081-1-89호
등록일자 § 1999. 5. 31
어람번호 § 제5-0155호

주소 § 경기도 부천시 원미구 심곡1동 350-1 남성B/D 3F (우) 420-011
전화 § 032-656-4452 팩스 § 032-656-4453
http://www.chungeoram.com
E-mail § eoram99@chollian.net

ISBN 978-89-251-0833-9 03810

홍윤정 지음

커플만세

도서출판
청람

*H*is Story─

〈서른셋의 백만장자CEO, 대한민국 최고의 독신남으로 뽑히다!〉

경제전문지, '이코노미 하이라이트' 최신호를 장식한 타이틀. 이 헤드라인만 보아도 알 수 있듯이 나는 한국 최고의 독신남이다. 서른셋이라는 젊은 나이에 연봉 백억 대를 넘나드는 대부호가 되었다는 사실이 입소문으로 알려지면서 자연스럽게 이름 붙여진 일종의 수식어다. 백만장자라는 수식어로도 알 수 있듯이 사람들은 내 돈에 관심이 많다. 실제로 사람들이 나를 처음 만났을 때 가장 자주 묻는 질문이 바로 돈에 관련된 것이다. 젊어 성공하게 된 비결이 뭐냐고, 어떻게 하면 그리 많은 돈을 벌 수 있느냐는 질문들이 대부분이다.

그럴 때면 난 늘 이렇게 말하곤 한다.

"돈이 돈을 버는 거죠."

사실이 그렇다. 내가 부자가 된 건, 필연적이었다. 우리 집안은 대대로 어마어마한 땅을 소유하고 있는 거부였고, 난 그 집안의 유일한 혈육이었기 때문에 어릴 때부터 난 내가 부자가 되리라는 걸 믿어 의심치 않았다. 또래 아이들이 커서 무엇이 될까를 고민할 때, 난 아버지로부터 물려받을 땅으로 어떤 사업을 할까를 구상했다.

돈을 많이 벌고 싶었다. 무엇을 하든 무슨 수를 쓰든, 난 많은 사람들이 나를 우러러보게 만들 수 있는 건 오로지 돈뿐이라고 생각했다. 어린 내가, 그것도 커가면서 부족함 하나 없이 매우 풍족하게 살아왔던 내가 그런 빈티지스러운 꿈을 꾸게 된 건 아마도 어머니의 영향 때문인 것 같다.

내 어머니는 한때 화류계를 주름잡기도 했던 세기적 미모의 소유자였다. 빚이 온천지에 깔린 집안에서 태어난 어머니. 그분이 가진 거라곤 반반한 얼굴과 거침없는 성격뿐이었다. 그러나 어머니는 그 단 두 가지만으로, 거의 팔려가다시피 억지로 발을 들여놓은 화류계에서 꿋꿋이 일어섰다. 그렇게 화류계의 대모가 되어 많은 돈을 거머쥔 어머니는, 우연찮게 부동산 투기에 손을 대기 시작했고, 얼마 지나지 않아 자신이 그쪽에 상당한 재능을 갖고 있다는 걸 깨닫게 된다. 그리고 본격적으로 뛰어든 부동산 사업. 몇 년 지나지 않아, 어머니는 엄청난 부를 축적할 수 있었다. 거대 투자 건을 잡기 위해 찾은 시골에서 자식 없이 혼자 사는 고집 세고 완고한 한 농부를 만날 때쯤, 어머니는 부동산계의 큰손으로 화려하게 부상하고 있었다.

어머니는 어릴 때부터 내게 돈의 중요성을 강조했었다. 자신을 드러내는 데에, 자신의 가치를 높이는 데에, 돈만한 것이 없다고 늘 말씀하셨다. 그리고 내가 일찍부터 재테크에 눈을 뜰 수 있도록 도와주기도 했다. 숫자를 깨우친 이후부터 줄곧 난 알게 모르게 어머니의 돈놀이 수완을 하나씩 배워왔었다. 지금의 내 수입, 수만 평의 땅, 그리고 건축업체 이사, 증권회사 상무, 투자금융 명예이사, 대형 쇼핑몰 대표이사, 리조트와 호텔 체인점 사장과 같은 수많은 직함을 갖게 된 건 결코 우연이 아니었다.

그래서인가? 난 돈 이외의 것은 아무것도 믿지 않는다. 사람도, 사랑도, 그 어떤 것도 믿지 않는다. 믿어서도 안 된다고 배웠다. 어린 나이에 일찍 아버지를 여의고 어머니의 방식대로 길러진 난 철저히 냉정한 사업가로 키워졌다. 아! 사업가라는 말은 취소. 사업가라기보다 장사꾼이란 말이 내겐 더 어울린다. 더 좋아하기도 하고.

아무튼 난 여자가 싫다. 지나치게 사치스럽고 지나치게 감정

적이다. 일시적이어야 함을 합의한 후에 관계를 맺어도 나중에
가서는 울며불며 매달리는 귀찮을뿐더러 비이성적인 존재가 바
로 여자다. 그래서 난 여자를 사귀지 않는다. 아니, 사귀지 않았
다. 사귈 필요성도 느끼지 못했고, 그럴 필요도 없다고 여겼었
다. 적어도 오늘 아침까지는 그리 생각하고 있었다.

눈을 뜬 순간, 온몸이 용광로를 뒤집어쓴 듯 펄펄 끓고 있다
는 걸 깨달은 바로 그 순간, 내 옆에 아무도 없다는 걸 깨달은
바로 그 순간이었다. 난생처음 결혼에 대해 진지하게 생각하게
되었다. 내겐 내 옆을 지켜줄 사람이 필요했다.

Her Story—

내게 이런 일이 벌어질 줄 난 꿈에도 생각 못했다. 아마도 이
사실을 아빠 엄마가 아시면 기절초풍하실 것이다. 동생 초연이
는 머리끄덩이를 잡고 질질 끌려와 빡빡 머리 밀고 방 안에 가
둬질 게 뻔하고—거짓말 조금 보탰다—, 난 아마 엄마의 핵폭탄
같은 두 주먹에 등짝이 남아나지 않을 것이다. 아버지 역시, '동
생이 철딱서니없는 짓을 골라 하면 언니인 네가 잘못을 바로잡
아 줘야지, 이 무슨 작당이냐!' 며 호통을 치실 게다.

하지만 나 역시 이 일이 좋아서 받아들인 건 아니다. 초연이
고 계집애가 치사하게 작년에 빌려준 이백만 원을 지금 당장 갚
으라며 마구 으름장을 놓지만 않았어도 절대 이런 복잡한 일에
끼어들진 않았을 거다. 아! 물론 작년에 내가 꾼 이백만 원, 잊

지 않고 있었다. 분명 떼어먹을 생각은 아니었고 언제든 갚을 예정이었다. 돈이 생기면.

하지만! 사실 말이야 바른 말이지, 조연이 그것이 까맣게 잊고 있었던 작년 사건까지 끄집어낸 건 음모와 술수, 정당하지 않은 방법이었다.

작년, 내가 엄마 아빠 몰래 퇴직금을 삥땅 쳐서 중고차를 지르고, 지르자마자 교통사고를 내 이백만 원이란 거금—적어도 내겐 거금이다—이 필요했을 때 돈 많은 초연인 선선히 내게 돈을 꿔주었고, 일 년이 지난 지금까지 갚으란 말을 하지 않고 있었다. 분명 초연은 처음부터 안 받을 생각을 하고 있었던 거였다. 뭐, 초연이가 좀 화통한가? 내 동생이라서 하는 말이 아니라 걘 남자로 태어났으면 정말 세상을 호령하고도 남았을 위인이다. 사실 지금도 호령 중이다. 인테리어계에서 윤초연, 하면 모르는 사람이 없을 정도로 걘 최고의 일꾼이다. 그렇게 대단한 윤초연이니 내게 이백만 원이란 돈도 척척 그냥 내준 것이고.

초연이는 내게 아주 중요한 존재다. 걘 엄마 아빠의 기대를 한 몸에 받고 태어난 장녀, 나 윤도연이 부모의 기대에 못 미쳐 비실거리고 있을 때 천재에 가까운 두뇌로 집안의 기대주로 떠올라 내 모든 부담감을 단번에 씻어준 고마운 존재다. 또, 사회에 적응을 못해 매번 회사에서 잘리고 지금껏 1년 2개월 동안 꾸준히 백수—남들이 보기엔 백수지만 내 딴엔 나름 뽀대 나는 직업이 있다. 그 이름도 찬란한 가수. 난 가게에서 피아노를 치며 노래를 하고 있다―로 지내온 내가 부모님으로부터 살아남을 수 있는 유일한 방패막이다.

"초연아! 네가 그렇게 매번 용돈도 챙겨주고 감싸주니까 네 언니가 저 모양 저 꼴인 거야. 언제까지 그럴 수 있을 거라고 생각하니? 저거 가만두면 정신 못 차린다. 응? 가수는 아무나 되는 거니? 지 나이를 생각해 보라고 그래."

이런 부모님의 잔소리와 모든 핍박을 늘 초연이가 막아준다. 용돈도 꽤 두둑이 챙겨주고. 거의 내겐 쪽방에 내리쬐는 햇살과 같은 존재였다. 초연이가 날 그렇게 이해해 주는 건 아마도 시인 지망생 감상파 애인이 있기 때문일 것이다. 꿈을 위해 열심히 뛰는 나 같은 사람이 초연이 주위에 있다는 게 얼마나 도움이 되는지.

아, 물론 스물일곱 살이라는 내 나이가 가수 데뷔하기엔 너무 많은 나이라는 거 알고 있다. 가수라는 직업은 평범한 나 같은 애에겐 뜬구름이나 다름이 없고, 빨리 포기하는 게 나의 미래를 위해서 좋은 일이라는 엄마 아빠의 말씀, 충분히 일리있는 말이고 또 수긍한다. 하지만 난 노래가 좋다. 노래하는 게 너무 좋고 앞으로도 계속 노래하며 살고 싶다. 가수는 내 영원한 꿈이다. 꿈을 이루기 위해 열심히 노력하는 건 나쁘지 않다고 본다. 뭐, 내가 백수로 놀면서 이런 꿈을 꾸는 게 문제라면 문제겠지만.

하여튼 난 초연이가 시키는 대로 그 일을 하지 않으면 안 되었다. 당장 이백만 원을 구할 길도 막막했지만 그때 일을 엄마 아빠께 고하겠다는 협박은 도저히 내가 감당할 수 없는 거였다. 엄마 아빠는 아직도 내 중고차가 퇴직금으로 마련한 것인지 모른다. 퇴직금은 고스란히 통장에 남아 있는 걸로 아신다. 게나가 그 교통사고 일이 알려지면 난 끝장이다. 엄마와 아빠, 지금도 내가 차를 몰고 다니면 안 된다고 늘 말씀을 하시곤 한다. 내칠칠치 못한 성격이 분명 사고를 내도 대형 사고를 낼 거라고 철석같이 믿고 계신다. 만약 이 일을 아시게 되면 난 집에서 내일터(카페)까지 버스를 타고 가야 할 판이다. 버스를 이용하는 건 문제가 안 되지만, 승용차로 가면 최고 한 시간이면 되는 거리를 두 시간이나 걸려 버스를 타고 가야 하니, 절대로 이 비밀이 알려지면 안 된다.

이야기가 삼천포로 빠졌다. 아무튼 난 그 작자의 맞선 상대자가 되어야만 했다. 사랑하는 남자가 있는 초연이를 대신해 난 윤초연 행세를 해야 했다. 다행히 초연이와 난 상당히 많이 닮았다. 나이도 딱 한 살 차이라서 그다지 티도 안 났다. 더욱이 상대자가 초연의 얼굴을 모른다고 하니 천행이었다.

모든 게 잘되어가는 듯했다. 직접 그 인간을 만나기 전까지는.

•제1장 운명의 맞선•

독신주의자 한석재가 갑자기 결혼을 결심하게 된 건 한 달 전, 잠에서 막 깬 아침이었다. 그날따라 몸이 말을 듣지 않았다. 드리워진 커튼 사이로 볕 줄기가 강렬하게 내리쬐는데도 온몸은 무기력하게 축 처진 상태였다. 무심결에 이마를 쓰니 손바닥에 흥건히 식은땀이 고여 나왔을 때야 비로소, 그는 자신이 심각하게 아프다는 걸 인지했다.

아프다, 그는 혼잣말을 중얼거렸다. 서른세 해를 살아오면서 특별히 아팠던 적이 없었던 자신이 아프다는 걸 석재는 받아들이기 힘들었다. 하지만 아픈 건 아픈 거였다. 몸을 일으키려고 갖은 애를 써봤지만 근육들이 말을 듣지 않았다. 온몸의 신경과

세포들이 비명을 지르는 듯 고통스러울 뿐이었다. 결국 서너 번의 시도 끝에 일어나기를 포기하고 석재는 침대에 드러누워 눈을 감았다. 그리고 곧 주위에 아무 소리도 들리지 않는다는 걸 깨달았다.

그의 옆에는 아무도 없었다.

마침 집에서 일을 해주던 아주머니가 시골에 계신 그의 어머니, 박 여사의 부름을 받아 내려간 게 이틀 전. 늘 그의 옆을 따라다니며 석재를 보필해 오던 개인 비서 겸 운전기사, 균도 휴가를 받아 괌으로 여행을 떠난 지 닷새째였다. 석재는 내일이면 균이 돌아온다는 걸 떠올려 봤다. 그러나 전혀 위로가 되지 않는다는 사실만 깨달았을 뿐, 소용없었다. 그는 지금 당장 누군가의 도움이 절실했다.

열이 펄펄 끓었고, 식은땀이 쭉쭉 나 시트는 곧 흥건해졌다. 등허리에서부터 팬티까지 죄다 젖어 기분이 몹시 찝찝했다. 몸살감기고 뭐고 당장 샤워를 하고 싶었지만 온몸이 결박을 당한 듯 꼼짝도 할 수가 없었다. 그 기분, 당해보지 않은 사람은 모른다. 주위에 아무도 없어 생긴 정적. 그게 여느 공포 영화보다도 더 섬뜩하다는 사실. 경험해 보지 않은 사람은 절대 모를 것이다. 이러다 죽어도 아무도 모를 거라는 생각과 함께 언젠가 들었음직한 뉴스 한 자락이 슥 그의 뇌리를 스쳐 지나갔다.

―오늘 오후 3시 30분. 30대 청년이 죽은 지 30일 만에 자신의 아파트 안에서 발견되었습니다. 평소 독신주의자에 의심이

많고 까다로운 성격으로 가까운 친구를 곁에 두지 않던 이 청년은 40도에 육박하는 고열에 시달리면서 괴로워하다가 질식사한 것으로 추정됩니다.

그리고 다시 그를 공포스럽게 감싸는 정적. 고열로 인해 정신을 잃으며 그는 생각했다. 결혼을 해야겠다고.

단순히 혼자 살기 싫어서, 혼자 죽어 시체가 썩어나가도 모르면 어떡하나, 하는 공포심에 결심한 결혼은 균이 여행을 다녀온 직후 추진이 되었다.

균은 즉각 작전에 돌입했다. 이성 간의 관계에 늘 회의적으로 일관했던 석재가 드디어 결혼을 결심했다는 사실에 균은 잔뜩 고무되어 석재가 그 결심을 뒤집어엎을까 봐, 혹여 생각을 바꿀까 걱정되어 후다닥 일을 처리해 나아갔다. 일은 쉬웠다. 그저 입 싼 몇몇 상류층 앵무새들에게 '한석재가 신붓감을 찾고 있다'라는 정보를 살짝 흘리기만 하면 됐다.

소문은 삽시간에 퍼져 채 삼 일이 되지 않아 석재는 자신의 딸을 대한민국 최고의 신랑감과 짝 지우기 위한 부모들에 시달리게 되었다. 그 부모를 보면 자식을 안다고, 석재는 그 제안들을 적당히 거절하고 적당히 미루고 적당히 탐색하며 삼 주를 버텼다. 그리고 바로 일주일 전, 평소 골프클럽에서 자주 만나 안면이 있던 윤 사장의 제의를 심사숙고하기에 이르렀다.

연합물산의 윤재규 사장은 대한민국에서 내로라하는 무역회사를 혼자의 힘으로 일궈낸 뚝심있는 사업가였다. 지금은 자금

난에 시달리고 있다고는 하나 대외적으로 높은 신용도를 자랑하는 연합물산은 여전히 대한민국 최고의 무역회사였다. 석재는 타고난 심성이 정적이고 소탈한 데다가 사업가답지 않게 정직하고 사욕이 없는 윤 사장이 개인적으로 마음에 들었다. 그의 딸을 만나기로 결심한 것도 그렇게 평소 이미지가 좋았던 윤 사장의 제의였기 때문이다. 자신을 돈줄로 생각하고 껄떡거리듯 자신의 딸을 들이미는 하이에나들과 윤재규는 질적으로 다른 뭔가가 있었다.

균이 조사해 본 바에 의하면, 윤재규의 차녀 윤초연은 스물여섯의 인테리어 디자이너였다. K대 건축디자인과 졸업했고 현재 최고의 주가를 자랑하는 'B&F 건축사무소'에서 근무하고 있었다. 겉으로 드러난 조건들로만 보았을 때, 윤초연은 석재가 생각하는 아내감으로 안성맞춤이었다. 머리 빈 명품족과는 달리 윤초연은 자기 캐리어가 확실했고, 능력도 인정받은 인텔리였다. 적어도 그의 돈에 안달해 간 쓸개 다 빼놓고 자존심까지 팔아넘길 속물 같진 않았다. 거기다 이력에서 풍기는 세련되고 쿨한 느낌은 필요에 의해 결혼을 결심한 자신에게 안성맞춤이라고 여겨졌다.

너무 오랫동안 혼자였던 터라, 귀찮은 건 딱 질색이었다. 결혼은 하고 싶으나 가정과 여자에 메이거나 방해받을 생각은 전혀 없는 게, 석재의 기분이었다. 그래서 그는 확실한 자기의 커리어를 가지고 사회 생활에 몰두하는 독립적이고 주체적인 타

입의 아내를 원했다. 윤초연은 그런 석재의 바람에 완벽히 부합
되는 인물이라 여겨졌다. 물론 서류상으로는.

지금, 실제로 그녀를 만나고 있는 석재는 완벽한 계산가인 자
신이 실수라는 걸 할 수도 있다는 사실에 당혹스러워하고 있었
다. 실제 대면한 윤초연은 전혀 세련되고 쿨하지 않았다.

"어? 이거 스윗박스 곡이랑 비슷하지 않아요?"

그들이 마주하고 앉아 있는 호텔 커피숍에는 바흐의 'G선상
의 아리아'가 고고히 흐르고 있었다. 윤초연은 바흐의 원곡은
전혀 들어본 적이 없는 듯 이 곡을 샘플링한 팝그룹 이야기에
열을 올렸다.

"표절했네. 어우, 이거 너무한 거 아닌가? 너무 똑같다. 요즘
처럼 저작권에 민감한 때에 이렇게 완벽하게 카피한 곡이 버젓
이 판을 치다니 간이 부었네요, 우어!"

석재는 눈살을 찌푸리며 윤초연을 빤히 바라보았다. 화장기
가 거의 없는 맨얼굴에 립글로스만 살짝 바른 여자는 사진에서
보았던 이미지보다 훨씬 더 청초했다. 화장으로 덧발라져 인조
냄새 잔뜩 나는 않은 투명함이 아닌 자연 그대로의 투명한 피부
가 유난히 색정적이었다. 지금까진 적당히 선탠된 피부를 건강
하고 섹시하다고 느꼈던 석재로선 자신이 그런 생각을 했다는
것에 대해 약간 당황하기까지 했다.

"그렇게 생각하지 않아요?"

입 안에 음식을 머금고 윤초연이 물었다. 밥알이 살짝 입술

밖으로 흘러나오다 슈웁, 소리와 함께 다시 제자리로 쑥 들어갔다. 조심성 제로, 품격 바닥. 사업가의 냉정한 눈으로 석재는 평가했다. 바흐의 원곡에 관한 이야긴 써내지 않고 석재는 한쪽 입술 끝을 살짝 끌어 올리며 피식 웃었다.

"지적 재산을 함부로 카피하는 건 불법이죠."

상대는 그러지 않을지언정 그는 늘 매너를 지키는 편이었다. 자로 잰 듯 정확한 각도로 고개를 끄덕이며 석재는 물 한 모금으로 입술을 축였다. 윤초연의 반응을 지켜볼 심사였다. 아무리 봐도 윤초연은 이상했다.

"건축물도 그렇거든요. 내가 분명히 썼던 디자인인데 다른 사람이 그걸 살짝 변형해서 쓰면 진짜 기분 나빠요. 다른 사람은 몰라도 본인은 알거든요. 그걸 디자인한 당사자는 아무리 변형된 디자인이라도 금세 알아봐요. 그 기분, 아시죠?"

"네."

짧게 답하며 석재는 들고 있던 컵을 테이블에 내려놓았다. 자신이 생각해도 너무 짧은 답변이라는 생각과 함께 석재는 맞은편에 앉은 털털한 모습의 여자를 물끄러미 바라보며 유심히 관찰했다.

윤초연은 뭐라 결론내리기 힘든 애매한 타입의 여자였다. 평소에 그가 주로 기분 전환으로 만났던 일회용 연인들과도 달랐고, 자신들이 무슨 귀족쯤 되는 줄 아는 명품공주들과도 달랐다. 뭘 좀 아는 여자인 줄 알았는데 그것도 아니고. 그렇다고 자신의 잇속을 잘 챙길 것 같아 보이지도 않았다. 눈매나 말투 따위에 배어나는 천성이 교활하거나 이기적이진 않은 듯했다. 그런 과(科)의 여자였다면 이렇게 꾸미지 않은 모습으로 나타날 수는 없을 듯.

맨얼굴에 아무렇게나 틀어 올린 머리, 작업하다 곧장 나온 듯 힙합 스타일의 통 큰 바지와 스니커즈, 커다란 입술이 캐리커처식으로 과장되게 프린트된 면셔츠와 그 위에 덧입은 검은색 면재킷. 재킷에는 아메리카 웨스턴 스타일의 술들이 주렁주렁 달려 있었다. 확실히 맞선을 보기 위해 나온 옷차림은 아니다. 맞선을 보러 나오면서 옷차림에 신경을 쓰지 않은 것 같은 이런 인상은 상대에게 실례다. 경우에 따라선 상대가 기분 나쁘게 받아들일 수도 있는 일이다. 물론 석재는 여자가 너무 바빠, 일하던 도중에 나오느라 부득이하게 옷을 갈아입지 못한 모양이라 대수롭지 않게 넘겼다.

하지만 시간이 흘러감에 따라, 꼭 그렇지만도 않은 것 같다는 생각이 들고 있는 참이다. 이 여잔 다른 여자들이 그러하듯 그의 앞에서 조심스러워하지도 않고, 잘 보이려고 애쓰지도 않았다. 무려 맞선이나 보는 자리인데도 불구하고 전혀. 한석재만큼 대단한 신랑감을 붙잡기 위해 아무런 노력도 하지 않았다. 오히려 이 자리에서 빨리 벗어나려는 듯 휴대전화의 시간을 자꾸만 확인하고 있었다.

이 시점에서 석재는 궁금해졌다. 윤초연의 속셈이 뭔지, 원하는 게 뭔지.

"그런데 한석재 씨는 정말 애인이 없으세요?"

눈썹을 가운데로 모으며 생각에 빠져 있는 그에게 윤조연은 이 만남이 시작된 이후 처음으로 개인적인 질문을 던졌다.

"나이도 어리지 않으신 분이 애인이 아직 없다는 건 좀……. 조건도 좋은 편이잖아요. 외모도 그 정도면…… 큼! 빠지지도 않고요."

말해놓고도 머쓱한지 윤초연은 살짝 혀를 내밀고 양쪽 눈을 찔끔 감았다 떴다. 살짝 고개를 아래로 내리깔며 한 행동을 석재의 예리한 눈빛은 놓치지 않았다. 말은 그리했지만 사실 그녀도 한석재의 가치를 살짝 끌어내렸음을 인정한 것이었다. '그 정도면 좋은' 조건, '빠지지 않는' 외모라고 표현하기에는 그가 너무 거물급임을 그녀도 알고 있는 거였다.

그의 조건은 대한민국에서 가히 최상급이고 외모는 타의 추종을 불허할 정도로 수려했다. 테니스광인 그는 늘 구릿빛 피부와 건강한 혈색, 건장한 몸을 가지고 있었다. 최근엔 헬스 전문 잡지에서 그를 취재해 갔을 정도였다. 그뿐 아니라 그는 외모적으로도 대단히 잘난 남자였다. 조심성, 과묵한 성격과 더불어 아버지로부터 물려받은 골격과 짙은 눈썹, 부리부리한 눈, 곧은 일자 입매에 어머니의 색스러운 분위기가 묘하게 뒤섞인 석재에게 여자들은 쉽사리 빠져들었다.

석재는 윤초연이 일부러 그런 그를 비꼰 것이라고 확신했다.

왜인지, 어떤 근거에서 그런 생각이 들었냐고 묻는다면 할 말이 없었다. 그는 그저 본능적으로 그렇게 확신하고 있었다.

"애인이 있으면서 이 자리에 나왔다면, 제가 나쁜 놈이 되지 않겠습니까?"

"그렇긴 하죠."

순순히 인정하는 윤초연은 그러나 떨떠름한 표정이었다. 살짝 미소를 짓긴 했지만 단지 예의 차원의 짧은 웃음일 뿐이었다. 그를 나쁜 남자라고 생각하고 있었던 건가? 왠지 비밀스럽게 느껴지는 그녀의 미소가 석재는 불안하고 기분 상했다.

"그래도 이렇게 맞선까지 나올 정도는 아닐 것 같은데요. 사귀는 사람이 진짜로 없으세요?"

"없습니다."

기분 상한 참에 석재는 딱 잘라 말했다.

"에이, 아닌 것 같은데요. 솔직히 말하셔도 돼요. 저 그런 것 별로 개의치 않아요. 한석재 씨 정도면 당연히 여자가 많겠죠. 저도 대충은 짐작하고 있었어요."

"뭘 짐작하고 있다는 말입니까?"

"결혼도 일종에 사업이잖아요. 살아보고 결정할 수도 없는 문젠데, 선택에 있어서 신중해야 하지 않겠어요? 평생을 같이할 사람을 대충 고를 순 없죠. 많은 사람을 만나보고 내게 가장 어울리고 적합하다고 판단되는 사람을 골라야 한다는 건, 누구나 다 같은 생각일 거예요. 저 역시 그렇고요."

윤초연, 푼수 같기만 한 줄 알았더니 똑 부러지게 자신의 의사를 표현할 줄도 안다. 뭔가 부자연스럽고 언밸런스한 분위기로 그로 하여금 의심토록 만들었던 윤초연이 이제야 정상적으로 보이기 시작했다. 발동하기 시작하는 의심이란 놈을 즉시 무장 해제시키며 석재는 살짝 입술 끝을 끌어 올리고 핏 웃었다. 하긴, 천하의 한석재와의 맞선인데 어떤 여자가 일부러 나쁜 이미지를 심어주려 하겠는가? 어쩌면 윤초연은 취향이 독특한 괴짜일 수도 있다. 치렁치렁 옷 취향도, 상대방 입장을 고려하지 않는 듯 거침없는 말투도. 그것이라면 문제될 것 없었다. 어차피 결혼이란 의식에 그가 부여하는 의미는 단지 결혼, 그 자체이기 때문에.

결혼을 하기 위한 결혼이다. 그런 그에게 필요한 여자는 여자가 아니라 아내다. 자신의 옆 자리를 지키는 아내. 사랑이나 여타의 질척한 감정들은 될 수 있으면 배제하고 싶은 게 현재 그의 마음이다. 그런 의미에서 이 여자, 초연이 말하는 '결혼도 사업'이라는 말에 그는 어느 정도 동감하고 있었다.

"한석재 씨도 마찬가지 아닌가요? 주위에 많은 여자들이 있지만 안정적인 결혼 상대자를 고르기 위해 맞선을 보신 거겠죠."

한마디로 '연애 따로, 결혼 따로' 이 말이랍니다, 백만장자 씨. 아주 밥맛없는 남자라고 생각합니다만. 도연은 속으로 빈정거리며 한석재의 반응을 지켜보았다. 그는 시종 차분한 눈동자,

무미건조한 말투로 일관하고 있었다.

"주위에 많은 여자들이 있는 건 아니지만, 안정적인 결혼 상대자를 고르기 위해 맞선을 보는 건 맞습니다."

역시. 재수없을 정도로 차분하고 냉정하게 대답한다. 한 치의 흔들림도 없는 느긋함과 침착함에 짜증이 일 정도였다.

'괜히 나왔어, 괜히.'

후회가 막급이었다. 찌질하지만 친구들에게 여기저기 동냥질해 어떻게든 이백만 원을 만들어내 동생 코앞에 들이미는 건데 잘못했다는 생각이었다. 솔직히 동생 초연의 제안—협박에 가까운—을 받아들였을 때는, 한석재에 대한 호기심이 많은 영향을 미쳤다.

한석재는 언론에 자주 등장하는 재벌 중의 재벌이고, 잡지에서 잠깐 보았던 사진으로 봐선 꽤 미남이었기 때문이다. 비록 얼마 안 되는 시간이라도 나름 즐거운 시간을 보낼 수 있으리라 도연은 기대했다. 하지만 결론은 영 꽝. 재미없었다. 남자는 천성인 듯 건조한 말투에 지독한 포커페이스였다. 아, 즐거운 곳이 한 군데 있긴 하다. 눈. 한석재는 들어왔던 소문 그대로, 봐왔던 사진 모습 그대로다. 훤칠한 키에 건장한 몸, 굉장히 잘생긴 얼굴. 저 얼굴에 미소만 걸려 있어도 훨씬 나을 텐데 아깝다.

게다가 한석재는 끔찍할 정도로 반응이 없는 남자였다. 뭘 물어봐도 사무적인 말투로 모범 답안지 같은 대답만 해서 대화하는 데에 어려움이 많았다. 웃지도 않고, 묻지도 않고, 대답마저 아끼니, 푼수짓을 마음껏 할 수도 없었다. 남자가 고단수인지, 원래 이런 사람인지. 아무튼 시간이 갈수록 도연은 점점 더 초조해져 가고 있었다. '교양머리없고, 싸가지없고, 발라당 까진' 여자 행세를 해서 이 남자를 질리게 해야 하는 것이 자신의 임무임을 떠올리며 도연은 큼큼, 목소리를 가다듬었다.

"전 결혼을 해도 일은 계속할 거예요. 집에만 붙어 있으면서 남편만 눈 빠지게 기다리는 여자들 보면 솔직히 좀 그렇거든요. 자아가 없는 여자들 같아요. 아니, 왜 자신의 인생을 남편과 가정, 애들한테 헌납해요? 그런 희생은 바보 같은 짓이라고 생각해요. 물론 남자들은 가정에 헌신하는 여자를 원하는 것 같지만요."

특히나 만 원짜리 지폐를 화장지로 쓸 정도로 부자인 남자는 더더욱 그럴 것이다. 아내가 돈을 벌기보다는 집안에 들어앉아 얌전히 살림만 해주길 원하지 않을까? 보통의 재벌 부인들이 그렇다는 걸 떠올리며 도연은 슬쩍 그가 옆구리를 찔렀다. 아니나 다를까, 도연의 예상대로 꿈틀, 그의 눈썹을 움직였다. 속이 뒤틀렸다는 뜻으로 해석하며 도연은 쾌재를 불렀다. 물론 한석재가 눈썹을 꿈틀 움직이며 도연을 '아내감으로 나쁘지 않은 여자'라고 생각했다는 사실을 알았다면 절대 그렇게 좋아하지 않았겠지만. 포커페이스의 얼굴에서 아무것도 짐작해 내지 못한 도연은 더욱 밀어붙이면 승산이 있을 거라는 착각과 함께 계속 말을 이어갔다.

"사실 남자들…… 말로는 맞벌이할 수 있는 여자를 원한다고 하지만, 실상은 그 반대잖아요. 현실적으로 불가능하니까 맞벌이 부부를 원하는 거죠. 결혼하기 전엔 가사 분담이니 뭐니 해서 걱정 마라고 안심시켜 놓고, 결혼하고 나서 안면 싹 바꾸는 남자들이 괜히 그런 게 아니라는 거예요. 그래서 맞벌이하면서 가사일도 너끈히, 아이 육아 문제도 척척 해내고, 시부모님한테도 백 점짜리 며느리가 되길 바란다는 것 자체가 이기적이고 야비하다고 봐요. 여자들도 한 인간이잖아요. 자신만의 인생을 개척해 나가고, 그러면서 꿈을 이루고 목표를 성취하는 거, 당연하지 않나요? 인간으로서 그런 기쁨을 누릴 자격 있어요. 하지만 알다시피 현실적으로 그건 남편의 도움없인 불가능하죠. 그래서 전……."

이쯤 되면, 이 남자도 짜증이 솟구칠 듯. 바흐를 양심없는 표절 음악가로 만들었을 때도 상대가 눈치 채지 못하도록 살짝, 아주 살짝 눈살을 찌푸렸을 뿐 별다른 반응을 보이지 않았던 한석재의 표정이 벌써부터 오묘하게 변하고 있다. 아마 귀찮은 페미니스트를 만났다고 속으로 성질을 내고 있겠지? 한석재가 '이 여자라면 서로의 일에 최선을 다하며 친구 같은 관계를 유지할 수 있는 아내가 될 수 있겠다'고 생각하며 내심 만족하고 있을 줄은 꿈에도 모르고 도연은 마지막 한 방을 준비했다.

"결혼하고도 애는 되도록 안 낳을 작정이에요. 시부모님과도 따로 떨어져 지내고 싶고요."

오예! 이제 딱지는 따놓은 당상! 도연은 회심의 미소를 지었다. 이 정도면 제아무리 신사적이고 예의 바른 사람도 참아주기 힘들 테다. 돈 많은 사람들 대부분 마초적인 성향이 다분하고 여자를 인생의 동반자가 아닌 하녀쯤으로 여긴다는 보편적 사회적 편견을 갖고 있던 도연은 스스로 자신이 내놓은 계책이 만족스러웠다.

'우하하! 자, 이제 제대로 된 직격탄 하나 날려주시면 끝.'

도연은 그가 뭐라 대꾸하기 전에 재빨리 가방에서 미리 준비해 둔 담배를 꺼내었다.

"피워도 되죠?"

그는 무뚝뚝한 성격답게 살짝 보일 듯 말듯 고개를 숙여 대답을 대신했다. 그의 표정을 살피지 않아도 대충 어떤 모습일지 알 것 같았다. 좋다, 좋아! 가는 거야! 생각해 보면 참 한심한 짓—백만장자한테 퇴짜맞는 짓이 솔직히 신나할 일은 아니다—을 하면서 괜히 뻘 받아 신나게 gogo를 외치며 도연은 피울 줄도 모르는 담배를 입에 척 꼬나물고 플라스틱 라이터를 집어 들었다.

그때다. 그가 천천히 입을 열었다.

"그 문제에 있어서는 저와 의견이 비슷하군요. 저 역시 아이는 굳이 낳지 않아도 좋다는 주의입니다. 어머님이 한 분 계시지만 함께 살고 있지 않고요. 결혼해서도 따로 살 겁니다."

헉! 뭐, 뭐, 뭐시라? 도연은 제 귀를 의심하며 휘둥그레 두 눈을 치떴다. 그사이 라이터 불이 켜지고 그 불꽃이 담배 끄트머리를 태웠다.

"저 역시 아내를 집안에 묶어두고 꿈을 죽이며 가정에만 얽매이도록 만들고 싶진 않아요. 세계 인구의 절반을 차지하는 여성의 능력을 썩히는 건 국가적으로도 손해죠. 윤초연 씨는 현재 디자이너로서 최고의 능력을 인정받고 있는 걸로 압니다. 그런 분이라면 당연히 일을 계속해야겠죠."

전혀 예상치 않은 대답에 흡, 도연은 숨을 들이쉬었다. 콜록콜록. 기관지로 쳐들어오는 담배 연기로 인해 도연은 거친 기침을 토해내기 시작했다. 생전 처음 들이마시는 담배 연기에 기침은 쉽사리 멈춰지지 않았다. 이렇게 매울 거라고는 상상도 못해본 도연은 손가락에 끼워진 담배를 노려보며 연방 콜록거렸다.

계획했던 일이 틀어졌다는 걸 깨달은 건 한참 후. 그가 건네준 따뜻한 물 한 잔으로 목을 축이고 깊은 호흡을 들쑥날쑥 해대어 점점 기침이 잦아지고 있을 무렵이었다. 아무 대꾸도 하지 않고 물끄러미 그녀의 하는 양을 지켜보고 있던 한석재가 무덤덤한 특유의 어조로 중얼거렸다.

"담배는 몸에 해롭습니다. 이제 배우려는 모양인데, 웬만하면 안 배우는 게 좋아요."

힉! 들켰다. 하긴 그 난리부르스를 치며 기침을 해댔는데 어떤 사람이 그녀를 두고 담배 잘 피우는 여자라 보겠는가? 이미 도연의 '비호감 여자 되기' 프로젝트는 물 건너간 거나 다름이 없었다. 아! 젠장. 차라리 시도하지 말 걸. 애를 안 낳겠다는 둥,

시부모를 안 모시겠다는 둥의 말도 하지 말걸. 괜히 말했다가 이게 뭐냐고. 아무것도 하지 않는 게 상책인지도 몰랐다. 어차피 이 매력적인 백만장자가 그녀를 좋아할 리는 없으니까 말이다. 아무리 초연의 화려한 경력과 닮은 얼굴을 가지고 앉아 있어도 절대 초연스러워질 수는 없는 거 아니겠는가? 그녀는 윤도연이다. 가수 지망생, 카페에서 하루에 두 시간짜리 알바 뛰고 있는 백조, 윤도연.

'하지만 누가 알았겠냐고, 이 남자가 애도 안 낳고 부모도 안 모실 거라고 말할 줄.'

이런 남자는 생전에 처음 본다. 정말 강적이지. 정이 안 간다, 정이. 도연은 부르르 몸을 떨며 흘러내려 헝클어진 머리카락을 쓸어 넘겼다.

"……그건 그렇고 아버지와는……? 이 맞선, 제 아버지가 직접 다리를 놓으신 거 맞죠?"

"윤 사장님과는 사업 쪽보다는 골프클럽에서 안면을 텄죠. 지금은 사업 쪽과 관련해 약간의 일을 봐주고는 있지만 깊이 관여하고 있지는 않습니다. 좋은 분이시죠. 화통하시고 뒤끝없으시고. 무엇보다 욕심이 없으셔요. 너무 정직하셔서 손해를 많이 보십니다."

도연의 표정이 부드러워졌다. 코너에 몰려 상황을 어물쩍 모면해 보려고 꺼낸 아버지 얘기지만 의외의 칭찬을 들으니 기분이 좋아졌다. 컬컬했던 식도의 고통도 점차 나아지는 것 같았다. 물을 한 모금 더 마시며 도연은 고개를 끄덕거렸다.

"그건 그렇죠."

선비 타입이라고 해야 하나? 윤 사장은 도연이 봐도 사업가 체질은 아니었다. 융통성이 없어서 너무 정직하고 너무 곧이곧 대로다. 하지만 정직과 신용으로 몇 십 년을 한결같이 거래하니 주변 사람들도 점점 알아봐 주고 덕분에 사업도 번창하게 되었다. 다른 건 몰라도 아버지의 그 점은 도연도 자랑스럽게 생각했다.

"솔직히 말씀드리자면, 초연 씨를 만나보려고 생각했던 건 모두 윤 사장님 때문이었습니다. 윤 사장님의 인품이라면 따님 역시 심성이 모나지 않은 사람일 거라고 생각했습니다. 제 판단이 틀리진 않은 것 같은데요. 물론 예상 못한 면이 있으셔서 조금 놀랐지만요."

헥! 그, 그, 그……! 갑자기 안면에 시뻘건 피가 몰려왔다. 지금까지 자신이 했던 행동들이 하나씩 떠오르면서 창피해지기 시작한 것이다. 퇴짜를 받기 위해 한 행동들이 아버지의 인품에 먹칠한 것일 수도 있다는 생각은 전혀 해보지 않았었다. 아! 이런 세상에. 쥐구멍이 있으면 들어가고 싶었다.

"음, 제가 좀…… 돌연변이 기질이 있어요."

아직까지 칼칼한 목구멍으로 괴물스런 목소리가 흘러나왔다. 윽! 이건 정말 아니다. 윤 사장이 이 담배 사건을 알게 되는 날에는 그날부로 끽이었다. 잔뜩 주눅 든 그녀의 얼굴을 내려다보며 한석재는 피식 짧게 미소 지었다. 미소를 지었는지 말았는지, 구분할 수 없을 정도로 짧은 미소였으나 아무튼 웃은 건 맞았다.

'무슨 의미로 웃은 걸까? 저 웃음의 의미가 뭐야?'

도연의 머릿속 돌이 달그락달그락 미친 듯이 굴러가기 시작했다. 어떻게 하면 아버지의 사회적, 인간적 명예를 건드리지 않으면서 남자의 퇴짜를 유도할 수 있을지 궁리하고 또 궁리했다. 하지만 이미 그녀가 저지른 많은 일들이 윤 사장의 명예를 건드렸다. 바흐의 표절 발언이나 밥풀 튀기며 말하는 식사 예절은 차치하고, 시부모 안 모시겠다는 등의 못 배운 발언이나 담배는 윤 사장의 평소 교육 방침을 많이도 거스른 거였다. 어떻게 하지? 이제 어떻게 둘러대야 하지?

"이 집 음식 꽤 맛있네요."

크흡! 신음을 속으로 삭히며 도연은 고개를 푹 수그렸다. 머리로 열심히 생각하고 또 생각했지만 결국 할 수 있는 건, 아무것도 안 하는 거였다. 더 이상 뭘 하려고 시도한다면 점점 더 어긋나게 될 공산이 크다고 결론을 내린 도연은 그저 식탁에 코를 박고 얌전히 밥만 축내기로 했다.

다음 삼십 분은 어떻게 흘러갔는지 알 수가 없었다. 그냥 그가 띄엄띄엄 건네는 질문에 아무렇게 생각나는 대로 대충 대답해 버리고 그녀는 시간이 빨리 흘러가기만을 고대했다. 이런 불성실한 태도도 상대방에겐 불쾌감을 줄 수 있을 거라 스스로를 위로하면서 말이다. 대략 삼십 분 후, 도연은 엉덩이를 들썩이며 전화기의 디지털 시계를 기울여 시간을 확인했다.

"어? 이제 전 일어나야겠는데요. 약속이 잡혀 있어서요."

매우 불성실한 어투로 도연은 중얼거렸다. 그의 얼굴을 외면한 채였다. 삼십 분 동안 줄곧 그녀는 백만장자의 시선을 피하고 있었다. 얼굴이 따가웠지만 엄청난 인내심으로 참고 또 참았다. 그래, 이 편이 더 좋은 효과를 낼지도 몰랐다. 처음부터 이렇게 했더라면 백만장자는 벌써 자리를 떴을지도.

'아니야, 저 사람도 나름 강적이잖아. 아마도 끝까지 참고 있었겠지.'

시종일관 차분하고 느긋하면서도 긴장을 늦추지 않는 태도로 보아 아마도 이 사람은 평생 흥분이라는 걸 모르고 살 사람 같았다. 화내고 짜증내는 것 자체가 귀찮아서 꾹 참는 그녀와는 좀 차원이 다른 인내다. 놀라운 사람이다, 아무튼.

"일이 바쁘신 모양이죠?"

"아, 좀."

그는 그녀가 일 때문에 일어나려는 줄 아는 모양이다. 틀린 말은 아니다. 오늘 카페 공연이 있으니. 남들 눈엔 장난으로 보일지 모르지만 그녀에겐 그게 생계가 달린 '일'이었다.

"바쁘신 분을 오래 붙들었군요. 오늘은 그만 일어나죠."

"네. 그래요."

하고 벌떡 일어나려던 도연은 순간 또다시 얼어붙었다. 오늘은 그만 일어나죠? 오늘은? 이건 내일도 있다는 뜻 아니야? 설마 다시 만나려는 건 아니겠지?

'에이, 아니야. 예의상 한 말이겠지. 아빠랑 안면도 있는데, 차마 본인한테 대놓고 거절할 수 없어서 그냥 한 말일 거야. 암.'

제멋대로 해석해 놓고 도연은 턱— 마음을 놓았다. 적어도 얼굴 마주 대한 상태에서 거절당하는, 쪽 팔리는 일은 겪지 않아도 되니 얼마나 다행인가. 그것까지 대비해 마음 준비 단단히 했던 도연은 걱정 한시름 놓이는 기분이었다. 한석재 이 사람, 부자라 거만 떨고 오만불손 짜증나게 할 줄 알았는데, 살짝 목에 깁스한 듯한 느낌만 빼면 나름 괜찮은 사람 같다. 적어도 신사도라는 걸 아는 사람이니 이 정도면 뭐, 70점은 되지 않을까? 그래 봤자 그림의 떡이지만.

"목적지가 어디신가요?"

"예?"

괜한 생각에 빠져 있던 도연은 돌연 질문해 오는 상대방을 멍하게 올려다보며 반문했다.

"태워다 드리겠습니다."

"아, 아뇨. 괜찮은데요."

"목적지까지 태워다 드리겠습니다."

"저, 차 가져왔어요."

그놈의 웬수 같은 차 때문에 여기까지 나온 거랍니다, 백만장자 나리.

"아…… 그러셨군요."

왠지 아쉬워하는 듯한 저 목소리. 설마! 그녀와 헤어지는 걸 아쉬워할라고. 아쉬워하는 척하는 거겠지. 나름 매너맨이잖아. 끝까지 매너 지키려고 노력하는 모습이 눈물겹다. 당신을 매너 킹으로 명명하겠소, 한석재 씨.

"다음엔 제가 차를 놔두고 와야겠군요."

"예?"

"함께 저녁 먹고 따로따로 귀가하는 거, 별로거든요."

이건 또 어떻게 받아들여야 해? 이 사람 설마 애프터 신청하는 거야? 뭐든 한 박자 느린 도연이지만 이 부분은 확실히 다음을 기약하는 거였다. 다시 만나고 싶다는 말.

"아, 예……."

다시 잔뜩 긴장한 채로 도연은 자리에서 일어났다. 뒤늦게 일어선 미스터 백만장자는 어느새 도연의 곁으로 다가와 의자를 빼주며 에스코트할 준비를 하고 있었다. 기뻐해야 하는 건지, 싫다며 짜증을 부려야 하는 건지. 도연은 어떻게 반응해야 할지 몰라 잠시 머뭇거렸다. 괜찮다고 말하면서 거부감을 표출해 줘야 할 타이밍인데, 그래야 완전히 이 맞선이 파투날 수 있는데. 도연은 이 남자의 속뜻이 대체 뭘까 자꾸만 궁금해 상황에 집중이 되지 않았다.

"가죠."

집중해, 집중! 어떻게든 이 남자의 애프터는 막아야 해! 절대로 이 남자가 애프터를 하도록 놔두면 안 된다고. 초연이 직접 이 자리에 나서지 않은 건 남자 친구에 대한 의리 때문이기도 했지만, 도언이 대한민국 최고의 독신남이라는 타이틀을 가진 이 백만장자의 애프터를 받아올 리 없다고 여겼기 때문이질 않나. 푼수짓, 푼수짓을 해! 푼수짓을 해야 해!

푼수짓을 해야 한다는, 아니, 무슨 짓이든 해서 이 남자를 질리게 해야 한다는 강박관념에 사로잡혀 미친 듯이 머리를 굴리다가 문득 정신을 차린 도언은 소스라치게 놀랐다. 아, 글쎄 어느새 자신이 그의 에스코트를 받으며 호텔 커피숍을 나와 있질 않은가.

"전화하겠습니다."

도언이 흰색 중고 소형차에 올라타는 모습을 지켜보며 그가 말했다. 희미한 미소를 입가에 띠고 있었다. 검은색 정장과 푸른빛 넥타이, 회색의 긴 코트를 차려입은 한석재는 누가 봐도 혹할 만큼 멋졌다. 앉아 있을 땐 잘 못 느꼈는데, 일어서니 굉장한 양복 발을 갖고 있는 사람이다 싶었다. 평소 도언의 이상형이었던 피어스 브로스넌만큼이나. 아! 멋지다.

도언은 울렁거리는 가슴을 진정시키며 그를 향해 꺾었던 고개를 휙, 되돌렸다. 운전대에 손을 올리고 차를 출발시키며 그녀는 여전히 이쪽을 보며 서 있는 한석재를 외면했다. 그가 동생의 맞선 상대라는 걸, 백수 윤도연과는 전혀 어울리지 않는 남자라는 걸 열심히 상기시키며 도연은 제법 빠른 속도로 호텔 주차장을 빠져나갔다.

✳

"뭐라고?"

초연은 먹물만큼이나 까만 원두 액이 넘실거리는 머그잔을 탁, 둥근 원목테이블 위에 내려놓으며 물었다. 그리곤 우뚝 선 채로 철딱서니라곤 눈곱만큼도 찾아볼 수 없는 언니를 빤히 내려다보았다. 지금 도연은 평소 하고 다니는 치렁치렁한 옷차림과 단정치 못하게 헝클어진 머리 모양을 하고 있었다. 막 백만 장자와 맞선을 보고 온 사람이라곤 믿을 수 없는 모습이었다.

역시 윤도연. 타인의 눈치를 보지 않는 대담성과 뻔뻔함 하나만큼은 타의 추종을 불허한다. 동시에 많은 사람들의 이목을 집중시키는 강렬하고도 기묘한 매력을 발산하기도 하는 도연이다. 오늘도 역시 그렇다. 평범하지만 깔끔하고 차분한 느낌의 사무실 안에서 그녀는 상당히 이질적이다. 이질적이면서도 튀는 존재.

"그냥 만나 버리라고. 만나보니까 의외로 괜찮아."

"언니!"

"네가 백만장자라고 하니까, 난 엄청 거만하고 재수 땡인 줄 알았단 말이야. 근데 아닌 것 같더라고. 의외로 나쁘지 않아. 그 정도면 매너도 좋고, 성격도 괜찮은 거 같고. 솔직히 말해서 네 남자 친구보다는 훨씬 낫더라."

"그걸 말이라고 해, 지금?"

팔짱까지 끼고 초연은 도연을 노려보았다. 백만장자 한석재가 기겁하고 도망가게 하라고 했더니 뭐냐, 하는 표정이었다. 동생의 걱정을 아는 듯 도연은 어깨를 으쓱했다.

"걱정하지 마. 그쪽에서 연락해 올 가능성은 거의 제로야."

"언니가 어떻게 알아?"

"내 꼬락서니를 봐라. 연락하고 싶겠냐? 예의상 웃고는 있지만 속으론 울고 싶었을 거다."

그렇게 말하며 도연은 상의 주머니에 넣어두었던 휴대폰을 꺼냈다. 아까 미스터 백만장자를 만나러 나갈 때 가져간 초연의 휴대폰이다. 오지랖 넓은 아버지가 맞선 당사자들끼리 미리 연락을 하고 나가야 한다면서 한석재에게 초연의 전화번호를 알려주는 기염을 토하시는 바람에 어쩔 수 없이 도연이 휴대하고 나간 거였다. 뭐, 물론 초연이 불안해서 들려준 것이기도 했다. 도연의 전화기는 최근 몇 달 휴대폰 요금을 내지 못한 관계로다가 발신이 안 되고 있었기 때문에. 어쨌든 잠시나마 윤초연으로 분해 윤초연의 모습으로 한석재를 만났던 그 순간 꼭 필요했던 것이다.

이젠 너 필요없어졌어. 난 윤초연이 아니야. 도연은 테이블 위에 올려놓은 휴대폰을 빤히 내려다보며 속으로 중얼거렸다.

"그럼 됐어. 그 사람 이야긴 이제 꺼내지도 마. 현식이 오빠보다 훨씬 낫네 어쩌네 하는 얘기도 듣기 싫어."

초연은 다혈질의 성격답게 푸르르 떨었다. 재미 삼아 한 소릴 가지고.

"야! 솔직히 말해서 현식 씨가 뭐 그리 잘났는데. 시 쓴답시고 돈 한 푼 못 벌면서, 자존심만 세서 여자한텐 밥 한 공기도 안 얻어먹으려는 작자가."

"언니, 그만 해라."

초연이 가자미눈을 뜨고 으르렁거린다. 현식이라면 끔찍한 초연은 언니인 도연이 봐도 이해불가였다. 성격이 좀 괴짜 같긴 해도 초연 정도면 능력있겠다, 얼굴 예뻐, 돈 잘 벌어, 뭐 하나 부족한 게 없는 완벽한 일등 신붓감이다. 그런데 뭐가 아쉬워서 그런 감상주의에 빠져 허우적대는 남자한테 목을 매는지 알 수가 없다. 현식과 비슷한 처지인 도연이 뭐라 말할 입장은 아니지만 객관적으로 봤을 때, 초연은 진짜 손해 보는 딜을 하고 있었다. 부모님이 아시면 경을 치실 듯.

"전화 온 거 있었어?"

"아니, 내가 알기론 없어. 근데 램프로 해놔서 전화가 왔어도 모르고 지나쳤을 수도 있어."

동생이 준 석류음료를 빨대로 빨아 마시며 도연은 아까의 일을 떠올렸다. 음식물 접시 옆에 줄곧 초연의 휴대폰을 놔두고는 있었지만 전화가 왔었는지 안 왔었는지는 알 수가 없었다. 상황에 너무 집중한 탓이다. 아니, 상대에 너무 집중했나? 둘 다일 수도 있고.

"그러고 보니 현식 씨가 전화 안 한 게 천만다행이네."

"아침에 미리 말해놨어. 전화기 집에 두고 왔다고."

"오—! 브라보! 인정, 인정. 너를 최고의 연인으로 인정하마."

앤티크한 청동 빛 철재 의자에 몸을 기대고 느긋한 자세로 앉아 있던 도연은 고개를 끄덕이며 짝짝짝, 의도된 박수를 우렁차게 쳤다.

"넌 나중에 바람을 피워도 흔적 하나 남기지 않을 거야. 놀라워."

"비꼬지 마."

"비꼬는 게 아니야. 부러워서 그렇지. 그래, 그래. 그래야지. 네가 부모님한테 맞선을 강요당한다는 말을 들으면 현식 씨가 얼마나 가슴 아파하겠니."

"그만 해. 나도 죄책감 느끼고 있다고."

"선의의 거짓말이잖아. 나중에 알게 되더라도 현식 씨가 화낼 일은 없을 것 같다. 기분은 썩 좋지 않겠지만 말이야."

"언니."

초연의 눈이 가늘게 빛났다.

"찜찜하겠지, 아무래도."

"언니!"

도연은 낄낄 웃었다. 현식에 관한 한 언제든지 고슴도치 모드가 되어버리는 초연을 갖고 노는 건 아주 쉬운 일이었다. 그렇게나 좋을까? 현식 이야기만 나와도 상기가 되는 표정은 초연이 정말로 현식을 사랑하고 있다는 증거였다. 가만있자, 사귄 햇수가 얼마냐? 초연이 대학교에 들어간 뒤 첫 미팅에서 만났으니 벌써 육 년이다. 사랑의 유효기간은 딱 이 년이라는데 이렇듯 긴 시간 동안 사랑이 식지 않을 수도 있을까?

"절대 말하면 안 된다고. 이건 언니랑 나랑 무덤에 들어갈 때까지 비밀이야. 선 어쩌고 말만 나와도 현식 오빠는 헤어지자고 할 거란 말이야."

"참 나, 꼴에 자존심은 있어가지고."

"자존심이 아니야. 날 너무 아끼니까 그런 거라고. 자기 때문에 내가 희생하고 있다고 생각할 거란 말이야. 내 인생의 걸림돌이 되는 건 원치 않는다고 했어."

"걸림돌 안 되고 싶으면 취직을 하던가. 자기가 무슨 원태연이야? 시 써서 어떻게 먹고 산다고 그 짓이야?"

"언니가 지금 그런 소리할 입장이야?"

"난 시간제라도 일하잖아."

"그걸 지금 말이라고 해? 한 달에 몇 만 원이 없어서 전화도 끊긴 마당에."

헉! 정곡을 찌르는군.

"돈 좀 꿔달라고 할 땐 일언반구도 없더니, 그 얘긴 또 왜 하냐?"

한풀 꺾인 목소리로 대거리하는 도연은 재킷에 두 주머니를 넣고 동생을 올려다보았다. 살벌한 눈빛의 초연은 비 맞은 개꼬라지로 앉아 있는 한 살 터울의 언니를 향해 윽박질렀다.

"언니가 지금 날 열 받게 하잖아."

"난 두 사람이 잘되길 바라는 마음으로다가……."

"됐어. 언니는 그냥 모르는 척해주는 게 도와주는 거야."

"잘하면 한 대 치겠다."

초연은 그제야 자신이 도끼눈을 한 얼굴을 도연의 코앞까지 디밀고 있다는 사실을 깨달았다. 늘 이 모양이지. 현식에 대해 이러쿵저러쿵 좋지 않은 말들을 들을 때면 항상 이렇게 초연은 흥분하고 만다. 서른이 다 되도록 취직은 하지 않고, 글 쓰겠다고 손바닥만한 옥탑방에 처박혀 있는 현식이 초연도 답답하지 않은 건 아니었기 때문이다.

하지만 그래도 초연은 할 수 있는 데까지는 그의 뒷바라지를 해주고 싶다. 현식을 사랑하니까, 그가 하고 싶은 일을 하면서 보람을 찾도록 도와주고 싶은 마음이다. 원없이 하고 싶은 일 다하면 그땐 정신 차리겠지, 하는 마음과 그러다 보면 언젠가는 인정받고 무명의 설움에서 벗어날 날도 오겠지, 하는 마음이 초연의 안에서 공존하고 있었다.

"미안해."

한숨을 쉬며 초연은 머그잔을 다시 들었다.

"나도 너무 답답해서 그랬어."

"네가 현식 씨 생활비를 거의 다 대고 있다는 거 알아. 지난번엔 월세도 내줬지?"

"말하지 마, 엄마한테."

말하지 않을 거라는 거 알면서도 초연은 찌릿, 언니를 노려보았다.

"언제까지 숨길 건데?"

"내가 알아서 할게. 언닌 그 한석잰가 뭐시긴가 하는 남자만 잘 따돌려 줘."

"따돌리긴 뭘. 어차피 연락 같은 거 오지도 않을 거야. 내가 그렇게 했는데도 연락을 해오면 그 남잔 진짜 머리가 어떻게 된 거지."

"그 정도였어?"

"졸지에 돌연변이가 됐지."

빨대로 음료를 쭉 빨아 마시는 도연은 고개를 숙이고 있었다. 뭔가 이상한 느낌이 들어 초연은 도연의 얼굴을 슬쩍 들여다보았다.

"언니가 한번 만나보지 그래?"

"뭐?"

고개를 드는 도연의 표정엔 아무것도 떠올라 있지 않았다. 물론 표면적으론 그랬다. 하지만 초연은 언니가 평소와는 조금 다르다는 걸 느끼고 있었다. 원래 도연이 겉으론 아무 생각 없는 것처럼 굴어서 남들은 그녀를 철딱서니없다고들 말하지만, 실은 그렇지 않다. 나름대로 속도 깊고 미래에 대해 고민하는 진지한 구석도 있다. 비록 그게 가끔이긴 하지만.

"그 사람 말이야. 그 백만장자. 괜찮은 사람 같다며."

순식간에 도연의 표정이 일그러졌다.

"너 지금 장난하냐?"

"장난하는 것 같아?"

"언니 놀리니까 재밌어?"

"놀리는 거 아니라니까."

드르륵. 초연은 맞은편 자리의 철재 의자를 뒤로 쭉 빼내었다. 본격적으로 뭔가 해볼 심사인 듯 그녀는 야릇한 미소를 짓고 있었다.

"그럼 뭐야? 왜 이래?"

자신의 앞에 털썩 앉는 동생을 도연은 빤히 지켜보며 물었다. 빨대를 감싸며 오므리고 있는 입술이 천천히 일그러졌다.

"연락이 오면 만나봐, 그 사람."

"내가 왜? 난 이번 일로 네 빚 갚았다고 보는데."

"물론 그거야 그렇지. 뒤탈이 없으면."

"무슨 소리야?"

한 키 낮아지는 도연의 목소리. 피가 싸늘하게 식어가는 기분이었다. 팔짱까지 끼고 고압적인 자세로 씨익 웃고 있는 초연의 모습은 불길한 미래를 예고하는 듯했다.

"혹시라도 그쪽에서 '윤초연 마음에 든다, 계속 만날 의향이 있다' 는 식으로 나온다면 말이야. 그건 언니 책임이잖아. 난 분명 그 사람이 NO라고 말하도록 만들어달라고 했고, 언니는 그러겠다고 했으니까."

"내가 계속 그 사람을 상대해야 된다는 소린 아니겠지?"

얼굴에 마블링을 해놓은 것처럼 도연의 안면이 점점 더 잔뜩 일그러져 갔다.

"당연히 상대해야지. 이번 일은 언니가 다 책임져야 하는 거 아니야?"

"난 윤초연이 아니라고."

도연이 울상을 지었다.

"그 사람에겐 윤초연이잖아."

"난 잘나가는 인테리어 디자이너도 아니고, K대 졸업생도 아니고, 보너스 펑펑 나오는 좋은 회사를 다니고 있지도 않아. 지금은 모르겠지만 언젠간 들통나게 되어 있다고."

"그 사람이 어떤 사람인지 알고나 하는 소리야? 그 사람은 가지고 싶은 게 있으면 그냥 가지면 되는 사람이야. 고민할 필요가 전혀 없는 사람이라고. 그런 사람한테 여자의 배경이 무슨 상관이겠어?"

"됐거든. 그 사람에 대해서 알고 싶지도 않고 알 필요도 없으니까 그만 입 다물어."

"왜 필요가 없어? 언니가 마음에 든다고, 더 만나고 싶다고 그러면 어떡할 거야?"

"연락 올 일 없다니까."

"사람 일이란 게 원래 한 치 앞을 모르는 거야. 어떻게 될 줄 알고 그렇게 단정하냐?"

"안 와, 연락."

도연이 우겼다. 초연은 예의 악마 같은 미소를 지은 채 어깨를 으쓱했다.

"그래도 난 약속을 받아야겠는데. 혹시 모르니까."

"그 사람이 왜 나한테 애프터를 하니? 뭐가 아쉬워서."

황당하다는 듯 말했지만 실은 도연도 그 문제에 대해선 별 확신이 없었다. 헤어지면서 한석재가 했던 말을 떠올리니 자신이 없어진 거였다. 다음에 만날 땐 차를 가지고 나오지 않겠다고 했다. 다음을 기약하는 말이었고, 그건 적어도 한 번은 다시 만날 수도 있다는 뜻이었다. 단지 립서비스, 예의 차원에서 한 말일 수도 있고, 또 사실 그게 정상적인 결론이지만 어쩐지 도연의 예감은 다른 방향을 향해 가고 있었다. 자꾸만 그를 다시 만나게 될 것 같은 그런 예감이었다.

"의외로 언니한테 매력을 느낄 수도 있어. 언니가 워낙 색다른 사람이잖아."

"됐다 그래라."

"끼리끼리 만난다고, 원래 그런 남자들은 같은 부류의 여자들을 만나거든. 머리에 뭘 넣기보다 치장하는 데에 시간과 노력을 더 투자하는 여자들이 대부분이지. 그런 여자들을 보다가 언니를 보면 조금 생소하면서도 호기심이 생기기 마련인 거야."

"나도 머리에 뭘 넣는 걸 좋아하진 않아."

"자신감을 가져. 언니도 충분히 매력적이라고."

"고맙다."

하여튼 윤초연, 사람 뭐 만드는 데는 재주있다니까. '자신감을 가져'라는 말 한마디로 도연을 완전 바보멍청이로 만들어놓은 걸 보라. 위로하려는 의도는 충분히 고마웠으나 도연은 알고 있었다. 위로를 받는다는 자체가 벌써, '넌 매력이 없어'라는 말과 일맥상통한다는 걸. 매력있는 사람에게 '너 충분히 매력있으니까 자신감을 가져'라고 말해줄 리는 없었다.

"진짜야."

"누가 뭐래?"

씁쓸한 입맛을 다시며 도연은 그녀의 휴대폰을 가방에서 찾아 시간을 확인했다. 발신이 정지된 휴대폰도 휴대폰인지라 시계 대용은 되었다. 5시 10분 전. 이제 슬슬 움직여야 할 시간이다. 도연은 휴대폰을 커다란 크로스가방 안으로 쑤셔 넣고 자리에서 일어났다.

"나 이만 간다."

"집으로?"

"아니, 일하러."

"카페?"

"응."

도연은 카페에서 노래를 하고 있다. 시니어드 오코너나 한영애처럼 특이한 발성법도 없고, 머라이어 캐리나 김경호처럼 삼 옥타브를 오르내리는 가창력을 가진 것도 아니지만 나름 음색이 독특한 그녀는 꽤 쓸 만한 가수다. 방송 출연은 고사하고 음반도 낸 적이 없는 가수도 가수냐 하겠지만, 그래도 도연은 자신을 가수라고 생각한다. 뿐만 아니라, 언더그라운드 가수라고 빡빡 우기고 다닌다. 노래를 좋아하고 평생 노래하고 싶은 사람이 가수가 아니면 누가 가수겠는가? 비록 두 시간짜리 아르바이트에 불과하지만 언젠간 풀타임 가수, 자신의 이름으로 된 콘서트를 여는 그런 진짜 가수가 될 거였다.

"그거 돈도 안 되는데 꼭 해야 해? 차라리 그럴 거면 아예 서빙을 하던지. 두 시간짜리 노래, 그거 부르면 얼마나 나온다고."

"두 시간이면 많이 하는 거야. 노래를 몇 시간씩 부르는 사람이 어디 있냐?"

"일주일에 무대 서는 건 몇 번 안 된다면서."

"토요일, 수요일."

"일주일에 달랑 이틀? 참! 그 돈으로 차비나 하면 딱 맞겠다."

가만있자, 오늘은 토요일도 수요일도 아닌데? 일요일이잖아. 초연은 신경을 바짝 곤두세우고 도연을 노려보았다.

"근데 오늘은 왜 가? 오늘은 일하는 날 아니잖아."

"다른 가수 중 하나가 피아노 반주로 노래하고 싶다고 해서. 내가 해주겠다고 했어."

"물론 돈은 받고 하겠지?"

"아니."

"뭐야? 카페 사장이 공짜로 해달라고 해?"

사기꾼 같은 카페 사장. 실제로 본 적은 없지만 느낌이 심히 나쁜 사람이었다. 어리바리한 언니를 이용해 먹는다는 느낌이랄까? 이기적이고 이윤 추구적인 사회 생리에 전혀 적응하지 못한 데다 이해하지도 이해하려는 노력조차도 기울이지 않는 윤도연은 이용해 먹기 딱 제격일 것이다.

"아니. 내가 그냥 해드린다고 했어."

"사장이 돈을 준다고 하긴 했어?"

"했지, 그럼. 근데 카페 사정이 좀 어렵다고 하더라고. 그래서 그냥 미래를 위한 투자라고 여기고 공짜로 해줄까 해."

"뭐야? 언니 미쳤어?!"

동생의 눈매가 매서워지자 도연은 부리나케 사무실 문을 열었다.

"엄마한텐 좀 늦는다고 전해라."

"도대체가 어떻게 된 게……."

"저녁에 보자!"

"사람이 말이야, 실속도 좀 챙길 줄도 알고 그래야지. 왜 항상 당하고만 살아!"

"간다!"

탕! 문을 닫고 도연은 닫힌 문에 등을 기대고 섰다. 문틈 사이로 '핸드폰 발신 정지 풀어놓을 테니까 조금 있다가 확인해!' 라고 소리치는 초연의 목소리가 흘러나왔다. 뒤이어 종알종알 투덜거리는 소리도. 도연은 동생한테 매번 신세를 지는 자신이 힘심스러우면서도, 휴대전화의 발신이 풀린다는 생각에는 기분이 좋아졌다. 그렇다, 그녀는 아주 단세포적인 인간이다. 동생에게 용돈 받고 구박 받아도, 자존심 따위는 상하지 않다.

"좋은 게 좋은 거지 뭐."

깊이 생각할 필요가 뭐 있어? 어차피 초연도 켕기는 구석이 있어서 도연에게 잘해주는 기다. 현식에 대해서 아는 유일한 인물이 바로 도연이기 때문에 미리 입막음해 놓는 거라고나 할까? 초연은 혹시라도 도연이 부모님에게 현식에 대해 말할까 봐 늘 노심초사하고 있었다. 아, 물론 언니가 안쓰러워서 그러는 마음도 없잖아 있겠지만.

"가자, 늦었다."

혼잣말을 중얼거리며 도연은 종종걸음으로 건물을 빠져나왔다. 그녀의 머릿속에는 음악, 공연 등이 꽉 들어차 있었다. 백만장자 한석재는 벌써 까마득히 잊어버리고 있는 중이었다.

•제2장 알 수 없는 남자•

도연이 일을 끝내고 집으로 들어간 시각은 자정이 가까운 밤이었다. 집까지 겨우겨우 운전해 온 도연은 파김치가 된 상태였다. 가족들은 이미 잠들었을 시간. 유난히 잠에 예민한 엄마를 깨우지 않기 위해 도연은 현관문을 열쇠로 따고 조심조심 집 안으로 들어섰다. 그리고 다음 순간, 그녀는 깜짝 놀랐다.

"헉! 뭐야? 여기 서서 뭐 하는 거야?"

초연이 현관문 바로 앞에 팔짱을 끼고 서서 도연을 노려보고 있었다. 잠 안 자고 보초를 서고 있었던 걸까? 웬일?

"언니 때문에 내가 못살아!"

이를 앙다물고 씹어뱉듯 중얼거리는 초연의 표정은 살벌했다. 그 기세에 완전히 눌려 도연은 멈칫 뒤로 한 걸음 물러섰다.

"무, 무슨 일이야? 왜 이래?"

"언니를 믿는 게 아니었어. 언니한테 그런 일을 시키는 게 아니었다고!"

"무슨 소리냐고, 글쎄."

혹시라도 부모님이 잠에서 깨는 불상사가 생길까 봐 초연의 등 뒤를 기웃거리며 도연은 잔뜩 겁먹은 목소리로 되물었다.

"연락이 오셨어. 백만장자께서 내가 마음에 든대. 아니, 언니가 마음에 든 거겠지."

"뭐, 뭐?"

그럴 리가! 그럴 리가 없잖아. 말도 안 돼!

"난 그런 줄도 모르고, 엄마한테 미리 말했단 말이야. 괜찮은 사람 같다고. 좋은 사람 같으니까 그쪽에서 좋다고 하면 만나볼 의향 있다고."

"왜, 왜 그랬어……."

엄마를 모르는 것도 아니면서 도연은 말했다. 어떻게라도 이 사안에 대한 책임에서 벗어나고자.

"왜 그랬냐고? 언니가 지금 그걸 몰라서 묻는 거야? 엄마는 날 어떻게든 돈 많고 능력있는 남자랑 엮어주려고 안달하시잖아. 아빠 사업도 점점 기울어져 가고, 그러니 어떻게든 내가 괜찮은 집안의 남자를 만나서 아빠와 집안을 구해주시길 바란다고. 엄마처럼 대놓고 말은 안 하시지만 아빠도 그런 마음 아니겠어? 난 그런 부담감 정말 싫다고, 싫어!"

"그거야 네가 잘나서 그런 걸 누굴 탓하냐?"

다 기어 들어가는 목소리로 도연이 말했다.

"장녀는 언니야. 내가 아니라. 집안에 희생해야 할 사람은 내가 아니라 언니라고."

"난 자격미달이잖아."

"아니. 이젠 자격미달 아니야."

단호하게 초연이 말했다. 그리곤 예의 그 악마적인 미소를 입가에 빙긋 띠었다. 불길한 전율이 쫙 도연의 온몸을 훑어 내려갔다. 소름이 온몸에 왕창 돋자 도연은 마른침을 꿀꺽 삼키며 초연의 입술을 주시했다.

"그 남자가 원하는 건 나 윤초연이 아니라, 언니니까."

"난, 난……."

"윤초연이 아니라는 말은 하지 마. 그 남자가 만난 여잔 내가 아니라 언니였잖아. 그리고 언니는 분명히 내게 약속했어. 그 남자가 날 거절하게 만들어준다고. 이쪽에서 거절할 입장이 못 되니까 그쪽에서 거절하도록 하자는 게 내 계획이었고, 언니가 그걸 약속했어. 기억하겠지? 그리고 아까 낮엔 큰소리까지 뻥뻥 치셨지. 애프터는 절대, 절대로 안 온다고. 혹시 오게 된다 하더라도 언니가 다 책임질 거라고. 그랬어, 안 그랬어?"

"약속한 기억은 없는데."

맞다. 약속하지 않았다. 그럴 리 없다며 대답을 회피했던 도연이다.

"대신 장담했지. 연락 따위 오지 않는다고. 그런데 왔어."

"어, 그, 그러게……."

진땀이 삐질삐질 흘러나오는 것 같은 착각에 도연은 이마를 훔쳤다. 한석재라는 남자가 왜 그런 선택을 했는지 생각할 겨를도 없이 도연은 당장 초연의 이 살벌한 눈초리에서 살아남을 수 있길 기도했다.

"이제 언니가 책임져야 할 시간이야."

"하지만 난……."

그때 가슴 밑으로 팔짱을 끼고 있던 초연의 팔이 스르르 풀어졌다. 초연의 손에 시선을 모은 도연은 동생이 제 휴대폰을 쥐고 있다는 걸 깨달았다. 초연은 쭉 팔을 뻗어 자신의 휴대폰을 도연의 코앞에 디밀었다.

"전화해. 배터리가 없어서 연락 못 받았다고 말하고, 약속을 잡아."

"무슨 소리야?"

무심코 받아 든 동생의 휴대폰을 내려다보며 도연이 중얼거렸다.

"한석재, 그 남자한테 전화하라고. 아까부터 계속 전화하고 있단 말이야. 다섯 번이나 왔었어."

"그냥 안 받으면 되잖아. 무시해 버려."

이렇게 말하곤 도연은 곧 입을 다물었다. 스스로 생각해 봐도 너무나 초딩스러운 미봉책이란 생각이 드니 무안해서 더 이상은 말이 안 나왔다. 초연은 그런 언니를 아무 소리도 않고 노려보았다.

"미안."

도연은 억지웃음을 내지으며 어깨를 으쓱했다. 초연의 기분을 어떻게든 풀어보려는 수작이었지만 불행히도 초연은 언니의 페이스에 말려드는 우를 범하지 않았다.

"무슨 짓을 해서든지 그 남자를 떨쳐 내. 그때까진 계속 만나야 하고."

코앞에서 검지를 까딱거리며 초연은 엄격한 어조로 경고했다.

"사실대로 말하면 되지 않을까? 내가 윤초연이 아니고……."

"안 돼! 사실대로 말하면 그날로 우린 끝장이야. 우리 둘이 자길 갖고 놀았다는 걸 알면 그 남자가 가만있지 않을 거고, 그럼 아빠한테 일러바칠 거야. 아빤 당장에 날 족치실 거고, 그럼 현식 오빠의 존재를 들키는 건 시간문제라고. 그 다음은 말하지 않아도 알겠지?"

"사실 말이지, 이건 내 문제가 아니야. 너한테 들어온 맞선이고, 이 우스운 연극도 네가 계획한 일이잖아. 난 오늘 하루 잠깐 나가서 그 남자를 만나는 걸로 끝이라고 생각했어. 근데 또 무슨……."

"그 사람이 맞선 본 사람은 내가 아니라 언니야. 그걸 꼭 내가 상기시켜 줘야 해? 언니는 공범이야. 이번 사건, 엄마 아빠가 아시면 언니도 살아남지 못해."

젠장할. 도연은 입술을 질끈 깨물고 속으로 중얼거렸다.

"그러니까 언니가 만나. 더 이상 사태가 악화되지 못하도록 언니가 수를 써. 그 남자 입에서 나랑 결혼하고 싶다는 말이 나오면 절대로 안 된다는 사실만 명심하고."

"휴!"

나오는 건 한숨뿐. 도연은 동생의 휴대폰을 내려다보며 신발을 벗고 거실로 들어섰다. 부재중 전화가 다섯 통 떠 있었다. 한석재가 자신에게 걸어온 전화라고 생각하자 자연스레 한석재의 잘생긴 얼굴과 여유있고 기품 넘치던 자세가 훅 떠올랐다. 하루 종일 떠올리지 않으려고 무진장 노력했던 그의 모습들이 봇물 쏟아지듯 나타나 머릿속을 어지럽혔다. 도대체 이 남자는 무슨 생각으로 그녀를 다시 만나겠다고 한 거야? 만나는 내내 얼굴 굳히고 제대로 웃지도 않던 남자가.

"예의상 아빠 체면 생각하고 한 번 더 만나자고 한 건지도 몰라. 딱 잘라 거절하기 민망하잖아."

소파에 털썩 앉으며 도연은 중얼거렸다.

"별로 그렇게 인정머리있어 뵈진 않던데."

"어떻게 알아?"

"잡지에서 봤어. 냉철한 인상이더구만. 계산적으로 보이는 게 정이 안 가더라."

"그 정도까진 아니었어."

무심결에 중얼거리는 도연을 초연은 호기심 가득한 눈으로 돌아보았다.

"그래? 나쁘진 않았나 보네."

"아까 오후에 말했잖아. 나쁜 사람 같진 않았다고."

"오호라! 그랬구나. 나쁘진 않았구나. 난 또……."

초연의 눈알을 휘리릭 한 바퀴 굴렀다. 나쁜 사람 같진 않다라는 도연의 말이 왠지 심상치 않게 들려서다. 도연은 아까 오후, 한석재를 만나고 돌아온 직후에도 그를 두고 괜찮은 사람 같다고 말했었다.

사실 초연은 도연의 눈을 그다지 믿지 않는 편이다. 도연은 원래 사람에 대해서 매우 후한 기준을 가지고 있기 때문이다. 그럴 수도 있지, 그럴 만한 사정이 있었을 거야, 등등. 대부분 상대를 이해하는 시선이다. 초연의 기준으로 봤을 땐 좀 바보스러울 정도로 무른 편. 그래서 대수롭지 않게 여겼는데, 아닌 것 같다는 생각이 들었다. 도연이 방금 말한 '나쁘지 않았다'는 '매우 좋았다'의 의미를 내포하고 있는 게 틀림없었다. 도연의 눈빛이 살짝 빛나는 걸 캐치하며 초연은 호오— 하는 입 모양을 만들었다.

'일이 재미있어지겠는데?

그림상 도연과 한석재는 썩 잘 어울리는 커플은 아니다. 예리함의 대명사, 사업의 귀재, 경영의 마이더스, 지극히도 현실적이고 냉엄한 인물인 한석재와 귀차니스트, 데이드리머 (Daydreamer), 꿈꾸는 몽상가 기질의 전형적인 현실도피형 인간, 윤도연은 전혀 다른 세계에서 살아가고 있는 사람들이다. 공통점이 있다면 두 사람 다 범상치 않은 오라(aura)를 갖고 있다는 것. 둘 다 평범하지 않은 인물들인 건 확실하다. 그런 두 사람이 서로 끌릴 수도 있을까? 확신하기엔 아직 이르지만 가능성은 있다. 두고 보면 알겠지.

만약 한석재가 정말로 도연과 교제를 하고 싶은 생각이 들었다면, 그건 도연의 조건 때문만은 아닐 것이다. 도연의 독특한 오라를 알아본 것이다.

"첫인상이 그 정도로 괜찮았다면 달리 생각해 볼 수도 있겠다."

형부감으로. 속으로 덧붙이며 초연은 킥 웃었다.

"그래. 너도 그 사람을 보면 괜찮다는 말, 나올 거야."

"아이구, 난 그 사람 볼 계획 없습니다요."

"그렇지. 너한텐 현식 씨가 있으니."

도연은 심드렁하게 중얼거리며 피곤한 눈 밑을 손바닥으로 꾹 눌렀다. 동생이 무슨 생각을 하고 있는지 꿈에도 모르고 그녀는 한석재를 생각하고 또 생각하고 있었다. 전화를 걸어야 할 것인가, 말아야 할 것인가, 고민이 됐다. 지금 당장 걸기는 너무 무섭고, 그렇다고 마냥 무시할 수도 없었다. 한마디로 대책이 안 서는 상황.

"그냥 내일 걸면 안 될까?"

"지금 걸어봐. 안 자고 있을지도 모르잖아. 전화를 다섯 통이나 건 사람한테 연락을 안 남긴다는 건 말이 안 되지. 문자라도 남겨."

"그럴까?"

한숨을 푹 쉬며 도연은 손가락을 놀렸다. '전화가 온 줄 몰랐습니다, 죄송합니다, 내일 중으로 연락드리겠습니다' 라는 되게 사무적인 내용의 메시지를 전송하고 도연은 눈을 비볐다.

"내가 아까 생각해 봤는데."

"또 뭐?"

피곤한 눈을 부비며 도연은 까칠한 목소리로 웅얼거렸다.

"한석재를 상대할 때는 내 휴대폰을 들고 나가야 하잖아."

헛! 정말 그러네?

"그래서 말인데, 당분간 서로 바꿔서 갖고 다니자고."

뭐시라?

"핸드폰을 언니 거랑 내 거랑 바꿔서 갖고 다니자. 당분간만."

"현식 씨한텐 뭐라고 할 건데?"

"오빠한텐 내가 대충 둘러댈게."

"불편하지 않을까?"

"불편해도 내가 더 불편해."

"그래도 그건 좀……."

"정 그렇게 걸리면 빨리 그 남자를 떼어버리던가."

"……."

떼어버리란 말이 어쩐지 잔인하게 들려, 도연은 잠시 말문을 닫았다. 그 남자는 솔직히 떼어버리고 싶을 만큼 최악은 아니었다. 오히려 붙들고 싶었으면 싶었지. 워낙 커버가 화려하시니 눈 안 돌아갈 여자가 어디 있겠나? 도연도 여자이다 보니 한석재의 외모에 관심이 안 쏠릴 수가 없었다.

"그럼 그렇게 알고 난 샤워하러 들어간다."

뭐가 그리 신나는지 초연은 생글생글 웃으며 욕실로 들어갔다. 아까까지만 해도 눈에 쌍불을 켜고 도연을 못 잡아먹어서 안달을 하던 초연이 웬일인지 모를 일이다. 도연은 머리를 긁적거리며 이미 닫힌 욕실 문을 찔러보았다. 그러나 단 삼 초 만에 도연은 고개를 흐느적거리며 소파에 몸을 묻었다.

에잇, 머리 아파! 어쩌다 이런 일에 끼어들어서는 이런 복잡한 일이 얽히고설켜 버렸는지. 안 그래도 머리 골치 아픈 일들 천지인데. 내 팔자야가 입에서 절로 나왔다.

"하암— 피곤해."

피로가 몰려왔다. 생각하기 귀찮은 일이 생기면 늘 그렇듯. 게다가 오늘은 남의 공연 뒤에서 엑스트라 역할을 했더니 피곤이 더 쌓이는 듯했다. 스트레스가 받은 걸까? 오늘 공연에 나선 윤하늘은 그녀가 부러워할 만큼의 대단한 가창력을 가진 애였다. 요즘 한창 유행인 R&B 창법을 시원스레 구사하는 게 노랫가락을 듣고만 있어도 가슴이 저릿저릿해 온다. 스스로 이렇다 할 보이스컬러가 없는 무개성이 문제라고 여기는 도연에겐 참 비참하고 슬픈 경우다. 그래서 아마 더 피곤한 하루가 아니었나 싶다. 물론 한석재도 한몫 단단히 했고.

도연은 꿈틀꿈틀 허우적거리며 소파에서 일어나 자신의 방으로 무거운 발걸음을 옮겼다. 씻는 거고 뭐고 다 생략하기로 하고, 백만장자인지 뭐시깽이인지 귀찮은 맞선남에 대한 생각도 나중으로 미루고, 도연은 온갖 잡동사니가 다 들어 있는 커다란 가방을 자신의 침대에 던지며 물 먹은 솜마냥 축 처진 몸도 함께 침대로 풀썩, 다이빙했다. 꽤 성능 좋은 스프링 위로 제 몸이 튕겨지는 기분 좋은 느낌을 음미하며 도연은 눈을 감았다.

그때다. 이제부터 아침까지 시체처럼 누워 잠만 잘 테다, 작정을 하고 행복에 겨운 미소를 흐뭇하게 띠는데 엎드려 누운 도연의 뱃가죽 근처에서 웬 애교 철철 넘치는 목소리가 흘러나왔다.

자기야, 전화 받아~

도연은 나른하게 감았던 눈을 반짝 눈을 떴다. 초연의 전화벨 소리였다.

"현식 씬가?"

짜증은 났지만 현식이라면 초연에게 전화기를 가져다줘야 한다는 생각에 몸을 일으켰다. 생각 같아선 그냥 자고 싶은데, 이런 쪽으론 오지랖이 넓어 그냥 못 넘어가는 성격이다. 몽롱한 머리를 박박 문지르며 도연은 전화기를 들어 액정을 확인했다.

"누구야?"

모르는 번호다. 번호만 뜨는 걸 보면 현식은 아니다. 잘못 걸려온 전화일 거란 생각에 도연은 주저없이 전화기를 베개 밑에 휙 쑤셔 넣었다. 잠, 잠, 잠…….

도연은 이불을 머리 위까지 훅 뒤집어쓰고는 잠 속으로 빠르게 빠져들었다.

✳

"이걸 어떻게 해석해야 하지?"

열두 시가 넘은 한밤중, 전화기를 내려다보며 석재는 중얼거렸다. 마치 바보가 된 기분이라고나 할까? 하루 종일 한 여자에게 매달려 전화를 걸어보기도, 그 여자의 답신을 기다리며 가슴을 졸여보기도 오늘이 처음이었다. 그런데 몇 시간 만에 날아온 메시지가 내일 연락하겠다라고? 괜한 오기가 생겨 또 전화를 걸었더니 이젠 안 받아?!

"피하는 건 아닐 거야. 피치 못할 사정이 있나 보지."

균의 위로 섞인 말을 떠올리며 석재는 입술을 깨물었다. 당연하지, 라고 짧게 응수해 주고 신경 쓰지 않는 듯 행동했지만 실은 전혀 그러지를 못했다.

그는 백만장자다. 각종 사업에 손을 대고 있으며 손을 대는 족족 수익을 올리고 있다. 한마디로 돈 버는 데엔 귀신같은 재능을 타고난 사람이다. 모두가 그를 향해 엎드려 그의 능력을 경배한다. 많은 사업가들이 그와 동업하길 원했고, 그의 도움을 바랐고, 그가 독신임을 알고 난 후엔 어떻게든 자신의 딸과 엮어주길 원했다. 사람 좋은 윤 사장이지만 그 역시 별반 다를 바 없었고, 그러니 그의 딸도 역시 남다를 것 없어야 했다. 그게 정상이었다. 한데, 연락이 안 되니 그로선 당황스러울 수밖에.

그녀가 전화기 옆에 붙어서 그의 전화가 오기를 바랄 거라곤 여기지 않았다. 윤초연이 본래부터 남자라는 존재에 목을 매는 타입은 아니라고 생각했기 때문이다. 하지만 헤어지기 직전, 그가 말했었다. 전화 주겠다고. 그럼 조금이라도 신경 쓰이지 않았을까? 그의 전화가 조금이라도 기다려지지 않았을까? 알 수 없다.

"윤초연……."

석재는 전화기 폴더를 탁 소리 나게 닫고 자리에서 일어났다. 한 손에는 휴대전화가 다른 한 손에는 얼음이 든 위스키 잔이 달그락 소리를 내며 들려 있었다. 윤초연의 문자 메시지를 받기 직전, 석재는 잠도 오지 않고 기분도 께름칙해 한 잔 하려던 차였다. 석재는 부드러운 곡선의 검은 철제 탁자가 들어차 있는 발코니로 다가갔다. 커튼이 절반쯤 드리워진 창가에는 서늘한 김이 서려 있었다. 바깥 날씨가 꽤 차가운 듯했다.

석재는 매력적인 곡선의 입술로 술잔을 기울였다. 허리쯤 오는 창가에 손을 짚고 몸을 기울이니 서늘한 기운이 코끝을 슥 스치는 듯했다. 매우 을씨년스러운 날씨였다. 정신없이 흩날리는 나뭇가지를 보니 곧이라도 폭우가 쏟아질 것 같았다. 따스한 공기가 방 안을 휘돌았지만 어쩐지 마음은 서늘하고 울적했다.

혼자라서 그런가? 이상한 일이다. 혼자라는 데엔 이미 익숙해진 그인데, 요즘 들어 자꾸만 혼자가 외롭다. 시골에서 혼자 지내고 있는 어머니를 이쪽으로 모셔야 하나? 하는 생각마저 들었다.

물론 그의 어머니가 혼자 지내고 있는 건, 그녀의 고집 때문이다. 남편과 함께 지냈던 세월이 그리워 그 세월을 추억하며 살고 싶다는 말 한마디로 어머니를 모시겠다는 아들의 권유를 단호히 뿌리쳤다. 어머니의 의견을 늘 존중했고 전적으로 믿고 따랐던지라 석재 또한 굳이 싫다는 어머니를 억지로 모실 생각은 없었다. 하지만 지금은 아니다. 어머니 때문이 아니라, 석재 본인 때문에.

자신이 혼자라는 걸 이제야 겨우 깨달았다고나 할까? 그는 늘 자신이 누군가의 관심을 받고 있다고 생각했다. 적당히 사교적이었고 친구들도 남 못지않게 많은 편이었다. 도움을 받기보단 도움을 주는 쪽이었고, 그런 면에서 자신을 바라기하는 사람은 부지기수였다. 그러나 그건 그가 돈이 많기 때문이었다. 한

석재에서 돈을 뺀다면, 인간 한석재만 남는다면, 종국에 남는 건 무엇일까? 친구? 여자? 고열로 인해 이틀간의 주말을 꼬박 앓아야 했던 바로 그날, 그는 많은 걸 생각했다.

그리고 결심했다. 외롭지 않기 위해, 누군가를 옆에 잡아두기로.

석재는 슬며시 윤초연을 떠올렸다. 평소 곧은 분이라 여겼던 윤재규 사장의 차녀답게 그녀는 석재의 돈에 혹하여 간 쓸개 다 버리고 그에게 잘 보이려는 구차한 짓은 하지 않았다. 일단 그 부분이 마음에 들었을 뿐 아니라, 남달리 뜨거운 일에 대한 열정이 석재의 마음을 끌었다. 일하는 맛, 그 쾌감을 아는 여자라면 중독에 가까운 석재의 끝없는 일 사랑을 쉽사리 이해해 줄 것이다.

게다가 담배를 배운답시고 콜록거리는 모습이 석재의 가슴에 콕 박혀 떨어지지 않았다. 남자들 틈에서 뒤처지지 않고, 무시당하지 않으려고 노력하는 모습. 건강을 해치는 담배라도 배워 보겠다고 안간힘을 쓰는 그 모습이 너무나 귀여웠다. 그의 눈엔 그녀가 아장아장 이제 막 걷기 시작하는 세 살박이 어린 꼬마아이 같았다. 할 수만 있다면 그녀가 남자들 틈바구니에서 당당히 일어설 수 있도록 도와주고 싶기까지 했다.

"홋! 내일을 기대해 보지."

술잔을 기울이며 창가에서 떨어져 나오는 석재의 입가가 일그러졌다. 웃는 거였지만 근육의 움직임이 아주 짧고 작아 웃음처럼 보이지 않았다. 포커페이스 한석재가 혼자서 뭔가를 생각하며 웃은 적은 최근 몇 년 동안 처음이었다.

석재는 그때까지 혼자 떠들고 있던 TV를 끄고 거실의 불을 껐다. 석재의 마흔여덟 평 빌라는 일시에 깜깜해졌다. 어둠에 휩싸인 공간에서 석재는 느리게 움직였다. 침실을 향해.

✳

아침에 일어나자마자 도연의 눈에 들어온 건 초연의 휴대폰이었다. 잠결에 베개 밑에 넣어두었던 휴대폰이 도연의 빵빵한 볼에 깔려 비명을 질러대고 있었다. 평소 자신이 침대 위를 뒹굴뒹굴 체육 시간에 구르기 수업하듯 자는 걸 아는지라 도연은 왜 이렇게 됐는지는 생각 않기로 했다. 삑삑 울려대는 전화기를 반사적으로 들어 올려 발신자를 확인했다.

〈언니.〉

"언니?"
언니가 누구야? 초연의 언니는…….
"난데."
막 잠에서 깨 까칠해진 목소리로 도연은 전화를 받았다.
"여보세요."

[이제 일어났냐?]

목소리의 주인공은 초연이다.

"어, 근데 뭐냐? 니가 왜 내 전화로 전화를……."

[어제 말했잖아. 당분간 바꿔서 사용하자고.]

"뭐? 그래서? 지금 내 휴대폰 들고 출근한 거야?"

[응.]

"야! 갑자기 그러면 어떻게 해! 나 연락 올 데 많단 말이야."

[나보다 더하냐? 난 회사 사람들, 거래처, 인부들. 넘친다, 넘쳐.]

"그래도 그렇지! 너무 갑작스럽잖아. 나 전화번호 하나도 몰라. 단축번호로만 전화를 건단 말이야."

[알아. 그건 나도 별반 다를 바 없어.]

"뭐야? 그러면서 내 전화기는 왜 가져갔어?"

[난 몰랐지, 이렇게 불편할 줄은. 당분간 이렇게 지내보고 도저히 안 되겠다 싶으면 다시 바꾸려고 했단 말이야.]

아하! 그런데 갖고 나간 지 몇 시간 만에 그 불편함을 느꼈다, 이 말이렷다.

"나 참, 그걸 지금 말이라고 하니? 꼭 그런 걸 직접 겪어봐야 알아?"

[이 정도까지 불편할 줄은 몰랐어.]

"가끔 난 네가 정말 K대 졸업생이 맞나 싶다."

부스스한 머리카락을 긁적거리며 도연은 침대에서 빠져나왔다. 잠이 덜 깼는지, 옷도 안 벗고 그냥 자서 그런지 몸이 찌뿌 등했다. 하품을 늘어지게 하고 있는데 초연이 말했다.

[언니가 우리 회사로 와라. 나 오후에 고객 브리핑이 있어서 그 자료 좀 들여다봐야 해. 언니가 잠깐 나왔다 들어가라. 그럴 수 있지?]

"귀찮게 꼭 그래야 해? 나 오늘 일도 없는데. 푹 좀 쉴 생각이 었다고."

[난 도저히 움직일 수가 없어. 시간이 안 나.]

"좀 참아. 퇴근해서 다시 바꾸면 되잖아."

[못 기다려. 오전 몇 시간 지내는 것도 답답해 죽을 지경이었 다고.]

징징 짜는 버릇은 여전하지. 막내라서 그런가, 초연은 희생 정신이 약간 부족하다. 아마도 어릴 때부터 공부를 잘해서 부모 님의 대외적인 자존심을 지켜주었던 이유도 있을 것이다. 부모 님은 초연에게 늘 '넌 공부만 해. 나머진 우리가 다 알아서 할 게'라고 말하곤 했었다.

"알았어. 내가 가져다줄게."

[지금 와. 곧 점심때니까 같이 밥이나 먹자.]

"밥 먹을 시간은 있냐?"

[그럼 밥도 안 먹고 일할까?]

"하도 바쁘다고 하기에."

[지금 비꼬는 거야?]

"아니. 가겠다고."

[얼른 와. 앗! 사장님 콜인가 보다. 나 사장실 올라갈 거니까 회사 근처에 오면 전화해.]

"알았어."

뚜우우— 전화가 끊겼다. 바쁜 사람은 뭐가 달라도 다르지. 백수인 그녀는 점심이 다 되어서야 일어났는데 초연은 벌써 출근해서 한창 일하는 중이다. 내가 생각해 봐도 난 참으로 한심한 팔자야, 라고 중얼거리며 도연은 방에서 나왔다.

집 안은 텅 비어 있었다. 그녀만 빼고 온 집안 식구들이 아침형 인간이라 그런지 늘 이 시간이면 집이 빈다. 아버지 윤재규 사장은 회사로 출근했을 테고, 어머니 곽춘자 여사는 지금쯤 기체조센터에서 수련 중일 시간. 참고로 곽 여사는 새벽부터 피부 마사지실과 경락, 수영, 기체조센터, 팬플루트 강의 등 쉴 새 없이 움직이며 자신을 계발하는 활동파 여성이다. 윤 사장 역시 출근 전엔 늘 잠깐이라도 헬스장에 들러 운동을 하는 분. 게으름쟁이에 귀차니스트 도연은 완전히 돌연변이다(앗! 그러고 보니 진짜 돌연변이였잖아?).

뭐, 아무래도 좋다. 활동적이고 진취적인 사람은 아버지, 어머니, 초연만으로도 충분할 테니 도연은 여전히 귀차니스트로 남을 거였다. 꽉 짜인 틀에서 시간에 쫓기며 허덕이는 인생은 절대로 살고 싶지 않았다. 짧은 인생, 하고 싶은 대로 살아야 한다는 게 평소 그녀의 지론. 여유있는 삶, 물질적으론 빈곤하더라도 마음만은 풍요로운 그런 삶을 지향한다. 돈은 못 벌어도 자신이 하고자 하는 일을 하는 자신의 인생이 결코 초연의 잘나가는 인생보다 못났다고도 생각지 않았다. 도연에게는 없어도 그만, 있어도 그만인 게 돈이었다.

물론 예외적인 일은 있다. 예를 들어 어제 일 같은. 이백만 원만 있었어도 초연의 그 독단적인 계획에 바보처럼 끌려가는 일은 없었을 것이다. 그랬으면 백만장자인지 뭔지 그 개풀때기 같은 남자를 만나는 일도 없었을 거고, 그럼 지금 이렇게 피곤한 몸을 이끌고 일어나 씻어야 할 일도 없을 것이다.

조금만 더 자고 싶다고! 처절한 절규를 뒤로하고 도연은 뻐근한 근육들을 이완시키기 위해 양팔을 위로 들어 이쪽저쪽 움직이며 샤워실로 향했다.

잠시 후, 샤워를 마친 도연은 축축하게 젖은 머리카락을 수건으로 털며 거실로 나왔다. 팔랑팔랑, 노란 포스트잇이 눈에 들어온 건 바로 그때였다. 샤워를 하고 정신이 번쩍 들어서인지, 아님 포스트잇이 붙은 장소가 샤워실 정면이어서인지는 모르겠지만. 어쨌든 그녀는 곽 여사가 피부 마사지실에 가기 전에 붙여놓은 메시지를 그제야 보았다.

〈네 동생이 드디어 효도 한 번 하려나 보다. 기분이다. 탁자 위에 봉투 놔뒀어. 용돈 두둑이 넣어뒀으니까 배 굶지 말고 다녀. 고맙다는 말은 네 동생한테 하고. —엄마가〉

헐. 백만장자랑 잘되는 게 효도인가? 기분이 어지간히 좋기도 한 모양이다. 생전 안 하던 일을 다 하고. 백수로 지낸 지 어언 1년 2개월, 그사이에 곽 여사에게 이렇게 흔쾌히 용돈 받기는 처음인 듯하다. 그 남자가 그렇게 대단한 사람인가? 도대체 아버지에게 뭐라고 했기에 이러는 거야? 그 남자가 만났던 사람이 초연이 아니라 도연이란 걸 알면 이분들은 어떻게 반응하실까? 궁금증이 꼬리에 꼬리를 물었다. 어찌 됐든 그 남자를 만났던 건 초연이 아니라 도연이었다. 그러니 이 두둑한 용돈은 나름대로 노동의 대가. 두툼한 봉투를 날름 챙겨 넣고 도연은 외출 준비를 마쳤다.

막 집을 나서려는데 또 전화벨이 울렸다. 모르는 번호가 발신자로 떴다. 초연에게 걸려온 전화일 것이다. 도연은 잠시 망설였다. 마음 같아선 받고 싶지 않았지만 급하거나 중요한 전화일 수도 있었다. 예를 들어 거래처라던가. 그렇다면 받아서 초연의 연락처를 알려줘야 하지 않을까? 에잇! 귀찮아. 도연은 한숨을 내쉬며 전화기 슬라이더를 밀어 올렸다.

"예. 윤초연 씨 핸드폰입니다."

[……윤초연 씨?]

그 남자다! 머릿속 스크린으로 자동 메시지가 떴다. 약간의 시간차를 두고 물어오는 상대방은 한 번 들으면 절대 잊을 수 없는 독특한 울림의 소유자. 백만장자, 한석재의 목소리였다.

"네? 누, 누구세요?"

알면서도 모르는 척하고 싶은 건 도대체 어떤 마음일까? 도연은 더듬더듬, 알면서도 모르는 척한다는 기색을 풀풀 내비치며 누구냐고 물었다.

[윤초연 씨군요. 한석잽니다.]

"예? 한…… 누구요?"

[한석재입니다. 어제 저와 만나셨죠?]

당황한 나머지 계속 모른 체하고 있는 도연의 반응이 기분 나쁘지 않은지 그가 웃었다. 알 수 없는 남자. 성격이 좋은 건지, 아니면 그녀의 의도를 알아채서 이러는 건지. 아무튼 그녀의 무례를 웃어 넘기는 한석재에게 도연은 조금 미안해졌다.

"아! 예. 안녕하세요?"

안녕하세요. 또 만났군요. 다시는 못 만나나 생각했죠. 노래 가사 읊는 것도 아니고, 이게 뭔 소리인고? 꼭 이렇게밖에 말 못하겠니, 윤도연?

[드디어 통화가 됐군요. 연결되기 무척 힘든데요?]

"아, 아하하하! 예, 제가 어제 좀 바빠서 전화를 못 받았어요. 기분 나쁘셨다면 사과드릴 게요. 죄송합니다."

[기분이 조금 나쁘긴 했지만 바쁘셨다니 제가 이해해 드리죠.]

"예? 아, 예. 하하아……."

진땀이 흘렀다. 도대체 이 남잔 왜 전화를 해서 사람을 당황케 하는 걸까? 무슨 할 말이 있어서. 순간, 어제 동생이 그녀에게 했던 말이 떠올랐다.

"연락이 오셨어. 백만장자께서 내가 마음에 든대. 아니, 언니가 마음에 든 거겠지."

초연이 그렇게 말했지만 사실과는 많이 다르다는 걸 도연은 알았다. 그 백만장자가 머리에 총 맞았다고 도연이 마음에 든다고 했을까? 그가 원하는 여잔 한국에서 손꼽히는 명문대 출신의 인테리어 디자이너, 윤초연이다. 가망도 없는 일에 목매어 시간만 죽이고 있는 흰 손, 윤도연이 아니었다. 그럴 가능성도 없지만, 혹여 초연이 아닌 도연의 신분으로 그를 만났더라면 그녀는 보기 좋게 딱지 맞았을 것이다.

[다름이 아니라 오늘 점심에 시간 어떠신지 여쭤보려고 전화 드렸습니다.]

"예?"

그놈의 '예?' 소리 그만 좀 해. 야방하게 들린다고.

[지금 초연 씨 회사 근처에 있거든요. 일이 있어서 잠깐 들렀는데. 바쁘셔도 점심 드실 시간은 있으실 것 같아서요.]

초연이 회사 근처라고? 헉이다.

"아, 저…… 오늘은 선약이 있는데요."

[……그래요? 그럼 내일은 어떻습니까?]

"내일은 더 바쁜데요. 지방 쪽으로 외근 나갈 수도 있을 것 같고."

[모레도 바쁘시겠네요.]

일부러 피하는 거 눈치 챘을까?

"예, 좀……. 요즘 중요한 프로젝트를 하나 진행 중인데 그 일정이 엄청 빠듯해서요."

[아쉽지만 그렇게 바쁘시다면 다음 기회로 미뤄야겠죠.]

"정말 죄송하게 됐습니다."

[별 말씀을요. 다만 오늘 저녁에 윤 사장님을 뵙기로 했는데…….]

"윤 사장님…… 우리 아빠요?!"

저도 모르게 도연은 큰 소리로 버럭 외쳤다.

[예. 사업적인 일로 만나게 될 것 같습니다만, 혹시라도 윤 사장님께서 우리 일을 물어오신다면 뭐라고 대답해야 할지…….]

다음은 들어보나마나다. 초연이 죽거나, 도연이 죽거나. 둘 중 하나가 될 것이다. 그것도 아니면 둘 다 죽거나. 부모님은 한석재의 식사 제안을 거절했다는 사실에 초연을 족칠 것이고, 그 이유가 뭔지 캐물을 것이다. 현석의 존재를 들키지 않기 위해 초연은 한동안 진땀을 빼야 할 것이고. 그런 고초를 겪고도 초연이 가만있을 것 같진 않다. 결국 둘 다 죽는 건가?

"저, 잠깐만요. 다시 생각해 보니까 시간이 잠깐, 아주 잠깐 날 것도 같아요."

내 팔자야! 이 남자를 다시 만나야 하다니. 도연은 죽고만 싶었다.

[아, 그래요? 오늘? 아니면…… 내일?]

묻는 석재의 목소리에는 왠지 비꼬는 듯한 기색이 역력하다. 하지만 알 게 뭐냐? 도연은 석재 생각까지 해줄 여력이 없었다. 또다시 이 남자와 대면해야 한다는 두려움과 걱정, 불안감이 일시에 도연의 사고 능력을 마비시켰다.

"오늘이 낫겠어요."

매도 일찍 맞는 편이 낫다지 않나.

[좋습니다. 점심 시간이 언제죠?]

"한 시요."

무의식중에 한 대답. 오! 하지만 한 시까지 도착하기엔 시간이 너무 빠듯하다.

"아마도 그쯤 일이 끝날 것 같다고요. 아닐 수도 있고……."

현재 시간을 확인하고, 집과 초연의 회사까지의 거리를 머릿속으로 재빨리 계산한 후, 도연은 서둘러 말했다. 빨리 전화를 끊고 미친 듯이 달려야 한다는 생각뿐 다른 건 생각할 겨를이 없었다.

[그래요. 그럼 한 시에 다시 전화를 드리죠.]

"예. 이따 봬요."

뚜우― 전화가 끊겼다. 동시에, 상대가 앞에 있는 듯 고개까지 끄덕이며 접대용 미소를 허공에 날리던 도연의 눈동자가 미친 듯이 움직였다.

그 즉시 시간 재확인에 들어갔고, 정신없이 아파트를 빠져나와 주차장까지 한달음에 날렸다. 엔진에서 털털털 소리가 나는 자신의 똥차 앞에서, 이걸로는 도저히 시간 내에 가기 힘들다는 결론을 빠르게 내린 도연은 또 달렸다. 운 좋게 대로변에 정차되어 있는 택시를 잡아탄 그녀는 지체하지 않고 즉시 B&F 인테리어 사무실 주소를 불렀다.

제발 시간 안에 도착하길. 미리 도착해서 그 남자를 기다릴 수 있기를. 그래서 혹시라도 그 남자가 회사 안으로 초연을 찾아 들어가는 불상사만큼은 막을 수 있기를. 도연은 천지신명, 부처님, 공자님, 예수님, 알라신께 빌고 또 빌었다.

•제3장 이 여자의 속이 궁금해•

건물에서 나오는 윤초연을 발견한 한 석재는 저도 모르게 빙그레 미소를 짓고 있었다. 그녀는 헐레벌떡 뛰어왔다는 증거들을 온몸으로 풀풀 풍기며 두리번두리번 주변을 살피고 있었다. 헥헥 헐떡거리며 손에 들고 있던 전화기를 꺼내 시간을 확인하는 그녀는 어쩐지 석재의 기분을 유쾌하게 만들었다. 묘하게 짜릿하다고나 할까? 윤초연을 쩔쩔매게 했다는 사실 자체가 흐뭇했다. 유치하게도.

"더 두고 볼 거야? 형을 찾는 것 같은데?"

재미있다는 듯 균이 물어왔다. 비서 겸, 운전기사 겸, 속내를 털어놓을 수 있는 심복 중의 심복인 그는 대학 후배로 처음 그와 만났다. 그 뒤부터 줄곧 그와 인연을 맺고 있으니 인간관계에 있어서 심히 까칠한 석재에겐 부척이나 놀라운 일이다.

"생각 중."

짧게 대답하며 석재는 자신의 턱을 쓱쓱 매만졌다. 먼발치의 윤초연에게 눈을 떼지 않고.

"왜? 어제 그 난리를 피운 게 억울해서 그래?"

"난리는 무슨."

"내숭 떨지 마. 혼자서 안달복달, 난리도 그런 난리가 없었잖아. 안 그래?"

그녀와 통화가 되지 않자, 하루 종일 전화통을 붙들고 씨름하던 석재를 떠올리며 균은 낄낄거렸다.

"전화해 주기로 했는데 연락이 되지 않아 답답해서 그랬던 것뿐이야."

휴대폰을 꺼내는 석재를 돌아보며 균은 눈동자를 크게 치떴다.

"이거 왜 이래? 나도 눈이 있고 머리가 있다고. 내가 형을 몰라? 십 년 가까이 형을 알고 지냈지만 어제처럼 초조해했던 적이 없었단 말이야. 지난 여름 북핵 때문에 주가가 대책없이 폭락할 때에도 형은 태연했잖아. 거의 천억 이상을 손해 보고 있는데도 대수롭지 않게 여기던 사람이었다고. 근데 어제는 어땠는지 알기나 해?"

"알고 싶지 않아."

휴대폰 쪽으로 고개를 꺾고 석재는 무미건조한 목소리로 대꾸했다. 균은 씩 웃으며 눈썹을 씰룩거렸다. 석재가 무표정으로 알고 싶지 않다고 말할 때에는, 상대의 말에 반박하지 못할 때였다. 그러니까 그도 인정을 하고 있는 거였다. 윤초연의 무관심에 상처받았다는 사실을.

솔직히 말하자면 균 역시도 놀라고 있다. 한국에서 다섯 손가락 안에 드는 백만장자를, 그것도 심히 준수하기까지 한 한석재를 감히 따돌릴 수 있는 여자가 있다는 사실도 놀라웠고, 그 당사자가 무척이나 평범한, 별다른 특징이 없어 보이는 여자라는 점도 놀라웠다. 윤초연의 이력은 균도 알고 있었는데, 여자는 그런 화려한 이력과는 어울리지 않게 상당히 평범해 보였다. 단 한 가지, 치렁치렁한 옷차림은 결코 평범하지 않은 것 같지만.

"확실히 괴짜 같은 구석이 있긴 있는 것 같다. 저런 옷은 도대체 어디서 구한데?"

픽, 소리를 내며 석재가 웃었다.

"돌연변이라서 그래."

"돌연변이? 그게 뭔 소리야?"

"그런 게 있어."

"근데 내 보기엔 영, 형 취향은 아니다. 그치? 어린 여자도 별로 좋아하지 않지만, 저렇게 튀는 스타일은 진짜 별로지 않아?"

"내 취향을 나보다 네가 더 잘 아는 것처럼 말하는구나."

"윤 사장님에 대한 예의 차원에서 만나주려는 거야?"

"그것도 무시 못하지."

하지만 그게 다는 아니었다. 조연이 마음에 들지 않았다면 아무리 윤 사장이라도 석재는 자신의 의사를 정화히 전달했을 것이다. 특히나 이런 일에 미적거리는 걸 석재는 싫어하는 편이었다. 이런 석재의 성향을 아는지라 균도 그 이상은 확대 해석하지 않았다. 석재가 초연을 마음에 들어한다는 사실을 균은 어느 정도 짐작하고 있었다. 어느 정도인지 가늠하기 어려워서 그렇지.

"스물여섯이라고 했지? 흠! 확실히 형보다는 많이 어린데. 일곱 살 차이면 좀 심하긴 하다."

"세상을 알 만큼은 돼."

전화기를 귀에 대며 석재가 대꾸했다. 여전히 음률이 느껴지지 않는 무덤덤한 어조. 윤초연에게 전화를 거는 모양이다. 자연스레 균의 눈동자가 윤초연에게로 향했다. 그녀는 여전히 어리바리한 모습으로 회사 건물 앞을 두리번거리고 있었다.

"그 말은, 남자를 알 만큼은 된다는 뜻?"

"날 미성년자를 데리고 노는 후한무치쯤으로 묘사하지 말라는 소리다."

"그렇게 알아들었다면 미안. 그냥 관심이 좀 생겨서."

"뭐?"

석재가 놀란 듯 균을 돌아보았다.

"특이한 애잖아. 저런 애랑 사귀면 심심하진 않을 것 같아."

"애라는 말은 좀 그렇다. 나중에 형수님이 될지도 모르는 분에게 막말하는 거냐?"

석재의 눈매가 가늘어짐과 동시에 눈동자에 경계의 빛이 날카롭게 떴다.

"어차피 형수님이 될 가능성은 제로 아니야? 형 스타일이 아니잖아."

추궁하는 석재의 말투에 균이 변명하듯 말하며 어깨를 으쓱했다. 석재의 눈매가 더욱 가늘어졌다. 미간의 주름이 깊게 패자 균은 살짝 긴장했다. 그러나 석재의 눈동자는 균이 아닌 창밖의 윤초연을 향해 빛나고 있었다.

"물론 아니지. 네 말대로."

매우 낮게 깔리는 목소리. 석재는 쥐고 있던 전화기를 귀에서 떼더니 휙, 단번에 전화 폴더를 접었다. 딱! 소리에 괜스레 간이 콩알만 해진 균은 석재의 눈치를 살폈다. 반응이 생각 외로 날카로웠다.

"하지만 기억해 둬. 네가 말하는 내 스타일, 그런 여자들과 결혼할 생각이었다면 애초에 맞선 따위 볼 필요도 없었어."

하긴 틀린 말은 아니다. 석재가 결혼을 결심한 건 가정을 꾸리기 위함이었고, 소위 말하는 석재 스타일의 여자들은 하나같이 가정과는 거리가 멀어 보였으니까. 잠깐씩 만나고 헤어졌던 많은 여자들은 주로 세련되고 육감적이고 예뻤다. 관상용이랄까. 뭐, 사실 딱히 그 여자들이 석재의 취향이라고 정의내릴 수는 없겠다. 그가 직접 선택한 여자들이 아니었기 때문에. 엄밀히 말하면 그가 그런 여자들을 좋아할 거라고 여긴 주변 사람들이 소개해 준 여자들이었다. 그 주변 사람늘 중 균도 섞여 있었기 때문에 아주 잘 알았다.

그나저나 어디 보자. 저 여자가 천하의 한석재가 직접 고른 여자다 이거지? 흠…….

'저 여자도 별로…… 가정적이고 조신한 여자랑은 거리가 먼 것 같은데. 도대체 무슨 생각인 거야, 형은?'

균은 자동차 문을 힘껏 열고 크고 힘찬 동작으로 나서는 석재를 향해 휙 양쪽 눈썹을 끌어 올렸다. 잘 차려입은 슈트의 단추를 채우며 윤초연을 향해 걸어가는 석재의 뒷모습은 남자인 균이 봐도 감탄이 절로 나올 정도로 멋있었다. 저런 남자의 전화를 씹는 여잔 도대체 무슨 생각인 걸까?

한석재나 윤초연이나. 균은 도무지 이해할 수 없는 두 사람을 묵묵히 지켜보았다. 이 미로 같은 게임의 승자가 과연 누구일지 심히 궁금해하며.

'의외의 발칙함.'

석재는 윤초연에 대한 정의를 마음속으로 조용히 내리고 있었다.

저 요란한 옷차림을 빼면 윤초연은 한없이 멍하고 무른, 그러면서도 몹시 다루기 쉬운 여자처럼 보인다. 발랑발랑 말도 잘하고 해죽해죽 웃기도 잘하는 게, 꼭 막냇동생 같은 느낌? 아무리 사회 생활에 대한 자신의 지론을 펼쳐 보여도, 담배를 꼬나물고 짐짓 센 척 허세를 부려도 그의 눈엔 어른 옷 걸쳐 입은 어린애 처럼 한없이 어수룩하고 순진해 보였다.

그런데 그럼에도 불구하고 그녀가 실제로 보이는 반응들은 예상외로 뻣뻣하다. 전화하면 재깍 받고 나오라면 버선발로 뛰어나오고 만나자면 황송하게 받아들일 것처럼 보이는데, 실제 상황은 정반대라는 뜻. 그가 전화했을 때 그녀는 단 한 번을 제대로 받은 적이 없었다.

방금 역시 마찬가지. 또 받지 않았다. 오늘 오전에 받았던 전화는 우연히, 그의 전화번호를 숙지하지 못해서 저지른 실수였던 게 판명되는 순간이다. 이러다 약속 시간에 서로 만나지 못하고 엇갈리면 전화 핑계를 댈 생각이었던가?

'아니, 왜?'

아무리 생각해 봐도 이해가 되지 않았다. 왜 자신이 기피 대상이 되어야 하는지. 돈이면 돈, 외모면 외모, 매너면 매너. 빠지는 게 없는 그였다. 그 어떤 여자도 자신을 마다하지 않을 거라는 확신이 있었기 때문에 석재는 결혼에 대해서도 느긋하고 낙관적이었다. 하지만 이게 웬걸? 남녀노소를 불문하고 반가이 맞이하는 한석재의 전화를 윤초연이 씹었다. 바쁘다는 핑계로 만나기를 거절하기도 했다. 지금껏 그 누구에게도 이런 대접을 받아본 적이 없었던 석재로선 윤초연이란 여자의 기행이 의아스러웠다. 불쾌하고 자존심이 상해야 마땅했지만, 그보다는 궁금했다. 도대체 자신의 어디가 그렇게 마음에 들지 않는 것인지.

"윤초연 씨."

휙, 고개를 기울여 반대쪽을 열심히 살피고 있던 초연이 얼굴을 돌렸다. 그 바람에 찰랑 아무렇게나 치렁치렁 흘러내린 머리카락들이 허공에 흩날렸다. 윤초연은 처음 봤을 때와 다르지 않은, 여전히 꾸미지 않은 모습이었다. 겨드랑이까지 흘러내린 머리카락은 그 흔한 미용실에도 들르지 않은 듯 푸석푸석했고, 옷차림도 여전히 격식과는 거리가 먼 캐주얼이었다. 레깅스마냥 딱 달라붙은 청바지에 워머, 알록달록한 그림이 그려진 운동화, 후드 원피스, 끝에 가벼운 술이 둘러진 꽃무늬 망토까지 뭐 하나 그와 어울리는 게 없었다.

"아! 이제 오셨군요. 전 또 기다리시게 한 줄 알고. 제가 좀 늦었거든요."

그녀의 이마에서 땀방울이 찍 흘러내렸다. 두 볼이 발그레하고 숨을 헐떡이는 폼이 아무래도 서둘러 나오느라 뛰었나 보다.

"뛰셨군요."

"엘리베이터가 느려 터져 가지고 기다리느니 뛰는 게 낫겠다 싶어서요. 운동도 할 겸 겸사겸사."

도연은 어색한 웃음을 지으며 아무렇게나 둘러댔다. 동생과 만나서 핸드폰 바꿔주고 나오느라 늦었다는 걸 이 사람이 알 게 뭐냐? 혹시라도 이 남자가 먼저 도착해서 그녀를 기다리다가 못 참고 회사로 찾아 들어오는 일이 발생할까 봐 미친 듯이 뛰었다고, 말할 생각은 전혀 없었다. 어차피 핸드폰은 잃어버렸다고 할 참이고, 이 남자와는 오늘로서 쫑 낼 작정이었다.

"숨도 돌릴 겸, 그럼 걸을까요?"

"네?"

"점심 예약해 뒀습니다. 가재 요리 좋아하시죠?"

물론이다. 야들야들한 속살을 한입 가득 넣으면 혀끝에서부터 찌르르 전해오는 그 맛, 입 안에서 그냥 사르르 녹아버릴 것 같은 그 부드러운 풍미! 그녀가 제일로 좋아하는 게 바로 그 랍스터다. 상상만으로도 군침이 도는 것 같아 도연은 꿀꺽 침을 삼켰다.

"아쉽지만 점심 먹을 시간이 없을 것 같은데요."

"……."

미스터 백만장자의 표정에는 아무런 변화가 없었다. 물끄러미 도연을 바라보며 그녀의 다음 말을 기다리고 있었다. 도연은 발딱발딱 심장이 뛰는 걸 느끼며 떨리는 호흡을 가다듬었다. 거짓말엔 소질이 없는데, 지금까지 살면서 거짓말은 별로 해본 적이 없는 그녀인데 왜 이 사람한테만큼은 자꾸자꾸 하게 되는 걸까? 정말 심히 괴로웠다.

"……좀 바빠서요."

간신히 내뱉고 나니 손바닥엔 땀이 배어났다.

"어디 가시는 중이십니까? 외근?"

"아니요. 그건 아니고, 잠깐 나온 거예요. 브, 브리핑 준비를 해야 하거든요."

엄밀히 말해서 거짓말은 아니다. 아까 초연은 분명 고객 브리핑을 앞두고 정신이 없었으니까. 말로는 점심식사를 같이하자고 했지만 분위기로 보아 점심은커녕 숨 돌릴 시간도 없을 듯했다.

"브리핑 준비가 아직 덜 된 모양이군요."

"예. 죄송합니다."

"바쁜 건 죄가 아니죠."

의외로 이 백만장자는 성격이 좋았다. 보통 돈 많고 잘생긴 킹카들은 성격이 대략 난감인 경우가 허다하다고들 하는데 말이다. 이 정도면 남편감으로 손색이 없지 않을까? 마음에 쏙 든다, 물론 제붓감으로. 현식은 솔직히 말해서 성격이 좀 별스럽다. 변덕도 심하고 피해의식도 있다. 돈 잘 버는 여자 친구를 둔 백수라는 처지 때문에 더욱 그렇겠지만.

"그래도 이렇게 시간을 내서 나오셨으니 차라도 한 잔 마시고 들어가시죠."

"예. 저도 그러려고요."

헤벌래, 밸 빠진 계집애처럼 도연은 웃어 보였다. 한 잔, 커피든 주스든 한 잔이면 끝이다. 이 남자가 완전 질리게끔 푼수를 떨어줄 작정이었다. 택시를 타고 여기까지 오는 내내 생각했던 방법들을 도연은 다시금 떠올려봤다. 다리를 덜덜덜 떨고, 머리를 긁적이며 비듬을 털어낸 후, 껌을 쫙쫙 씹으면서 손가락으로 찍 늘어뜨리는 추잡스러움의 진수를 보여줄 예정이었다. 정 안되면, 몸이 가려운 듯 마구 긁어대거나 코를 파고 눈곱을 떼는 등의 저급한 방법도 있었다. 어쨌든 깔끔의 대명사처럼 보이는 이 남자 앞에서 도연은 싼티의 대명사가 될 생각이었다.

"춥지 않으세요?"

"예?"

남자에게 걸어챌 궁리를 하고 있던 도연은 퍼뜩 정신을 차렸다. 기럭지 긴 백만장자가 그녀의 좁은 보폭에 맞춰 천천히 걷고 있었다. 작은 감동이 도연을 찡하게 했다. 안 돼, 그런 생각은 버려. 저 남자는 그림의 떡이라고. 네 남자도 아니고 네 남자가 될 가능성도 전혀 없는 사람이란 말이야.

"꽤 쌀쌀하군요."

"아, 예. 뭐 전 괜찮아요. 그, 그쪽은 추우신가 봐요?"

등신. 바보 머저리! 그런 말은 왜 하는 건데?

"저도 참을 만합니다."

그는 예의 바르게 깍듯한 어조로 대답했다. 그러나 풋, 그의 웃음소리를 도연은 놓치지 않았다. 그래. 웃기는 말이었어. 그쪽은 추우신가 봐요, 라니. 멍청이. 쪼다. 연애 못해본 지 삼 년이 되어가니 이젠 센스도 떨어지는구나. 그 순간 그런 말밖에 못하고. 나이 헛먹었지. 도연은 자책하며 썩을 것 같은 표정으로 고개를 푹 수그렸다.

"한 가지 궁금한 게 있습니다."

"뭔데요?"

여전히 고개를 수그리고 도연은 중얼거렸다. 지금 코를 한 번 후벼 파줄까?

"전화는 언제 주실 생각이었습니까?"

엥? 전화? 순간, 코와 둘째 손가락의 접선에 대한 생각이 홀랑 날아가 버렸다.

"어제 메시지 받았습니다. 오늘 중으로 연락을 주신다고 했었죠."

아차차! 맞아, 그랬다. 이제야 기억이 나다니. 이 나이에 벌써 치매인 거냐, 윤도연? 도연은 숙인 고개가 빳빳해짐을 느끼며 입술을 잘근잘근 씹어댔다.

"바빴어요. 브, 브리핑 준비 때문에 정신이 없어서 연락드린다는 걸 깜빡했지 뭐예요."

다행히 백만장자의 표정에선 별다른 낌새가 포착되지 않았다. 뭔가를 눈치 채거나 한 건 아닌 듯 표정에는 아무런 변화가 없었다. 다행이었다.

"아까 전화를 받지 않으시길래……"

그가 걸음을 멈추었다. 덕분에 졸졸 따라가던 그녀도 자연스레 따라 멈추었다.

"초연 씨가 절 일부러 피하는 줄 알았습니다."

헉! 그걸 어떻게 아셨어요? 라는 말이 절로 나올 뻔해, 도연은 서둘러 이 사이에 혀를 가두었다. 정말 눈치 캡 빠른 남자가 아닌가? 그건 어떻게 알아가지고……. 도연은 서둘러 표정 관리에 들어갔다. 그리고 미리 생각해 두었던 핑계를 자연스럽게 둘러댔다.

"그럴 리가요. 방금은 전화기를 잃어버려서 못 받은 거예요……."

"전화기를 잃어버리셨다고요?"

이 여자 봐라? 석재는 한쪽 눈썹을 휙 끌어 올렸다. 이 여자, 이젠 교묘히 빠져나갈 핑계를 다양하게 구사하기 시작한다. 그를 못 가져 안달하는 여자들이 한국에만도 수백만인데, 그런 그를 일부러 피한 것도 모자라 이젠 아예 전화기를 잃어버렸다고? 아까 회사 건물에 뛰어나온 후 시간을 확인하기 위해 가방에서 꺼냈던 건 그럼 뭐란 말인가? 석재는 불쑥 짜증이 일었다. 폐기 처분된 쓰레기가 된 기분이었다.

"예……. 택시를 타고 왔는데 아마 거기다가 놓고 내린 것 같아요."

도연은 특유의 무표정으로 자신을 물끄러미 바라보고 있는 석재를 마주 보았다. 두근. 뭘 알아챈 것 같진 않은데, 눈빛이 영 심상치 않았다. 일 초, 이 초……. 삼 년 같은 삼 초가 지나갔다. 빤히 그녀를 바라보던 석재가 대뜸 물었다.

"아까 전화했을 땐 받으시던데, 그럼 언제 잃어버리신 겁니까?"

헉! 깜빡했었다. 아침에 출근할 때 잃어버렸다고 할 참이었던 도연은 쿵 심장이 곤두박질치는 기분이었다. 한순간의 실수로 거짓말이 죄다 들통 날 뻔하질 않았나!

'잠시잠깐이라도 방심하면 이렇다니까. 아흘! 미쳐, 미쳐. 도대체 왜 이런 일이 끼어가지고. 내 팔자야.'

도연은 질끈 아랫입술을 깨물며 억지웃음을 떨떠름하게 지었다.

"잠깐 밖에 일이 있어서 나갔다 왔거든요."

두근두근, 안 하려던 거짓말을 하자니 심장이 마구 뛰어댔다. 곧이라도 갈비뼈를 뚫고 튀어나올 것만 같았다.

"그래요?"

믿는 듯 그가 희미한 미소를 지었다. 방금 자신이 그의 의심을 더 키워주고 말았다는 사실은 까마득히 모른 채 도연은 휴, 기나긴 안도의 한숨을 내쉬며 가슴을 쓸어내렸다. 오늘은 어떻게든 매듭을 지어야지 이대로 가다간 진짜 제 명에 못 죽을 것 같다는 생각을 하며 그녀는 꿀꺽 마른침을 삼켰다.

"분실 신고는 하셨습니까?"

"예?"

"안 하셨으면 지금 빨리 하셔야 할 것 같은데요."

"아! 걱정 마세요. 아까 정지 신청, 오면서 했어요."

"……그러세요?"

"예……."

어색한 공기가 두 사람 사이를 싸하게 얼렸다.

사람들이 분주히 오가는 번화가에서 두 사람은 멀뚱하게 서로를 마주 보며 서 있었다. 도연은 그가 왠지 모르게 자신을 믿지 않고 있다는 느낌을 받아서 찜찜했고, 석재는 입 안을 맴도는 씁쓸함 때문에 기분이 몹시도 나빴다. 석재는 이 여자가 확실히 자신을 피하고 있다는 생각을 굳혔다. 더듬거리며 말도 안 되는 변명과 핑계를 대는 여자를 보면서도 그래도, 설마하는 마음을 조금이나마 가지고 있던 그에겐 참으로 착잡한 일이었다.

그도 그럴 것이, 그에게 목을 매는 여자들이 어디 한둘인가? 하지만 그중 그의 부(富)와 사회적 위치에 걸맞으면서도 일을 진정으로 사랑하고, 그의 사회적 활동을 전폭적으로 이해해 줄 수 있는 여자를 찾는 건 쉽지 않았고, 그런 의미에서 윤초연은 그가 원하는 이상적인 아내의 조건에 부합되는 최초의 여자였다. 그가 지금까지 만나본 여자들은 전부 다 감정적으로 질척대는 데다가 그의 돈 앞에서 비굴했다.

"그럼 차를 마실 게 아니라 휴대폰을 새로 구입하러 가는 게 좋겠군요."

석재는 입 안을 가득 매운 씁쓸함을 삼키며 윤초연을 향해 씩, 마음에도 없는 미소를 지어 보였다. 윤초연이 어디까지 피할 수 있는지 일단은 잠자코 두고 볼 생각이었다. 피하고 피하다가 지치면 말하겠지. 왜 그가 싫은 건지.

"예?"

역시 그의 예상대로 윤초연은 놀랐다.

"택시에서 잃어버렸으면 찾기 힘들 겁니다. 전화는 저도 해봤지만 안 받더군요."

"그래도 혹시 모르고 하니까 머, 며칠은 더 있다가 살까 하는데요."

"일할 때 불편하실 텐데요."

윤초연의 얼굴에 당황함이 배어났다.

"괜찮아요. 사실은 오늘은 카드도 안 가져와서 살 수가 없을 것 같……."

"제가 대신 지불하겠습니다."

"예? 아, 아니, 왜요?"

"제가 불편할 것 같아서 그렇죠. 가요."

"저, 저기요."

일방적으로 통보하듯 말해놓고 성큼성큼 앞장을 서는 석재의 등을 향해 그녀는 다급하게 불렀다.

"그걸 왜 그쪽에서 산다는 거예요? 이보세요!"

석재는 자리에 우뚝 서서 반쯤 몸을 비틀어 그녀를 돌아보았다. 윤초연은 몇 발자국 떨어진 곳에서 달리는 듯한 종종걸음으로 다가오고 있는 중이었다. 정감있는 색상의 꽃송이들이 알록달록 수놓아진 핸드메이드 망토가 출렁거리고 망토 자락에 주렁주렁 매달린 기다란 술들이 마구 흔들렸다.

"저기요……."

"한석재."

달려온 그녀를 향해 석재는 자신의 이름을 단호하게 내뱉었다.

"예?"

"제 이름은 저기요가 아니라 한석잽니다. 윤초연 씨."

"……."

멍하게 도연은 장승 같은 석재를 바라보았다. 한 번도 자신을 '저기'로 부른 이가 없었던 듯 그는 살짝 삐친 모양이었다. 대략 이해가 가기도 했다. 그는 워낙 많은 이들로부터 화제가 되었던 사람이니까. 특히나 맞선까지 본 여자한테서 줄곧 이름이 아닌 거기, 저기로 지칭되어오고 있으니 좀 자존심이 상한 것이다. 그래서 자신을 각인시키고 싶은 걸까?

"예, 한석재…… 씨."

"좋네요. 당분간은 그렇게 부르시면 될 것 같습니다. 윤초연 씨."

"당분간이라고요……?"

"네, 당분간."

설핏 희미한 미소를 띠고 말한 그는 다시 가던 길을 걸어갔다. 도연은 얼이 빠진 채로 점점 멀어져 가는 석재의 뒤를 바라보고 서 있었다. 따라가야 할지, 되돌아가야 할지 판단이 안 섰다.

"안 따라와요?"

"예?"

정말 사주겠다는 건가? 정말로 TV 드라마에서 재벌2세들이 하는 그 짓을, 한석재도 똑같이 해주겠다는 것? 얼굴에 X이라도 묻은 듯 도연이 인상을 있는 대로 찌푸렸다. 이건 아니라고! 우리 사이는 애인도 아니고 뭣도 아니잖아! 단 한 번, 맞선 본 게 전부인 여자한테 무슨 선물이야!

"참 까다로운 여자로군."

엥? 이건 또 무신 귀신 씻나락 까먹는 소리? 혹시, 이 남자 뭔가 단단히 오해하고 있는 거 아니야? 도연을, 괜히 속으론 좋으면서 겉으로만 튕기는 척하는 것으로 말이다. 그러면 안 되는데! 도연은 저벅저벅 이쪽으로 걸어오는 석재를 보며 두려운 눈으로 지켜보았다.

'이보세요. 나, 당신 같은 남자 튕길 정도로 잘나가는 사람 아니거든요? 눈이 있으면 좀 행색을 보시라고요. 난 윤초연이 아니에요!'

도연은 코앞까지 다가온 남자를 간절한 눈으로 올려다보았다. 제발, 그녀가 윤초연이 아니란 걸 눈치 채줬으면 하는 바람이 그녀의 눈동자 속에 담뿍 담겨 있었다. 그러나 도연의 앞에 멈춰 선 석재는…….

"윤초연 씨."

깨갱. 이게 뭐야? 눈빛으로 모든 걸 알리려 한 게 잘못이지. 초연과의 약속 때문에 차마 입으로 내뱉을 수 없었던 진실들을 눈빛으로 어떻게 한번 전달해 보려 했던 도연은 절망했다. 도연의 일그러진 얼굴을 굽어보며 석재는 조용하지만 단호함이 담긴 목소리로 물었다.

"어제 윤 사장님께서 말씀하시더군요. 초연 씨도 제가 마음에 들었다고 하셨다던데. 맞습니까?"

"어, 어……."

할 말이 없게 만드는 석재. 그 말은 도연도 초연에게서 전해 들어 알고 있었다. 그래서 그 때문에 이렇게 와 있는 게 아니겠냐고. 마지못해 도연은 개미 하품하는 소리만큼이나 작게 네라고 대답했다.

"그런데 초연 씨의 태도는 그 반대로 보여요."

왜냐? 난 초연이 아니라 도연이니까. 도연은 입술을 삐죽거리며 속으로 중얼거렸다. 그가 큰 키로 굽어보고 있어서인지, 경직된 듯한 그의 표정 때문인지, 도연은 마치 선생님 앞에서 야단맞는 학생이 된 기분이었다.

사실이야 어쨌든 그가 이쪽 사정을 눈치 채게 할 수는 없었다. 그가 도연이 초연 행세를 했다는 걸 알게 되었을 때, 그 파장이란 도연이 혼자 감당할 수 없을 지경이 될 것이다. 현식의 사정이 조금이라도 나아지고 그래서 초연이 떳떳하게, 남자 친구가 있다고 부모님에게 밝힐 수 있을 때까진 도연이 이 남자를 붙잡고 있어야 했다. 그게…… 과연 언제까지 가능할지는 그녀도 알 수 없었다. 들키는 데까지 해봐야지, 이젠 도리 없다.

"저, 그건 아니고요……."

"보통 이런 경우, 결혼을 전제로 두 사람이 교제하는 게 합당한 수순이죠."

"겨, 겨겨겨겨겨겨……!"

결혼이라고라? 누가 누구랑?! 절망으로 일그러진 도연의 얼굴이 순식간에 최상급으로 되어갔다. 설마 이 남자가 벌써 결혼을 생각하고 있는 건 아니겠지? 이제 딱 한 번 만났는데? 초연을 위해 붙들고 있겠다는 말, 취소다. 한석재의 성격이 이렇게 초급행 열차일 거라곤 생각 못했었단 말이다! 덜컥 겁이 난 도연은 뒷말을 잇지 못하고 키 큰 남자만 올려다보고 있었다.

"윤 사장님께서도 당연히 그래야 한다고 말씀하시더군요."

"아, 아빠가요?!"

"어제 정식으로 교제를 허락받았습니다."

"어, 어제?"

어젠 맞선 본 당일. 퍼뜩 아침에 엄마인 곽춘자 여사가 인터폰 근처에 붙여놓은 쪽지가 떠올랐다. 기분이라며 삼십만 원이라는 거액의 용돈을 쐈던 엄마의 쪽지. 그게 다 이것 때문인가? 한석재의 프러포즈를 받았기 때문? 그래서 그리 기분 좋아하셨던 것이라고? 오호, 통재라! 하늘이 무너지는 기분이었다.

'나, 정말 이 남자랑 결혼을 해야 하는 건 아니겠지?'

이건 말도 안 되는 운명의 장난이다. 그녀를 동생, 초연으로 알고 있는 남자와 결혼이라니. 나중에 이게 다 거짓이었다는 걸 알게 되면 피해 당사자인 한석재가 가만있지 않을 것이다. 아무리 성격 좋아 보이는 한석재라지만 자기를 두 여자가 작당해서 농락했다는 걸 알면 화를 내지 않을 리 없었다. 결코 녹록치 않을 것 같은, 강건한 석재의 눈빛을 바라보며 도연은 침을 꿀꺽 삼켰다.

"저 벌써 결혼을 거론하는 건⋯⋯."

"긴장하지 마세요. 난 싫다는 사람을 억지로 결혼식장으로 끌고 가는 무뢰배가 아닙니다."

그가 딱딱하게 말했다. 자존심이 상한 것일까?

"제 말은 그게 아니에요. 그, 그렇게 알아들으셨다면 유감이네요. 하지만 교제를 벌써 생각하는 건⋯⋯."

"문제가 뭔지 모르겠군요. 내가 마음에는 들지만 나와 교제하는 건 싫다는 말씀이십니까?"

"아니요⋯⋯."

도대체 뭐라고 설명해야 하지? 변명거리도, 마땅한 핑계도 당장은 생각나는 게 없었다. 도연은 당장 연기가 되어 하늘로 올라가고 싶은 마음만 들었다. 귀차니스트 윤도연, 이런 귀찮은 일에 빠지게 될 줄 누가 알았겠는가. 괴로워 죽을 지경이었다. 마음 같아선 대충대충 마무리하고 집으로 가 디비져 자고만 싶었으나 그럴 수는 없고.

"싫다는 게 아니라, 뭐랄까⋯⋯ 모든 게 너무 갑작스러워서⋯⋯. 전 일도 바쁘고, 결혼은 아직 생각하지도 않고 있고 또……."

"단도직입적으로 한 마디만 하시죠."

바보처럼 밑도 끝도 없이 더듬어대던 그녀의 말에 한석재가 마침표를 찍었다. 싸늘한 눈만큼이나 심기 불편한 목소리, 딱딱 끊어지는 말투였다.

'아, 미치겠어! 어떻게 해!'

어떻게 하긴 뭘 어떻게 하나? 사실대로 말하던지, 아니면 그럴 듯한 핑계를 대야지. 세련되고 무난하며 천하무적 한석재라도 별수없이 물러서야만 하는 이유.

"성격이 안 맞는 것 같아요, 우린. 취향 차이가 좀 심하지 않나 하는 생각도 들고. 처음엔 한석재 씨의 조건이나 겉모습을 보고 괜찮다고 생각했어요. 부모님께도 그래서 마음에 든다고 말씀드린 거고요. 하지만 다시 생각해 보니 아닌 것 같아요."

음, 좋았어. 이거야. 성격 차이. 세상에 많은 이혼 부부들이 이혼사유로 내놓는다는 바로 그것. 이거야말로 한석재가 꼼짝 못할 만한 이유라고 그녀는 다시금 생각했다. 하지만 다음 순간, 그녀는 자신이 얼마나 멍청한지를 통감하고 또 통감했다.

"우리가 서로 그렇게 많은 걸 알고 있었나요? 서로의 취향을 알 만큼?"

"네?"

한석재의 입술이 냉소적으로 비틀렸다. 그녀가 핑계를 대고 있다는 걸 간파한 듯했다. 철렁, 심장이 내려앉았다.

"우린 아직 서로의 취향과 성격을 잘 모릅니다. 알기 위해선 좀 더 많은 시간을 함께해야겠죠."

"그, 그렇긴 하지만……."

할 말이 없다. 뭐라고 반박해야 하잖아. 말을 하라고! 그러나 그녀의 이런 절박한 심정에도 불구하고 도연은 더 이상 입도 벙 긋하지 못했다. 그의 말은 한 치의 오차도 없이 그녀를 이해시키고도 남음이 있었다. 정상적이지 못한 이론을 펼친 건 오히려 도연이었다. 역시 사실대로 실토하는 수밖에 없는 건가?

"날 더 잘 알 게 되면, 아마 생각이 달라질 겁니다."

엑? 이건 또 뭔 소리?

"아니, 한석재 씨가 마음에 안 든다는 게 아니라요. 서로 이, 취향이나 성격 이런 게 있잖아요. 상반된 느낌이라고나 할까요? 무슨 말씀이신지 잘 아시죠?"

"자신과 다르기 때문에 더 끌리는 수도 있죠."

"그거야 그, 그렇죠……."

뭐야! 이러면 안 되잖아! 아니라고 말해. 절대 끌릴 수 없다고 주장하라고!

"이렇게 하죠. 서로에 대해서 더 잘 알 수 있을 때까지, 정식 적인 교제는 보류하는 거. 하지만 서로를 알게 될 때까지 지속 적인 만남을 갖는 겁니다."

"꼭 그렇게 해야 할 필요를 느끼지 않아요, 전."

왜냐! 난 윤도연이니까! 윤초연이 아니니까!

인내심을 갖고 차분히, 그리고 계속 그녀를 설득하는 한석재에겐 미안하지만 도연은 이 시간 이후, 다시는 이 남자를 만나고 싶지 않은 마음이었다. 그녀라고 눈이 없겠나? 마음이 없겠나? 그가 멋있는 남자라는 건 그녀도 잘 알고 있다. 모든 여자들이 꿈꿀 만한 조건과 외모를 다 가지고 있는 남자가 만나자는데 싫어할 여자가 어디 있겠는가 말이다. 그렇지만 모든 걸 알게 되면 불처럼 화를 내다가 차갑게 돌아설 남자였다. 결코 자신과 짝이 될 수 없는 남자와 이런 일로 얽히는 게 도연으로선 전혀 기쁘지 않았다. 마음 단속을 다시금 철저히 하며 도연은 좀 더 단호하게 말했다.

"시간 낭비할 만큼 한가하지도 않아요."

"압니다. 하지만 지금은 섣부른 결정을 할 필요는 없다고 봅니다. 차차 시간 여유를 두고 생각하는 게 현명한 선택을 하는 길이겠죠."

냉정하고 차분히 말을 건네는 석재의 속은, 그러나 겉모습처럼 그렇게 편치 않았다. 온몸의 피가 싸하게 식어 내려가는 기분이었다. 여자에게 이런 모욕을 당하리라곤 전혀 생각하지 못했기 때문이다. 단 두 번의 만남으로 무참하게 깨지다니 인간, 한석재에게 이런 경험은 처음이었다. 아마도 전무후무한 경험이 될 것이다. 태도로 보아 그를 싫어하는 건 아닌 것 같은데…… 도대체 무슨 이유로 이러는 거지?

속이 쓰렸다.

"시간 여유를 둔다는 건 무슨 뜻이죠?"

"사람들이 우릴 주목하고 있어요. 쉽사리 했던 말을 번복하는 사람이 되고 싶지는 않습니다. 초연 씨는 어쩔지 모르겠지만."

"그, 그건……?"

"오늘 저녁, 윤 사장님과 저녁 식사 약속이 되어 있습니다. 알고 계시겠죠?"

신선하지 못해. 정말 이것밖에 없었던 거냐? 석재는 속으로 스스로를 비웃었다. 사업상, 별의별 협박을 다 해보았던 그였지만 지금처럼 같은 사람에게 두 번 똑같은 협박을 해봤던 적이 없던 그였다. 여자에게 딱지 맞지 않기 위해 이런 유치하고 빤한 협박을 했던 적도 역시 없었다.

"어……! 저, 저기 그러니까……."

창의적이지 못한 협박 레퍼토리였지만 효과는 만점이었다. 그녀는 깜짝 놀란 듯 두 눈을 동그랗게 뜨고 더듬거리기 시작했다. 부모의 강압 때문에 그를 만나고 있다는 게 확실해지는 순간이었다. 윤 사장이 자식을 옭매는 엄하고 깐깐한 부모일 것 같진 않은데, 도대체 일이 어떻게 되어가고 있는 것인지 석재는 궁금해졌다.

"사업적인 자리이지만 초연 씨 얘길 피할 수는 없을 것 같습니다. 그 자리에서 당장 초연 씨가 했던 말을 언급해야 할지도 모른다는 거죠. 물론 윤 사장님께선 초연 씨의 마음을 이미 알고 계시겠죠? 하지만……."

"아, 잠깐만요!"

숨을 쑥 들이쉰 그녀는 한순간 확 내뱉었다. 그리고 잠시 숨도 행동도 모두 멈추고 눈알만 이쪽저쪽 굴리더니 곧, 사색이 된 얼굴을 방실거렸다.

"생각해 보니까 좀 이른 것도 같네요. 좀 더 만나보고 결정해도 늦지 않을 것도 같아요."

억지웃음이라는 게 얼굴에 확연히 나타났다. 낭패감이 그녀의 얼굴 위를 적나라하게 날아다녔다. 아직 윤 사장에게는 자신의 생각을 말하지 않았다는 거였다. 역시 부모의 성화에 못 이겨 맞선을 본 거였다. 그렇다면 이 여자는 맞선을 보기 싫었다는 말이 되는데, 왜? 무슨 이유로? 혹시 다른 남자가 있는 것?

갑자기 확 기분이 잡쳤다. 다른 남자 옆에서 얄캉얄캉한 입술과 야들야들한 눈매로 애교를 떠는 윤초연의 모습은 생각만 해도 불쾌했다. 만약 이 여자에게 정말 다른 남자가 있는 거라면, 그래서 그를 거부하는 거라면—그럴 가능성이 농후하다—어떻게 해야 할지 판단이 안 섰다. 물러서야 당연한 것을. 석재는 선뜻 그러겠다는 결심을 하지 못하고 있었다.

이런 일로 고민을 하고 있다니. 빌어먹을, 낮게 중얼거리며 석재는 애써 자신을 이해시켰다. 이렇게 기분이 더러운 건 자존심이 상해서라고, 그 때문이지 다른 이유는 없다고. 석재는 재빨리 꼬리를 내리고 순종하기 시작하는 그녀를 향해 빙긋 웃었다. 미소이긴 하나, 싸늘한 냉기가 뚝뚝 떨어지는 미소였다.

"그렇다면 다행이군요. 그럼 이제 가시죠."

막 뒤를 돌리는데 그녀가 다급하게 말한다.

"저, 저기요……. 하지만 핸드폰과 그 문제는 다른 거라고 생각하는데요. 전 별로 받고 싶지 않아요."

그러시겠지. 앞으로 그 휴대폰이 발목을 잡을 수도 있을 테니. 쉽게 빠져나가기 위해서는 이런 선물 따위 받지 않는 게 상책일 것이다. 석재는 상한 기분을 드러내지 않으며 차갑게 응수했다.

"난 불편한 거 못 참습니다."

"예?"

어색하게 방실거리고 있던 그녀의 표정이 순식간에 얼어붙었다. 무슨 말인지 제대로 이해하지 못한 양 그녀는 두 눈만 껌벅거리고 있었다.

"돈보다 시간을 더 중요하게 생각하는 사람이기도 하고요."

"……."

도대체 저게 뭔 소리야? 도연은 백만장자 한석재의 입을 뚫어져라 응시했다.

"휴대폰은 내가 불편해서 내가 돈을 지불하고 사는 걸로 합시다."

"아니, 저……."

"약속어음쯤으로 생각하세요."

약속어음? 이건 또 무슨 모기 콧구멍 파는 소리람? 누가 사업가 아니랄까 봐 어음이 어쩌고저쩌고. 그런 거 하나도 모른단 말이야! 도연은 당황한 얼굴로 한석재를 올려다보았다.

"우리가 정말 맞지 않다고 여겨질 때, 그때 놀려받노록 하죠. 동의하시죠?"

"동의…… 요? 어……."

동의한다고 할밖에 다른 수가 있나? 저렇게 무서운 얼굴로 묻는데. 도연은 네, 라고 다 죽어가는 목소리로 대답하며 고개를 끄덕였다. 한석재는 입술 끝만 살짝 끌어 올리는 형식적인 웃음을 입가에 띠고 말했다.

"가시죠."

•제4장 혼란스러울 따름•

결국 그는 TV에서 방영하는 통속드라마 주인공처럼 도연에게 멋진 최신형 휴대폰을 떡하니 선물했다. 누가 부자 아니랄까 봐, 드라마 재벌2세 흉내나 내고. 유치하게. 아, 더욱 유치찬란한 건 새 휴대폰에 자신의 전화번호를 무려 단축번호 1번으로 저장해 놓은 거였다. 예상하지 못했던 닭살 행각에 도연은 당황했다. 이 남자가 진심인가? 진짜로 한번 연애해 보자는 건가? 하는 생각에 놀란 그녀에게 한석재는 이렇게 말했다.

"맞선을 보고 결혼을 전제로 교제하는 걸 허락받은 사이라면 당연한 1번은 제 것이라고 봅니다만. 싫습니까?"

눈썹을 치켜올리며 묻는 그에게 그렇다고 고개를 끄덕일 순 없었다. 어찌나 사람을 잘 설득하는지. 백만장자가 아무나 되는 게 아니지 싶을 정도로 그는 말발이 셌다. 어수룩한 도연은 상대가 안 될 정도다. 포기를 모르는 남자. 도대체 어떻게 하면 그녀를 싫어하게 만들 수 있지?

'나 원, 기가 차서. 백만장자가 나를 싫어하게 만드는 방법을 연구하게 될 줄 누가 알았겠어?'

이건 예상 밖의 일이었다. 그녀가 여기저기서 주워들은 정보들에 의하면, 한석재는 거만해도 되는 인물이었다. 그는 인생에서 실패란 단어를 찾아볼 수 없을 정도로 완벽한 사람이었다. 그런 사람이라면 당연히 구질구질 콘셉트의 도연을 싫어해야 했다. 도연을 정중히 거절해 줘야 했다는 말이다. 이렇게 참을성있게 계속 만나보자고 그녀를 설득할 게 아니라. 실패를 한 번도 경험해 보지 않았던 인물이기 때문일까? 그래서 이 만남을 어떻게든 성공으로 이끌어보려고? 아아! 그건 말도 안 되는 억지다.

하여튼 그날 저녁 집에 들어온 그녀의 아버지, 윤재규는 초연을 보며 껄껄 웃었다. 거나하게 취한 그는 뿌듯한 시선을 초연에게 날리며 '내가 딸 하나는 잘 키웠지!'를 연발했다. 한석재가 윤 사장에게 뭐라 했을지 대충 짐작이 갔다.

"휴!"

"피곤하면 쉬지, 왜 나와서 분위기 엉망으로 만들어?"

탁자 위에 문제의 그 휴대폰을 놓고 빤히 내려다보고 있던 도연의 어깨를 툭 치며 미진이 지나갔다. 가게 열 준비를 하느라 종업원들은 모두들 바쁘게 움직이고 있었다. 공연이 있는 것도 아니건만 도연은 심란한 마음을 추슬러 출근부에 꾹 도장을 찍었다. 할 일도 없는데 카페에 나와서 음악이나 듣지 뭐, 하는 심정이었다.

"어? 핸드폰 바꿨네? 최신형이잖아? 언니 돈 없다는 거 다 엄살이구나?"

"아, 몰라! 죽겠어."

푸석푸석한 머리를 헝클어뜨리며 도연은 죽을상을 지었다.

"왜? 엄마가 돈 벌어오래?"

최근 도연이 취직 문제로 어머니에게 안달복달 들들 볶였다는 걸 아는 미진이 킥킥 웃었다. 손님 테이블에 광을 내려는 듯 그녀는 행주를 든 팔을 휘휘 내저었다.

"아니."

"그럼? 시집가래?"

"아니."

"그럼 뭐야? 왜 그렇게 지지리 궁상을 떨고 있어?"

"아아아! 팔자에도 없는 연기를 하게 생겼어."

도연은 우거지상이 된 얼굴을 텅, 테이블 위로 박았다. 크악! 이마 정중앙이 깨질 듯 아파왔다. 그렇지만 이러지도 저러지도 못하는 자신의 처지를 생각해 보면 이 정도의 고통은 아무것도 아니었다. 이마를 수백, 수천 번 찍고서 이 상황에서 벗어날 수만 있다면 그렇게라도 하고 싶은 심정이었다.

"연기? 무슨 연기? 언니, TV 나와? 엑스트라 알바해?"

영화배우가 되겠다는 꿈을 품고 상경한 춘천 처녀 미진이 '연기' 라는 말에 혹해 호들갑을 떨었다.

"아니, 동생 맞선 대신 나갔다가 지금 코가 꿰게 생겼어."

"동생 맞선에 언니가 대신 왜 나가?"

"난들 나가고 싶어서 나갔냐? 하는 수 없어서 나갔지."

"피치 못할 사정이 있었구나. 돈 문제였어?"

여전히 테이블에 이마를 댄 채로 도연은 고개를 끄덕였다. 도무지 해결이 안 났다. 하루 종일 머리를 싸매고 생각하고 또 생각해 봐도 달리 길이 없었다. 그 남자에게 사실대로 말하는 것 외엔. 남자의 성격이 그다지 나쁘지 않은 것 같으니, 잘만 말하면 아버지에게 사실을 고해바치지 않을 수도 있었다. 기분 상하지 않게 얼마만큼 잘 말하느냐가 관건이지만. 어제 정색하던 모습을 보니 성깔이 아주 없을 것 같진 않았다.

"맞선 상대자는 어떤데? 영 아니야? 그럭저럭 괜찮으면 언니가 만나보지 그래."

자기 일 아니라고 말은 잘한다. 누군들 그러고 싶지 않아서 이러나. 상대가 그럭저럭 괜찮은 수준이 아니라 언감생심 수준이니 그렇지 않느냐고요.

"그 사람은 내가 내 동생인 줄 알아."

"정말? 언니 동생 K대 출신 아니야? 잘나가는 인테리어 디자이너라며. 그 사람이 의심 안 해? 언니가 어딜 봐서 인테리어 디자이너야?"

우이씨, 그걸 꼭 대놓고 말해야겠냐? 박미진아.

"그러게."

"웃기다, 그 남자."

웃기냐? 나도 웃기다. 여전히 얼굴을 처박은 채로 도연은 속으로 중얼거렸다. 자신이 어쩌다 이런 고민을 하게 된 건지, 알다가도 모를 일이다. 처음엔 당연히 그 남자 쪽에서 거절할 거라고 생각해서 아무 부담 없이 나가기로 한 거였는데. 일이 꼬여도 한참 꼬였다. 정말 그 남자에게 모든 걸 실토하는 수밖에 없는 건가? 그런 모험을 감행해야만 하는 거야? 절망적인 심정으로 도연은 또 한숨을 푹 내쉬었다.

"그 남자? 그 남잔 언니가 마음에 든대?"

"글쎄, 그렇단다."

"오! 특이한 사람이다."

그건 맞다. 한석재, 그 남자 특이하다.

"특이하니까 나 같은 앨 드즈아이너~라고 믿는 거겠지."

앙드레 김 발음으로 혀를 느끼하게 굴리며 도연은 연방 한숨을 내쉬었다.

"뭐 하는 사람인데?"

"사업."

"오! 사업하면 돈은 많겠네! 그럼 뭐 그냥 사귀어 버려. 뭐 어때? 그쪽도 언니를 좋다고 한다면서. 나중에 정 붙고 떨어질 수 없을 만큼 사랑하는 사이가 되면, 그때 가서 울며 미안하다고 매달려. 그것 좀 거짓말했다고 설마 죽이기야 하겠냐? 그래, 생긴 건 어때? 아아, 뭐 생긴 건 못생겨도 상관없겠다. 돈이 많은데 뭐. 데리고 다니기 창피하지만 않으면 되지."

웬만한 탤런트 뺨친다는 소리 하면 미진은 놀라 자빠지겠지? 사귀어 버리라고 부추길 거다.

"그냥 만나자고 하면 만나. 이런 기회가 자주 오는 것도 아니잖아. 안 그래? 언니 주변머리에 돈 많은 사업가를 언제 만나보겠냐? 만나는 남자라곤 기껏 우리 가게 손님이 다면서."

도연은 갑자기 벌떡, 오뚝이마냥 상체를 일으켜 세웠다. 도연의 맞선 이야기에 폭 빠져 일하다 말고 그녀의 옆 자리에 앉아 턱까지 괴고 생각에 빠져 있던 미진은 시체라도 본 것처럼 화들짝 놀라며 펄쩍 뛰었다.

"깜짝이야. 뭐야? 왜 그래?"

"도저히 안 되겠어."

"뭘?"

"말해야겠어. 말해야지, 안 그럼 나 병 나 죽어. 말해야 해."

"언니가 누군지 그 사람한테 말한다고? 그럼 안 되지. 벌써 말하면 그 남자가 가만히 있겠냐?"

"말해야 해. 말해야 해."

"도연 언니!"

"말해야겠어. 말해야 해."

미진의 부름에도 도연은 멍한 얼굴로 똑같은 말만 되풀이했다.

"언니 요즘 허하구나?"

미진이 걱정스러운 듯 도연의 이마를 손으로 짚어보았다. 미열을 감지한 그녀는 인상을 찌푸리며 쯧쯧 혀를 찼다. 그러나 그때 스르르 힘없이 고개를 떨어뜨리더니 또다시 도연은 테이블에 머리를 박았다. 쿵. 제법 큰 소리를 내며 도연의 이마는 테이블 보도 안 깔린 맨 탁자와 키스를 했다.

"아! 안 돼, 안 돼. 감당이 안 돼. 엄만 날 죽이려고 할 거야."

쿵쿵쿵. 이번엔 방아를 찧듯 이마로 절구질까지. 미진은 뜨악한 표정으로 도연을 내려다보았다. 앞치마를 두르며 걸어가는 서빙 종업원 한우가 무슨 일이냐 묻자 '이 언니, 드디어 맛이 간 거 같아' 라고 말하며 고개까지 살래살래 흔든다.

"도대체 걘 무슨 생각으로다가……! 아, 내가 미쳐! 미쳐!"

헝클어진 머리를 더 헝클어뜨리기까지. 미진은 머리를 쥐어뜯으며 헛소리를 해대는 도연을 해괴하다는 듯이 잠깐 바라보다 옆구리를 쿡 찔렀다.

"아야!"

"미친 짓 그만 하고 이제 일어나. 나 여기 닦아야 해."

"어떻게 하냐고, 난!!"

"뭐가 그렇게 걱정이야? 그냥 사귀라니까. 나 같으면 사귀겠다."

"난 못 사귀어."

울상이 된 얼굴을 들며 도연은 징징거렸다.

"왜 못 사귀어? 그냥 사귀어."

"나도 남의 이야기라면 사귀라고 부추겼을 거다."

이마가 빨갛게 부어오르는 것도 모르고 도연은 계속 징징거렸다.

차라리 마음에 들지 않은 남자라면, 도저히 '이건 아니잖아!'가 절로 나올 정도로 최악의 남자라면 이렇게 고민이 되지도 않았을지 모른다. 하지만 도연은 그가 싫지 않았다. 싫지 않으니 더 미치겠다는 거였다. 그에게 그녀는 윤도연일 수가 없다. 한석재에게 그녀는 배경 좋고, 머리 좋은 커리어우먼 윤초연인 것이다. 그런 그에게 나는 윤초연이 아니다, 라고 말해야 하는 사실이 괴로웠다. 그렇다고 계속 윤초연인 척 연기하며 가증스럽게 그를 만나는 건 더더욱 못했다. 대책이 없었다.

"아참, 도연 누나! 누나, 어제 가게 안 나왔죠? 사장님이 찾으시던데."

방금 지나갔던 한우가 다시 되돌아오며 도연에게 말을 건넸다. 도연은 엉망으로 일그러뜨린 얼굴을 돌려 한우를 쳐다보았다. 이름처럼 소[牛]스러운 눈을 가진 한우는 커다랗고 처진 눈을 끔벅거리며 큰 키로 그녀를 굽어보고 있었다.

"사장님이? 왜?"

"모르죠. 원래 그런 거 이러쿵저러쿵 다 말하는 분이 아니잖아요. 누나 오늘 나왔으니까 사장님 뵙고 가요. 좀 있다 오실 거예요."

"무슨 일이래? 그 꼬챙이처럼 깐깐한 사람이 나를 다 찾고?"

"언니 자르려고 그러는 거 아니야? 요즘 손님이 좀 뜸해져서 걱정하시는 것 같던데."

미진이 대수롭지 않게 말하며 획획 행주를 휘둘러 도연의 영역을 침범했다. 도연은 찬 행주의 물기를 피해 자리에서 일어나며 새우 눈에 선한 인상을 한—인상만 선하다—사장을 떠올려 보았다. 왕년에 앨범도 내고 활동도 많이 했던 7080 가수였다는 사장은 음반사나 기획사에 연줄이 장난 아니라고 했다. 물론 떠다니는 풍문으로만 그렇다. 사실로 확인된 건 하나도 없거니와 돈 한 푼이라도 아끼고 벌어보려 악착같이 애를 쓰는 사장의 행동으로 보아 별로 신빙성있는 소문 같아 보이지는 않았다.

설마, 진짜 미진의 말대로 자르려고 찾은 건 아니겠지? 자진해서 무급 봉사까지 하고 있는데. 그런 도연을 자르면 사장만 손해였다. 이윤추구는 확실히 해주시는 사장이 손해될 짓을 할 리가 없다. 자르는 건 아닐 듯한데, 그럼 무슨 이유로? 그동안 수고했다고 금일봉이라도 하사하시려나? 아니야, 그건 더더욱 아닐 것이다…….

"아아, 머리 터지겠다!"

도연은 양손으로 머리통을 쥐고는 헝클어질 대로 헝클어진 머리를 더욱 섞어놓았다. 요즘 왜 이렇게 신경 쓰이는 일이 자꾸 생기는지. 이런 식으로 계속 살다간 제명에 못 죽겠다는 생각이 들었다.

"그러지 말고 노래나 한 곡조 뽑아봐."

미진이 별 고민을 다 한다며 도연에게 노래 주문을 한다. 그래, 남들에겐 그녀의 이런 모습이 웃기지도 않아보일 것이다. 그녀 역시 자신이 왜 이따위 일로 고민을 하고 있는지 알 수 없었다. 고민 따윈 늘 내일로 미루는 낙천주의자가 바로 윤도연, 그녀였는데. 한석재의 일만큼은 그러질 못했다. 그 남자만 생각하면 답답한 것이……. 에라, 모르겠다. 노래나 부르지 뭐.

검은색 그랜드 피아노 앞에 앉은 도연은 한석재의 고소 띤 시니컬한 얼굴을 지우개로 싹싹싹 지워내려 애를 쓰며 노래했다.

살다 보면. 괜스레 외로운 날 너무도 많아.
나도 한번 꿈같은 사랑 해봤으면 좋겠네.

라이브 카페 유리(Yuri)의 넓은 홀 안에 도연의 담백하면서도 담담하게 불러내는 노랫소리가 울려 퍼졌다. 손님을 맞을 준비로 바빴던 유리의 종업원들이 하나둘씩 고개로 리듬을 타며 무대 위의 도연을 바라보았다.

'역시 도연이 언닌, 노래할 때가 제일 나아' 하고 중얼거리는 미진이 씩 웃는다. 고민과 도연은 서로 어울리지 않았다. 아무 생각 없이 노래에 빠져드는 모습이 제일 예뻐 보이기도 했다. 미진은 도연의 맞선 이야기일랑은 까맣게 잊어버리고 흘러나오는 음악에 맞춰 테이블 닦는 일에 집중하기 시작했다.

수많은 근심걱정 멀리 던져 버리고
언제나 자유롭게 아름답게 그렇게 우후—
내일은 오늘보다 나으리란 꿈으로 살지만
오늘도 맘껏 행복했으면 그랬으면 좋겠네

"여전하네."

게임을 끝낸 후 개운하게 샤워까지 마친 윤수는 휴게실에 앉아 있는 석재에게 다가와 차가운 맥주 한 캔을 건넸다. 언제나 느끼는 거지만 물기를 머금은 머리카락과 상기된 피부, 정갈한 폴로 셔츠와 면바지는 석재를 훨씬 더 어려 보이게 만든다. 그래서인지 석재를 보면 윤수는 늘 불공평하다는 생각을 하게 된다. 부자에, 인기에, 세월에도 변하지 않는 외모까지. 뭐 하나 부족한 게 없는 그에게 같은 남자로서 질투가 나지 않으면 정상이 아닐 것이다.

"테니스를 나이로 하냐?"

"요새 형이 노후대책 마련 중이라는 소릴 들어서, 이번이 기회다 생각했지. 도대체 난 언제나 형을 이겨볼까?"

"노후대책? 그건 또 무슨 말이냐?"

석재는 윤수를 돌아보며 피식 웃었다. 윤수는 그의 고등학교 후배인데 성격이 활발하고 사교성이 뛰어나 별명이 마당발인 녀석이다. 녀석 역시 석재와 마찬가지로 테니스광이라 시간이 날 때마다 짬짬이 그와 운동을 하곤 한다. 지금은 친형의 연예 엔터테인먼트 회사를 도와주고 있지만 언젠가는 자신의 클럽을 운영하는 것이 꿈이라는 윤수는 활발한 성격답게 여자 친구들도 많고 다달이 끼고 다니는 여자도 바뀐다. 즉흥적이고 익살맞은 게 녀석의 흠이자 장점. 녀석은 스스로를 로맨티스트라 칭하고는 하나 석재가 보기엔 바람둥이나 다름없었다.

"맞선 봤다는 소리, 박테리아한테 들었어. 결혼할 거라며?"

박테리아는 균을 말하는 거다. 균과 윤수는 초등학교 동기동창이었다. 함께 모여 운동하면 좋으련만, 균은 운동이란 자고로 몸싸움이 있어야 한다는 주의라 주말에 따로 시간을 내 길거리 농구를 한다. 지금은 윤수와 석재가 운동을 하는 사이 잠시 자리를 뜬 상태였다. 끝날 시간에 맞춰 돌아온다고 했으니 조만간 올 터다. 그가 오면 석재는 자신이 소유하고 있는 쇼핑몰, 〈파우스트〉로 곧장 출근을 할 거고, 윤수는 다른 사람과 한 게임 더 뛰고 갈 예정. 그 상대는 아마 여자일 것이다.

"결혼이 노후 대책이냐?"

"나한텐 그래."

윤수가 입술을 삐쭉거리며 심드렁하게 중얼거리곤 맥주를 한 모금 길게 마셨다.

"크— 좋다! 쩝! 결혼을 왜 하려고 하는데? 여자가 필요하면 주위에 널렸잖아. 형이 손가락 까딱만 하면 줄줄이 엮일걸? 어떻게든 남자 하나 잡아서 팔자 펴려는 애들 쌔고 쌨어."

"네 말대로 노후대책 세우는 거라고 해두지 뭐."

"벌써 노후를 생각하기엔 형은 너무 잘나가지 않아?"

"잘나갈 때 세워둬야지."

"하긴 정~말 괜찮은 여자를 만난다면 일찍 보험 넣어두는 것도 나쁘지 않지."

인생 다 산 노인네마냥 윤수는 고개를 까딱거리며 시니컬한 소리를 해댔다. 어떨 땐 여자에게 심하게 데인 일이 있었던 게 아닐까, 의심이 갈 정도였다.

"일은 재미있냐? 이번엔 석 달이 지났어도 무사하네."

"비꼬는 거야?"

"뭐, 조금은."

윤수는 시작하는 일마다 석 달을 못 버티고 그만두는 바람에 집안의 골칫덩이로 전락한 지 오래였다. 한때는 석재의 뒤꽁무니라도 쫓아다니게 해달라고 윤수의 어머니가 통사정을 하기도 했었다.

"하아— 죽겠어, 심심해서. 그나마 쭉쭉빵빵한 여자 연예인들 보는 맛에 버티고 있지. 안 그랬으면 벌써 관뒀을 거야. 형은 어쩌다가 맞선 볼 생각을 한 거야?"

"왜? 난 맞선 같은 거 보면 안 되냐?"

"신기해서 그래. 맞선이 뭐야, 맞선이. 촌스럽다, 진짜. 여자가 필요하면 나한테 말을 하지 그랬어. 끝내주는 애 하나 섭외하는 건 문제도 아닌데. 난 연예인들도 많이 알잖아. 가끔 걔들이 나한테 물어보기도 한다니까. 돈 많고, 젊고, 유능한 남자 없냐고. 그럴 때마다 생각나는 사람이 바로 형이었어."

"여자가 필요한 게 아니라, 난 아내가 필요해."

"형한테 도대체 와이프가 왜 필요한 건데?"

도저히 이해가 안 된다는 듯 윤수가 얼굴을 찌푸리며 과장된 어조로 물었다.

"너도 내 나이 되면 이해가 될 거다."

"형이 무슨 환갑이라도 돼? 나랑 차이가 나면 얼마나 난다고."

"너 뿔뿔 기어다닐 때 난 펄펄 날아다녔어."

맥주 캔을 입가로 기울이며 석재는 농담을 건넸다.

"난 형이 평생 혼자 고고하게 살다가 늙어 죽을 줄 알았어."

"왜 그런 생각이 들었는데?"

"별로 여자들한테 관심이 없잖아. 아주 가끔, 심하게 꼴릴 때만 만나면서 무슨 아내? 여자랑 길어봤자 한 달? 대부분 일주일

을 넘긴 적이 없지 아마? 아! 재작년에 한 명 있었구나. 혜영이
던가? 일방적으로 그쪽에서 죽자 살자 쫓아다녔던 애."

"그 얘긴 꺼내지 마."

"스토커도 그런 스토커가 없었지? 집 앞에서 기다리고, 핸드
폰 위치 추적하고, 형네 어머니한테 가서 결혼시켜 달라고 떼쓰
고."

"그만 해라."

"난 그때 형이 그 여자한테 걸려서 인생 끝장나는 줄 알았잖
아. 애라도 밴 줄 알았어. 알고 봤더니 아무 일도 없었더구만."

"그만."

"그런 애들은 고상하게 대해선 절대 안 떨어져. 아무리 타일
러 봤자라고 그때 말했지? 그런 애들은 경찰에 신고하는 게 딱
이야. 결국 뭐, 내가 신고한 덕에 형이 지금까지 멀쩡한 거잖아.
안 그래?"

"그 일은 고맙게 생각하는데 이젠 그만 해. 별로 유쾌한 일도
아닌데 자꾸 들추는 거 좀 그래."

강혜영은 재즈클럽에서 잠깐 눈인사를 나눈 것을 계기로 야
금야금 그의 곁을 접근해 왔던 스물세 살짜리 철부지 여대생이
었다. 나중에 안 사실이지만 그녀는 약간의 강박증을 앓고 있었
고 몇 번의 정신 병력이 있었다. 친절한 석재의 눈빛을 사랑으
로 오해해 벌인 스토커 짓으로 그녀는 또 한 번 정신병동에 입
원하게 되었다. 석재는 그때의 일만 떠올리면 왠지 모를 죄책감

때문에 괴로운 반면, 윤수는 신명이 나는 모양이었다.

"알았어. 아무튼 여자 문제는 나한테 맡겨. 형보다는 내가 더 전문가니까."

자랑 삼아 윤수는 자신의 가슴을 툭툭 치며 뻐겼다.

"글쎄다. 그럴 일이 또 있을지……."

"이번에 만난 여잔 어때?"

윤초연? 그 여자는…….

"뭐, 그냥 그래."

"그냥 그래? 무슨 대답이 그래? 어떤 여잔데?"

열 길 물속은 알아도 한 길 사람 속은 모른다는 속담을 절절 이 체감하는 중이다. 그 여자 때문에. 석재는 속으로 중얼거렸 다. 하지만 그걸 윤수에게 말해주고 싶은 생각은 없었다. 석재 는 윤초연과는 전혀 어울리지 않은, 평범하다는 말로 대답을 대 신했다.

"평범해? 진짜? 그래서? 계속 만나기로 했어?"

그때였다. 집요한 윤수의 질문들을 피하고 싶은 마음에 대충 아무 말이나 둘러댈 생각으로 막 입을 여는 석재의 말을 누군가 가로막았다.

"차이기 일보 직전이시다!"

그 누군가는 바로 균! 석재는 속으로 이를 갈았다. 윤수와 균 은 서로 만나기만 하면 으르렁대며 싸우는 앙숙지간이지만 유 일하게 한 가지 일에서만은 협동심을 발휘하는데 그게 바로 석재 놀려먹기였다. 두 녀석이 작정하고 석재의 약을 올리기 시작하면 아무리 석재라도 배겨내기 힘들었다. 결국 늘 한턱 거하게 쏘는 걸로 둘의 입을 막게 되는 석재였다.

"어? 박테리아! 그게 무슨 소리야? 형이 차이다니?"

초대하지도 않은 균이 털썩 윤수와 석재의 사이에 앉았다. 아주 제대로 신이 난 듯 둘은 얼굴을 마주하고 수다를 떨기 시작했다.

"그 맞선녀께서 성격이 맞지 않는다는 이유로 형한테 그만 만나자고 했다니까."

"뭐어?! 진짜로?"

"그래, 그랬다고. 내가 어제 차에서 다 들었지. 엄청 순진한 얼굴로, 미안한 표정을 지으면서 형한테 만나지 말자고 하더라니까. 형은 완전 자존심이 상해 가지고……."

"그만들 해라."

석재는 눈을 감고 조용히 명령했다. 그러나 둘의 집중력을 무너뜨리기엔 너무 약한 카리스마였다.

"와우! 그런 여자가 한국에 있었단 말이야? 형의 재력을 모르진 않을 텐데?"

"물론 아시지. 그러니까 더 놀랍다는 거지."

"뭐가 문제였대?"

"성격. 취향. 뭐, 그딴 거였다니까."

"형의 성격이 어때서? 취향도 고상하니 뽀다구 좋은데. 왜?"

"내 말이! 형이 가진 돈의 포스. 솔직히 여자들한테 안 먹혔던 적이 없었잖아. 그만한 돈에 젊은 미남자라는 조건, 아무나 거절해?"

"그 여자, 일부러 수 쓰는 거 아니야? 튕기는 척하는 거. 자기는 돈에 혹하지 않는다는 식으로. 왜 있잖아. 드라마 같은 거 보면 재벌들이 그런 여자들한테 꼼짝을 못하잖아."

윤수는 평소의 그답게 역시나 여자를 의심부터 하고 본다. 균마저 그럴지도 모른다며 맞장구를 치자 석재는 저도 모르게 불쑥 중얼거렸다.

"수 쓸 스타일 아니야."

"……."

정적. 시끄럽게 조잘대던 두 녀석들이 순간 잠잠해졌다. 무언의 눈빛 교환. 윤수의 '허걱!' 하는 표정과 균의 '봤지? 형이 좀 이상해' 하는 눈썹 사인이 이어졌다. 석재가 벌써 여자의 수에 넘어간 게 확실하다는 판단이 선 윤수는 이 고단수 맞선녀의 얼굴이 심히 궁금해졌다. 이윽고 윤수는 입술을 삐죽거리며 물었다.

"그래? 괜찮은 여자인가 보네. 나한텐 언제 보여줄 건데?"

"조만간."

"잘 안 되나 보지? 내가 한 수 가르쳐 줘?"

석재는 벙싯거리며 웃는 윤수와 균을 가늘게 뜬 눈으로 노려보며 맥주를 한 모금 마셨다.

"그럴 필요 없어."

"여자가 형처럼 돈 많고 잘생긴 남자를 거절하는 건 딱 두 가지 이유야. 너무 부담스러워서이거나 너무 재수없어서거나. 내가 봤을 땐 두 번째다."

"내가 재수없어서라고?"

자신이 윤수의 훈수를 거절했다는 것조차 잊어버리고 석재는 발끈해 물었다. 그가 재수없게 굴었다는 건 말도 안 되었다. 매번 그녀의 말을 경청했고, 정중히 예를 갖춰 말하고 행동했던 그가 아닌가?

"형이 어떻게 행동했을지 뻔해. 목에 깁스한 것처럼 빳빳하게 굴었겠지 뭐. 그랬습니까? 어쨌습니까? 정중하고 딱딱하게 말하면서."

"그게 재수없는 행동이란 말이야?"

"요즘은 애교만점의 남자들이 대세야. 나긋나긋하게 못해? 다정하게 말이야."

"다정하게……?"

석재의 눈살이 저절로 찌푸려졌다. 더 이상 어떻게 다정하라고?

"그 여자가 원하는 게 바로 그거라고. 성격 차이 때문에 싫다고 했다며. 형이 너무 딱딱하게 구니까 정이 안 간다, 그 소리야, 그게."

"그런 거라고?"

윤초연이 원하는 게 그거라고? 다정함?

"하긴 형이 좀 다정한 면이 부족하긴 하지. 너무 예의를 차린다고나 할까? 그분한테도 어찌나 정중하던지. 옆에서 구경하는 내가 다 뻣뻣해지더라고."

균이 거들었다. 어깨를 들먹이며 고개를 까딱거리는 그의 모양새가 영 눈에 거슬린다는 생각을 하며 석재는 물었다.

"그럼 예의 안 차리는 게 다정한 거란 말이야?"

"누가 그런대? 거리감 느껴지도록 너무 심하게만 하지 말라는 말이지, 내 말은."

"거리감?"

"너무 예의 차리고 정중하게 굴면 상대편에선 거리를 두게 된다고. 함부로 농담도 못하는, 사무적이고 싸늘한 분위기 말이야. 그쪽 여자 분, 형 앞에서 얼어 있지 않아?"

윤수의 말을 듣고 보니 맞는 말 같기도 하고. 확실히 그 여자, 윤초연은 그의 앞에서 버벅거리며 말을 더듬기 일쑤였다. 그게 다 그의 탓이었단 말인가? 그가 너무 딱딱하고 고압적이라서? 하지만 지금까지 그런 태도가 여자의 원성을 샀던 적이 있었던가?

"지금까지 내가 너무 예의 발라서 싫다는 소린 들어본 적이 없었어."

"맞선 본 여자랑 그냥 지나가다 알게 된 여자랑 같아? 맞선은 결혼을 전제로 만나는 거잖아. 원 나잇 스탠드 같은 가벼운 만남이랑은 차원이 다르다고."

"그런 단어를 나한테 갖다 붙이지 마라."

석재가 콧잔등을 찡그리며 윤수를 타박했다. 지금껏 원 나잇
스탠드와 같은 가볍고 천박한 만남은 단 한 번도 가져본 적이
없는 석재다. 술집 이차 또한 꿈도 꾸지 않는다. 어머니의 전직
이 술집 종업원이었기 때문이기도 하지만 기본적으로 인간관계
자체를 돈으로 사고 파는 것을 못마땅하게 생각하는 주의였다.

"그냥 말이 그렇다는 거지. 까다롭게 굴지 마, 좀. 그 여자랑
잘되고 싶은 거야, 아닌 거야?"

"물론 잘되고 싶으시겠지. 올해 안으로 결혼하겠다는 당찬 포
부까지 갖고 계신 분인데. 아무튼 제대로 임자 만났다니까. 천
하의 한석재를 거부할 여자가 이 대한민국 하늘 아래 몇 명이나
되겠어?"

키키킥 하는 윤수와 균의 웃음소리가 이어졌다. 백만장자라
는 그의 타이틀이 녀석들의 웃음 사이로 묻히는 순간이었다. 다
시 녀석들의 놀림감이 되어버린 석재는 벌떡 자리에서 일어났
다.

"간다."

"어? 형!"

"석재 형! 삐쳤어? 어디 가?!"

날아오는 녀석들의 부름을 뒤로하고 석재는 빠른 걸음으로
휴게실을 나왔다. 딱히 화가 난 것도 아니지만 좋은 기분 또한

될 수 없었다. 잠시지만 윤초연이 자신을 거절한 것이 다른 남자가 있어서, 혹은 피치 못할 사정 때문이라고 자위했던 자신이 한심해지기도 했다. 물론 윤수의 말이 틀린 것일 수도 있다. 그렇지만 맞을 가능성도 분명 있었다. 그건 그러니까······.

'하아~'

정말 이상했다. 속 터지도록 깊은 한숨이 나올 정도로.

석재는 깍듯이 고개를 숙이며 인사를 건네는 종업원을 무시하며 클럽을 빠른 속도로 나왔다. 얌전히 주차되어 있는 그의 자동차 앞에 서자 삑! 소리와 함께 차의 잠금 장치가 풀렸다. 뒤를 돌아보니 헐레벌떡 달려 나온 균이 키와 리모컨 꾸러미를 쥔 손을 앞으로 내젓고 있었다.

"혼자 이렇게 와버리면 어떡해? 그게 그렇게 기분 나빴어?"

"입 다물어라, 그만."

"아니, 우리가 이러는 거 한두 번 겪냐고. 그냥 농담한 거잖아. 그렇다고 팩해서 이렇게 혼자 와버리면 우린 뭐가 되냐고."

"지금 그 말, 내 결혼이 너희들 농담거리밖에 안 된다는 소리로 들린다."

"그런 뜻이 아니지! 아참, 그만 하자. 알았어, 미안해. 우리가 잘못했어."

균은 손을 가운데로 모으고 사죄의 뜻을 몸소 밝혔다. 석재는 찌뿌듯한 얼굴로 자동차 뒷좌석 차 문을 열며 말했다.

"'파우스트'로 가."

"알았어."

여전히 석재가 너무하다 싶은지 대답하는 균의 목소리가 뾰로통하다. 자동차 뒤를 빙 돌아 운전석으로 걸어가는 균의 뒷모습을 바라보며 석재는 차 문을 닫았다. 아니, 닫으려는 찰나였다. 멀리서 꽁알꽁알 중얼거리는 균의 목소리가 조그맣게 들렸다.

"진짜 그 여자가 마음에 들었나? 왜 저렇게 민감해?"

동시에 텅! 하고 육중한 차 문이 닫혔다. 아직은 균이 운전석에 올라타지 않은 상태라 순간적인 정적이 자동차 실내에 내려앉았다. 그리고 석재의 입에서 작은 욕설이 흘러나왔다.

"빌어먹을."

석재는 고개를 뒤로 젖히고 이를 악물었다. 그 여자, 윤초연하나 때문에 이렇게 신경질적이 되다니. 말도 안 돼. 여자가 싫다면 만나지 않으면 되는 거야……. 교제하기 위한 준비 기간이고 약속어음이고 간에, 끝내는 건 일도 아니잖아. 당장 그녀에게 전화를 걸어 당신이 원하는 대로 해주겠다고 말만 하면 된다고. 이렇게 우스운 사람 되지 않고 깔끔하게 없었던 일로 하면 되는 거다, 이 말이다.

지금까지 그 어느 누구에게도 빌어본 적이 없었던 그였다. 그어떤 일에도 무릎을 꿇거나 소신을 굽혀본 적이 없었다. 지금껏 동물적인 감각으로 돈을 벌었고, 지금의 이 자리까지 왔다. 부모의 재산을 밑천으로 그 누구의 도움도 없이 밑천을 수백, 수

천 배 불려놓은 그가, 경영 천재라 불리는 백만장자 한석재가, 세련되지도, 고상하지도, 첫눈에 홀딱 반할 정도로 화려한 미인도 아닌 윤초연에게 휘둘린다는 게 말이 되는가!

이젠 오기다. 스스로 생각해도 우습고 기막히게 어이없지만 이제부턴 진짜로 오기다. 어제까진 단순히 윤초연이 적당한 아내감이라는 이유로 그녀를 원했다면 이제부턴 기필코 윤초연의 입에서 '교제' 얘기가 흘러나오게 만들고 말 거라는 오기로 그녀를 대할 것이다. 어차피 그녀만큼 생각이 잘 맞는 여자를 만나기도 드문 형편이니.

"지금 출발한다?"

언제 올라탔는지 균이 운전대를 잡고 있었다. 석재가 눈을 들어 실내 미러를 올려다보자 균 또한 그를 보며 피식 웃었다. 벌써 꽁했던 마음을 다 풀어버린 모양이었다.

"웃어. 그렇게 무서운 얼굴을 어느 여자가 좋아해?"

석재의 동의를 구하듯 눈썹을 치켜올리며 너스레를 떠는 균. 석재는 어쩔 수 없이 피식 웃고 말았다.

"그래, 요즘 어떤 남자들이 인기라고?"

•제5장 따뜻한 남자가 되어 그녀의 마음을 훔쳐라•

도연이 카페를 나선 건 저녁 여덟 시가 다 되어서였다. 그 시각은 라이브 공연이 한창 무르익을 무렵이었다. 오늘 무대의 주인공인 재욱이 서서히 포크음악의 진수를 보여줄 시각. 도연은 아쉽지만 그의 공연은 다음에 더 보기로 하고 일찍 가게를 나섰다. 다음날이 도연의 무대이기 때문에 일찍 들어가 푹 쉬면서 컨디션 조절에 들어갈 예정이었다. 평소 그녀가 컨디션 조절을 따로 했었던 건 아니었다. 다만 오늘 사장이 했던 말 때문에 신경이 무진장 쓰였다.

"지난번에 기획사를 운영하는 내 후배가 잠깐 가게에 들렀었는데, 네 노래를 듣고 관심이 좀 생겼나 봐. 네 노래 들어보고 싶다고 하더라고. 그래서 내가 내일 오라고 했다. 아마 올 거야. 레퍼토리 준비 잘해. 실수하지 말고. 그 후배, 요새 잘나가고 있어. 댄스 가수 차연희 있지? 걔 그 후배가 발굴했거든.”

　댄스 가수라는 말이 조금 걸렸지만, 그거야 뭐 그럴 수도 있었다. 한 기획사에 꼭 같은 장르 가수만 있으란 법 없으니. 도연은 두근거리는 심장을 지그시 누르며 호흡을 가라앉혔다. 하지만 양쪽 귀에서 울리는 빵빠라빵~ 팡파르 소리는 그녀도 어찌할 수 없었다.

　생각하고 또 생각해 봐도, 이런 행운이 자신에게 떨어졌다는 게 믿어지지 않았다. 기획사 사장의 눈에 뜨이면 진짜 가수가 될 수도 있는 것이 아닌가. 할렐루야! 어떻게 이런 일이! 쥐구멍에도 볕 들 날이 있다더니. 이럴 때 부르는 노래가 쨍 하고 해 뜰 날 돌아온단다—다. 아! 꿈에 그리던 음반도 내고 신인 가수 윤도연입니다! 하고 방송사 PD들 찾아다니며 인사도 하고. 도연은 생각만 해도 행복했다. 이 소식을 빨리 엄마한테 알려야지. 도연은 가게를 나오자마자 가방 속에 잠들어 있는 휴대폰을 꺼내 들었다.

　따르르르릉~ 전화벨이 울린 건 그때였다.

　‘엥? 이건 무슨 벨소리지?’

　벨소리는 손에 들고 있는 그녀의 핸드폰에서 나는 소리가 아니었다. 서너 초 잠깐 헤매던 도연은 금세 알아차렸다. 그 벨소리가 한석재가 사준 휴대폰에서 울리는 소리라는 걸. 철렁 가슴이 내려앉았다. 이 전화번호를 아는 이는 한석재뿐이었다. 안 받을 수도 없고. 아, 괴롭다! 도연은 이제는 익숙한 '1018'로 시작하는 전화번호를 뚫어져라 바라보며 주문을 외듯 중얼거렸다.

"왜 또 전화했니? 왜 또……? 하나둘……."

셋! 을 셈과 동시에 도연은 활짝 웃었다.

"여보세요."

[초연 씨? 한석재입니다.]

"아, 예. 안녕하세요, 한석재 씨?"

[여전히 바쁘죠?]

한석재는 당연히 그녀가 바쁘다고 말할 거라고 여기는 듯. 바쁘다고 말할 생각이었던 도연은 방향을 선회하기로 했다. 뭐든 상대의 예상대로 가는 사람이고 싶진 않았다. 주변에선 그런 도연의 기질이 특이하다고들 하지만 도연은 그런 말을 들을 때마다 말하곤 한다. 사람마다 조금씩은 가지고 있는 기질이라고. 예를 들어, 그런 거다. 길거리를 가다가 자기와 똑같은 옷을 입은 사람을 발견하면 무지 기분 나쁜 것.

"지금은 괜찮아요. 방금 일 다 마치고 집에 가는 길이거든요."

[그래요? 그럼 잘됐군요. 잠깐 시간 있어요?]

안 만나고 싶었다. 만나면 어색하고, 성격에도 안 맞는 거짓말도 잔뜩 해야 하지 않나. 어차피 남의 떡, 구경하는 맛도 한두번이다. 정말로, 진짜로 안 만나고 싶은 마음이 컸다. 약속어음이 어쩌고, 교제를 보류하는 대신 계속 만나자는 둥의 얘긴 다그의 사정이다. 도연은 절대로 그를 지속적으로 만나고 싶은 마음이 없었다.

"어, 지금은 좀 그런데요."

[식사했습니까?]

"아니요. 근데 생각이 없어요."

[피곤하더라도 한 시간만 시간 내요. 식사 거르면 몸 상해요.]

뭐야, 이 사람……. 이런 감미로운 목소리로 감동 멘트나 날리고. 갑자기 가슴 한가운데가 먹먹해지는 게 느껴지자 도연은 횤횤 고개를 내저었다. 이러면 안 되지. 윤초연이라 속이고 있는 주제에, 넌 이럴 자격도 없어.

"그래도 전 아무래도 안 되겠어요. 그냥 집으로 가는게……"

[지금 회사 앞에 와 있어요.]

헉! 말도 없이 왜 또 거기까지!

[피곤할 것 같아 픽업하러 왔어요. 식사만 같이해요. 집까지고이 모셔다 드릴게요.]

이제 어떡하지? 가슴 찡한 마음을 뒤로한 채 도연은 고민했다. 여자를 감동시키는 남자는 경계 대상이다. 여자라면 누구나 이런 섬세한 말, 행동에 감명받게 되어 있었다. 평소 털털하고 무덤덤한 성격의 도연도 별수없는 여자다. 예술 쪽에 관심이 많다는 건 감성이 특히 발달되어 있다는 의미. 안 그런 척하지만 사실 굉장히 감상적이었다. 별거 아닌 남자의 말에도 찡해진다는 게 바로 그러한 증거였다. 어차피 윤초연이 아니라는 걸 알게 되면 그의 이런 태도는 금세 돌변할 텐데.

'너무 깊이 빠지지 마.'

도연은 스스로에게 경고했다. 그리고 조심스럽게 전화기를 양손으로 쥐고 조용히 속삭였다.

"저 지금 회사 아닌데요. 외근 때문에 밖에 나와 있었어요."

[그래요? 그럼, 거기가 어딘지 말해요. 내가 가죠.]

그의 음성은 낮고 조용히, 그리고 그윽하게 그녀의 귀를 울렸다. 서두르지 않고 여유로우면서도 그녀에 대한 세심한 배려가 느껴지는 목소리가 도연의 가슴을 울렁거리게 했다.

'이러면 안 돼. 이 남잔…… 네 것이 될 수 없어. 이 남자가 하는 말들은 모두 초연에게 하는 말이라고.'

마음 한쪽에서 격렬하게 항의했다. 그에게 마음을 주지 말라고, 절대 혹해서는 안 된다고. 그러나 다음 순간, 도연은 순순히 자신이 있는 곳의 위치를 말해주고 있었다. 오전 내내 고민하고 괴로워했던 게 다 물거품이 되어버린 순간이었다.

[꼼짝 말고 거기 있어요. 제트기 속도로 갈게요.]

그가 낮게 웃으며 부드럽게 말했다. 전화를 끊고 도연은 긴 하숨을 내쉬었다. 이래도 되는 걸까? 이러면 안 되잖아. 하는 생각으로 급격히 심란해지고 있었기 때문이다.

삼십 분쯤 후, 도연이 있는 장소에 모습을 드러낸 그는 역시나 멋스럽고 깔끔한 차림새였다. 반들거리는 구두 코, 몸에 딱 맞는 맵시 좋은 코트, 살짝 보이는 진남색 타이, 잘 다듬어진 머리 모양, 정갈한 손.

알록달록한 워머와 굽 낮은 부츠, 채도 높은 진분홍 목도리를 길게 늘어뜨리고 브라운 계열 체크무늬 후드점퍼를 입고 커다란 백을 옆으로 거추장스럽게 맨 도연과는 차원이 다른 모양새였다.

"오셨어요? 많이 밀리죠?"

도연은 고개를 살짝 끄덕여 인사를 건넸다. 별다른 할 말이 없어 대충 인사치레로 한 말이었다. 그러나 그가 한 말은,

"좀 늦었죠? 기다리는데 지루하진 않았어요?"

였다. 크림수프처럼 부드러운 목소리. 덜컥 심장이 내려앉는 기분이 이런 걸까? 도연은 저도 모르게 얼굴을 붉히고 말았다. 흔들리지 마. 흔들리지 말라고. 네 떡 아니야. 남의 떡이고, 이 떡도 그만 볼 날이 얼마 남지 않았다고.

"배고프죠? 시간이 벌써 이렇게 됐네요. 가요."

"어, 어디로요?"

"허기진 배 채우러 가야죠. 차, 가져왔죠?"

"네?"

"차 키, 나한테 줘요. 내가 운전하겠습니다."

석재는 그녀에게 손을 내밀며 말했다. 균과 윤수가 말한 '자상하고 따뜻한 남자' 수칙 제1장은 바로 여자의 기분을 세심하게 배려해 주는 마음 씀씀이였다. 남자들과는 달리, 여자들은 사소한 제스처, 단순한 말 한 마디에도 감동을 한다고 했다. 같은 말이라도 아가 다르고, 어가 다르다고 했다. 대신 운전하겠다는 단순한 말 하나에도 어떻게 말하느냐가 다르다고 그들은 말했다.

그들이 주장하는 '자상하고 따뜻한 남자'의 수칙은 그 외에도 많았다. 로맨틱한 무드를 만들어라. 많은 사람들 앞에서 자신의 애정을 과시하라. 여자가 스스로 특별하다고 느끼도록 만들어줘라 등등.

머리가 좋아 이해력도 수준급인 석재는 짧은 시간 들은 몇 가지 내용을 꼼꼼히 떠올리며 빙그레 웃었다. 이제부터 그는 균에게 전해 들은 대로 따뜻하고 애정이 넘치는 성격의 남자로 분할 예정이었다.

석재가 무슨 생각을 하고 있는지 전혀 모르는 도연은 오늘따라 유난히 친절하고 상냥하게 구는 한석재를 멍하게 올려다보며 물었다.

"서, 석재 씨가 가져온 차는요?"

"내 걱정은 하지 마요. 피곤한 사람은 내가 아니라, 초연 씨잖아요."

순간 도연의 표정이 얼어붙었다. 그의 달콤하고 매력적인 입술에서 흘러나오는 '초연 씨'라는 단어가 그녀의 어깨를 축 늘어뜨리게 만들었다.

'그래, 윤도연. 이 남자의 상대는 내가 아니라 초연이었어.'

한석재 같은 백만장자가 할 일이 없어서 도연을 상대하고 있겠는가? 그는 도연이 몽상가 기질이 다분한 백수라는 걸 전혀 모르고 있는 상태다. 그러니 그녀에게 저리 부드러운 미소를 띠며 유혹의 손짓을 보내는 거다. 그렇다고 흔들리면 어쩌라고? 윤도연, 정신 차려라! 가짜 윤초연 행세하는 주제에 감정이 흔들리는 건 말도 안 되는 일이다. 이러다가 사실이 밝혀지고 그의 냉담한 시선을 몸소 겪게 된다면, 그렇게 된다면 분명 상처받게 될 게 아니냔 말이다!

'아! 심란해.'

저도 모르게 도연은 심란한 한숨을 내쉬었다. 의아해하는 석재의 시선을 못 본 척 무시하며 덩치 커다란 가방 안에서 짤짤 소리를 내고 있는 자동차 키를 찾아 그에게 내밀었다.

"여기요. 고맙습니다."

"천만에요."

혀 밑의 아이스크림처럼 달고 흐물흐물 녹아드는 목소리로 그가 말했다. 짧지만 깊은, 백만 불짜리 미소도 함께 덤으로 그녀를 망막을 습격했다. 도연은 저도 모르게 헤— 하고 마주 웃어버렸다. 단세포 윤도연 같으니라고. 방금까지 생각하고 있던 한석재 경계론은 그 순간, 그녀의 머릿속에서 싹 포맷되어 버렸다.

사십 분쯤 후. 그들이 도착한 곳은 어느 고급 레스토랑.

도연은 그의 에스코트를 받으며 호화로우면서도, 고급스럽고, 세련된 크림화이트 빛으로 실내 장식이 되어 있는 레스토랑 안으로 들어섰다. 가게에 막 들어서면서부터 도연은 느꼈다. 이곳이 후드가 딸린 점퍼에 청바지 차림으로 들어오기엔 상당히 부담스러운 장소라는 것을. 일단 겉옷을 받아 챙기는 종업원 얼굴 표정부터가 가관이었다.

"이런 데, 예약 안 하면 못 오는 곳 아닌가요?"

제 얼굴에 심기 불편이란 단어가 써 붙어 있는 줄도 모르고 도연은 속삭였다. 석재는 빙긋 웃으며 도연이 편히 앉을 수 있도록 의자를 빼주었다.

"예약하지 않아도 올 수 있는 사람이 있죠."

그만큼 자신이 대단한 사람이라는 건가? 잘난 척하는 남자는 딱 질색인데. 하지만 따뜻한 표정의 석재를 어느 누가 질색할 수 있을까? 절대 잘난 척과는 거리가 먼 것 같은 남자다. 원래 잘난 것과 잘난 척하는 것과는 엄청난 차이가 있다는 걸 도연은 새삼 깨달았다.

도연이 깨달은 또 한 가지 사실은 그녀는 역시 어딜 가나 눈에 뜨이는 존재라는 거였다. 레스토랑 안의 모든 사람들이 그녀를 흘낏거렸다. 캐시미어 솜이 빠방하게 들어가 있는 점퍼는 벗어버렸지만 여전히 겨자색 천에 보라색이 덧대진 퍼프 소매 블라우스에 호피 무늬 폴라는 사람들의 눈길을 끌었다. 그도 그럴 것이, 레스토랑 안에 있는 손님들은, 특히나 여성들은 죄다 엘레강스하고, 드라마틱하며 판타스틱, 베리 뷰티풀한 차림새였다. 한 벌에 몇 백만 원씩 하는 디자인 의상인 게 틀림없었다. 그녀의 몇 만 원짜리 인터넷 보세 제품과는 차원이 다른 명품들로만 휘감고 있는 여자들은 도연을 마치 외계인 보듯 인상을 찌푸리며 수군거렸다.

"사람들이 쳐다봐요."

의자에 앉아 옷매무새를 다듬는 척 아래를 바라보며 도연은 나직이 속삭였다.

"매너가 없는 사람들이 꽤 있죠."

"그런 뜻이 아니라, 어…… 제가 좀 특이한가 봐요."

"사람들이 날 보는 거라고 생각했는데 나만의 착각이었나요?"

잉? 왕자병이 있으시나? 도연이 조금 놀라 그를 바라보았다. 도연을 빤히 바라보고 있는 석재의 얼굴에 뜻 모를 미소가 피어올라 있었다. 뭐야? 비웃는 거야? 그런 거야?

"농담이었어요. 별로 안 웃기죠?"

"아……. 뭐, 괜찮았어요."

사실 하나도 웃기지 않았어요, 라고 덧붙이려다 도연은 꾹 참고 입을 다물었다. 차마 그런 잔인한 말은 할 수가 없어서. 또

석재의 말을 듣고 보니 그 말이 맞는 것도 같았다. 이쪽을 힐끗거리는 사람들은 한결같이 석재를 알아보는 것 같았다. 유명인이라 다르긴 다르다 싶었다.

"한석재 씨? 여기서 뵈니 반갑네요."

주문을 마치고 한석재와 서먹서먹하고 형식적인 대화를 나누고 있을 때였다. 웬 여자 하나가 그들의 테이블로 다가오더니 말을 걸어왔다.

"누구……?"

"저, 모르세요? 김진영이에요. 세완건설 사장님이 제 아버지이신데. 지난달 골프클럽에서 한 번 봤잖아요."

고대기로 얼마나 지졌을까? 그녀의 머리카락은 고불고불, 동글동글 어여쁘게 한데 뭉쳐 어깨 근처를 굴러다녔다. 낭랑한 목소리 하며 희미하게 풍기는 고급 향수 냄새가 그녀의 존재를 확실히 각인시켜 주고 있었다. 하늘하늘, 허벅지를 겨우 가리는 길이의 초미니스커트를 째려본 후, 도연은 못마땅한 얼굴로 스커트의 주인을 올려다보았다.

너 뭐야? 네가 뭔데 마음대로 끼어들어?

"아! 안녕하세요. 이제야 알겠네요. 못 알아봐서 미안합니다."

"괜찮아요. 저도 처음엔 못 알아봤으니까요. 이렇게 우연히 보게 되니까 꽤 반갑네요. 그때보다 더 좋아 보이신다."

"고마워요. 진영 씨도 더 아름다워지셨네요."

사람을 앞에 두고 뭐냐…… 이것들. 욕이 절로 나왔다.

"함께 오신 분은…… 애인?"

아니다. 왜? 떨으냐?

"아, 이쪽은 윤초연 씨. 그리고 이쪽은 김진영 씨."

상대 질문에 수긍도 부인도 하지 않고 석재는 순식간에 두 사람을 소개해 버렸다. 찝찝한 기분으로 도연은 반갑다는 형식적인 멘트를 날려주었다. 김진영이라는 여자는 고개만 까딱하는 거만한 인사를 하는 둥 마는 둥 하고는 자리를 떴다. 자리를 뜨면서 그녀는 도연을 한 번 슥 스치듯 보았는데, 입가에는 상냥한 미소를 달고 있었으나 그녀의 눈빛은 얼음처럼 차갑고 도전적이었다. 소름이 오소소 돋을 정도. 상당히 기분 나쁜 여자였다.

"눈빛이 마음에 안 드네요, 저 여자."

"그래요?"

싱긋. 석재가 웃는다.

"날 남의 밥그릇 뺏은 도둑년 보듯 봤어요."

그의 소리없는 미소가 더 커졌다. 뭐가 그렇게 좋아?

"여자들한테 인기가 많으신가 봐요."

"글쎄요, 한 번도 그렇게 생각해 본 적이 없어서 잘 모르겠는데요."

생각해 본 적이 없어? 웃기시네.

"제 보기엔 저분도 석재 씨한테 관심이 있는 것 같아요. 합석하고 싶은 모양인데 하실래요?"

"싫은데요. 김진영 씨도 아마 싫어할 겁니다. 함께 온 일행이 있으니."

천만에. 저 여자는 합석하자고 하면 좋아라 하며 달려들 거다. 도연을 향한 살기 띤 그 눈빛만 봐도 딱 답이 나온다. 근데 이 남자, 알고도 모르는 척하는 거야? 아님 진짜 모르는 거야? 괜히 심사가 뒤틀려 도연은 잔뜩 신경이 곤두서 버렸다. 그녀는 다시 한 번 레스토랑 홀을 눈으로 훑으며 말했다.

"괜히 여기 왔나 봐요. 사람들이 전부 다 날 이상하게 보는 것 같아요. 혹시 여기 정장 입고 와야만 들여보내 주는 뭐, 그런 데 예요?"

"아닐걸요."

"비싼 데인 건 맞죠?"

"가격 면에서나 음식 맛에서나 국내 최고급."

"석재 씨는 최고급 아니면 상대를 안 하시나 봐요."

"그런 건 아닙니다. 다만 오늘이 초연 씨와의 첫 데이트니까 신경을 좀 썼죠."

"첫, 뭐요?"

"데이트. 첫 정식 데이트. 오늘 날짜 기억해 두세요. 내년에 다시 여기 이 자리에 오는 것도 뜻 깊을 것 같으니까."

허얼~ 이런 낭패가 있나. 이 사람 도대체 왜 이래?

'정신 좀 차려요, 한석재 씨. 지금 저 많은 사람들의 기묘한

시선을 몸소 체험하면서도 모르겠어요? 이 몸은 윤초연이 아니라니까!'

정말이지 할 수만 있다면 광화문 사거리에서 확성기를 대고 소리라도 치고 싶었다. '내 이름은 윤도연이다!' 라고. 그러다 결국, 도연은 묻고 말았다. 식사를 끝내고 후식으로 나온 타르트를 한 수저 떠먹을 무렵이었다.

"석재 씨는 아무렇지도 않아요?"

"뭐가요?"

뭐냐니……. 이 남자 너무 둔한 거 아니야? 아니, 왜 몰라? 이렇게 확연한데!

"사람들 시선이요. 이상하게 쳐다보잖아요."

"난 잘 모르겠는데요."

말도 안 돼. 식사를 다 마칠 때까지 레스토랑 안에 있는 사람들은 계속해서 도연과 석재를 흘깃흘깃 쳐다보았다. 물론 자신이 석재와 그림상 전혀 어울리지 않는 건 알겠지만 이거야 원, 도무지 신경이 쓰여 제대로 먹을 수가 있어야지. 도연은 입고 있던 스키니 팬츠며 너덜거리는 워머, 나풀거리는 목도리, 심지어 헝클어진 머리카락들까지 죄다 신경이 쓰였다.

"사람들 시선에 익숙한가 봐요."

"꼭 그런 건 아니에요. 그러는 초연 씬 이런 관심 많이 받았을 것 같은데. 안 그래요?"

"아니요. 전 지금 몹시 불편해요. 별로 이런 관심 받아본 적도 없고요."

"안 그랬을 것 같은데요. 초연 씨, 개성있어요."

"개성. 그거 옷차림 말하는 거죠? 제 주위에는 이렇게 입고 다니는 애들 쌔고 쌨어요. 걔들이랑 섞이면 별로 특이한 것도 없죠."

"디자이너들이라 그런가요?"

허거덩. 깜빡했다. 지금 초연으로 연기 중이라는 거.

"……그렇죠. 다들 감각이 남달라요. 요즘 세상에 개성없으면 살아남기 힘들잖아요."

휴! 대수롭지 않게 말했다가 큰 봉변당할 뻔했다. 도연은 아랫입술을 슬쩍 혓바닥으로 쓸며 긴장되는 마음을 차분히 가라앉혔다. 괜히 두근두근 뛰고 살짝 숨까지 가빠왔다. 역시 그녀는 거짓말에 소질이 없었다. 이러다 진짜 제명에 못 죽지.

"많이 불편해요?"

긴장 탓에 창백해진 도연의 낯빛이 걱정스러웠는지 석재가 물어왔다.

"아니요. 괜찮아요. 이제 다 먹었는데요, 뭘. 신경 쓰지 마세요."

"……."

도대체가 속내를 알 수 없는 여자다. 피곤할 것을 걱정해 운전을 자처할 때 살짝 감동을 받은 것 같더니만. 레스토랑으로 들어선 직후부턴 또다시 줄곧 딱딱하게 경직된 채다. 겉모습만 보아서는 사람들의 시선 따위 아랑곳하지 않는 스타일 같은데, 의외로 소극적인 모양이었다. 그나저나 여자들이 잘 탄다는 '무드'를 조성하기 위해 고른 최고급 레스토랑인네, 상대가 이런 식이라면 별 소용이 없게 되는 건가? 그렇다면 곤란한데…….

그 순간이었다. 우연히 손등을 쓸고 지나간 오른손에 차가운 물체가 걸렸다. 반지. 왼손 약지에 아버지로부터 물려받은 반지가 끼워져 있다는 사실이 새삼 떠오르고, 뒤이어 반지를 이용한 색다른 아이디어가 불쑥 그의 뇌에 전구를 밝혔다. 반지 마술. 무드 조성용 퍼포먼스. 그거라면 어쩌면 잔뜩 경직된 채 뻣뻣하게 앉아 있는 윤초연의 긴장감을 풀어줄 수도 있지 않을까? 덤으로 로맨틱한 무드를 조성할 수 있다면, 그야말로 일석이조. 물론 마술은 어릴 적 매료되어 잠깐 배웠다가 흥미를 잃은 후 손을 놓은 지 꽤 되어 별로 자신은 없었다. 하지만 아예 아무것도 시도하지 않는 것보다는 나을 것이다. 설마 못했다고 실망하거나 짜증을 부리기야 하겠는가?

피식. 석재는 부드럽게 웃으며 커다란 오른손으로 왼손을 교묘하게 가려 윤초연이 눈치 채지 못할 정도로 자연스럽게 반지를 빼내었다.

"빨리 자리를 뜨는 게 좋겠어요. 이러다 이상한 소문 날 것 같아요."

"무슨 소문?"

"미스터 백만장자께서 드디어 정신이 나가셨다. 묘령의 여자와 레스토랑에 식사를 하러 왔는데, 글쎄 그 여자가 완전 넝마주이더라. 여자 고르는 눈이 완전 바닥으로 떨어졌으니 이제 나도 한번 대시해 보자. 와~! 우르르~ 뭐, 그런 거요."

"넝마주이? 재밌는 표현이네요."

"재밌긴요. 좋지 않은 소문이 나면 석재 씨만 불리해질 텐데."

"초연 씨는 괜찮고?"

"나야 뭐…… 어차피 이 바닥에선 불청객에 불과하니까요. 아무도 날 신경 쓰지 않을 거예요."

"과연 그럴까요?"

"그게 사실이에요. 전 별로 이쪽 사람들과 친하지도 않고 친하고 싶지도 않아요."

"손 내밀어봐요."

잉? 갑자기 손은 무슨 손? 난데없어라. 도연은 절로 써지는 인상을 억지로 펴며 되물었다.

"내 손이요?"

이 남자가 또 무슨 말을 하려는 걸까. 혹시 손금 같은 걸 봐주겠다면서 수작 거는 거 아니야? 수작 같은 거, 걸 사람처럼 보이지도 않지만……. 도연은 그가 내민 손을 빤히 내려다보며 생각에 잠겼다. 손을 줘, 말아?

"으흠, 아무 손이나."

도연이 망설이는 걸 석재는 느긋이 지켜보고 있었다. 그는 그녀가 곧 손을 내밀 거라고 마음속으로 추측하고 있었다. 거절하기엔 너무나 호기심을 자극하는 제안이었음을 그 스스로도 잘 알고 있었기 때문이다.

그가 바라본 '윤초연'은 자기주장 강하고 신념이 투철하면서도 호기심과 깡이 많은 여자였다. 기죽지 않는 사회생활을 위해 피우지도 못하는 담배를 배울 정도로. 그런 여자라면 당연히 그의 제안을 받아들일 것이다. 실제로 그녀는 몇 초간 말없이 잘근잘근 아랫입술만 초조하게 씹더니 결심을 한 듯 살짝 굽혔던 허리를 쭉 폈다. 그리고 오른쪽 손을 쓱 내밀었다.

길지 않고 가늘지 않은 자그마한 손이 그의 왼손바닥 위로 살포시 올라왔다. 석재는 씩 한쪽 입술 끝을 끌어 올리며 미소를 지었다. 평소 예상대로 따라와 주는 여자, 행동 패턴이 단순한 여자는 별로라고 여겨왔지만 오늘은 아니었다. 그동안 이 여자의 예측 불허한 행동에 얼마나 속이 쓰렸던가? 적절한 타이밍에 순순히 잘 따라와 주는 여자를 석재는 흐뭇한 눈으로 바라보았다.

"지금부터 십 초간 내 눈을 봐요."

"네?"

"다른 곳은 보면 안 돼요. 오직 내 눈동자만을 바라봐야 해요."

"마술 같은 거예요?"

"십 초 후, 윤초연 당신은 이 바닥에서 가장 유명한 여자가 되어 있을 거예요."

"무, 무슨 짓을 하려고 그래요?"

그녀의 소심한 눈동자가 순간 흔들렸다. 두려워하고 있는 것이다. 그러나 그와 동시에 궁금해하고 있었다. 그녀의 반짝거리는 눈동자가 그 증거다. 석재는 마술이 끝났을 때 여자가 보일 반응이 무척 궁금해졌다.

"내 눈을 보고 있어요, 계속. 마술이 진행되려면 내 눈 속을 들여다봐야 해요. 내 마음이 보일 거예요."

"어떻게 눈을 보고 속마음을 알아요?"

"텔레파시."

"텔레파시 같은 거 난 안 믿는데요."

"사랑은 눈만으로도 교감할 수 있는 거라잖아요."

순간, 그의 양손이 도연의 손바닥을 가운데에 놓고 살며시 쓸었다. 찌릿한 전율이 팔을 타고 척추까지 울렸다. 신음이 나올 것 같아 도연은 재빨리 아랫입술을 깨물었다. 도대체 이 남자, 무슨 짓을 하려는 거지? 자꾸만 손바닥을 내려다보고 싶은 마음을 꾹 눌러 참으며 대답했다.

"우린 사랑하는 사이가 아니잖아요."

"하지만 곧, 조만간, 빠른 시일 내에."

"곧, 조만간, 빠른 시일 내에 그리될 거란 말은 아니죠? 설마."

"왜 안 될 거라고 생각해요? 가능성은 있잖아요."

"가능성 없어요."

도연은 단호하게 말했다.

"가능성 없는 일은 없어요."

"있어요."

"두고 보면 알겠죠."

두고 보나 마나예요, 라고 말할 생각이었다. 하지만 도연이 막 입을 열려는 찰나, 석재의 손이 움직이기 시작했다. 그녀가 내민 손 위에서 스르르 움직이는 그의 단단한 손길이 느껴졌다.

그의 손길은 마치 그녀를 어루만지듯 다정하고 뜨거웠다. 전기에 감전된 듯한 찌릿한 느낌이 들어 순간, 도연은 당황했다. 그리고 저도 모르게 아래로 고개를 떨어뜨리고 말았다. 그의 커다란 손 안에 그녀의 손이 아기 손처럼 연약한 모습으로 갇혀 있었다.

"보면 안 된다고 했을 텐데요."

경고가 담긴 그의 목소리는 그러나 부드러웠다. 마치 그녀가 내려다볼 걸 미리 예측한 듯했다. 그 목소리를 듣는 순간, 도연은 꼼짝도 할 수가 없었다. 포승줄에 묶인 듯 손가락 하나 움직일 수조차 없었다. 고개 숙인 자신에게 그의 시선이, 사람들의 시선이 무차별적으로 쏟아지고 있다는 것을 도연은 너무나 직접적으로 느끼고 있었다. 도대체 무슨 마술을 어떻게 하려고 이러는 걸까? 안 그래도 동물원 원숭이 보듯 구경하던 사람들이 이젠 아주 노골적으로 쳐다보고 있지 않나.

도연은 긴장된 마음을 숨기며 간신히 중얼거렸다.

"마술이라면서요. 원래 마술은 이렇게 뚫어지게 봐줘야 한다고요."

그러나 얼굴로 피가 몰리는 기현상을 막을 수는 없었다. 사람들이 계속 그들을 쳐다봤다.

"난 서투른 마술사거든요."

도연의 눈앞에서 석재의 손이 어른거렸다. 길고 하얗고 그러면서도 굵고 강인해 보이는 손가락. 단정하게 다듬어진 손톱. 힘든 일이라곤 해보지 않은 듯 상처 하나 없이 깨끗한 그 손이 브라운관 속 마술사들처럼 유려한 동작으로 움직이고 있었다. 그 손을 내려다보며 도연은 멍하게 중얼거렸다.

"서툴러 보이지 않아요."

아악! 이러다가 이 남자한테 푹 빠져 버리는 거 아니야? 왜 이래, 빨리 고개를 들어! 이 남자의 손에서 눈을 떼버리라고, 빨리!

"칭찬 고마워요."

그가 나지막이 속삭였다. 야릇한 감각으로 손이 얼얼해지고 있었다. 그의 손이 도연의 손가락 하나하나에 가볍게 애무를 하며 매만지는 사이 도연은 서서히 달아올랐다. 주변 사람들의 시선도 이젠 느껴지지 않았다. 오로지 손끝에서 전달되어지는 감각에만 집중하고 있었다. 그리고 다음 순간, 그녀는 분명히 느꼈다. 네 번째 손가락 뿌리 쪽으로 쑥 미끄러지듯 들어오는 이

질감을. 그 무언가를 느꼈다고 생각한 바로 그 순간, 그의 커다란 손가락이 천천히 쫙 펴졌다. 그의 손에 감싸여 있던 도연의 손이 드디어 개봉박두 되는 순간이었다. 순식간에 레스토랑 안에 있는 모든 사람들의 시선이 한곳으로 집중되었다.

도연은 드러난 자신의 손을 바라보았다. 이게 뭐야? 그녀는 자신의 손가락에 헐렁하게 끼워진 반지를 멍하게 바라보며 중얼거렸다.

"장난이 너무 심한 거 아니에요?"

그녀의 예상대로 레스토랑 내부가 금세 술렁거리기 시작했다. 그러나 정작 장본인은 아무렇지도 않은 듯 슬쩍 주위를 곁눈질하며 속삭였다.

"아직 안 끝났어요."

"이봐요, 한석재 씨. 장난이라도 할 게 있고 안 할 게 있는 거예요. 이건……."

그러나 도연은 시작한 말을 끝맺지 못했다. 턱을 움직일 수가 없었기 때문에. 완전히 굳어버렸다. 그의…… 살짝 벌어진 입술이 반지에 갇힌 그녀의 약지를 습격해 가볍게 빨아들여 왔을 땐 숨마저 멈춰 버렸다. 심장마비 걸린 것보다 더 큰 충격이 도연을 휘감았다.

이, 이 남자 정말 도대체 왜…… 왜 이러는 거야!!

"이제 초연 씨도 유명 인사가 된 겁니다."

"어, 어떻게 이런 장난을 아무렇게나……."

"내일쯤이면 이 바닥에 소문이 쫙 퍼질 거예요. 한석재 연애한다고."

"재미 하나도 없어요."

얼어붙은 채로 도연은 간신히 중얼거렸다. 손가락에는 금빛 링이 달랑거리며 자신을 향해 웃고 있었다. 이런 기가 막힌 일이 다 있나! 이러면 안 되는 거잖아. 이건 정말 아니잖아! 꿀꺽, 마른침을 삼키며 도연은 제 손을 멍하게 보았다.

"이 바닥이 원래 의외로 재미없는 곳이에요. 이제 나갈까요?"

"예?"

역시 멍하게 고개를 들어 올리며 도연은 반문했다.

"멋있는 퇴장. 사람들의 머릿속에 자신의 모습을 똑똑히 각인시킬 수 있는 방법 중 하나죠."

"난…… 말했잖아요. 이런 거 정말 재미없다고. 다른 사람 머릿속에 이런 모습 각인시키고 싶은 생각도 없어요."

"모험심을 더 키워요. 그럼 재미있어질 테니까. 재미없는 이 바닥을 즐길 수 있는 방법입니다."

"난 재미있게 즐기고 싶은 마음 없다니까요!"

이쪽의 모습에 완전 몰입해 관람 중인 레스토랑 손님들 때문에 목소리 톤을 높일 수는 없었다. 도연은 거의 속삭이는 말투로 고함을 질렀다. 그러나 한석재는 그녀의 격렬(?)한 항의에도 전혀 위축되지 않고 대수롭지 않은 듯 답했다. 어깨까지 으쓱하며.

"이제부턴 즐겨야죠. 발을 들여놓은 이상."

어찌나 얄미운지. 도연은 음산한 어조로 물으며 석재를 노려보았다.

"내가 언제 발을 들여놓았다는 거예요?"

"지금. 방금."

"내 의사가 아니었잖아요. 당신이 일방적으로……."

"나와 만나는 이상, 이쪽 생리를 이용하는 게 편해요. 즐기는 마음이 중요하죠. 그렇게 날을 세우고 있으면 오히려 더 스트레스만 쌓일 겁니다."

"마, 만나요?"

내가 언제 당신이랑 만난다고 했어! 난 윤초연이 아니라고. 도연은 속으로 절규했다.

"오늘이 우리의 첫 데이트라는 거 잊지 말아요."

으아― 말도 안 돼. 싫어! 데이트를 이어가고 싶은 생각은 눈곱만큼도 없단 말이다! 모든 게 절망적이었다. 거절할 수 없을 만큼 유혹적으로 다가오는 이 남자, 그리고 대책없이 흔들리는 자기 자신. 모두 다.

"……원래 사람 사귀면, 반지부터 끼우고 보세요?"

절망에 빠진 채 힘없이 도연은 중얼거렸다. 고개를 아래로 푹 떨어뜨린 채다. 석재는 씩, 한쪽 입술을 끌어 올린 매끈하고 환상적인 미소를 짓더니 양쪽 손을 서로 교차하여 깍지를 끼고 도연 쪽으로 몸을 기울였다. 그리고 그녀에게만 들리도록 낮게 속삭였다.

"이번이 처음이에요."

아! 이럴 땐 도대체 뭐라고 말해야 하는 걸까? 당황스럽다. 매력적인 남자의 매력적인 도발. 유혹적인데도, 유혹당하고 싶은 마음이 없지 않은데도, 유혹당하지 않아야만 하는 이런 경우. 생전 처음 겪는 일이라 도연은 얼떨떨한 기분이었다. 이렇게 잘난 남자도 나처럼 뭐든 허술하고 부족한 애한테 적극적일 수 있는 걸까? 싶은 마음에 머리까지 띵했다.

"이제 일어나요. 사람들이 다가오기 전에 우리가 먼저 나가야 해요."

"이 반지는……?"

"갖고 있어요. 지금 돌려주면 사람들이 오해해요. 초연 씨가 날 찬 걸로."

그럼 더더욱 지금 돌려줘야 하잖아! 저절로 흘러나오는 신음 소리를 삼키며 도연은 어색하게 웃었다. 석재는 너그러운 눈으로 다 이해한다는 듯 빙긋 웃으며 자리에서 일어났다.

"가실까요?"

그는 멋지고 멀쩡한 모습으로 도연이 일어나는 걸 도우는 신사도를 발휘했다. 아직도 익숙지 않은 남자의 에스코트를 받으며 도연은 입구를 향해 걷기 시작했다.

일시에 레스토랑 안이 쥐 죽은 듯이 고요해짐을 도연은 느꼈다. 사람들은 호기심 어린 눈으로 그들의 일거수일투족을 관찰하고 있는 듯했다. 뒤통수가 따끔따끔, 등골이 찌릿찌릿. 일부는 단순한 호기심이었고, 일부는 부러움이 담긴 시선이었다. 레스토랑에서 도연은 여전히 가장 이질적이고 튀는 존재였지만, 분명 처음 들어왔을 때와는 사뭇 다른 느낌의 시선들이었다. 호박이 요정의 마술 지팡이가 닿자마자 호화로운 궁중마차로 바뀌듯, 석재의 팔이 그녀의 어깨를 감싸는 순간, 도연은 사교계의 여왕이 되어버린 것이다. 돌아버릴 것 같은 심정으로 도연은 속으로 외쳤다.

난 윤초연이 아니라고!

•제6장 진실과 현실 사이•

사십 분 후. 십사층, 그녀의 집으로 올라가는 엘리베이터
안에서 도연은 한숨을 쉬고 있었다. 일층 아파트 입구에서 함께
엘리베이터에 올라탄 아저씨 한 명이 칠층에서 내리자 도연은
사각의 작은 공간 안에 덩그렇게 홀로 남겨졌다. 위잉, 소리를
내며 위로 위로 올라가는 엘리베이터. 도연은 그녀가 엘리베이
터 안으로 들어갈 때까지 아파트 입구에 서서 그녀를 지켜보고
있던 한 남자에 대해 생각했다.

집으로 돌아오는 길. 역시나 운전은 그가 했다. 서로 떨어져
서 각자의 집으로 가는 게 낫겠다고 말했던 도연은 맨 처음 만
났을 때 자신이 했던 말을 기억하냐는 그의 질문에 할 말을 잃

었다. '다음엔 제가 차를 놔두고 와야겠군요. 전 따로따로 귀가하는 건 별로라서' 라고 했던가? 여하튼 그는 자신이 내뱉은 말을 꼭 그대로 행동에 옮겨야만 직성이 풀리는 사람처럼 그녀의 소형 중고 고물차를 손수 몰아 그녀를 집 앞까지 태워다 주었다.

어찌나 안 어울리던지. 키 크고 덩치까지 큰 남자가 협소하고 천장 낮은 차 안에 앉아 운전하는 모습은 차마 눈 뜨고는 못 볼, 불편함의 결정체였다. 거짓말 조금만 보태서 말하자면, 구부린 무릎이 가슴팍에 닿았다고나할까? 그의 몸이 완전 세 단계로 접힌 것처럼 보였다. 허리, 허벅지, 종아리, 이렇게. 괜스레 미안해져 집에 도착했을 때는 고개가 절로 조아려질 정도였다.

"불편하긴 하네요. 돈 벌어서 다 뭐 해요? 차 한 대 뽑아요. 오래된 것 같은데."

고맙다고, 다음에는 이렇게까지 안 하셔도 된다며 꾸벅꾸벅 인사를 해대는 그녀에게 그가 건넨 말이다. 캐민망. 쥐구멍이라도 있으면 숨어들어 가고 싶을 만큼 창피했다. 그야 우스갯소리로 한 거였겠지만 돈이 없어 고물차 몰고 다니는 그녀로선 낯이 팔려도 보통 팔리는 게 아니었다. 이래서야 어디 돈 잘 벌고, 품격있는 커리어우먼 윤초연 역할을 제대로 해낼 수 있겠는가? 절대로 더 이상은 불가능하다는 생각을 다시금 했던 순간이었다.

그래서 결심을 굳힌 도연. 조만간 그에게 말할 작정이다. 자신은 윤초연이 아닌 윤도연이라고. 유능한 인테리어 디자이너로 명문 K대를 졸업한 재원 중의 재원이 아니라, 라이브 카페에서 겨우 일주일에 네 시간 알바 뛰는 무명 가수라고. 돈도 없고, 백도 없는 데다가 뜬구름 잡는다는 비난을 수시로 받고 있는 그녀는 윤초연이 아니라 윤도연이라고 말해줄 생각이었다. 그러면 그는 뭐라고 할까…….

'그런 건 왜 걱정하니, 윤도연? 그 남자한테 너 미련있어?'

미련은 무슨 미련. 그는 그림의 떡. 그녀와는 수준이 달라도 보통 다른 게 아닌 하이레벨 상류층 인사였다. 초연처럼 미모와 재능을 겸비한 재원이라면 또 몰라도, 그녀로서는 턱도 없었다. 그나마 그가 자기와는 전혀 어울리지 않은 해괴한 콘셉트의 도연을 참아주고 있는 건 모두 초연의 화려한 이력과 아버지의 얼굴 때문이었다. 주제 파악 하나는 제대로 잘하는 사람으로서 도연은 그에게 언감생심 딴마음 따위 절대 품지 않고 있었다. 제부로서는 흠 잡을 게 없다고 생각했던 게 그녀가 가진 사심의 전부일까? 물론 그가 내뱉는 따뜻한 말 한 마디, 입술을 살짝 끌어 올려 짓는 미소 등에는 심장이 두근두근, 맥박이 팔딱팔딱 사정없이 뛰긴 했다. 그러나 그것은 머리와는 전혀 상관없이 뛰는 본능적인 것으로, 그녀가 가진 이성으로 충분히 제압할 수 있는 수준의 것이었다. 재작년 시내에서 유명 영화배우를 지척에서 봤을 때 느꼈던 설렘과 비슷한, 대수롭지 않은 수준. 별로 심각한 게 아니라고 도연은 생각했다. 오늘 레스토랑의 마술 사건이 있기 전까지는 확실히.

'도대체 오늘은 왜 그랬지?'

오늘은 그가 유난히 부드러웠다. 친절하고, 잘 웃고, 경직된 말투도 조금은 덜했다. 약간 유머러스한 면도 보이는 것 같고. 그렇다고 완전 웃긴 건 아니었지만. 어설퍼도 웃기려는 시도는 하지 않았나? 어제와 그제 보여줬던 모습에선 거의 발견할 수 없었던 면모다. 전날보다는 훨씬 더 자연스럽고 인간적인 태도였다. 그렇다고 이전의 그가 밥맛없이 굴었다는 뜻은 아니다. 오히려 흠 잡을 데 없이 매끄럽고 단정한 태도였다. 그게 더 그녀를 부담스럽게 만들었던 게 사실.

일부러 어깨에 힘을 좀 빼신 건가? 왜?

"아아, 몰라 몰라! 귀찮아. 머리 터져. 생각 안 할래. 생각하지 마, 윤도연."

평소 그녀는 바깥일 따위 집에 들어오면 곧바로 잊어버리는 낙천주의자 타입이다. 내일 일은 내일 생각하기. 어떻게든 되겠지, 내일이 닥치면 뭐든 순리대로 잘 진행될 거야, 등등. 그녀의 귀차니즘은 뇌세포에 스트레스라곤 절대 주지 않을 웰빙이즘(ism)이었다. 하지만 이놈의 백만장자 씨는 시도 때도 없이 그녀를 괴롭히고 있었다. 엘리베이터를 타고 집 앞까지 와서 열쇠로 문을 따는 지금까지 계속해서 그녀의 머릿속을 빙빙 떠나지 않고 있었다.

"아! 이런. 이걸 안 줬네?"

손 안의 열쇠가 짤랑거리고 현관문이 따지는 순간, 도연은 지금껏 인식하지 못했던 이물질의 존재를 캐치했다. 넷째 손가락에 떡하니 자리를 차지하고 있는 무거운 금반지! 헐렁헐렁해서 금세라도 어딘가로 빠져 도망갈 것 같은 남성용 반지가 아슬아슬 그녀의 손가락에 걸려 있었다. 차 안에서 내내 꽉 주먹을 쥐고 있었던 탓이 컸다. 너무 긴장한 나머지 그런 거였는데 그 때문에 흘러내리지 않고 집 안까지 딸려올 줄이야!

'이건, 이건! 안 돼!'

도연은 미친 듯이 뒤를 돌아 엘리베이터로 다급하게 뛰었다.

"어머. 얘, 어디 가? 들어오다 말고 어딜 가는 거야?"

뒤통수로 어머니, 곽춘자 여사의 외침이 들렸다. 찰칵, 열쇠가 따지는 소리를 듣고 누가 온 건지 보러 나오다가 그녀를 발견한 거였다. 맨발이라 바깥으로 나오진 못하고, 신발을 신고 다시 나오면 엘리베이터 문이 닫힐 것 같고. 덕분에 춘자 씨는 현관문 턱에 서서 엘리베이터 문이 조금씩 삼키는 딸을 향해 소리를 지르고 있었다. 시커먼 팩 반죽을 뒤집어쓴 채로.

"잠깐 차에 갔다 올게. 차 안에 뭐 놔두고 와서."

"뭔데 그렇게 급해?"

"몰라도 돼, 엄마는."

다급함에 승강기의 닫힘 버튼을 꽉꽉 세 번이나 연속으로 누르는 도연. 춘자 씨의 '가끔은 완전 예리한 눈'으로부터 벗어나기 위해 그녀가 나름 머리를 쓴 것이었으나 결과는 실패. 춘자 씨는 그녀의 밋밋한 손가락에 반짝거리는 동그란 것을 발견하고 말았다. 그것이 금색이라는 것도, 손가락에 끼워져 있다는 것도 한순간 모조리 숙지해 버린 이 아줌마. 쌍으로 축하할 일이 생기는 거 아닌가, 하며 닫혀 버린 엘리베이터 문 앞에서 좋아하고 있었다.

십 분 후. 도연은 다시 현관문을 열고 집 안으로 들어서고 있었다. 헐레벌떡 아래층으로 내려갔지만 석재는 온데간데없이 사라져 버려 허탕만 치고 돌아오는 길이다. 아무래도 지난번처럼 누군가가 그를 태우러 도연의 차를 따라온 모양이다. 수행비서가 따라다니는 건가?

'백만장자에게 수행비서쯤이야 기본이시겠지. 좋~겠다. 그나저나 이 반지를 어떻게 해야 하지? 내일 그 남자를 찾으러 가야 하나? 아우! 미쳐, 미쳐!'

고개를 푹 수그리고 신발을 벗으며 도연은 휴! 땅이 꺼져라 한숨을 몰아쉬었다. 무슨 늪도 아니고, 벗어나려 버둥거리면 버둥거리는 만큼 더 깊이 빠져들게 되어버리는 이 상황에 좌절하고 있는 거였다. 일단 이 반지를 돌려주기 위해선 한석재와 연락이 닿아야 하고, 그런 뒤엔 만나야 하고, 만나게 되면 양복발 죽이는 한석재를 또다시 대면할 것이며 그렇게 되면 또 헤벌레~ 해지는 건 시간문제. 머릿속이 911 테러에 버금가는 대테러가 일어난 듯 텅 비어버리는 대재앙이 또다시 발생하게 될 것이다. 무뇌아가 된 듯 한석재한테 홀딱 빠져 버리는 일은 오늘 이후엔 절대 없어야 한다. 레스토랑에서의 일을 다시금 떠올리며 도연은 두 눈을 찔끔 감았다.

"등신. 천치."

도연은 치렁치렁 가슴팍까지 흘러내리는 목도리 자락을 한 손에 쥐고 제 머리를 획획 쥐어박았다. 그때였다. 자학 모드인지라 고개도 푹 수그리고 두 다리마저 휘청휘청 힘없이 막 거실로 발을 들여놓을 참. 도연의 눈앞에 두 쌍의 바닥 얇은 실내용 슬리퍼가 눈에 들어왔다. 오잉? 이건 뭐야? 고개를 막 들려는데 글쎄…….

빵! 펑!

연속 두 방의 총 소리가—이건 순전 귀청체감 소음도다—집 안을 거하게 울렸다. 꺄악! 단발성 비명을 지르며 도연은 귀를 막고 뒷걸음질을 쳤다. 이게 뭐야? 이건 또 뭐냐고! 경악에 가까운 눈으로 앞에 있는 사람들을 올려다보았다.

"뭐야?"

두 손으로 조그만 뭔가를 붙들고 배시시 웃고 있는 두 사람은 다름 아닌 아버지, 어머니. 뭣들 하고 계시는 거지?

"축하해, 도연아!"

축하? 무슨 축하? 축하할 일이 있는 건가? 내일 기획사 관계자에게 선을 보이게 된 게 나름 축하할 일이라면 축하할 일이지만 그걸 이분들이 벌써 아실 리 없고. 생일인가? 물론 아니다.

그녀는 가을에 태어났다. 지나도 진즉 지난 생일. 뭐 축하할 일이라도 있는 건가? 도대체 뭐지?

"축하한다."

묵직이 떨어지는 윤재규 사장님의 목소리. 자세히 보니 그와 곽춘자 여사의 두 손에는 모 베이커리에서 덤으로 달아주는 고깔 모양의 축포가 들려 있었다. 두 달 전 그들의 결혼기념일 때 초연과 도연이 서프라이징 파티를 기획한 적이 있었는데 그때 쓰다 남은 것들이었다. 이걸 어디서 찾아내셨대? 유치하시기도 하셔라. 대략 난감.

"뭐, 뭘 축하한다는 거야?"

눈살을 찌푸리며 도연은 슬금슬금 거실 안쪽으로 걸어 들어갔다. 윤 사장과 춘자 씨의 능글능글 유들거리는 시선을 피하느라 상체는 뒤로 상당히 빠져 있는 상태.

"깍쟁이 같은 것. 너 진짜 모르는 척할 거니?"

"까 뭐라고? 그거나 떼고 말해, 엄마."

춘자 씨의 생글거리는 미소는 차마 눈 뜨고 볼 수 없는 처참한 광경이었다. 시커먼 머드팩이 그녀의 미소 위에서 굳어가고 있었다. 이러다 주름 왕창 생기는 거 아닐까? 나름 사장 사모님으로서 동창회나 연주 동호회 모임에서 끗발 날리고 있는 덕에 외모에 대한 투자가 장난 아닌 그녀였다. 남들 이목에 집착해 마지않는 춘자 씨께서 어인 일로 저런 황당한 일을……!

"어머, 내 정신 좀 봐! 팩 하고 있었던 걸 깜빡했네. 나, 잠깐만요."

남편에게 양해를 구하고 화장실로 쪼르르 달려가는 곽 여사의 뒷모습을 바라보며 도연은 중얼거렸다.

"아빠, 도대체 무슨 일이에요? 엄마 왜 저래요?"

"허허! 기분이 좋아서 그러는 거지. 이제 나도 한시름 놨다."

한시름을 놓으시다니요. 지금이 어느 때인데! 이 윤도연이 초연인 줄 아는 남자와 사귀게 될 판이라고요. 그 남자가 좋아질지도 몰라서 아등바등 이성의 끈을 꽉 붙잡고 있는 상황이라고요. 그런데 한시름을 놓으시다니요. 뭘 알고나 말씀하시나요?

"무슨 소리에요? 축하할 일이 있으면 저도 좀 알게 해주세요. 제가 주인공 같은데."

"너 남자 사귄다며?"

헉—!!

순간, 백만 볼트의 전기가 도연의 몸을 관통했다. 쏴아— 세면대에 물 고이는 소리, 춘자 여사가 얼굴 씻는 소리, 그녀가 '당신은 못 말리는 땡벌~' 하며 귀에 익숙한 트롯 곡조를 웅얼거리는 소리를 제외하고는 아무것도, 정말 아무것도 도연의 귀에 들어오지 않았다.

어떻게 안 거야? 어떻게 알았어, 이분들이? 이분들이 알고 있다면 당근 한석재도 알고 있다는 소린데. 그럼…… 그, 그럼……! 도연의 얼굴이 삽시간에 굳어지고 벌겋게 달아올랐다. 대답은 하지 않았지만 사실상 인정이나 다름없는 얼굴. 윤 사장이 흐뭇한 얼굴로 말했다.

"얼굴을 보니 맞구나. 난 네 엄마가 또 어디서 이상한 소문 주워듣고 와서 호들갑을 떤 건 줄 알았는데. 그래, 남자는 어떤 사람이냐? 성실한 사람이겠지, 물론?"

엥? 누군지는 모른다는 거?

"서, 성실하긴 하죠……."

불행인지 다행인지. 아직 부모님은 석재가 만나는 딸이 도연인 걸 모르고 있었다. 그럼 그녀가 남자를 사귄다는 말은 도대체 어디서 나온 말이야?

"반지까지 받았다면 꽤 오랫동안 사귄 거 같은데 말이야."

반지? 오, 이런. 반지를 본 거로군. 그제야 대략 감을 잡게 된 도연. 저도 모르게 본능적으로 반지가 끼워진 왼손 넷째 손가락을 오른손으로 감싸쥐었다. 혹시라도 아버지가 한석재의 반지를 알아보는 날에는…… 그날부로 모든 게 다 들통 나게 되는 것이다!

"얼마나 사귄 거냐? 돈은 없어도 되니까 성실하고 착한 사람이어야 할 텐데 말이다. 나야 네 눈을 믿는다만……."

"돈이요?"

백만장자 씨, 돈 무지 많은 사람입니다. 성실하고 착한지는 아직 몰라요. 그 사람을 아버지가 초연이한테 들이댔으니 아버지는 그 남자를 믿어야 합니다. 아버지 판단이니까 믿으시겠죠. 속으로 중얼거리며 도연은 희미하고도 떨떠름한 미소를 지어냈다.

"뭐, 그럭저럭 먹고 살 정도는 되는 것 같아요. 그 정도면 성실한 것 같고요."

"그럼 됐다! 더 많아봤자 골치만 아프지 뭐!"

어느새 세안을 마치고 나오며 곽 여사가 소리쳤다. 많아봤자 골치만 아프다니요. 그럼 한석재는 왜 들이대신 거예요? 꽥 소리치고 싶은 심정을 가까스로 누르며 도연은 '그렇죠 뭐~' 하며 너스레를 떨었다.

"네 신랑한테는 돈 많으면 안 돼. 네가 가수 시켜달라고 날이면 날마다 조를 텐데. 그거 배겨낼 남자가 몇이나 되겠니?"

"안 그래. 미쳤다고 남들한테 손 벌리면서까지 가수를 해? 그랬으면 진즉에 아빠한테 손 내밀었지."

"으이구, 철딱서니 없는 것."

짝! 도연의 등짝 위로 곽춘자 여사의 손바닥 대포가 작렬했다. 아야! 반사적으로 도연은 비명을 질렀다.

"으, 아파."

"아프라고 때렸다. 이것아. 가수는 제발 포기하라고 했지? 네 나이가 지금 몇인데 그런 현실성없는 꿈에 빠져 허우적거리는 거야? 말이 되니? 요즘 어리고 예쁜 것들이 얼마나 수두룩벅적한데 네깟 게 가수를 해? 가수는 아무나 하니? 아무나 해?"

"아우, 왜 또 그 소리야? 요즘 좀 잠잠하더니. 어제는 용돈까지 찔러줬으면서."

"이것아, 그건 기분이 좋아서 인심 쓴 거지. 너 가수 되는 데

보태 쓰라는 건 줄 알아? 아무 말 않고 가만히 있으려니까. 너 하는 짓거리가 하도 한심해서 가만히 두고 보는 거야. 조만간 노래하는 것도 그만둘 게 뻔하니까. 가수 된다는 게 얼마나 힘든 일인지 네가 몸소 체험을 해보면 금세 나가떨어질 게 뻔한데 뭐 때문에 내가 미리 나서? 그래 봤자 반항심에 더 하려고 들 텐데."

"나도 알아! 가수가 되는 게 얼마나 힘들다는 거. 낙타가 바늘구멍 통과하는 것보다 더 힘들다는 거 안다고."

"으구! 이 멍퉁아. 그런데 왜 그래? 왜 그렇게 한심하게 시간 죽이고 앉아 있어? 얌전히 직장 다니다가 시집이나 갈 것이지."

생각하면 할수록 열받는지 곽 여사가 손에 들고 있던 타월을 얼굴 근처로 갖고 가 팔딱팔딱 부채질을 했다. 딸이 가수가 되겠다며 잘 다니고 있던 사무직 직장도 때려치우고, 카페 같은 데 다니면서 노래나 하고 있으니 열불이 안 나지 않을 수 없는 것이다. 그녀의 입장으로선 당연한 일. 주변 사람들로부터 '연예인 한다는 애들 십중팔구 몸 버리고 인생 망치니, 바람난 딸의 마음 잘 잡아야 한다'는 충고를 들은 이후부터 반대는 더욱 극렬해졌다. 그런데 남자를 사귀고 있다니, 이 얼마나 반가운 일인가? 허황된 꿈보다야 남자에 빠지는 게 백배천배 나은 일이라고 곽 여사는 생각했다. 초연도 조만간 혼사를 치를 것 같은 분위기였지만 곽 여사는 언니인 도연의 입장을 위해 혼례를 미룰 예정이었던지라 이래저래 도연의 반지는 곽 여사에게 기쁜 소식으로 작용했다.

"그만 해. 좋은 소식 앞두고 애는 왜 잡나?"

옆에서 윤 사장이 곽 여사를 만류했다. '꿈은 이루어진다'라는 문구에 감명을 받아 용기를 내어 늦은 나이에 꿈을 실현하느라 진땀을 빼는 딸이 안쓰러우면서도 곽 여사의 조목조목 맞는 말을 무시할 수 없는 마음에 늘 중도의 입장에 서 있는 그였다. 그 역시 이번 일을 계기로 딸이 시집가서 마음잡고 잘살면 좋겠다는 생각이었다. 주부가요열창 같은 프로도 있지 않나? 못다 이룬 꿈은 나중에라도 풀면 되지 싶었다.

"그래. 뭐 해, 그 얼빠진 총각은?"

울화통이 가라앉지 않았는지 곽 여사의 목소리에는 날이 시퍼렇게 살아 있다.

"같은 말이라도 얼빠진 총각이 뭐유? 진짜……."

불쌍한 백만장자 씨. 순전히 맞선 상대 잘못 만나 얼빠진 총각이 됐네. 도연은 투덜거리며 슬슬 발걸음을 옮겼다. 대충 얼버무리면서 자리를 뜰 생각이었다.

"어딜 가려고 그래? 말하고 가야지. 이 늙은 어미 아비가 쌍포까지 터뜨려 줬는데 기본 정보는 흘려줘야 예의 아니니?"

귀신이다, 아무튼. 어떻게 알았을꼬? 도연은 땅 꺼지게 한숨을 쉬었다.

"엄마, 나 피곤해."

"피곤하니까 빨리 말하고 가면 되지. 뭐야? 직업이 뭔데?"

"그냥 회사 다니지 뭐."

"그러니까 무슨 회사야? 회사도 여러 회사가 있잖아."

"……증권이라던가……."

"증권 회사 다녀? 어휴! 그럼 괜찮네. 어딘데? 어디 증권 회사야?"

잡지에서 한석재가 증권 회사 이사인가 상무인가, 아무튼 대주주로 활약하고 있다는 내용의 기사를 본 적이 있었다. 그 기억을 더듬어 아무렇게나 대답해 본 건데 의외로 곽 여사는 믿는 분위기다. 슬쩍 뒤를 보니 윤 사장 역시 고개를 끄덕이는 중. 그의 머리 위로 '괜찮은 걸?'이라는 속엣말이 말풍선으로 뜨는 환영이 보이는 듯했다.

"몰라, 들었는데 까먹었어."

"얘는, 그런 걸 알아둬야 회사가 튼튼한지 어쩐지 알아보기도 하고 그러지. 겉만 번드르르한 회사 다니다가 망해 버리면 어쩔 거야? 내일은 회사 이름 정확히 알아가지고 와. 알았지?"

"아……!"

아흑! 찌질하게 그걸 물으라고? 어떻게 그래? 난 못해!

"직장은 그 정도면 된 것 같고. 스읍! 성격은 뭐…… 널 참아 줄 정도면 오죽하겠니? 인내심 하나는 있는 것 같다. 살아가는 데 인내하고 끈기있는 거면 족하지. 남자 그거 별것없다. 얼굴이고 뭐고, 다 필요없어. 끈기, 근성, 성격. 그거면 된 거야. 돈도 뭐, 지금은 없어도 차차 살아가면서 모으면 되는 거고. 증권 회사 다닌다며. 정보도 빠삭할 거 아니니? 재테크는 문제없겠네. 가끔 한 군한테 자문도 구하고 그러면 되겠다. 그렇죠?"

한 군이 한석재인 건 두말하면 잔소리. 혼자 북 치고 장구 다 치고 곽춘자 씨는 남편을 향해 동의를 구하듯 눈썹을 씰룩씰룩 옴질거렸다. 뒷짐을 지고 아내의 말에 모두 긍정하듯 고개를 끄덕이고 있던 윤 사장이 딱 한 마디로 결론을 내렸다.

"동서지간에 공통 관심사가 있으니 서로 금세 돈독해지겠구만."

그 동서지간이 서로 같은 사람이라는 걸 알고나 계시나요……. 도연은 아버지의 근엄한 얼굴을 바라보며 양심 시린 미소를 지었다. 아버지한테 뭔가 속이고 있다는 게 죄스러웠다. 한 번도 이래 본 역사가 없는 그녀인지라……. 하지만 어머니 쪽은 글쎄다, 전혀 죄스럽지 않다. 오히려 말하지 않은 게 천만다행이라는 생각이 들 뿐. 시간이 지날수록 그 생각은 더욱 확고해지고 있었다.

"성은 뭐니? 대학은 어디 나왔대? 차는 뭐 타고 다니니? 장남은 아니겠지?"

이렇다니까. 윽! 도연은 흐르는 신음을 겨우 삼키며 고개를 들어 천장을 응시했다. 동태눈처럼 절반쯤 감긴 눈으로 혓바닥은 바깥으로 찍 늘어뜨린 모습이다.

"집안은 괜찮은 집안이겠지? 집안에 우환이나 큰 병이 있었다면 그건 좀 생각해 봐야 한다. 특히 시아버지 자리가 바람이

나 막 피우고 그랬으면……."

"엄마, 그런 이야긴 좀 나중에 하면 안 돼? 만난 지 얼마 안 됐어, 나."

돌아버릴 지경이라고요! 괴로운 표정으로 도연은 간절히 호소했다.

내일은 할 일이 태산이었다. 오늘따라 유난스럽게 가수의 '가' 자(字)도 벙긋 못하게 하는 엄마의 서슬에 말은 못했지만, 내일은 기획사 측에서 그녀의 노래를 들으러 올 거였다. 나름 푹 쉬고 달걀 몇 개 까먹으며 목 관리도 좀 해줘야 할 타이밍이란 말이다. 그러면서 있는 스트레스도 털어내야 할 판에 이게 뭐냐……? 또, 이놈의 반지. 한시도 갖고 있을 수 없는 이 물건을 빨리 그에게 가져다줘야 했다. 지금 당장 통화를 하든지 해서 이걸 어서 돌려주고 싶었다. 두 돈이 될까 말까? 백만장자 타이틀에 맞지 않은, 가볍디 가벼운 반지가 그녀에겐 천근만근처럼 느껴졌다.

"알았어, 민감하게 굴기는. 그 반지나 좀 봐보자. 금반지니? 노랗던데. 뭘로 장식된 거니? 루비? 사파이어? 다이아몬드?"

허걱! 도연은 몸을 기웃거리며 그녀의 팔을 제치려 드는 곽 여사의 몸짓에 화들짝 놀랐다. 안 돼! 이건 절대 사수해야 한다는 생각에 도연은 과격한 몸놀림으로 곽 여사의 팔을 떨쳐 냈다.

"싫어, 보지 마. 아직 그 남자 받아들인 거 아니란 말이야."

"뭐?"

"생각해 보겠다고 했단 말이야."

"어쭈? 네가 튕겼단 말이니? 남자한테?"

곽 여사가 새삼 놀라운지 화등잔만해진 눈으로 도연을 보았다. 살짝 고개를 기울인 폼이 여간 놀란 게 아닌 것 같다. 딸아이가 한순간 딴 사람으로 보인 듯.

"너, 제법이다. 튕길 줄도 알고. 생전 내숭 떨 줄도 모르는 것 같아서 답답하다 했더니. 그래, 그래야지. 남자한테는 일단 한 번 튕겨줘야지. 연애란 무릇 밀고 당기는 걸 잘해야 하는 거거든. 연애고수가 달리 연애고수니? 밀고 당기는 거, 이게 기술이거든! 내숭도 조금씩은 떨 줄 알아야 하고 가끔 눈물도 보여주고, 그러다 확 앵기기도 하고 토라지기도 해주고. 그러면서 남자를 휘어잡는 거야. 알겠니?"

"엄마, 그만 좀 해. 나 피곤하다고."

끝없는 곽 여사의 잔소리에 이젠 귀가 지치기 시작했다. 도연은 여전히 오른손으로 왼손을 부여잡고 눈살을 찌푸렸다.

"그래, 오늘은 이 정도만 해두지 뭐. 조만간 한 번 집으로 데리고 와라. 식사나 하자고 해. 얼마나 얼뜨기 같은 놈인지, 내가 한 번 봐야겠다."

"엄마는, 왜 자꾸 얼뜨기래? 멀쩡한 사람한테."

"너 같은 애가 뭐가 그리 좋다고, 홀딱 빠져서는 결혼하자고 따라붙는 놈 아니니? 그러니 오죽하겠어?"

"내가 어디가 어때서?"

듣고 보니 영 거시기한 말이다. 코가 없어, 눈이 없어, 귀가 없어? 신체 건강해, 얼굴 이만하면 추녀 소리 안 들어, 돈만 조금 못 벌다 뿐이지 부족한 게 뭐 그리 많다고. 도연은 험악하게 인상을 쓰며 곽 여사를 돌아보았다. 흥, 그 얼뜨기가 바로 그 백만장자인 줄 알면 기절초풍하시겠군요, 춘자 씨.

"철딱서니 없고 현실 감각 무디잖아. 그래서 뜬구름만 매일 잡고. 세상에. 그 나이에 가수가 뭐니, 가수가? 에휴, 내 팔자야!"

"엄마 팔자는 초연이한테 맡기면 되잖아. 나한텐 기대 같은 거 아예 꺼."

도연은 팩 토라진 목소리로 퉁명하게 말했다. 그리곤 성큼성큼 곽 여사를 지나 윤 사장을 넘어 자신의 방으로 향해 걸었다. 왼쪽 손을 가리는 걸 게을리하지 않음은 물론이다.

"하긴 초연이가 한 군이랑 잘되고 있으니 그나마 다행이지. 안 그래요, 여보?"

"그렇지. 잘만하면 올해 안으로 큰일 치르겠어."

"한 군이 우리 초연일 예쁘게 봤다니까 곧 그렇게 되겠죠."

순간 도연은 제 방 손잡이를 비틀다 멈칫했다. 한석재가 그녀를 예쁘게 봤다니…… 이런 말똥구리 방귀 뀌는 소리가 다 있나. 어디서 이런 유언비어가 날조되어 퍼지고 있는 거지?

"근데 난, 한 군 집안 내력을 알아봤으면 좋겠는데. 뭐 사람이 심지 굳고 헛말 안 하는 사람이라는 거, 당신이 아니까 됐지만. 가족 내력은 꼭 알아봐야 하는 거 아니에요? 누구 아는 사람 없어요?"

"그럴 필요까지야."

"알잖아요, 당신도. 그런 쪽으론 내가 데고 물린 사람이야. 유비무한. 돌다리도 두들겨 보고 건너봐야 한다고요. 겉보기 멀쩡해도 그 속내를 누가 알아요?"

곽 여사는 어릴 때부터 부친의 외도 때문에 마음고생을 심하게 했던지라, 남자의 바람기에 대해서는 철저했다. 딸의 결혼 상대자가 좋지 않은 평판의 소유자라고 판단되면 아무리 돈 많고 사회적 지위도 대단한 남자라 할지라도 강력 반대하고 나설 것이다.

"음, 내 한번 알아봄세. 워낙 유명 인사라 아마 찾아보면, 한군 집안에 대해 자세히 아는 사람이 있을 거야."

"그렇게 유명하다면서 왜 그 집안에 대해 아는 사람이 없나 몰라. 이상하지 않아요? 속을 알 수 없는 사람 같아. 당신은 어때요? 알고 지낸 지 꽤 되잖아. 풍문으로도 들은 거 없어요?"

어느새 곽 여사와 윤 사장은 미래의 작은 사위, 한석재에 대해 도란도란 의견을 나누고 있었다. 방 안으로 들어가려던 도연은 발끝을 누군가가 붙들고 놓아주지 않는 듯한 착각에 빠져 머뭇머뭇 서 있었다. 한석재가 어떤 환경에서 태어나고 자랐는지 조금, 아주 조금…… 궁금했다. 싫든 좋든, 며칠을 만나고 데이트라는 것까지 했기 때문인가?

"아버지가 충청도 어디께 대지주였다는 건 알지. 어머니는 부동산 쪽에 전국에서 알아주는 큰손이었다지 아마? 대운리조트 한 사장이 작은아버지라고도 하더군."

"그런 재산에 관련된 건 나도 안다고요. 내가 알고 싶은 건, 그런 거 말고 집안 내력 같은 거. 아버지가 바람을 피운 전력이 있다거나, 집안 먼 친척 중 누가 자살을 했다거나, 정신병이 있다거나 그런 거."

"사적인 질문은 별로 달가워하지 않는 것 같아서 물어보기가 좀 그렇더군. 젊은 사람이 워낙 깔끔하고 분명한데다가 구질구질하게 사적인 일들을 이리저리 까발리고 다니는 스타일도 아니라서 말이야."

"남자가 너무 깔끔해도 좀 그런데……."

"왜? 정확하고 뒤끝없어서 믿음직스러운 사람인데."

"그래도 사람이 너무 빈틈이 없으면 정떨어진다고요. 일할 때는 그런 성격이 좋지만, 초연인 한 군과 함께 살아야 하잖아. 평생을."

그렇게 정나미 떨어지는 사람 아닌데……. 정중한 게 죄인가? 매너 좋은 게 지탄받을 일은 아니잖아. 괜히 멀쩡한 사람을 이상한 쪽으로 모는 기분이 들어 도연은 인상을 찌푸렸다. 괜찮은 사람인데. 돈 많고 잘생긴 남자치고 그만큼 싹수있는 사람도 드물 테다.

'내가 지금 뭔 짓을 하고 있어? 왜 그 남자에 대해서 궁금해하는데? 이렇게 엿듣는 이유가 뭐야? 딴마음이라도 갖겠다는 거야?'

물론 아니다. 그는 지금도 여전히 도연에겐 기피대상이며, 도연은 조만간 자신이 윤초연이 아니라는 걸 그에게 말할 생각이었다. 그리고 그녀가 사실을 말하는 순간, 모든 건 다 끝이 나게 되어 있었다. 그는 초연과 도연의 이 어처구니없는 연극에 분노할 테고 자신을 기만한 도연을 증오하게 될지도 모른다. 그러기 전에 빨리 반지를 돌려주는 게 상책이지. 도연은 피휴! 한숨을 내쉬며 방문을 열었다.

현관문이 열린 건 바로 그때였다. 도연이 집으로 들어오면서 잠그지 않았던지 현관문은 예고도 없이 벌컥 열렸다. 초연이 퇴근하는 모양이라고 생각하는 참에, 꽝! 하는 굉음과 함께 문이 닫혔다. 힉! 도연은 깜짝 놀라 뒤를 돌아보았다.

"허—업! 윤초연, 기집애가 경망스럽게 이게 뭐니? 그것도 곧 시집갈 아가씨가."

역시나 놀란 곽 여사가 가슴을 쓸어내리며 통박을 주었다. 한 사장도 움찔 놀라며 어허— 쯧쯧만 연발 내뱉으며 인상을 쓰고 있었다.

"시집은 무슨 시집이야!"

퇴근하고 집에 들어오면 으레 내뱉는 '다녀왔습니다' 라는 인사말이 싹둑 잘려진 채로 초연이 히스테리를 부렸다. 발을 쿵쾅

거리며 현관을 통과하여 거실로 들어온 그녀는 손에 들고 있던 가방을 냅다 소파 위에 내동댕이치곤 거칠게 코트를 벗었다.

"쟤, 왜 또 이래? 회사에서 무슨 일 있었어?"

"말 시키지 마."

코트를 소파 위로 내팽개치듯 던지더니 초연은 곽 여사가 묻는 말에 일언반구도 없이 제 하고 싶은 말만 하고는 거친 동작으로 화장실을 향해 걸어 들어갔다. 화장실 문은 꽝! 문짝이 떨어져 나갈 듯 세차게 닫혔다. 한 사장과 곽 여사, 그리고 도연은 멍하게 닫힌 문을 바라보았다. '저, 저, 저, 저……' 하며 차마 말을 잇지 못하는 한 사장이 혀를 쯧쯧 차며 고개를 가로저었다. 누굴 닮아 성격이 저리 지랄맞은지. 엄마가 어릴 때 저러지 않았을까, 대략 도연은 추측만 해볼 따름이었다.

"회사에서 깨졌나 보지 뭐. 워낙 험한 일이잖아. 엄마가 이해해."

도연이 조심스럽게 말을 꺼냈다. 휴, 곽 여사는 폐가 터져라 한숨을 내쉬었다.

"내가 잘못 키웠나. 계집애 성질이 왜 저 모양인지 모르겠어, 정말. 저래 가지고 소박이나 맞지 않을까 걱정이라니까."

"시집가면 지가 알아서 잘하겠지. 똑똑한 애잖아. 오죽하려고."

"창피해서 원……."

결혼 초읽기에 들어갔다고 여겨서 그런지, 오늘따라 유난히 곽 여사가 심란해한다. 실은 초연의 성격 불같고 엽기적인 거, 하루이틀 일이 아니고 따라서 쉽게 고칠 수 없다는 건 곽 여사가 더 잘 알았다. 말 시키지 마라며 인사도 없이 뾰르르 방으로 들어가는 일쯤은 성질 축에도 안 끼는 것을. 저런 천둥벌거숭이를 시집보낼 생각을 하니 한숨이 절로 나오는 모양이었다. 저런 걸 보면, 현식이 대단하다는 생각이 들긴 하다. 가족들도 두손두발 다 들어버린 초연을 현식은 말 한마디, 눈빛 한번으로 얌전하게 만들어 버리니 말이다. 천생연분이라는 말이 달리 있는 게 아니라는 생각을 또 한 번 하게 되는 오늘이다.

도연은 조심스럽게 제 방으로 들어갔다. 침대에 걸터앉은 도연은 너무 커서 손가락 위를 빙글빙글 곡예 하는 금반지를 빼내기 위해 꽉 쥐고 있던 주먹을 폈다. 별다른 문양이 없는 단순한 모양의 금반지. 백만장자가 끼고 있었던 거라곤 믿기지 않은 반지를 빤히 내려다보다 저도 모르게 손바닥을 내밀어 살짝 쓸었다. 그가 빨아들이듯 키스했던 손가락 매듭이 수줍은 듯 뜨거웠다.

"생각하지 마."

도연은 자신의 머리를 휙휙 흔들며 스스로에게 명령했다. 그리곤 가방에 넣어두었던 휴대폰을 꺼내 그에게 문자 메시지를 보냈다.

〈반지를 깜빡 잊고 안 드렸네요. 내일 전해 드릴게요.〉

전송 완료 메시지가 액정에 뜨자, 도연은 입술을 잘근잘근 깨물었다.

"좋아, 내일……."

내일 반지를 주면서, 진실을 말해야겠다는 결심을 굳히고 있었다. 도저히 이 상황을 계속 끌고 갈 자신이 안 생겼다. 그는 그녀를 윤초연이라 여기며 결혼을 전제로 사귀어야 한다고 주장하고, 초연은 절대 현식을 배신할 수 없다고 말하며, 곽 여사는 반지의 주인공을 빨리 데리고 오라고 말했다. 이런 압박감에 시달린 적이 일찍이 없는 도연은 심경이 복잡하고 머리가 터질 것처럼 아팠다.

더 이상 못 참는다. 이제 다 말하고 말 생각이다. 그리고 한석재와는…….

✳

'반지를 내일 돌려주겠다?'

달리는 차 안에서 석재는 십여 분 전에 도착한 휴대폰 문자 메시지를 빤히 내려다보고 있었다.

반지.

기분이 이상했다. 진지하게, 프러포즈의 의미를 두고 여자에게 반지를 끼워준 게 당연히 아니었건만. 충동적으로 그녀의 마음을 흔들고 싶었고, 그게 많은 사람들 앞에서 광대처럼 퍼포먼스를 벌인 단 한 가지 이유였건만. 그걸 돌려준다는 아주 당연한 말에 기분이 이상해졌다.

"타이밍 한번 죽이는군."

이렇게 재깍 연락주지 않아도 되었을 것을. 냉소적으로 입술을 비틀며 석재는 씁쓸한 입맛을 다셨다. 휴대폰 액정을 뚫어져라 바라보는 그의 심경은 착잡했다. 도대체 왜 이런 기분이 되는지 석재는 도무지 자신을 이해할 수가 없었다.

윤초연이 그 반지를 받았다는 사실에, 나름 방심했던 걸까? 사실, 여자라면 누구나 그 순간 떨리고 설레었을 거라 석재는 생각했다. 그리고 그녀 역시 놀라고 떨려 했다는 걸 석재는 알았다. 그녀의 흔들리는 눈빛이 그걸 말해주었으니까. 주변 이목을 의식하면서 눈동자를 획획 굴리는 그녀의 모습에서 그는 그걸 확실히 느꼈다. 원래 여자들이란 허영에 살고, 허영에 죽는다는 윤수의 말을 굳이 상기시켜 볼 필요조차 없이 그는 당연히 윤초연이 그와의 교제를 긍정적으로 받아들였을 거라 생각했다. 그녀의 마음이 움직였다고 생각한 나머지 뿌듯하고 충만한 기분으로 느긋이 의자 시트에 몸을 뉘고 있던 그에게 윤초연의 문자는 청천벽력이었다.

"핸드폰 뚫어지겠다."

문득 운전하던 균이 농지기를 건넨다. 균은 아까부터 실내 미러를 통해 석재의 표정을 힐끗힐끗 관찰하고 있었다. 그답지 않게 석재는 인상을 험악하게 잔뜩 구기고 휴대폰 액정을 노려보고 있는 중. 균은 직감으로 알아챘다. 석재의 기분을 순식간에 상하게 만든 사람이 누군지.

'점점 흥미로워지는데?'

윤초연이 겉보기완 다르게 은근히 호락호락 넘어오질 않는 듯했다. 석재의 배경과 돈에 혹해 그가 얼마나 매력적인 남자인지 전혀 신경 쓰지 않는 여자들과는 확실히 다른 것 같았다. 이번엔 정말 제대로 임자를 만난 것이 아닐까? 그렇다면 다행스러운 일이지만 만약 그게 아니라면? 윤수의 말대로 석재의 남성적 자존심을 건드리기 위해 단순히 거절하는 척만 하는 거라면?

"뭔데 그렇게 집중해? 누구한테서 온 거야?"

"신경 꺼줘."

"그 여자지? 맞지? 뭐래는데?"

"그 여자라니? 말조심해."

거울 위로 부딪쳐 오는 석재의 눈매가 가늘게 좁혀졌다. 다분히 경고성 눈빛. 균은 황급히 입을 다물었다. 요 며칠 사이 벌써 두 번째 날아온 눈빛이었다. 그것도 그 여자, 윤초연 때문에. 그때도 지금도 느끼는 거지만, 여자에 대해 민감하게 반응하는 석재의 모습은 너무 낯설었다.

"아, 미안. 형수님이 될 수도 있는 분이랬지. 그분이 형이랑 너무 안 어울려서 자꾸만 까먹게 된다니까. 미안해, 기분 나빴수?"

너스레를 떨며 균은 농담을 건넸다. 그러나 여전히 기분이 나쁜 듯 석재는 뚱한 표정으로 전화기를 노려보고 있었다.

"근데 형! 진짜 윤초연 씨랑 잘해볼 생각이야? 순진해 보여서 사람 뒤통수칠 것 같진 않은데, 그래도 왠지 좀 이상하지 않아? 켕기는 구석이 있는 것 같기도 하고. 난 아무래도 신뢰가 안 가. 별 이유도 없이 형을 걷어차려고 한다는 것도 좀 그렇고."

"……."

"난, 윤수 말대로 수를 쓰는 것일 수도 있다는 생각이 들어. 형은 어때?"

"그렇게 영악한 여자는 아니야."

"그래? 그런데도 형을 그렇게 안달 나게 할 수 있다는 말이야? 은근히 남자 요리하는 솜씨가 보통 아닌가 본데?"

"안달은 무슨 안달."

"에이. 내숭 떨지 마라니까. 형 얼굴에 다 쓰여 있어. 그분한테 문자 받고 짜증 와방 난 거 같구만 뭘."

"아니야."

그러나 휴대폰 폴더를 탁 소리가 나도록 닫은 후 양복 상의 안주머니에 넣는 석재의 인상은 여전히 왕창 구겨진 상태였다.

"인정하라고. 형은 그분한테 당하고 있는 거라고. 형이 지금 꼼짝 못하고 있잖아. 그분이 형한테 뭘 어떻게 하는지는 모르겠지만 형 같은 남자가 쩔쩔매고 있다는 건 분명 뭔가가 있다는 거야. 형이 그분한테 홀려서 잘 모르는 걸 수도 있지."

그런 걸까? 석재는 한 번도 윤초연이 자신을 떠보고 있다는 생각을 해보지 않았었다. 그의 앞에서는 대부분 초조하고 당황한 모습이었음에도 불구하고 그의 관심을 끌기 위한 영악한 행동으로는 절대로 비춰지지 않았다. 만약 그랬다면 그녀와의 만남을 오늘까지 이어오지도 않았을 테다. 조금 과장되고 엉뚱하게 비춰지긴 했어도 거부감 일 정도로 불쾌하게 느껴지지 않았다. 그냥 귀여운 애교로 봐줄 정도? 어쨌든 그는 자신이 진실을 넘겨다보고 있다고 생각했으니까.

그는 생각했다. 윤초연이 자신을 거부하는 건 부모님의 등살에 억지로 선을 보았기 때문이라고. 누군가 강압적으로 뭔가를 시킬 땐 누구나 거부감과 반항심이 생기기 마련. 어쩌면 윤초연은 한석재라는 남자 자체가 싫다기보다 부모님이 억지로 결정해 준 남자는 무조건 싫다는 주의일 수도 있겠다 싶었다. 그렇든 저렇든, 별다른 이유도 없이 자신을 거부하는 윤초연에 대해서 남자로서의 오기가 발동하게 되었던 것이고.

하지만 앞뒤 정황을 따져보면, 균의 추측도 말이 되었다. 그녀가 석재에게 보여준 대부분의 모습이 어수룩하고 순진한 부분이긴 해도 윤초연은 멍청한 여자가 아니었다. 첫날 여성의 사회 진출에 대한 자신의 의견을 그렇게 당당하고 똑 부러지게 밝히던 여자라면 적어도 생각과 머리는 있는 여자였다.

게다가 여자로서의 매력도 꽤 있다. 처음 봤을 땐 느끼지 못했던 것들을 어제와 오늘 느꼈다. 뭐랄까? 에너지가 늘 충만해 있는 사람 같다고나 할까? 엘리베이터를 두고 땀이 나도록 뛰어다니질 않나, 곧 부서질 듯한 자동차를 타고도 아무렇지도 않은 듯 멀쩡히 잘 다닌다. 윤초연이 하는 양을 가만히 바라보고 있으면 괜히 덩달아 힘이 번쩍 나는 것만 같았다. 그거, 은근히 매력있다. 아기자기 귀엽고 애교 많으면서도 살가워 보호본능이 절로 일어나는 야들야들 숙녀들만 접해온 그에게 맹하면서도 강단있고 순해 보이면서도 씩씩한 윤초연은 싱싱하고 신선한 존재였다.

그런데 그런 게 모두 작전에 불과했던 것이라고? 그녀에게 홀려, 작전이 작전인 줄 모르고 쩔쩔매고 있다고?

"난 홀리지 않았어, 멀쩡해."

"에이, 그분 이야기만 나오면 막 얼굴 굳히고 그러면서 그래. 다 안다고."

"아니라니까."

커브를 돌기 위해 운전대를 거머쥐며 균이 씩 웃었다.

"근데 왜 구질구질하게 매달려?"

"뭐?"

석재의 눈이 도끼눈으로 변해 균을 쏘아보았다. 상당히 시건방진 말이라는 걸 균도 내심 인정했다. 하지만 위태위태한 석재를 보고만 있을 수는 없었다. 만난 지 단 삼 일 만에 두 눈에 콩깍지가 확 씐 것 같은 석재였지만 정작 본인은 자신이 어떤 상태인지 전혀 모르는 것 같으니 말이다. 이를 어쩌나! 천하의 한석재가 자신을 거부하는 여자를 만나 완전히 코가 꿰었으니. 키득키득 속으로 웃으며 규은 태연하게 운전대를 휘둘렀다.

"그렇잖아. 눈에 콩깍지가 씐 게 아닌데 왜 싫다는 여자를 기어코 만나려고 하냐고. 형이 뭐가 부족해서. 그분한테 콱 삘이 꽂혀서 그런 거 아니야?"

"그건 너도 알다시피⋯⋯."

"아, 뭐? 윤 사장님? 에이, 그건 솔직히 아니지! 형은 공과 사를 정확히 구별하는 사람이잖아. 정에 이끌리는 타입도 아니고, 아니다 싶었으면 딱 잘라 말했을 거라고. 이렇게 질질 끄는 건 형 스타일이 아니잖아. 안 그래?"

"윤 사장 때문이 아니야."

"아! 조건? 그분 정도의 조건을 가진 여자, 지금이라도 언제든지 찾아낼 수 있어. 말만 해. 꼭 윤초연 씨 아니더라도 그 정도의 학벌과 집안, 직업을 가진 여자는 널렸다고. 내가 봤을 때 형은 그분의 페이스에 말려들고 있어. 형 같은 남자는 여자들한테 거절당해 본 적이 없다는 걸 알고, 그 점을 공략하고 있는 거라고."

"아니라고 했지. 작전 같은 거 짤 정도로 영악한 여자가 못돼, 윤초연."

"그럼 뭐, 딱 하나 남았네. 그분이 형을 밀어내려는 이유."

"무슨 말이 하고 싶은 거야?"

날이 잔뜩 선 석재의 음성을 들으며 규은 찡긋 콧잔등을 찡그렸다. 뒤통수가 쭈뼛 곤두설 정도로 날카로운 목소리였다. 이러다가 칼 맞겠는걸? 마음속으로 줄기차게 성호를 그어대며 균은 아무렇지도 않은 듯 느긋한 분위기를 연출했다. 머리통을 긁적거리며 심드렁한 표정을 살짝 드러낸 후 균은 운전에 몰두하는 척했다.

"형처럼 뜨뜻미지근한 스타일을 싫어하는 거야, 그분이. 이래도 흥, 저래도 흥. 솔직히 형은 좀 밋밋한 구석이 많잖아. 남자라면! 진정한 남자라면 여자가 망설일 때 확! 응? 알지? 강하게 밀고 땡겨주실 줄도 알아야 하거든."

"기억하는지 모르겠지만, 네가 터프하고 무뚝뚝한 남자는 인기가 없다고 말한 게 어제다."

석재가 이를 악물며 말하는 게 등 뒤로 선명히 느껴졌다. 어지간히 독이 오르셨군. 순간적으로 균은 끔찍하다는 듯 진저리를 치곤 얼른 표정 관리에 들어갔다. 평소엔 이성적이고 차분하며 좀체 흥분하지 않는 석재지만 정말 화가 나는 일이 생긴다면 문제는 달라지기 때문이다.

"아무래도 그쪽에서 원하는 건 남자의 박력인 것 같아. 솔직히 형이 좀 약하긴 하잖아?"

"내가 허약하다고?"

석재가 말도 안 된다는 듯 으르렁거렸다.

"얌전한 편이라는 거지. 젠틀맨. 응? 근데 솔직히 얌전하고 부드러운 남자들, 첫인상은 괜찮을지 몰라도 나중엔 별로야. 재미가 없잖아."

"부드럽고 다정해야 한다며."

네놈들이 그래서 오늘도 레스토랑에서 쇼를 했다고. 석재는 눈을 부라리며 속으로 중얼거렸다. 사람들 앞에서 마술이랍시고 어설픈 반지쇼를 펼치게 만든 장본인이 지금 뭐라는 건지. 재미가 없다고? 박력이 없으면 허약해? 하느님, 맙소사.

"여자들이 대부분 그런 쪽을 선호한다는 거지. 형은 지금 대부분의 여자들이 아닌, 윤초연 씨를 상대하고 있잖아. 윤초연 씨가 선호하는 건 박력있게 여자를 리드해 나가는 남자란 말이야, 내 말은. 그러지 않고서야 삼 일이나 지난 지금까지 형을 거부할 수는 없는 거라고."

"젠장."

박균, 이윤수. 너희들 말을 듣는 게 아니었어.

"길을 좀 들일 필요가 있겠어. 항상 형이 먼저 연락했지? 이번에 한번, 그쪽에서 먼저 전화해 올 때까지 기다려 보는 건 어때?"

"그 여자가 원하는 게 리드할 줄 아는 남성적인 스타일 같다며. 네 말대로라면 내가 먼저 전화하는 게 정답 아니냐?"

퉁명스럽게 석재는 말했다.

"이건 그런 리드가 아니잖아. 이건 주도권의 문제라고. 형이 주도권을 잡고 그분을 요리하려면 초반에 잘 잡아야 해. 연애라는 걸 해봤어야 알지. 참나, 그 나이 먹도록 진지하게 사귀어본 여자가 없으니 연애의 밀고 당기기를 어찌 알겠어. 안타깝다 정말."

"……."

"그쪽에서 안달이 나서 형한테 매달리게 하려면 그 수밖에 없어. 연락을 끊어. 아마 그분은 형 마음이 바뀌면 어쩌나 걱정하면서 계속적으로 연락을 취할걸?"

"그러다 아예 연락을 끊어버리면?"

"에이! 설마 겁나는 건 아니겠지?!"

어처구니없다는 듯 균이 코웃음을 치며 큰소리로 물었다. 석재는 또다시 으르렁거리듯 이를 악물고 대답했다.

"아니."

"그럼 해보라고. 모 아니면 도 아니겠어? 형이 주도권을 잡든가, 아니면 끝장이 나든가. 둘 다 형한테는 별로 손해가 아닌 것 같은데. 물론 형 말대로 윤초연한테 삘이 꽂힌 게 아니라면 말이야."

"꽂힌 거 아니랬잖아."

"그럼 뭐가 문제야? 한 번 해봐."

뭐가 문제냐? 스스로에 질문을 던지며 석재는 혼란스러운 머리를 의자 등받이에 기대고 두 눈을 감았다. 가슴 한복판에 던진 질문은 대답없는 메아리가 되어 그의 뇌리를 점령하고 정신을 갉아먹었다.

잠시 후, 피곤한 얼굴을 문지르며 석재는 물었다.

"언제 도착해?"

"십 분만 기다려. 다 왔어. 피곤하면 그사이에 눈 좀 붙이든가. 내일부터 줄다리기 협상 있잖아."

균의 말대로 내일은 호텔 매입에 관한 협상이 시작되는 날이었다. 요즘 들어 점점 방대해져 가는 사업체들과 그 규모가 점점 부담스러워지고 있는 참이었다. 피곤한 일들을 모조리 다 벗어던지고 태평양 한가운데의 무인도에 가서 몇 달 푹 썩었다가 오면 소원이 없겠다는 생각까지 들었다. 하지만 '일'은 그의 영원한 동반자인 듯 끊임없이 그의 곁을 머물렀다. 지긋지긋할 만큼.

"협상 진행 중에 잠깐 연락 끊으면 되겠네. 나중에 왜 그랬냐고 따지면 일 때문에 바빴다 그러면 되잖아. 그쪽도 일 예찬론자라며. 이해해 주겠지. 어때, 내 생각이?"

"도착하면 깨워라."

균의 말은 싹 무시하고 석재는 말했다. 피식, 균의 웃음소리가 들렸다.

"오케이."

즐거운 듯 균이 명쾌하게 대답했다. 아마 균의 아이디어를 수렴했다고 여기는 듯했다. 그러나 석재는 풀리지 않는 수수께끼처럼 갑갑하기 만한 윤초연 문제는 당분간 제쳐 두기로 했다. 당분간은 모든 게 흐리멍텅, 분명치 않을 것 같았기 때문이다. 이런 건 원래 많이 생각한다고 해서 답이 나오는 게 아니었다. 서서히 느긋이 느껴가며 깨닫는 게 중요했다. 당분간은 윤초연에 대해 아무것도 하지 않으리라 생각하며 석재는 잠 속으로 빠져들었다.

단잠에 빠지기 직전, 그의 미약한 시신경으로 나풀나풀 자줏빛 목도리가 흩날렸다. 커다란 반지를 끼고 두 볼을 붉히는 여자의 입술이 그 위로 겹쳐졌다.

•제7장 세상만사 모든 일이 뜻대로야 되겠소만•

[고객님께서 전화를 받을 수 없어…….]

지난 일주일간, 수천 번도 더 들었을 상냥한 여성의 안내문구가 또 들려왔다. 도연은 짜증 섞인 제스처로 슬라이드 핸드폰을 탁 소리 나게 닫았다. 이번에도 전화를 받지 않을 거라고 대략 짐작하고 있었지만, 짜증이 솟구치는 건 어쩔 수가 없었다.

"이씨, 또 안 받네……."

도연은 이를 악물며 중얼거리곤 죄 없는 휴대폰을 잔뜩 노려보았다. 마치 한석재가 그 안에 있는 듯 눈가에 살기마저 띠고 있었다. 일주일째였다, 그와 연락두절이 된 지. 짧다면 짧은 시간이지만 그녀에겐 결코 짧지 않은 시간이었다. 그녀를 고문하

듯 하루가 이십사 년처럼 흘러갔다. 가방에 넣고 다녔던 노란 반지는 천 근이나 된 듯 무겁고 부담스러워서 어디다 훌쩍 던져버렸으면 싶을 정도였다. 게다가 일은 어찌나 안 풀리는지.

수요일, 그녀의 노래를 들으러 오겠다던 기획사 담당자는 코빼기도 비치지 않았다. 바쁜 일이 생겨서 나중으로 미뤘대나 어쨌대나. 암튼 부풀었던 마음은 풀이 죽어버렸고, 덕분에 컨디션은 엉망으로 떨어졌다. 당근 노래는 죽을 쒔다. 아침부터 한석재와 연락이 닿지 않아 찜찜했던 차라 더욱 엉망이 되어버린 듯했다. 그렇게 이틀이 지나고 사흘이 지났다. 스트레스가 만땅으로 쌓인 상태가 지속되다 보니 급기야 목이 쉬는 불상사가 벌어졌다. 무리하게 토요일 공연을 강행했다가 중간에 무대에서 내려오는 카페 초유의 사태까지 벌어지게 되었다. 어디 그뿐이랴? 설상가상으로 어제 아침엔, 목감기까지 겹쳐 아예 말이 나오지도 않은 지경에 이르게 되었다.

그렇다고 편히 몸져누워 있을 신세냐? 그것도 물론 아니었다. 이놈의 인간, 한석재와 연락이 되지 않으니 마음은 어마무지 불편했다. 아니, 왜 전화를 안 받냐고! 왜? 하루 이틀이야 바빠서 그랬다 치지만 일주일이다. 레스토랑 마술 사건 이후, 계속해서 줄곧 주야장천 받지 않았단 말이다. 반지를 돌려주겠다는 메시지조차 그가 받았는지 확인이 되지 않는 상태였다. 처음에는 걱정이 되기도 했으나, 일주일이 지난 지금엔 서서히 화딱지가 났다.

"이 인간, 진짜 웃기는 짬뽕 아니야? 그렇게 안 봤는데…….
으휴, 진짜…….."

도무지 이해불능이있다. 휴대폰올 잃어버렸으면 잃어버렸다
고 연락을 해야 하지 않을까? 설사 마음이 바뀌어 그녀와 만나
고 싶은 마음이 싹 사라졌다 해도 연락 두절은 말도 안 되었다.
도무지 전화를 받지도 해오지도 않는다면, 어쩌라는 거냐? 이쪽
에선 통화가 안 돼 궁금해 죽으라는 거냐? 안 그래도 모든 것이
엉망인 지금인데. 누군가에게 된통 두들겨 맞은 듯 온몸이 욱신
거리고 두통으로 머리까지 핑한 상태에서 반지의 압박은 거의
죽음이었다.

"어쩌라고? 날더러 어쩌라고 전화를 안 받느냔 말이야. 난들
쫓아다니고 싶어서 쫓아다니는 줄 알아? 반지는 돌려주어야 할
거 아니야?"

반지까지 포기할 정도로 그녀가 끔찍한 걸까? 그녀의 얼굴을
다시 보고 잠깐 이야기하는 게 얼마나 끔찍하고 싫으면 이렇게
전화도 안 받고 사람을 피하는 걸까? 기분이 더러웠다. 마치 쓰
레기통 속 오물이 된 기분. 누군가가 자신을 일부러 피하고 있
다는 생각이 들면 누구나 그렇듯 찝찝하고 불쾌했다. 그 상대가
다름 아닌 한석재라는 사실이 그 보편적인 불쾌감을 더욱 가중
시켰다.

'심란해. 심란해!'

빙글빙글 도는 머리를 베개에 풀썩 뉘이며 도연은 짜증 섞인

한숨을 내쉬었다. 지끈지끈 띵하게 울리는 머리통을 양손으로 쥐어짜며 그녀는 손에 들고 있던 휴대폰을 침대 구석에 휙 던져 버렸다. 그러고 보니 저 휴대폰도 돌려줘야겠군. 으, 절로 나오는 신음을 삼키며 도연은 두 눈을 꽉 감았다. 그리고 잔뜩 쉰 목소리로 저주의 말을 퍼부었다.

"빌어먹을 놈. 내 앞에 나타나기만 해봐라. 너 죽고, 나 죽자다. 혼자 멋있는 척은 다해놓고. 비겁한 자식, 숨긴 왜 숨어? 내가 구질구질 매달릴까 봐서? 흥, 웃겨. 지가 백만장자면 백만장자지, 피어스 브로스넌이라도 되는 줄 아나? 너 같은 불량맨은 한 트럭을 갖다 줘도 싫거든?"

그러나 까만 망막 사이로 기억의 커튼이 흔들거리자 도연은 입술을 깨물었다. 반지를 낀 그녀의 손을 들여다보며 여자에게 반지를 끼워준 건 이번이 처음이라고 부드럽게 고백하는 그의 미소가 그녀를 비웃듯 얄랑거리며 그녀의 뇌리를 장악했다.

아! 젠장! 왜 생각나는 걸까? 잊을만 하면 떠올라서 왜 자꾸 괴롭히는 걸까? 이미 그와의 연락은 끊겼고, 모든 건 없었던 일이 되어버렸는데. 어쩌면 벌써 그 백만장자 나리께서는 그녀의 존재를 새까맣게 잊어버렸을지도 모른다. 윤도연이란 여잔 기억의 저편으로 미뤄 버리고 다른 맞선 상대자를 물색 중일 것이다.

아아— 아니다. 윤도연이 아니라 윤초연이다. 그에게 도연은 스물여섯 살의 유능한 디자이너, 윤초연이었다. 생각해 보니 윤도연, 이름 석 자도 제대로 알려주지 못했군. 씁쓸했다.

코끝이 찡해지는 게 느껴지자 도연은 훌쩍 두터운 이불을 얼굴 위로 뒤집어썼다. 땀으로 범벅이 되고, 목은 칼이 들어와 찢어놓고 있는 듯 칼칼한 데다 머리는 두통으로 멍한 상태인데도 한석재, 그 인간을 생각해야 하다니. 자신이 한심하고 또 한심했다. 처음부터 그에 대한 건 절대 언감생심 욕심내지 말자, 마음 단단히 다잡았거늘. 자꾸만 그의 처사가 서운하고 괘씸하고 화났다. 그래서 속상하고 스스로가 불쌍해지고 처량맞다 느껴지는 것이다. 감기로 인한 발열 때문에 눈동자가 뜨거웠다.

'자자, 윤도연. 그 자식이 연락을 받든지 말든지. 반지, 그까짓 것 필요 없나 보지. 돈이 너무 많아서 핸드폰 이딴 거 돌려받지 않아도 되나 보지. 그 양반한테 이깟 게 무슨 대수겠어. 써, 마음껏 써. 반지, 녹여서 목걸이 만들어 버려. 핸드폰, 팔아서 현금 돌리는 거야. 쳇!'

수면의 블랙홀 속으로 빨려 들어가면서도 그녀는 계속해서 주저리주저리 한석재의 욕을 늘어놓고 있었다. 무의식의 세계로 들어가기 직전까지.

＊

협상이라는 게 원래 그렇다. 서로 각자의 편에서 원하는 결과가 나올 때까지는 평화란 없는 것. 한 치의 양보도 없이 팽팽히

대립하게 되는 수평선과 같은 관계. 협상 테이블이라는 칼날처럼 예리하고 살얼음판을 내딛듯 조심스럽고 위험한 선상에, 양측이 총구를 상대를 향해 겨냥하고 서서 협박과 회유를 일삼는 것. 먼저 긴장을 풀고 허점을 드러내는 사람이 게임에서 지는 것이다. 체력 싸움, 기 싸움이며 동시에 두뇌 싸움이었다.

상대가 빈틈없이 나온다면 일은 더 어려워진다. 일명 줄다리기 협상이라는 것이 몇 시간 간격으로 파장과 재개가 이루어지고, 그러면 같은 주장을 서로 반복하는 촌극이 되풀이된다. 심히 귀찮고 피곤한 일이다. 설득하려는 자와 설득당하지 않으려는 자의 싸움. 끝이 보이지 않는 일이다. 특히 상대가 만만치 않은 고수일 경우는 더더욱.

이번에 석재의 리치스호텔이 매입을 추진 중인 대상은 한국 호텔업계의 산증인이나 다름이 없는 이곳, 고려호텔이었다.

90년 전통을 자랑하는 고려호텔은 이름이 주는 이미지, '구식'이라는 선입견을 타파하지 못하고 최근 십 년 사이에 급격히 몰락의 길로 들어섰다. 강력한 재정 압박에 시달리다 못한 고려는 한 달 전 리치스의 매입의사를 받아들였다. 그러나 그들이 가진 한국 최초의 신식 호텔이라는 타이틀과 구십 년을 지내오면서 쭉 한국을 대표하는 호텔로 손꼽혀 왔다는 자부심, 긍지를 손에 쥐는 일은 석재의 생각만큼 호락호락하지 않았다. 팔십 살을 넘긴 강만원 회장 역시 건강하지 않은 상태임에도 불구하고 지팡이에 몸을 의지하여 협상 테이블에 나설 만큼 이번 협상에 많은 걸 걸고 있었기 때문이다. 그는 이번 협상을 뜻대로 잘 마무리 짓는 것을 자신의 호텔리어 인생에 종지부를 찍는 행위라 여기고 있었다. 유종의 미를 거두기 위해 그는 석재에게 무리한 것을 요구했다.

"어쩔 거야? 진짜 강 회장 요구대로 직원들이며 건물 인테리어며 로고까지 다 수용할 거야?"

서류더미와 옷가지를 들고 고려호텔의 세미나실을 나오는 석재의 옆으로 균이 달라붙었다. 협상 내내 석재의 심기가 불편했음을 감지하고 있었기 때문에 그의 속삭임은 조심스러웠다.

"안 되지."

"진짜 저 노인네, 너무한 거 아니야? 어떻게 호텔 명까지 바꾸지 말라는 거야? 그럴 거면 뭐 하러 팔아?"

"고려호텔이란 이름을 후세에 길이길이 남기고 싶은 모양이지."

"아무리 자기 인생을 건 호텔이라고 해도 이건 너무해, 말이 안 된다고. 단독 협상을 제안할 때부터 알아봤어야 했어. 형을 완전히 봉으로 본 거야."

일주일 전, 맨 처음 이 협상이 시작되었을 때는 분명 리치스 대 고려, 회사 대 회사의 협상이었다. 그러나 삼 일 전, 갑작스레 강만원 회장 측에서 사장인 한석재와의 단독 협상을 제안해 온 것이다. 그쪽에선 배수진을 친 거나 다름이 없었다. 동정표든 뭐든, 그들은 석재의 결정 하나만 얻어내면 되었다. 현재의 고려호텔을 모조리, 하나도 떼어내지 않고 고스란히 갖고 가는 것. 그게 아니면 그들은 고려호텔과 함께 할복이라도 할 태세였다.

석재가 짜증나는 건 바로 이 대목 때문이었다. 그는 자선 사업을 하는 게 아니었다. 다 쓰러져 가는 호텔을 사들이는 건 길목이 좋아서였다. 구십 년간 한자리에 지켜온 그 지속성과 이미지를 사들이는 것뿐, 고려의 상품 가치는 거의 제로에 가까웠다. 때문에 모든 걸 개보수해 최첨단과 화려함의 극치인 리치스 호텔로 완전히 탈바꿈시킬 예정이었다. 머릿속에선 이미 구상이 다 되어 있는 일이고 성공 가능성도 어느 정도 점쳐지고 있었다. 성공하게 된다면 리치스는 한국 최고의 호텔로 거듭나게 될 것이고, 그 때문에 석재는 오 년이나 공을 들여 조심스레 고려호텔의 재정을 압박했었다.

그런데 고려호텔이라는 이름을 그대로 가지고 가달라니, 로고와 건물 외관 역시 그대로 가져가야 한다니. 이런 말도 안 되는 억지가 어디 있단 말인가? 그러면서 한다는 말은……

"자네는 많은 걸 가지고 있지 않나? 선택의 여지도, 앞으로 이뤄나갈 일도 많은 사람일세. 하지만 난 아니야. 낼모레면 흙 속에 파묻힐 노인네에 불과해. 내 인생은 고려호텔, 그 자체였네."

그리고 흐느꼈다. 탈진에 가까운 모습으로 허덕이는 강만원을 남겨두고 석재는 자리에서 일어났다. 더 이상 협상은 무리라는 판단이 섰기에 그는 가족들에게 강만원을 인계하고, 다음 협상 일정은 추후에 통지 바란다는 말을 남기며 협상장을 빠져나왔다. 곧바로 그의 뒤통수로 비난의 눈빛이 쏟아졌다. 젊은 놈이 비정하기가 이를 데 없다는 눈총이 강만원을 부축하는 가족들로부터 흘러 석재의 뒤를 쳤다.

다 가진 놈이, 부러울 것 하나 없는 놈이, 이깟 자그마한 노인네의 소원 하나를 못 들어주는 거냐는 비난의 화살.

석재는 그들의 논리에 수긍할 수 없었다. 돈이 많다는 사실 하나로 그들의 감정 놀음에 끼어들어 불필요한 일을 사서 하고 싶은 생각도 없었다. 그런데도 마음 한곳이 찜찜한 건 왜인지. 노인의 눈이 진심이라고 느꼈기 때문일까? 그답지 않게 심경이 복잡했다.

그에게 돈이란 그저 삶의 목표, 그뿐이었다. 태어날 때부터 그는 어머니의 인생 목표를 고스란히 물려받았고 그 목표를 위해 훈육되어졌다. 그에게는 부를 축적해야 하는 적절한 이유도, 뚜렷한 제한선도 없는 그런 목표였다. 그런 그에게 자존심밖에 남은 게 없는 팔십 줄 노인의 애원은 생소한 것이었다. 도움을 구걸하는 노인은 그의 돈이 절실해 보였지만, 실제로는 돈이 아닌 다른 차원의 것을 바라고 있었다. 오히려 돈과 반대되는 것이라고 해야 할까?

덕분에 그는 마치 기계가 되어버린 듯한 느낌에 사로잡혀 버렸다. 인간성도 도덕심도 자비심도 없는 기계.

"형 같은 백만장자한테는 고려호텔쯤, 껌 값으로 보일 거란 계산이 있었던 거야. 그러니 적선하는 셈치고 좀 봐달라는 거지."

봐달라는, 굴욕에 가까운 호소는 자신에게 돌아오는 게 있을 때나 하는 거다. 그리고 고려호텔이 리치스의 이름으로 바뀌든 안 바뀌든, 강만원에게 돌아가는 패배의 이름은 같았다.

"사실 고려호텔쯤 형한테는 껌 값도 아니지. 어차피 고려호텔은 리치스의 맞수도 아니었잖아. 호텔 사업이 형의 주종목도 아니고. 흠, 근데 그렇긴 해도 너무 뻔뻔한 거 아닌가? 이런 식이면 아예 거래가 아니지. 강제로 떠넘기려는 거잖아. 모든 리스크를 전부 다 이쪽에서 떠맡으라는 거 아니냐고. 이게 어떻게 인수야? 자선사업이지."

균의 손으로 석재의 옷가지와 서류가 옮겨갔다. 석재는 피곤한 걸음을 늦추지 않으며 두 시간 내내 목덜미를 조이고 있던 넥타이를 잡아당겨 느슨해지도록 풀었다.

"불평할 필요 없어. 우리야, 싫으면 지금이라도 당장 협상을 결렬시키면 그만이니까."

하지만 그러기에 고려호텔이 가진 메리트가 너무 컸다. 한국 최초의 호텔이라는 타이틀, 구십 년간 한 위치에서 한국을 대표하는 호텔로 우뚝 서 있었다는 점이 구미에 당겼다. 이만한 거

목을 손에 쥘 수 있는 기회는 그리 흔치 않았다. 호화롭고 세련된 이미지, 젊고 사치스러운 이미지의 리치스호텔이 절대로 넘보지 못할 '전통'을 고려는 가지고 있었다. 강만원 역시 그걸 알기에 이런 식의 배팅을 할 수 있었던 것이었다.

"어떡할 건데? 아주 생떼를 쓰는 것 같더구만. 진짜 다 받아 줄 거야?"

"생각해 봐야지."

그가 사지 않으면, 다른 누군가가 사들일 것이다. 고려호텔이 가진 타이틀에 관심이 있는 다른 누군가가. 그건 고려가 아닌 새로운 상대와 싸우게 됨을 의미했다. 혹시라도 리치스의 강력한 라이벌인 파라다이스호텔 쪽에서 관심을 보인다면 문제는 더욱 커진다. 그들이 거들먹거리며 한국 최초의 호텔이라는 타이틀을 써먹는다는 건 생각만 해도 짜증이 몰려왔다. 깡패들 자금까지 끌어들여 운영해 가고 있는 파라다이스에게 그런 영예를 넘겨주고 싶은 생각은 추호도 없었다. 결과적으로 그는 진퇴양난. 현재로선 마땅한 방책이 없었다.

"방 하나 잡아. 오늘 일정은 내일로 모두 미루고."

"방? 집으로 갈 것 아니야?"

"지금 당장 눈 좀 붙여야겠어."

"하긴 피곤하기도 하겠네. 이틀 밤이나 샜으니. 알았어. 예약해 놓을게."

언제나 그렇듯 명쾌하고 빠른 답변이 날아왔다. 사업의 '사'

자도 모르는 균을 그가 데리고 다니는 이유는 바로 이런 면 때문이었다. 게으르지 않고 지체하지 않으며 귀찮게 굴지도 않았다. 거침없는 발걸음으로 석재는 모퉁이를 돌았다. 균이 로비를 향해 방향을 틀며 석재의 옆 자리에서 떨어져 나갔다.

로비에는 윤세원 부사장과 강 전무, 민 상무가 그를 기다리고 있었다. 리치스의 실무담당자들인 그들은 강만원이 CEO끼리의 단독 협상을 제안하기 전까지 함께 고려호텔 인수 건을 추진하고 있었다. 협상이 어떻게 진행되고 있는지 궁금해하는 그들에게 석재는 인수 협상이 무기한 연기되었음을 알렸다. 강만원의 건강이 최악으로 치닫고 있다는 걸 눈으로 직접 확인한 참이었으니, 그들이 쉽게 협상이 재개되지 못하리라 석재는 넘겨짚을 수 있었다. 그 말은, 당분간은 휴식이라는 뜻. 지긋지긋하게 그의 뇌를 쑤시고 찌르던 업무 스트레스가 조금은 잠잠해질 듯했다.

"형!"

리치스의 실무진들을 물리자마자 균이 돌아왔다. 그의 손에는 석재의 옷가지와 서류 이외에도 호텔 룸 키와 협상이 시작되기 직전에 맡겼던 휴대전화가 들려 있었다.

"푹 쉬어."

그는 손에 들고 있던 석재의 물건들을 돌려주며 씩 웃었다.

"왜 그렇게 웃어?"

"형이 귀여워서."

"뭐?"

석재는 눈썹을 휘며 균을 노려보았다. 웬 정신 나간 소리지? 귀엽다니.

"아까 형이 맡긴 휴대폰 말이야. 배터리가 나가 있는 것 같아서 방금 내가 가지고 있던 여분의 배터리로 대신 갈아 끼웠거든. 형 휴대폰이랑 내 거랑 모델이 같잖아."

그래서? 라는 눈으로 석재는 균을 쏘아보았다. 싱글벙글 웃는 모양새가 여간 마음에 걸리는 게 아니었다. 무슨 속셈으로 저리 웃는 건지 심히 기분이 나빴다. 저 웃음은 윤수와 작당을 해 그를 놀려먹을 때나 짓는 그런 웃음이었다. 그가 세상물정 전혀 모르는 순진한 남자라는 듯, 여자의 생리를 전혀 모른다며 애 취급하고 무시하기까지 하던 바로 그 웃음이었다.

"충전하면서 전원을 켰더니, 메시지가 한꺼번에 와르르 쏟아지던데? 오늘 하루만도 수십 개가 왔더라고."

"뭐라고?"

메시지라는 말에 퍼뜩 떠오르는 사람이 있었다. 그의 휴대폰으로 문자 메시지를 보낼 사람은 딱 한 사람, 윤초연뿐이었다. 그녀는 며칠 전, 반지를 돌려주겠다는 메시지를 보내기도 했었다. 생각해 보니 그 메시지를 받은 게 바로 일주일 전이었다.

'빌어먹을.'

그러고 보니 벌써 일주일이 지났다. 반지를 돌려주겠다는 메시지를 무시하고 다음날 먼저 걸어온 그녀의 전화를 씹은 게 일주일 전이었는데! 그때는 단 사흘간만 전화를 받지 않겠다고 작정했던 석재다. 괜한 심술이 발동했었다고나 할까? 첫눈에 반한 게 아니면 왜 그리 윤초연에게 구질구질하게 매달리느냐는 균의 말에 발끈했었던 탓도 있다. 윤초연에게 매달리고 있다는 인상을 주고 있는 자신이 자못 짜증이 났었다. 그러나 길을 들여야 한다는 둥, 주도권을 잡으려면 그쪽에서 안달하도록 만들어야 한다는 둥의 헛소리에 혹했던 건 결코 아니었다.

사흘이 지나면, 석재 쪽에서 먼저 연락을 할 참이었다. 바빠서 연락을 못 드렸다며 정중히 사과를 하고 고상한 저녁 식사를 대접할 계획이었다. 적어도, 이놈의 일이 너무 많아 윤초연의 일을 깜빡해 버리기 전까지는 그럴 생각이었다. 그런데 고려호텔 인수 협상이 이렇게 난항을 거듭하게 될 줄 누가 알았겠는가? 그는 최근 닷새 동안 집에도 못 들어갔고, 두 발 편히 발 뻗고 잠도 못 잤다. 낮에는 개인 집무실에서 쪼그리고 앉아 쇼핑몰과 리조트 사업 확장에 관한 서류를 검토했고 밤에는 고려호텔 인수팀과 회의의 회의를 거듭했다.

갑자기 밀려드는 살인적인 업무량에도 그는 초인적으로 잘 버텨냈다. 워낙 발을 담그고 있는 회사도 많고 손대는 일도 많은 그였기에 이런 경우가 종종 있었다. 평소에는 하루의 업무량을 적절하고 균등하게 잘 조절했고, 그 업무량 조율을 균이 담당하고 있다. 그러나 가끔은 예측하지 못한 변수가 생기기 마련. 때문에 일 년에 두어 달은 이런 식으로 과도한 업무에 시달리게 되었다. 그도 그럴 것이, 그가 가진 수많은 직함들, 쇼핑몰 사업과 리조트 호텔업, 증권 회사 등의 일들을 모두 다 소화해 내려면 하루가 사십팔 시간이어도 모자랄 판이었다.

그랬으니 윤초연 문제를 까마득히 잊어버린 것도 무리는 아니었다. 휴대폰 배터리가 나간 것도 모른 채 이틀을 보낸 것도. 시간이 나면 부족한 수면 시간을 채우는 게 더 간절했던 지난주였으니 말이다.

'빌어먹을. 그래도 그렇지.'

또다시 욕설이 입 안에서 발작을 일으켰다. 어떻게 윤초연을 잊고 있을 수 있지? 그 여자는……! 입술을 질끈 깨무는 석재의 표정은 험상궂게 일그러지고 있었다.

"형, 내가 한 말 때문에 일부러 전화를 꺼놓은 거지?"

"무슨 소리야?"

균의 손에서 자신의 휴대폰을 낚아채듯 받아 든 석재가 물었다.

"내숭 떨지 마, 형. 지금 그분이랑 주도권 싸움하는 거잖아."

"뭐라고?"

"내 말이 맞았지? 효과가 직방이잖아. 그쪽에서 먼저 연락해 온 건 이게 처음이지?"

"그런 거 아니야, 인마."

석재의 손가락이 바삐 움직였다. 휴대폰에는, 균의 말대로 수십 통까지는 아니지만 꽤 많은 메시지들이 와 있었다. 모두 윤초연에게서 온 것들이었다. 젠장. 또다시 속으로 욕설을 중얼거리며 석재는 메시지를 확인해 갔다.

〈윤초연입니다. 반지 때문에 전화를 드렸는데 계속 안 받으시네요. 연락주세요.〉

〈왜 전화를 안 받으세요? 계속 연결이 안 되네요. 이러시는 거 이해가 안 돼요. 피한다고 능사는 아니잖아요. 연락주세요.〉

〈만나서 할 얘기가 있다니까요. 제발 전화를 좀 받아요.〉

모두 비슷한 내용의 메시지들이 어제와 오늘만도 열두 통이나 찍혀 있었다. 전화 역시 스무 통 가까이 들어와 있었다. 메시지의 내용으로 보아 그녀는 그가 일부러 전화를 피하고 있다는 인상을 받은 게 확실했다. 그렇다면 대략 낭패다. 실제로 사흘간은 피했던 게 사실이긴 하지만, 그 뒤로는 아니었으니까.

"귀여워 죽겠다니까, 우리 형. 아무리 내가 그렇게 말했다고, 일주일간이나 전화를 안 받냐? 그러면 여자들이 싫어하지!"

"네 말 때문에 안 받은 거 아니야."

처음 삼 일 간은 빼고. 석재는 이를 갈며 균의 싱글거리는 낯짝을 노려보았다. 손가락으론 통화 버튼을 누르며 윤초연에게 전화를 거는 중이었다.

"왜 그래, 다 밝혀진 마당에. 쑥스러워?"

"아니라고 했잖아."

"이해해, 이해해. 아니라고 말하고 싶겠지. 그나저나 그 여자분, 진짜 놀랐겠다. 엄청 초조했겠는데? 형한테 튕긴 척한 거 후회했겠어."

"아니야."

난 여자의 버릇이나 잡으려 드는 마초가 아니라고. 윤초연 역시 남자 앞에서 내숭 떨며 튕기는 척 연기하는 여자가 아니고. 속으로 중얼거리며 석재는 전화기를 귀에 댔다. 따르릉, 발신음이 귀청을 맹렬히 때렸다.

"그분도 참 어지간하시다. 왜 자꾸 전화를 걸어와? 자존심이 있지. 나 같으면 전화 안 해. 상대방이 먼저 전화할 때까지 죽어도 안 해. 특히나 그쪽에서 일부러 씹는 것 같다는 느낌이 들 땐 더더욱. 그분도 형이 일부러 전화를 안 받는 줄 알았을 텐데, 참! 솔직히 형, 이렇게 적극적으로 연락 취하고 대시하는 여자들 매력없지 않아? 여자 쪽에서 이렇게 나오면 좀 질리지?"

"입 다물어라, 박균."

입술을 비틀며 석재는 균을 쏘아보았다. 뭐가 그리 신나는지 녀석은 쉴 새 없이 떠들어대고 있었다. 물론 녀석은 알 턱이 없었다. 윤초연이 왜 그리 전화를 해댔는지. 그가 끼워주었던 반지를 돌려주기 위해 필사적으로 전화를 걸어왔고, 그런 그녀의 연락을 그가 의도적으로 무시했다는 걸 균은 몰랐다. 알면 또 얼마나 씨부렁거릴지. 생각만 해도 머리가 지끈거리는 것 같았다.

"언뜻 보기엔 굉장히 소극적으로 보이던데. 순진하고 착하게 보이는 것이. 그런데 의외로 아닌가 봐? 형을 포기하기엔 형의 돈이 너무 많다고 생각했던 걸까?"

"시끄럽다니까."

짜증스럽게 내뱉으며 석재는 전화기 폴더를 탁 소리 나게 덮었다. 윤초연이 전화를 받지 않았다. 왜 안 받는 걸까? 화가 나서?

'화낼 만도 하지.'

사업 확장. 일. 인수협상. 지난 일주일간 그의 머릿속을 꽉 메우던 것들이 순식간에 흩어졌다. 그리고 그 공간을 윤초연이 채워왔다. 윤초연의 발그레한 미소, 팔랑거리는 목도리, 흩날리는 머리카락, 붉디붉은 입술. 그의 반지를 손에 끼고 당황해하던 모습.

"왜 그래? 전화 안 받아?"

"차 대기시켜."

물어오는 균의 말을 무시하며 석재는 명령했다. 동시에 전화기의 통화 버튼을 또다시 누르고 있었다.

"뭐? 왜? 쉬어야겠다며. 방 예약해 놨는데."

"지금 가봐야 할 데가 있어."

"어디?"

벌써 발신음이 요란하게 울리고 있는 전화기를 귀에 대고 석재는 호텔 입구 쪽을 향해 걷기 시작했다.

"초연 씨 집."

"뭐?"

균은 얼이 빠진 얼굴로 석재의 뒷모습을 멍하게 바라보았다. 빠르게 걸어나가는 그를 뒤쫓아가야 했지만 너무나 놀라 그러지 못하고 있었다. 정말 저 사람이 한석재인가? 균이 아는 한석재는 여자의 집 앞까지 찾아가 세레나데를 불러줄 위인은 못 되었다. 그리고 저 화급한 뒷모습으로 보아 석재는 예의나 차릴 생각으로 윤초연의 집으로 가려는 게 아니었다.

'도대체 뭐가 어떻게 되어가는 거야?'

정말…… 윤초연을 좋아하는 건가? 백만장자 한석재가?

"미치고 팔짝 뛰겠다……."

열 시 반. 평소 같았으면 방 안에 나자빠져 속 편히 미니시리즈나 보고 누워 있을 시간이었다. 그러나 지금 도연은 독감 뒤끝으로 아직까지 몽롱한 정신을 간신히 가누며 정면을 주시하고 있었다. 참으로 가관이랄 수밖에 없는 광경. 저러고 싶을까, 라는 말이 절로 나오는 왕창피 쪽팔림의 절정이 그녀의 코앞에 펼쳐지고 있었다.

"윤초연! 윤초연, 너! 딴 놈 만나는 거 절대 용납 못해. 넌 내 거야, 내 거라고!"

주변 사람들의 눈살을 찌푸리게 만들고 포장마차가 떠나가도록 고래고래 고함을 질러대는 사람은 다름 아닌 현식. 윤초연의 오매불망 일편단심 낭군님이시다. 새파랗고 새빨간 플라스틱 의자 위에 다리를 쭉 뻗은 채로 휘청거리는 그는 몸도 제대로 못 가눌 정도로 취해 있었다. 도연은 기가 막혔다. 이런 데로 도연을 부른 초연은 도대체 무슨 심보인 건가? 누구 창피해 죽일 일 있나?

"좀 어떻게 해봐. 가만히 서 있지만 말고!"

"어, 어⋯⋯."

사랑의 힘이란 게 이런 건가? 도연 같았으면 벌써 창피해 돌아가셨을 상황을 초연은 담담하고 의연하게 대처하고 있는 중이었다. 현식이 팔로 휘저어놓은 꼼장어 접시를 수습하면서 바닥으로 떨어질 것처럼 흔들리는 현식의 몸까지 어깨로 받치고 영문도 모른 채 이 먼 데까지 불려온 언니를 향해 도움까지 요청하고 있으니, 가히 슈퍼우먼 수준이다.

아, 놀라워라! 그대 향한 내 마음~

가수 윤종신의 가느다랗고 닭살스러운 목소리가 귓전을 맴도는 기분에 도연은 부르르 몸을 떨었다. 아무리 사랑도 좋지만 저게 뭐냐? 돈도 못 버는 주제에 주사까지! 정말 기가 막히십니다. 왜 이러고 사니, 윤초연. 네가 뭐 부족한 게 있어서 그리 살아? 응? 하고 마구 윽박질러 주고 싶은 생각이 간절해지는 순간이었다.

"가만히 있지만 말고 이리 와서 돈 좀 꺼내. 핸드백 안에 지갑 있어."

현식의 축 처진 팔을 어깨에 두르며 초연이 말했다.

"어? 어……."

멍하게 서 있던 도연은 서둘러 초연에게 다가갔다. 포장마차 안에는 예닐곱 명의 손님들이 각자 무리를 지어 자신들의 테이블에 앉아 술잔을 기울이고 있었다. 우동 국물을 시원하게 들이키는 이들도 있었다. 그러나 현식처럼 인사불성이 되도록 술에 취해 술주정하는 인간은 없었다. 창피한 나머지 벌게진 얼굴로 도연은 초연이 시키는 대로 그녀의 핸드백에서 지갑을 꺼내 포장마차 주인 아저씨에게 돈을 지불했다.

"너 내 거잖아. 나랑 잤잖아. 윤초연…… 그랬어, 안 그랬어?"

헉! 일순, 거스름돈 오천 원을 돌려받는 도연의 손이 퍼르르 떨렸다. 속삭이듯 애원하듯—뭘 애원하는지는 모르겠으나—초연의 어깨에 얼굴을 묻고 흐느끼는 현식의 입에서 흘러나온 말은 거의 경악이었다. 잤다니! 이것이 미쳤나? 도연은 두 눈을 휘둥그레 뜨고 초연을 째려보았다. '미친 것'이라는 의미가 내포되어 있는 험악한 눈빛이었다.

"내 거야, 아니야? 윤초연, 내 거 맞지? 내 거 맞는 거지? 그렇지? 아직도 나밖에 없는 거지?"

"그래. 맞아, 맞다고. 그러니까 이제 입 좀 다물어."

그러나 물러 터진 언니의 눈빛일랑 아랑곳하지 않으시고 초연은 현식의 어깨 토닥거리기에 열중하고 있었다. 입 다물라고 말하는 초연의 말투는 부드러웠다. 마치 길 잃은 아기새를 보듬듯 다정하기만 했다. 후우— 속 터져! 저 미친 것을 어떡해야 해?

"거기 그러고 서 있지 말고 빨리 차 좀 빼와. 힘들어 죽겠어."

자신을 노려보고 있는 도연의 시선을 느꼈는지 초연은 고개도 돌리지 않고 말했다. 그래, 그거였다. 초연이 이 밤중에 도연을 부른 이유. 술 취한 현식을 집에 데려다 줘야 하는데 운전해 줄 사람이 필요하다는 것. 택시 타고 가면 될 것을 번거롭게시리. 아픈 사람을 병상에서 일으켜 세울 정도로 대단한 사람이냐, 현식 씨가? 아픈 언니는 안중에도 없는 거야? 그래?

"내일 아침 일찍 곧바로 현장으로 나가봐야 해. 여기다 차 놔두고 가면 내일 하루 종일 불편하단 말이야."

어쭈? 뭐라 말도 안 했는데 알아서 이유를 대주시는군. 찔리긴 찔렸나?

"그래서 아파 죽기 직전인 사람 불러내서 대리운전 시키는 거냐?"

"뻥 치지 마. 죽기 직전은 무슨. 멀쩡하기만 하구만. 에쿠! 죽겠네. 그러고 서 있지만 말고 얼른 차나 빼오라니까. 핸드백 속에 키 있어."

그때 현식이 또 한 번 요동을 치며 고함을 질렀다.

"윤초연! 사랑한다! 윤초연! 사랑해! 사랑한다고!"

"알아, 안다고. 오빠 마음 다 알아. 나도 오빠 사랑해."

초연은 어린애 어르듯 현식의 등을 토닥거리며 속삭였다. 핫!
기도 안 차 도연은 고개를 설레설레 흔들었다. 아무리 눈에 콩
깍지가 씌었다고 저럴 수도 있는 걸까? 하루 종일 옥탑방에 틀
어박혀 시 나부랭이나 쓰는 거렁뱅이가 뭐가 좋다고!

'속 터지는구나야.'

열불이 눈동자 속까지 뻗쳐오는 걸 느끼며 도연은 초연의 핸
드백에서 자동차 키를 뺐다. 생활력도 없고 미래도 없는 남자한
테 부족한 거 하나 없는 초연이 왜 저렇게 목을 매는 건지 이해
가 안 되었다. 사랑이 밥 먹여주나? 결혼은 현실이다. 지금은 사
랑이란 콩깍지가 눈을 가리고 있어서 뵈는 게 없겠지만, 결혼하
면 달라지게 마련인 것이다. 초연은 현식의 무위도식을 참을 수
없어할 것이며 현식은 초연의 드센 성격을 감당하지 못할 것이
다. 종국엔 이혼서류에 도장을 하나씩 쾅쾅 나눠 찍고 빠이빠이
하고 말 테지. 두 사람의 말로가 눈에 선했다.

"엄마 아빠가 아시면 기절하시겠다."

이년아, 라는 말은 차마 뱉을 수 없어 도연은 꾹 참으며 초연
의 뒤통수를 노려보았다. 딸년이 웬 룸펜한테 발목 잡혀 인생과
돈을 허비하고 있다는 걸 알면 곽춘자 여사 혈압은 급상승하실
것이다. 기절초풍할 엄마의 얼굴을 떠올리며 도연은 황급히 뒤

를 돌았다. 이쪽을 흘낏흘낏 구경 삼아 쳐다보는 사람들의 시선 때문에 뒤통수가 따끔거렸다.

"어휴, 증말."

그리고 자동차 키를 딸랑거리며 막 포장마차에서 나가려는 찰나였다. 포장마차 거죽을 막 열어젖히는데 핸드폰 벨이 울렸다. 혹, 찬바람이 포장마차 안으로 쑥 들어오며 얼굴을 때렸다. 밤이 되니 갑자기 기온이 뚝 떨어져 여간 추운 게 아니었다. 전화는 안에서 받는 게 낫겠다 싶은 생각에 '봄이 다 되었는데 웬한파람' 중얼거리며 도연은 거죽을 다시 늘어뜨렸다.

"에취!"

감기가 다 낫지 않아선지 찬바람만 불어도 재채기다. 콧물이 찍 흐르는 걸 손으로 닦으며 도연은 얼굴을 찡그렸다. 찰랑찰랑 흔들리는 벨소리를 찾아 외투를 뒤적거리는데 뒤에서 또 현식이 소리를 질렀다.

"윤초연! 윤초연!"

뒤이어 들리는 초연의 화답.

"알았어, 다 안다니까. 나, 사랑하지? 나도 오빠 사랑해. 사랑한다니까?"

지긋지긋해. 머리를 흔들며 인상을 팍 쓰는 도연은 핸드폰 액정에 뜬 발신자를 확인하지도 않고 전화기 슬라이더를 밀어 올렸다.

"여보세요."

"윤초연! 사랑한다!! 사랑한다고—!!"

짜증나, 짜증나. 도연은 널찍한 포장마차 안을 쩌렁쩌렁 울리는 현식의 고함 소리에 치를 떨며 한쪽 귀를 손가락으로 틀어막았다.

"여보세요?"

[…….]

전화를 건 상대 쪽에서 대답이 돌아오지 않았다.

"여보세요. 누구세요?"

그때 현식이 또다시 '윤초연, 넌 내 거야! 내 거라고'라며 고래고래 고함을 질러댔다. 으! 참을 수 없는 짜증이 치밀어 올라 도연은 얼굴을 일그러뜨릴 대로 일그러뜨리고 포장마차 거죽을 획 젖혔다. 춥지만 밖으로 나가서 받는 게 정신 건강에 좋겠다는 결정을 내린 후였다.

"여보세요. 말씀하세요."

[…….]

"누구야? 누군데 전화를 걸어놓고 말을 안 해?"

혼잣말을 중얼거리며 핸드폰 액정을 확인하려는 순간이었다. 묵직하면서도 히스테릭한 목소리가 뚝 떨어지듯 날아왔다.

[한석재입니다. 윤…… 초연 씨.]

빠바바바밤—!!

베토벤 교향곡 제5번, 운명이 도연의 귓가를 울리는 듯했다. 오, 하느님 맙소사! 이런 제기랄스러운 일이 다 있나! 도연은 그대로 멈춰 버렸다. 숨도, 동작도 모두. 마치 얼음 조각상이 되어 꽁꽁 얼어붙어 버린 듯했다. 설마, 현식이 한 말을 들은 건 아니겠지? '윤초연, 넌 내 거야'라는 소리를 설마, 혹시라도 들어버린 건 아니겠지? 만약 들었다면……!

[초연 씨 집 앞에 와 있는데, 지금 외출 중이신 모양이군요.]

"아, 예! 어…… 잠깐 나와 있었어요."

땀 삐질.

"어, 어쩐 일로 제 집엘 다……."

[전화하셨죠?]

아! 맞다. 전화. 반지! 그제야 도연의 뇌가 제대로 작동하기 시작했다. 그에게 돌려줄 물건이 있다는 사실, 그래서 반드시 그와 다시 만났어야 했던 사정, 그럼에도 한석재가 번번이 그녀의 연락을 씹었던 기억, 너무나 열을 받아 '두고 보자' 다짐하고 또 다짐을 했던 일까지. 모조리 한꺼번에 도연의 머릿속에 떠올랐다.

'오, 한석재 씨! 이제야 코빼기를 비치셨겠다?'

뭐냐, 뜬금없이? 일주일 내내 전화도 안 받고 연락도 없던 사람 아닌가? 갑자기 무슨 바람이 불어서 그녀의 집까지 직접 행차를 해주신 걸까? 그것도 오밤중에.

"맞네요. 제가 먼저 연락을 했었죠, 참. 하도 오래되어서 기억이 가물가물하네요. 일주일 전이었죠?"

생글 웃으며 말하는 도연의 음성에는 가시가 돋쳐 있었다.

[빨리 연락드리지 못해서 미안해요. 일이 바빴어요. 변명처럼 들리겠지만.]

맞았어. 변명처럼 들려. 변명도 너무너무 흔한 변명이야. 이런 노멀한 변명거리는 상대방 성미를 더욱 부채질한다는 상식도 모르나? 부모님이 위독했다든지, 어디가 많이 아팠다든지, 하다못해 그녀가 써먹었던 휴대폰 분실이라도, 뭔가 특이하고도 어쩔 수 없었겠다 싶은 그럴싸한 변명거리를 들고 나타나야 기다린 사람에 대한 예의가 아닌가? 이건 뭐야, 바빴다라니? 그게 다라니! 에잇, 짜증나!

"그러실 줄 짐작하고 있었어요."

나직하면서도 부드럽게 도연은 속삭였다. 속에서는 천불이 났지만 겉으로 티를 내고 싶지는 않았기 때문에 더욱 나긋해지는 목소리였다.

[지금은 다른 용무가 있으신 것 같으니 다시 연락드리죠.]

"예?"

뭐야? 뭘 다시 연락을 드려? 또 일주일간 잠수 타려고?

"아니, 저…… 조금만 기다려 주세요. 금방 갈 수 있어요."

반지만 주면 끝이다. 이 남자와는 이제 만날 일도 없고, 앞으로 만나고 싶은 마음도 없었다. 조금씩 생기기 시작했던 호감도 지난 일주일이 지나는 사이 훌쩍 사라져 버렸다. 진짜로 반지만 주면 정리 끝. 계산 끝나는 거였다.

[어차피 이야기가 길어질 것 같습니다. 밤중에 긴 이야기를

할 수는 없을 것 같군요.]

"하지만……."

뭔가 이상했다. 딱딱하게 군은 듯한 한석재의 말투도 이상하고 냉소적인 듯한 억양도 이상했다.

'기분 나쁜 일 있나? 왜 화난 사람처럼 이래? 화낼 사람이 누군데?'

유감스럽게도, 도연은 현식의 '윤초연, 사랑해' 발언을 한석재가 들어버렸다는 사실을 꿈에도 모르고 있었다. 도연에게 애인이 있고, 그 애인이 현식이고 그래서 그녀가 그를 걷어차려고 했던 거라, 넘겨짚고 있다는 사실도 전혀 모르는 채였다. 그래서 그가 화가 완전히 머리끝까지 났다는 것도.

[내일 회사 근처에서 저녁 어떻습니까?]

"예? 어……."

이게 아닌데. 강력하게 나가야 한다고, 윤도연. 화를 내야지. 앞으로 만날 일 없었으면 좋겠다고 딱 부러지게 말해야 하는 거란 말이다!

[하실 말씀이 있다고 하셨죠?]

"아! 맞다…… 네."

난 윤초연 아니라 윤도연이에요, 라고 할 작정이었지만……. 어차피 한석재 쪽에서도 흥미를 잃은 것 같은데 굳이 만나서 그런 얘길 할 필요가 있을까 싶은 생각이 들어, 도연은 망설였다.

[잠깐 만나서 할 얘긴 아닌 것 같은데요.]

"그렇긴 하죠……."

어떻게 하지? 만나? 말아? 사실 내일 시간을 따로 내서 그를 만난다는 건 좀 그렇다. 마음에 내키지 않는다. 그를 직접 대면하면 또 마음이 흔들릴지도 모르니까. 워낙 외모 출중해 주시고 매너 킹이시니, 어떤 여자인들 홀딱 안 반하겠는가? 지난번 레스토랑에서도 보라. 도끼눈으로 그녀를 노려보는 수많은 독신녀들의 시선이 장난 아니었다. 아무튼 그를 다시 만난다는 건 위험했다. 도연은, 일주일간 자신의 전화를 씹은 남자를 향해 헬렐레거리는 밸 빠진 여자가 되고 싶지 않았다.

하지만 그에게 기다려 달라고 조를 수도 없었다. 현식의 집까지 운전을 해야 하고, 거기서 다시 집까지 가야 하는데. 그 시간이면 족히 한 시간은 걸린다. 한 시간이나 되는 시간을 그녀의 집 앞에서 기다리라고 하긴 좀 그렇지 않나? 기다리라고 해서 기다릴 위인도 아니지만, 또 그깟 한 시간쯤 기다리게 만들어도 되는 인간이지만—그 인간은 그녀를 일주일씩이나 기다리게 했으니까—도연은 성격상 그런 부탁 못한다. 남한테 피해 주는 걸 제일 싫어하는 그녀다.

'난 너무 착해서 탈이라니까.'

[저녁 시간 괜찮으시죠?]

"아, 저기……."

그때였다. 포장마차 거죽이 휙 젖혀지더니 초연의 얼굴이 쑥 튀어나왔다. 현식의 팔을 어깨에 두른 채 낑낑거리는 그녀는 벌게진 얼굴로 도연을 째려보았다.

"언니! 아직도 전화하고 있으면 어떡해?"

초연이 버럭 고함을 질러대자 도연은 화들짝 놀라 들고 있던 전화 수화기를 막았다.

"어? 어, 잠깐만."

"잠깐이고 뭐고. 빨랑 차 갖고 와! 나 죽겠어 지금."

"알았어. 알았다고."

"윤초연! 사랑한다, 윤초연! 사랑해애애애—!!"

헉. 현식이 또 발작적으로 고함을 쳤다. 도연은 손바닥으로 막고 있는 송화구를 더욱 꽉 쥐며 자동차가 주차되어 있는 곳으로 달렸다. 미쳐, 미쳐! 누가 사랑하지 말랬냐고. 왜 자꾸 소리를 지르고 난리래.

"여보세요?"

초연과 현식으로부터 꽤 떨어졌다고 생각되는 지점에 이르자 도연은 수화기를 귀에 댔다. 상대편은 다행히 아직 전화를 끊지 않고 있었다. 비록 음성은 뚝뚝 냉기가 흘렀지만.

[바쁘신 것 같은데 이만 끊죠. 이야기는 내일 하도록 합시다.]

들었나? 들었을까? 너무나 긴장해 도연은 입 안이 바짝바짝 마르는 것만 같았다.

"예. 그, 그럼 그렇게 하죠."

[내일 전화하겠습니다. 그럼.]

"예, 그럼 내일 뵙……."

뚜뚜뚜……. 내일 뵙겠다는 말을 채 다 끝내기도 전에 한석재는 전화를 끊었다. 상대방이 자신의 말을 자르며 먼저 뚝 전화를 끊는 경우, 누구나 느끼듯 도연 역시 기분이 좋질 않았다. 뒤끝이 찜찜하다고나 할까? 무시당한 것 같기도 하고, 상대방이 자신 때문에 화가 난 것 같아 불안하기까지 했다. 뭐지? 왜 이러지? 좌불안석, 전전긍긍. 그러다 급기야 벌컥 짜증을 부리기도 했다.

"왜 지가 짜증이야? 일주일 동안 전화 씹은 게 누군데? 누군 뭐 좋아서 전화 받은 줄 아나? 현식 씨가 하도 시끄럽게 굴어 정신이 쏙 빠져 있어서 그랬지, 안 그랬음 나도 당신 전화 안 받았어. 이거 왜 이래! 나도 자존심 캡빵 센 여자라고! 참나."

만나기 싫은 게 확실했다. 갑자기 생각을 바꾼 이유가 뭔지는 모르겠으나, 한석재는 확실히 그녀를 더 이상 만나고 싶지 않은 거였다. 연락도 그래서 끊었을 것이고, 그러니 반지를 받기 위해 어쩔 수 없이 만나야 하는 이 상황이 싫을 수밖에 없을 것이다.

"잘됐어. 그래, 이 기회에 다 말해 버리지 뭐."

한석재가 그녀를 거부하면 오히려 잘된 일이었다. 이젠 더 이상 윤초연 행세를 할 필요가 없어졌으니 홀가분해지는 것이다. 어차피 이렇게 된 거, 속 시원히 다 털어놓고 아버지에게는 당분간 계속 만나는 걸로 해달라고 부탁할 수도 있을 것이다. 인간적으로 그 정도는 해줄 수 있겠지. 못해주겠다고 튕기면, 일주일간 전화 안 받은 죗값이라고 우기지 뭐.

'그런데 왜 이렇게 속이 상하지?'

오목 가슴 근처가 싸했다. 한석재와 그사이 미운 정이라도 든건가?

"웃긴다, 윤도연. 미운 정은 무슨 미운 정이니? 미워한 적도 없으면서."

오히려 괜찮다고 느꼈으면 느꼈지, 도연은 그를 싫어했던 적이 없었다. 고의로 받지 않은 게 명백한, 일주일간의 전화 씹음이 있기 전까지는 말이다. 으! 그 생각을 하니 다시 열 받네. 도연은 부르르 떨며 이를 꽉 깨물었다.

따질 것이다. 내일 만나면, 그것부터 먼저 따지고 나서 다른 문제를 논할 생각이다. 만나기 싫으면 얼굴 대고 직접 말할 것이지. 왜 전화를 받지 않는 치졸한 방법으로 현실을 회피하려 했는지. 그 때문에 그녀가 얼마나 상처를 받았고 화가 났는지. 혈압으로 떨어질 뻔했다고, 이를 아득아득 갈면서 따져 줄 것이다.

"언니야! 아직도 거기 서서 뭐 하냐?! 빨리 차 갖고 이리로 와. 나 현식 씨 무거워서 거기까지 못 간단 말이야!"

등 뒤에서 초연의 우렁찬 목소리가 들려왔다.

"알았어. 간다, 가!"

도연은 흘러내린 목도리를 휙, 목 뒤로 넘기며 전화 수화기를 외투 주머니에 넣었다. 그리고 종종걸음으로 초연의 자동차 운전석을 향해 뛰었다. 짤랑짤랑, 손으로 움켜쥐고 있는 열쇠고리 아래로 서너 개의 열쇠들이 흔들렸다. 그녀의 혼란스러운 마음을 대변하듯.

•제8장 윤초연을 윤초연이라 부르지 마라•

라이브 카페, 유리(Yuri)로 들어서는 석재의 귀로 카랑카
랑 낭랑한 가수의 노랫소리가 들려왔다.

Free to be whatever you

Whatever you say

If it comes my way it's alright.

You're free to whatever you

Whatever you please

You can shoot the breeze if you want.

무대 위의 가수가 출렁거리는 피아노 반주에 맞춰 노래를 하고 있었다. 느리지도 빠르지도 않은 중간 템포의 노래는 석재가 들어보지 못한 팝송이었다. 그럼에도 듣기 편안하고 기분이 좋아지는 노래였다. 나른함, 평온함. 달콤함마저 느껴지는 것은 노래를 하는 가수의 목소리 때문일까? 귀에 거슬리지 않는 매끈함과 유연함이 느껴졌다. 석재는 테이블로 안내하는 종업원의 뒤를 따르며 힐끗 피아노 앞에 앉아 노래하고 있는 여가수의 뒷모습을 보았다.

등 뒤까지 내려오는 긴 웨이브 머리를 자연스레 늘어뜨린 가수는 어딘지 모르게 낯이 익었다. 소매가 드러난 겨자색 원피스와 레깅스 차림하며, 갸름한 팔뚝하며, 꽈배기처럼 동글동글 말려진 진분홍색 목도리도…….

"……!"

저 목도리는! 석재는 눈살을 찌푸리며 무대 위를 노려보았다. 고개를 살짝 옆으로 기울이고 있는 터라 얼굴을 확인할 수가 없었다. 하지만 여자는 분명 그녀였다. 윤초연. 석재는 오늘 오전 그녀와의 전화 통화를 떠올렸다.

[거기 근처에 라이브 카페가 하나 있거든요. 유리라고, 그 빌딩 사층에 있어요. 거기서 봤으면 해요. 갑자기 저녁에 일이 생겨가지고, 꼭 거기에서 볼 수밖에 없게 되어버렸어요. 불편하시

면 점심때 보던가요. 전 점심때 시간 괜찮은데 석재 씨가 시간
이 될지 어쩔지도 모르겠네요.]

그때는 또 뭔가 피해갈 구멍을 만들려는 속셈인 줄로만 알았
다. 하도 요리조리 잘 피해 다니는 여자라. 이번에도 만나기를
미루기 위해 일부러 핑계를 댄 거라고 석재는 생각했다. 그래서
흔쾌히 이곳으로 오겠다고 했다. 솔직히 말해, 장소가 뭐 대수
겠는가? 어차피 나눌 이야기가 있기에 만나려는 건데. 갑자기
어젯밤의 불쾌했던 기억이 훅 떠올랐다.

[윤초연, 사랑해!]

전화 수화기를 타고 흘러들어 온 남자의 목소리. 만취한 남자
의 고함 소릴 들은 즉시 석재는 모든 걸 알아챌 수 있었다. 초연
이 만나는 남자가 있다는 걸. 그래서 별다른 이유도 없이 그를
거부했다는 걸. 아마도 부모님에게 떳떳하게 밝힐 수 없는 부류
의 남자일 것이다. 그래야 그녀가 부모님의 눈치를 살피며 설설
기었던 모든 정황들이 설명될 수 있었다. 그걸 모두 단번에 꿰
뚫은 석재는 물론 무척 기분이 상했었다. 자존심도 상했거니와,
부모님에게 밝힐 수 없을 정도로 무능력하고 형편없는 인간을
그녀가 사랑한다고 생각하니 이유없이 화가 치밀었다. 자신의
잇속을 챙기지 못하는 여자라는 건 진작 알아봤지만 이렇게

어리석을 수가 있을까 싶었다. 제정신이 박힌 여자라면 그런 남자가 아닌 한석재를 택해야 했다. 백만장자 한석재와 맞선을 보게 되는 행운을 아무나 누리는 술 아나? 이런 기회는 나시 돌아오지 않는다. 그걸 설마 모를 리 없을 것이다.

"후!"

다시 생각하니 또 끓는다. 석재는 깊은 호흡으로 끓어오르는 혈압을 가라앉혔다. 어찌 됐든, 일단 만날 것이다. 우선은 그녀가 뭐라고 말할 것인지 두고 볼 참이었지만, 필요하다면 그녀가 만나고 있는 그 남자에 대해 알아볼 생각도 있었다. 괜찮은 남자인지 조사해 보고 그의 예상대로 정신이 썩어빠진 남자라면 조용히 뒤처리를 해줄 수도 있었다. 그녀를 위해서. 일이 꼬이긴 했지만, 그래도 맞선까지 본 사이가 아닌? 그 정도는 해줄 용의가 있었다.

그런데 노래라니? 윤초연이 카페에서 왜 노래를 하고 있는 건가?

그녀는 노래를 아주, 썩, 꽤 잘했다. 가수 뺨친다는 말이 절로 나올 정도로. 아마추어의 보통 솜씨는 아니었다. 일반인이 부르는 느낌이 아닌, 프로의 냄새가 난다고나 할까? 희고 까만 피아노 건반 위를 날아다니는 손가락마저도 신기했다. 혹시……?

"윤초연 씨 만나러 오셨죠?"

자리를 안내하던 종업원이 묻는 말에 석재는 그제야 깨달았다. 자신이 넋을 잃고 무대 위를 바라보고 있었다는 걸. 눈이 커다랗고 허여멀겋게 생긴 남자 종업원은 그의 얼굴에 떠오른 놀라움과 호기심을 읽은 듯 빙긋 웃고 있었다.

"아, 예. 그렇습니다만."

"윤초연 씨가 전해달라는 메시지가 있었거든요."

"메시지라고요?"

"여기."

소를 연상케 하는 커다랗고 축 처진 눈을 가진 남자 종업원은 유니폼으로 보이는 검은 조끼의 주머니에서 곱게 접힌 쪽지를 꺼냈다. 쪽지를 받아 든 석재는 종업원이 안내한 창가 쪽 테이블에 자리를 잡았다.

"주문은 나중에 하겠습니다. 일행이 있어서."

석재는 싱글거리며 메뉴판을 놓는 종업원을 향해 말했다. 상냥하지만 사무적인 미소를 띠고 있던 종업원은 고개를 끄덕이며 일행이 오면 다시 주문을 받으러 오겠노라, 말하고 자리를 떴다. 석재의 시선이 자연스레 무대 위를 향했다.

여전히 옆머리가 여자의 얼굴 윤곽을 가리고 있었다. 그러나 석재는 그녀가 윤초연임을 더욱 확신할 수 있었다. 흩날리는 곱슬머리를 어깨 위로 늘어뜨린 그녀는 트레이드 마크가 되어버린 진분홍색 목도리를 가는 목에 살짝 둘러 길고 자연스레 흘러내리도록 했고 벌룬 소매의 5부 원피스와 하늘색 단가라 줄무늬의 면티를 레이어드해 입고 있었다. 원피스 밑으로는 검은색 레깅스와 흰색 단화를 신은 그녀는 누가 봐도 독특한 패션 감각의 소유자, 윤초연이었다. 다시 한 번 그녀임을 확신하며 석재는 종업원에게서 받은 쪽지를 펼쳤다.

그리고 다음 순간, 그는 자신의 눈을 의심했다. 이게 뭐야? 자기가 윤초연이 아니라 윤초연의 언니 윤도연이라고?

〈원래는 얼굴 맞대고 얘기하려고 했어요. 따질 것도 있고 할 말이 많았거든요. 하지만 오늘은 도저히 사정이 안 되어서 따로 시간을 못 낼 것 같아요. 그래서 이렇게 쪽지로 말하게 되었네요.

우선, 전 당신이 알고 있는 사람이 아닙니다. 윤초연이 아니라 초연이 언니, 윤도연입니다. 보시다시피 저는 인테리어 디자이너가 아니라 카페에서 아르바이트로 노래하는 가수 지망생입니다. 맞선 자리에는 피치 못할 사정으로 동생 대신 제가 나가게 된 거고요. 부모님은 전혀 모르고 계십니다. 부모님의 일은 제가 수습할 생각이니 염려하지 않으셔도 됩니다.

거짓말한 점 정말 죄송하고요. 뵐 면목이 없어서 더 이상의 변명도 구차하게 느껴지네요. 반지는 프런트에 맡겨두었습니다. 가실 때 찾아가시길 바랍니다. 그럼…….

—윤도연.〉

말도 안 된다, 이건……. 어떻게 이런 일이……? 너무나 충격을 먹어 석재는 곧바로 굳어버렸다. 쪽지를 뚫어져라 노려보는 눈동자에 핏발이 설 때쯤 그는 겨우 정신을 차릴 수 있었다. 현실 감각이 서서히 되돌아왔다. 일이 어떻게 된 건지 비로소 감을 잡을 수 있었다. 그러니까 그가 알고 있던 윤초연은 윤초연이 아니고 그녀의 언니인 윤도연이며, 윤도연은 디자이너가 아니라 가수라는 거 아닌가? 맙소사! 이걸 정말 믿어야 된단 말인가?

"잠깐만요."

그는 지나가던 종업원을 불러 세웠다. 가슴에 '박미진'이라는 이름표를 단 여종업원이 멈춰 서서 생긋 친절한 미소를 띠며 무슨 일이냐고 묻는다.

"저 가수 이름이 뭐죠?"

"아, 윤도연 씨요?"

윤도연······!

"저희 카페 최고의 가수예요. 노래 잘하죠?"

"예."

착잡한 마음으로 그는 대답했다. 깜찍한 그녀의 속임수에 천하의 한석재가 대책없이 완벽하게 속았다는 걸, 그는 비로소 인정하고 있었다. 몇 번밖에 만난 적이 없지만 그래도 윤초연에 대해서 어느 정도는 파악하고 있는 줄 알았는데. 감쪽같이 속고 있었다니. 동생의 맞선 자리에 대신 나올 만큼 피치 못할 사정이 과연 무엇인지 궁금할 따름이었다.

"잘 봐두세요. 이제 곧 정식으로 가수 데뷔할지도 모르거든요."

"······."

"지금 저쪽 테이블에 연예기획사 사람들이 있거든요? 윤도연 씨 노래를 듣기 위해 일부러 여기까지 온 거예요. 인기 가수들만 줄줄이 배출한 기획사래요. 우연히 저희 카페를 들렀다가 윤도연 씨의 노래를 듣고 마음에 들어서, 일부러 이렇게 찾아온 거랍니다."

가수라……. 허탈하기도 하고 황당하기도 해 석재는 할 말을 잃고 있었다. 약간 얼이 나간 표정으로 석재는 무대 위를 응시했다.

무대 위의 윤초연은 명백히 가수로 보였다. 피아노 건반을 만지는 손가락과 팔 동작이 보통 솜씨는 아닌 것 같았고 목소리 또한 청아하고 깔끔했다. 카랑카랑하면서도 맑았고, 약하고 여린 듯하면서도 은근한 카리스마가 느껴진다. 요즘 유행하는 R&B 스타일의 굴리고 꺾고 흔드는 기교는 거의 찾아볼 수 없지만 그래서 더욱 순수하게 느껴지는 목소리였다. 듣고 있으면 속절없이 빠져들게 만드는 사랑스러운 목소리. 그가 알고 있는 윤초연에게 저런 면이 있다는 사실이 믿어지지 않았다. 아, 이젠 윤도연으로 불러야 하나?

석재는 그녀의 노래를 듣기 위해 왔다는 기획사 측 사람들이 앉아 있는 테이블로 슬쩍 시선을 돌렸다. 그들은 시험감독관 특유의 표정, 감정이 전혀 들어 있지 않으며 웃음에 매우 인색한 얼굴로 무대 위의 초연을 뚫어져라 바라보고 있었다. 고개를 살짝 내리고 두 눈을 휙 치켜뜬 사람, 팔짱을 끼고 옆으로 고개를 돌린 채 눈만 그녀를 쳐다보는 사람, 두 눈을 감고 음악에 집중하는 사람. 세 사람 모두 그다지 밝은 표정은 아니었다. 적어도 그녀의 노래에 엄청난 감동을 받아 단번에 오케이할 것 같진 않아 보였다. 석재와는 정반대의 취향인가? 석재가 기획사 관계자라면 지금 당장 엉덩이를 들어 초연에게로 다가갈 것이다. 계약서를 들고.

'훗! 별스럽군. 네가 걱정할 문제가 아니잖아, 한석재.'

그렇다. 지금 그가 해야 할 일은 당장 엉덩이를 들어 카페를 빠져나가는 것이었다. 그녀가 프런트에 맡겨두었다는 반지와 함께 말이다. 이렇게 앉아 윤초연, 아니, 윤도연이 부르는 노래에 넋을 잃고 앉아 있을 게 아니라. 하지만 어처구니없게도 그는 자리를 뜰 수가 없었다. 이대로 아무런 해명도 없이 믿을 수 없는 사실만 떡 밝히고 만 윤도연의 무책임함에 참을 수 없는 모멸감을 느꼈기 때문이다. 이 사실은 최소한 얼굴은 맞대고 해야 하는 매우 중대한 이야기였다. 이차저차해서 저차저차했다고 자초지종을 설명하고 정중히 용서를 구해야 정상이 아닌가? 그런데 달랑 쪽지라니, 이건 그를 무시한 처사였다.

노래는 막바지를 향하고 있었다. 피아노 소리도 점점 잦아들고 그녀의 목소리 또한 노래의 후렴구를 반복하고 있었다. 그녀의 눈이 석재의 눈과 마주친 건 바로 그때였다.

"허업!"

순간 그녀의 입에서 기괴한 숨소리가 흘러나왔다. 코와 입을 통해 페 속으로 공기가 다량 유입되는 소리였는데, 그 소리는 마이크를 통해 카페 전체로 울려 퍼졌다. 동시에 피아노 반주마저 뚝 끊겼다. 뒤이어 약 삼 초간, 침묵이 흘렀다.

"이런, 제길……. 노래해, 노래하라고."

석재는 입술 안쪽으로 혼잣말을 고요히 뇌까렸다. 마치 주문을 거는 마법사처럼. 텔레파시를 보내는 심령술사처럼.

"You And…… Me~"

다행히 그녀는 자연스레 뒤 가사를 이어나갔다. 실수가 아닌 양, 원래 계획했던 피날레인 양, 느긋하면서도 장대하게 끝마무리를 지었고 뒤이어 피아노 반주의 화려한 애드리브가 이어졌다. 사람들의 넋을 쏙 빼 자신의 실수를 덮어버리려는 속셈임을 석재는 알아챘다. 다행히 다른 이들은 별로 눈치 챈 것 같지 않았다. 기획사 사람들도 살짝 눈살을 찌푸린 것 외엔 별다른 동요가 없었고.

일순 빨라졌던 심장의 박동이 정상으로 돌아오자, 석재는 물한 잔을 벌컥벌컥 들이마셨다. 그리고 곧 자기가 왜 윤초연의 실수에 이렇듯 마음을 졸이는지, 왜 '윤초연, 사랑해!' 사건에 대해서도 쪽지의 일도 까맣게 잊고 초연의 무대에 완전 몰입했던 건지에 대해 생각했다. 다시 생각해도 정말 별스러운 일이었다.

기획사 오디션을 위해 선곡한 'Whatever' 이후로, 도연은

'Let It Be', 'She' 등 팝송만 연달아 세 곡을 부르고 무대에서 내려왔다. 원래대로라면 두 시간 동안 풀로 노래를 해야 했지만 그녀의 목 상태가 정상 컨디션이 아니라는 걸 감안한 안 사장이 다른 가수와 교대할 수 있도록 해주었던 것이다.

결과가 어떻게 나올지. 감기로 인해 며칠 앓다가 일어나서, 목 상태가 정상 컨디션이 아니라는 걸 기획사 쪽에서도 알아줄까? 다행히 삑사리 없이, 컨디션에 비하면 그럭저럭 노래가 잘 나와준 편이었지만 제 기량을 100% 다 발휘하지 못했다는 아쉬움이 남긴 했다. 게다가 한석재와 눈이 딱 마주쳤을 때 절로 흘러나오던 거친 숨소리와 몇 초간의 정적. 다행히 그 부분을 자연스럽게 넘기기는 했지만, 그런 작은 실수도 전문가의 귀에는 또렷이 들렸을 터다.

'하필 그때 눈이 마주쳐서는……'

오늘 오전, 카페 사장으로부터 연락을 받은 이후, 도연은 많은 고민을 했다. 지난주 일이 생겨서 부득이하게 약속을 연기했던 기획사 측 사람들이 이주에는 꼭 들러 그녀의 노래를 듣겠다고 했다는데, 감기 뒤끝이라 몸도 좋지 않은 데다 석재와의 약속까지 겹쳐 있어 그녀로선 당연히 고민이 되었다. 하지만 그렇다고 석재와의 약속을 미룰 수도 없는 형편이었다. 왜냐? 그녀는 무슨 수를 써서라도 빨리 부담백배의 그 반지를 돌려주고 싶었기 때문에. 또 오늘은 무슨 일이 있어도 그녀가 윤초연이 아닌 윤도연이라는 사실을 알려주고 싶기도 했다.

그래서 택한 방법이 바로 쪽지였다. 직접 대면하면 말이 어떻게 꼬일지 장담할 수 없는 데다가 껄끄럽지 않은가? 말보다는 글이 일목요연하고 정확히 설명할 수 있을 것 같았다. 노래하는 모습도 함께 보여주는 것이기 때문에 부연 설명 없어도 충분하지 싶었다. 게다가 노래를 마치고 나면 곧바로 기획사 사람들과 카페 사장이 만나는 자리에 참석해야 했다. 한석재를 따로 만날 시간이 없다는 얘기다. 상황을 정리하고 종합해 본 결과 쪽지로 사정을 알리고, 끝내는 게 최고의 방법 같았다.

하지만…… 노래를 하고 무대를 내려온 그녀는 기겁을 했다. 프런트에 맡겨놓은 반지를, 한석재가 찾아가지 않았다는 걸 알았기 때문이다. 혹시 쪽지가 전달되지 않은 건가 의심스러워 쪽지 전달을 부탁했던 종업원 한우에게 확인해 보았는데, 분명 쪽지는 전달이 되었다고 했다. 한석재라는 예약자 이름을 확인했고 윤초연을 만나러 왔다는 사실도 확인했으니, 확실했다. 그렇다면 그는 쪽지를 읽어보지 않은 건가? 아! 그럼 안 된다. 반지도 반지지만, 그녀의 정체는 어떻게든 오늘 내로 밝히고 싶었다.

결국, 그녀는 기획사 측 사람들과의 만남을 포기하고 한석재를 만나기로 했다. 그를 만나 진실을 밝히는 게 정말 죽기보다 싫지만 어쩌겠는가? 반지도 찾아가지 않았기에 한 번은 만나야 했다. 아쉽지만, 도연은 기획사 측 사람들과 사장에게 양해를 구하고 자리를 떴다. 그리고 프런트에 맡겨놓았던 반지를 들고 홀 안쪽으로 걸어 들어갔다.

"어, 어디 있지?"

없었다. 그 자리에, 그 테이블에 있어야 할 한석재가. 서빙을 마치고 주방으로 되돌아가던 한우가 도연을 발견하고 물었다.

"누구 찾아?"

"어, 저쪽 테이블에 앉아 있던 남자 손님……."

"아, 그 손님. 어? 아까까지 있었는데."

없었다. 그가 가버린 것이다. 쪽지를 본 건가, 그럼? 그런데 왜 반지는 안 가져간 거지? 왜? 반지는…… 반지는 가져가야지! 도연은 터지는 비명을 가까스로 집어삼키며 호주머니를 뒤졌다. 그에게 전화를 해, 다시 돌아오도록 할 속셈이었다. 하지만 휴대폰을 찾아 버튼을 누르려던 찰나였다. 바로 귀 뒤에서 묵직하고 굵은 목소리가 냉소적으로 울렸다.

"날 찾는 겁니까?"

한석재! 일순 도연의 온몸이 긴장했다. 뻣뻣하게 경직된 뒤통수를 꾸역꾸역 움직여 뒤를 돌아보았을 때, 그가 다시 입을 열었다.

"윤도연 씨."

비꼰 듯한 말투. 차가운 미소. 한석재는 냉기 서린 얼굴로 그녀를 바라보고 있었다.

"어, 한석재 씨……."

말이 안 나왔다. 말을 해야 하는데, 혀가 굳어버린 듯 말을 듣지 않았다. 그런 도연을 외면하며 그가 도연의 옆을 스쳐 지나갔다.

"일단 앉죠."

"아, 저, 전 그냥 반지만 전해주고……"

"잠깐 마주 앉아 이야기할 새도 없단 말입니까?"

기품 있고 여유로운 한석재 특유의 몸동작으로 테이블에 착석하며 그가 날카롭게 물었다.

"아니, 그게 아니고 전……"

"윤재규 사장님께선 이번 일에 대해 아무것도 모르고 계신다고 하셨던가요?"

"네, 네?"

헉. 여기서 아버지 얘기는 왜 꺼낸담?

"기본적으로, 난 윤재규 사장님께서도 아셔야 한다고 봅니다. 윤도연 씨가 지금 이대로 날 설득하지 않는다면, 윤 사장님도 아시도록 할 겁니다."

"저, 저…… 한석재 씨."

비겁하다. 이런 식으로 협박을 하다니!

"어떻게 할 겁니까? 자리에 앉겠습니까, 아니면……"

철푸덕. 석재의 말이 끝나기도 전에 도연은 그의 앞좌석에 엉덩이를 밀어 넣었다. 눈 하나 깜짝하지 않고 협박을 일삼는 비겁한 한석재라고 욕은 했지만, 실은 그의 입장이 어느 정도 이해됐기 때문이다. 결혼하려 마음먹었던 여자가 지금까지 자신의 정체를 숨기고 거짓된 연극을 하고 있었다는데, 어떤 남자가 순순히 알았다고 물러나겠나? 게다가 별다른 설명도 없이 쪽지로 달랑……. 아! 하지만 얼굴 마주 보고 말할 용기가 없었단 말이다. 그를 무시하거나 책임을 회피하고 싶은 마음은 추호도 없었다!

"좋습니다. 그럼 이제 날 설득해 보시죠."

두근두근, 미친 듯이 심장이 뛰기 시작했다. 갑자기 매서운 눈매와 냉정한 말투로 그녀를 닦아세우는 그가 무척이나 낯설었다.

"어, 일단은 정말 죄송…… 해요. 일부러 속이려고 그랬던 건 아니었어요. 맞선 자리에만 나가려고 했었거든요. 애, 애프터가 들어올 줄은 꿈에도 몰랐…… 어요."

"그날, 그때 했던 말은 그럼 뭡니까?"

"……."

"전부 거짓이었습니까?"

"……네."

그의 다그침에 도연은 거의 쥐어짜듯 억지로 대답을 내놓았다. 석재는 기가 차서 말이 안 나왔다. 이미 짐작은 했었지만, 실제 그녀의 입으로 들으니 더욱더 기가 막혔다. 처음 그녀에게서 쪽지를 받고 사실을 알았을 때, 이 일을 대범하게 처리하고 넘어가자는 생각이 순식간에 사라질 만큼. 밸이 꼬였다. 이대로 순순히 넘어가 주고 싶지 않았다.

"성격과 취향 차이가 나니 더 이상 만나지 말자는 말도, 그럼 그 때문이었겠군요."

"예……."

도연의 얼굴은 광대뼈 근처의 근육들이 죄다 일그러져 보기 흉할 정도였다. 어떻게든 웃어보려고 노력해도 나오지 않는 듯했다. 아마도 그게 정상일 것이다. 뻔뻔하게 나올 것을 예상했는데, 의외로 쩔쩔매며 말까지 더듬자 석재는 차츰 기분이 나아짐을 느꼈다. 어찌 됐든, 도연은 죄책감을 느끼고 있는 것 같았다.

"일단, 그 사정이라는 것부터 들어봅시다."

"예?"

"맞선 자리에 동생 대신 나와야 했던 피치 못할 사정 말입니다. 어쩔 수 없이 나왔다고 말하지 않았나요?"

"그, 그건……."

구려, 구려! 그 구린 걸 어떻게 말해! 도연은 쪽 팔려서 기절하기 직전이었다. 헉헉, 숨을 가쁘게 몰아쉬며 도연은 빙빙 말을 돌렸다.

"저, 그러니까요. 그게요……."

"말해보십시오."

"그건 좀 말하기가……."

"설득하기 싫습니까?"

"아, 아니요! 그건 아니고요! 아……!"

도연의 얼굴이 시뻘겋게 달아올랐다. 석재는 도연이 말하기 꺼려하는 뭔가가 있음을 감지했다. 도연에게 악의적인 동기가 있을지도 모른다는 두려움이 벌컥 들었다. 두려움……. 그렇다. 이런 기분, 이런 감정, 두려움이었다. 석재는 도연이 정말로 피치 못할 사정이 있어서 맞선 자리에 나왔기를 간절히 바라고 있었다. 그러지 않을까 봐 두려울 정도로.

"뭐죠?"

석재는 착 가라앉은 음성으로 물었다.

"말 안 하면 안 돼요?"

"뭡니까?"

단호한 석재의 물음에 도연은 절망적으로 고개를 푹 수그렸다. 쿵, 작은 소리를 내며 그녀의 이마가 탁자 위로 떨어졌다. 별로 아프지 않은지 그녀는 두 손으로 얼굴을 감싸고 웅얼거렸다.

"동생한테 돈을 못 갚아서요."

쪽 팔려, 쪽 팔려!! 평소 다른 사람들한텐 동생에게 빚지고 동생이 주는 용돈 받아 쓴다고 대수롭지 않게 말하고 다닌 도연이, 오늘은 쪽 팔려 죽을 것 같았다. 아우, 미쳐! 미쳐 죽는다고! 애초 초연에게 이백만 원을 빌린 것부터가 문제였다. 돈 이백만 원에 이렇게 쪽 팔리는 경험을 하게 될 줄 알았으면 당근 안 빌렸다.

'아아아—! 이제 어떻게 하나. 어떻게 얼굴 들고 한석재를 보

냐고! 난 못해. 난 못해애애애애—!'

도연은 괴로움에 신음을 흘렸다. 테이블에 머리를 처박고, 그것도 모자라 두 손으로 얼굴을 가린 그녀는 주변 사람들의 시선을 죄다 사로잡기 충분했다. 제발 이대로 사라져 버릴 수만 있다면 좋으련만. 진짜 무슨 일이든 할 수 있을 것 같았다. 이 곤경에서 벗어날 궁리를 혼자 미친 듯이 생각하고 있을 때였다. 드르륵, 의자 밀리는 소리가 들렸다. 도연의 앞에 앉아 있던 석재가 자리에서 일어난 것이었다. 핫! 도연은 여전히 고개를 파묻은 채로 두 눈을 번쩍 떴다. 한석재, 이대로 돌아가려는 걸까? 그렇다면 제일 좋겠지만……!

"일어나요."

푸르르— 잠시 잠깐 부풀었던 기대가 푹 꺼졌다. 뭐냐. 어딜 가자는 거야? 그냥 여기서 해결하면 안 되겠니?

"……."

"도연 씨 집으로 가요."

"안 돼요!"

헉! 도연은 벌떡 고개를 들고 빨딱 자리에서 일어났다. 긴 곱슬머리가 헝클어질 대로 헝클어져 도연의 얼굴을 뒤덮었다. 추한 꼴을 보인 게 창피했지만, 그런 걸 생각할 겨를이 없었다. 도연은 아무렇게나 머리카락을 쓸어 넘기고 그를 향해 소리쳤다.

"절대로 안 돼요! 아빠한테는 절대로 말하면 안 된다고요. 제발이요."

윤 사장이 알면 그 여파는 상당할 것이다. 우선 초연과 도연이 차례로 추궁과 문책을 당할 것이고, 그렇다면 현식에 대해서 알려지는 것도 시간문제였다. 원인의 맨 꼭대기에 현식이 있으니 당연한 일이다. 으~ 내가 이놈의 계집애 때문에! 초연이 현식과 어디까지 갔는지를 떠올리며 도연은 신음을 흘렸다. 어떻게든 자신의 선에서 해결을 봐야 한다는 생각이 더욱 강해졌다.

"이대로 여기 계속 앉아 있겠다는 겁니까?"

"예?"

도연은 멍청하게 반문했다. 석재는 그런 도연을 한심스럽게 바라보다 뚱한 시선을 힐끗 주변을 향해 흘렸다.

"사람들 이목 때문에 대화가 더 이상 불가능할 것 같으니, 나가자고요. 집까지 태워다 줄 테니."

"아, 아! ……아, 예! 그러죠!"

웬일이냐! 화를 안 내다니! 석재의 냉정하고 무서운 반응을 예상했던 도연은 깜짝 놀랐다. 만약 그가 사람들 앞에서 불처럼 화내며 자신을 몰아붙였으면 정말 죽고 싶었을 것이다. 도연은 혹시라도 그가 생각을 바꿀까 봐 재빨리 앞장섰다.

프런트에서 그가 계산을 하는 동안, 도연은 가방을 찾아 나오기 위해 직원 휴게실로 들어갔다. 하도 긴장을 해서 그런지 다리가 후들거리고 식은땀이 흘렀다. 절뚝거리면서 휴게실로 들어가는데 뒤통수로 그의 시선이 따갑게 느껴졌다. 그나마 휴게실 안으로 들어오니 그의 시선에서 벗어났다는 생각에 조금은 마음이 놓였다. 휴! 일시적인 안도의 한숨을 쉬며 천장을 올려다보는 도연, 조그맣게 혼잣말을 중얼거린다.

"긍정적으로 생각해, 윤도연. 적어도 더 이상의 거짓말은 안 해도 되잖아."

그렇다. 앞으로 한석재가 어떻게 나올지 알 수 없으니 긴장을 늦추어서는 안 되지만, 그래도 마음 한편은 가벼워졌지 않은가? 그걸로 일단은 위안을 삼으면 된다. 한석재야 뭐, 어떻게든 오늘만 잘 넘기면 되지 않겠는가 말이다. 지가 설마, 죽이기야 하겠어?

도연은 이를 악물며 가방을 챙겼다. 꽉 쥔 그녀의 손에는 여전히 그의 금반지가 쥐어져 있었다.

•제9장 사귈까? 말까?•

빨리, 그를 만나자마자 금반지를 돌려줘야겠다는 생각을 하며 휴게실을 나오는데 누군가 등 뒤로 살그머니 다가왔다.

"언니, 저 사람 누구야?"

힉! 깜짝이야. 미진이었다.

"뭐야? 놀랐잖아. 왜 갑자기 나타나?"

"그 사업가야? 동생 맞선 상대라는?"

미진은 도연의 질문에도 아랑곳 않고 물었다. 그녀의 시선을 따라가니 먼발치에 한석재가 서 있었다. 계산을 마치고 도연을 기다리고 있는 모양이었다. 도연은 미진을 째려보았다. 하여튼, 남자 보는 눈은 있어가지고. 쯧쯧!

"몰라."

퉁명하게 대꾸하는 도연을 향해 미진이 빙긋 웃으며 말했다.

"언니도 토라질 때가 있네."

"뭐야?"

"저 남자 대어야. 잘 잡아. 놓치면 나중에 후회하겠다, 언니."

"대어는 무슨. 난 낚시질에 취미 없어."

내 몫도 아니라고.

"이제부터 취미 붙여봐."

응원이라도 해주려는 듯 미진이 도연의 등을 토닥토닥 두들겨 주었다. 지금 도연이 어떤 상황에 처해 있는지 알고도 이런 소릴 할 수 있을까? 도연은 떨떠름한 얼굴로 미진을 노려보았다. 미진은 샤악, 샤방한 미소를 날려주며 눈썹을 씰룩거렸다.

"하지만 서둘러. 저런 남자는 여자들이 가만 놔두질 않는다고."

"내 거 아니거든?"

"니 거 내 거가 어디 있어? 가지는 사람이 임자지."

"그런 거 아니야. 너 왜 그러니?"

으! 눈을 잔뜩 찡그리며 도연은 그를 돌아보았다. 그는 여전히 그 자리에 못 박혀 서서 이쪽을 바라보고 있었다. 인상을 쓰고 그녀를 바라보는 표정이, 왜 이리 늦게 나오느냐는 듯 험악했다. 도연은 서둘러 걸음을 재촉했다. 미진이 부르든 말든.

그로부터 십여 분 후.

도연은 자신의 중고 자동차 키를 석재에게 건네주고 있었다. 무례할 정도로 뻔뻔하게 내미는 석재의 손바닥 위로 툭, 자동차 열쇠가 떨어졌다. 꼭 무슨 죄인처럼—죄인은 죄인이지만—그의 말에 거역을 할 수가 없으니, 참. 이거 큰일도 보통 큰일이 아니었다. 그나저나 언제까지 이래야 하는 거지? 아! 초연이 때문에 이게 무슨 망신살이냐. 이백만 원이 운다, 울어.

"안 탑니까?"

행동도 재빠르셔라. 도연이 멍하게 신세한탄하고 있는 사이, 석재는 벌써 중고차 안에 앉아 본격적인 대화를 나누기 위한 준비를 완벽하게 갖추고 있었다. 하지만 여전히 고압적이고 딱딱한 태도. 무서워진 그의 옆에 앉아야 한다는 사실에 절망하며 도연은 개미 목소리만큼 조그맣게 대답했다.

"타요."

탁! 조수석에 앉아 차 문을 닫은 도연은 안전벨트를 매는 석재를 힐끔 보다 푹, 한숨을 내쉬었다. 일단 반지 먼저 줘야겠다는 결심이 흔들리기 전, 빨리 일을 해치우자. 도연은 그의 얼굴을 보지 않으려고 고개를 창 쪽으로 살짝궁, 아주 살짝궁 돌리곤 쥐고 있던 반지를 내밀었다.

"뭡니까?"

"반지요……. 아까 전해주려고 했는데 타이밍을 놓쳤어요."

거의 기어들어 가는 목소리로 시무룩하게 말하는 도연. 석재는 그녀의 작은 손 안에 놓인 아버지의 금반지를 빤히 내려다보앉다. 어머니가 프러포즈할 때 아버지의 손에 끼워준 그에겐 아주 소중한 반지. 열 살 때, 아버지가 돌아가신 이래 쭉 그가 간직하고 있었던 이 반지가 지금처럼 낯설게 느껴신 적이 없었던 듯했다. 석재는 착잡한 마음으로 도연의 손 위를 쓸어 반지를 회수했다. 긴장한 걸까? 뜨뜻하면서도 축축한 도연의 손바닥이 느껴졌다.

"정말 미안해요."

도연이 거의 들리지도 않을 만큼 조그만 목소리로 말했다. 반지를 원래의 자리에 다시 끼워 넣고 있던 석재는 눈살을 확 찌푸렸다. 짜증이 훅 솟구쳤다. 자꾸만 미안하다며 굽실거리는 도연의 태도가 짜증스러웠다. 아무리 잘못했대도 나 죽었소, 하는 저 태도는 좀 과한 거였다. 저 여잔 누구에게든 다 저렇게 저자세인가? 생각하니 괜스레 불쾌해졌다. 저 여자가 다른 사람들 앞에서 저자세이든 말든 무슨 상관이관데. 불쾌감에 또 짜증이 났다.

"미안하다는 말, 이제 그만 해도 됩니다."

짜증난 김에 툭, 냉정하게 내뱉어줬다.

"너무 미안해서요…… 고의는 절대 아니었어요."

머뭇머뭇. 그의 가시 돋친 말투가 두려운 듯 도연은 그의 시선을 외면하며 모기 소리만큼 작은 목소리로 중얼거리기 시작했다.

"동생한테는 여러 해 사귄 애인이 있거든요. 사정이 있어서 부모님한테는 아직 소개시켜 드리지 못했어요. 동생은 그 애인을 두고 맞선 자리에 나가는 게 싫어 저더러 대신 나가달라고 부탁했어요. 저도 사실 별로 내키진 않았는데, 동생한테 갚을 빚도 있고 해서…… 어쩔 수 없이 대신 나가게 된 거예요. 그땐 정말 애프터가 들어올 줄 몰랐어요. 당연히 전 한석재 씨가 거절할 거라고 생각했거든요. 애도 안 낳고 부모님도 안 모신다고 하고 그랬기 때문에요. 보통 남자들은 그런 말 하면……."

"한 가지만 물어봅시다."

"예?"

이미 대충 계산된 내용, 그녀의 입을 통해 다시 들을 필요는 없었다. 석재가 가장 듣고 싶은 대답은 단 하나였다.

"윤초연, 사랑해. 누굽니까?"

"윤초연…… 네?"

얼이 빠진 얼굴로 도연이 맹하게 물었다.

"어젯밤에 술 취해서 고래고래 소리 지르던 남자 말입니다. 그 남자가 동생 분 애인입니까?"

"아, 그 사람이오?"

도연이 기쁜 듯 배시시 웃었다.

"맞아요. 그 사람이 현식 씨예요. 초연이 남자 친구."

석재는 도연을 빤히 바라보며 한숨지었다. 그가 생각했던 윤초연과 이 여자, 윤도연과의 괴리감이 엄청나다는 걸 깨달았기 때문이다. 막연히 현실적이고 실리주의적이면서도 묘하게 맹한

구석이 있다고만 생각해 왔던 윤초연이 이렇게 순진해서 남에게 쉽게 이용당할 것 같은 여자였다니. 맥이 탁 풀렸다. 아까까지 끓어올랐던 분노가 푸시시 사그라지는 기분이었다.

'이 여자를 어떻게 한다?'

처음엔 그냥 웃어넘기려 했다. 기분이 썩 좋지 않았지만 그다지 화낼 일도 아니라고 여겼었다. 단지 황당하고 어이가 없었을 뿐. 하지만 쪽지에 관한 건 기분이 나빴다. 자신을 무시한 처사라 여겼고 일말의 죄책감도 없는 윤도연에게 화가 났다. 하지만 실제로 만나본 윤도연은 무척이나 죄스러워하고 있었다. 고민하고 걱정하고 미안해하고, 죽으라면 죽는 시늉까지 할 태세다. 이런 여자에게 계속 화를 낸다는 건 무의미한 일이었다.

싸늘하고 회의적인 시선으로 석재는 도연을 찔러보았다. 도연은 여전히 석재의 비위를 맞추려 살랑살랑 눈웃음을 치고 있었다. 웃고 있는 도연을 볼 때마다 새록새록 오기가 샘솟았다. 그녀는 아마도, 이 일을 웃음으로 때워 버리고 말 작정이겠지. 하나, 석재는 점점 생각을 굳히고 있었다. 이 여자를 쉽게 자유로이 놓아주지 않을 거라고. 마음 상한 자신만큼 윤도연 역시 괴로워해야 한다고. 지금보다 더.

"애인 있어요?"

"예? 아…… 그 '초연아, 사랑해'가 초연이 애인이에요."

살랑살랑 봄바람처럼 따뜻하고 애교 섞인 웃음으로 그녀가 말했다.

"당신 동생 말고 당신."

"예? 저요? 저, 뭐요?"

"애인 있냐고요. 사귀는 사람 있어요?"

"아, 아니요……. 없으니까, 맞선 자리에 나갔죠."

떨떠름한 얼굴로 머뭇거리며 도연이 대답했다. 석재는 무뚝뚝한 표정으로 정면을 주시하며 기어를 넣고 차를 출발시켰다. 스르르, 자동차가 움직이기 시작했다. 영문도 모르고 눈만 동그랗게 뜬 채 석재의 옆모습을 뚫어져라 바라보던 도연이 초조한지 아랫입술을 할짝거렸다.

"그럼 됐습니다."

"뭐가 되는데요? 애, 애인 있냐는 건 왜 물어봤어요?"

"어차피 당신과 나, 맞선 본 사이인 건 맞잖습니까. 당신이 윤초연이든 윤도연이든 달라지는 건 없다고 생각해요. 맞선은 맞선이고 우린 서로 사귀기로 합의를 본 상태니까요."

"그건 제가 윤초연이었을 때잖아요……."

"홋. 정말 윤초연이었을 때가 있긴 있었습니까? 윤도연 씨, 연기력 형편없었어요."

"예? 무슨……?"

석재가 무얼 계획하는지 전혀 눈치 채지 못한 채, 도연은 눈살을 찌푸렸다.

"이참에 정식으로 교제하자는 말입니다. 이젠 날 거부할 이유도 없을 것 아닙니까?"

"예?!"

이 사람이 제정신으로 하는 말일까? 도연은 기겁했다.

"도연 씨한테 이상한 점이 있다는 거, 사실은 대강 눈치 채고 있었습니다."

"서, 설마요."

더욱 더 놀라며 도연은 말을 더듬었다. 딱히 틀린 말은 아니라고, 자신의 거짓말에 억지 당위성을 부여하며 석재는 쓸쓸한 미소를 지었다.

"두 번째 만날 때였나? 첫날 보여주었던 이미지와는 다르다고 느꼈죠. 물론 이런 뒷거래가 있었을 줄은 꿈에도 생각 못했고, 그냥 막연히 이상하다고만 느꼈어요."

"아, 예. 그건 정말 입이 열 개라도 할 말이 없어요. 정말 죄송합니다. 진짜로 고의는 아니……."

"고의는 아니었다고 말하지 말아요. 고의든 아니든 속인 건 속인 거니까."

찔리는 구석이 있어 도연은 두 눈을 찔끔 감았다 떴다. 선생님에게 야단맞는 학생처럼 그녀는 완전 주눅이 든 상태였다. 아! 이런 수모를 겪게 될 줄 누가 알았겠는가. 맞선 보기 전에 미리 알았더라면 진 빚이 이백만 원이 아니라 이천만 원이라도 절대 하겠노라 나서지 않았을 것이다. 사채 빚이라도 내서 갚아버리고 말았을 테지.

이제 어떻게 하지? 한석재가 용서해 줄 때까지 빌고 또 빌어?

그럼 용서는 해줄까? 어쩐지 절대 쉽게 사과를 받아줄 것 같지도 않다. 도연은 스멀스멀 피어오르는 불길한 징조를 애써 부정하며 휙휙, 고개를 내저었다. 그런 머리 위로 그의 건조하고 메마른 목소리가 후둑 떨어졌다.

"속인 건 용서해 주죠."

"예?"

귀가 번쩍 뜨였다.

"대신 내 제의 받아들여요. 교제합시다."

"예? 말도 안 돼요. 어떻게 우리가……?!"

"생각해 보지도 않겠다는 겁니까?"

불쾌한 듯 석재는 냉랭한 어조로 물었다.

"아니요. 그런 게 아니라 너무 터무니없는 말이라서. 용서해 주신다는 건 정말 고마운데요, 그렇다고 진짜로 교제를 한다는 건 좀…….

말문이 막히는지 도연은 잠시 할 말을 찾아 고개를 두리번거리며 입술을 핥았다. 그리곤 딱히 떠오르는 말이 없는 듯 어깨를 으쓱하며 그를 향해 고개를 쫑긋 들이밀었다.

"안 어울리잖아요!"

"……?"

"누가 봐도 안 어울리잖아요. 우리 두 사람."

"왜요?"

왜 기분이 나빠지지? 뭐가 안 어울린다는 거야? 괜스레 기분이 상해 석재는 이맛살을 잔뜩 찌푸리고 도연을 내려다보았다. 도연은 고개를 그의 쪽으로 들이대고 입술을 할짝거리고 있었다. 그녀의 부드럽고 달콤한 숨이 그의 피부를 간질였다. 순식간에 온몸이 후끈 달아오를 정도로 달콤한 숨이었다.

'미쳤군.'

적절하지 않다. 지금은 남자로서의 본능이 꿈틀거릴 시점이 아니다. 오히려 차가운 이성으로 중무장해야 할 때다. 석재의 표정이 더욱 험악해졌다.

"왜냐니요? 한석재 씨와 저는 서로 속한 세계가 달라요. 이런 말하기 창피하지만, 저 반백수예요. 명문대는 근처에도 못 갔고요."

"그게 뭐요?"

"뭐긴 뭐예요. 한석재 씨, 일하는 여자 좋아하잖아요. 유능한 여자 좋아한다면서요. 저, 백수라니까요?!"

말귀를 못 알아먹는 석재가 답답해 도연은 저도 모르게 고함을 질렀다. 순간 싸한 기운이 차 안을 얼렸다. 뭔지 모르지만 석재의 기분이 급격히 나빠지고 있다는 걸 도연은 피부로 느낄 수 있었다. 당황한 도연은 상황을 수습해 보기 위해 입을 열었다. 그러나 막 입을 연 도연은 곧장 얼어붙고 말았다. 그가 자신의 긴 팔을 그녀가 앉은 조수석 등받이에 턱 올리더니 슥, 상체를 앞으로 숙여왔기 때문이다. 순식간에 두 사람은 1㎝의 좁은 공간을 사이에 두고 마주 보게 되었다. 일명, 키스를 부르는 자세.

기겁한 도연을 내려다보며 그가 말했다.

"신선하지 못한 거, 알고 있죠?"

"뭐, 뭐가요?"

기적이다. 도연은 자신이 그의 질문에 대답하고 있다는 사실에 스스로도 놀라고 있었다.

"속한 세계가 다르다느니, 백수라서 안 된다느니. 그런 식상한 이유들은 별로 설득력이 없단 말입니다. 지난번, '성격 차이'보다 더."

"그, 그래도……."

그래도 이건 엄청 중요한 문제다. 남녀 사이에 이 문제보다 더 중요한 게 있을까?

"듣기론 카페에서 노래를 한다던데."

"그, 그건……."

석재의 눈빛이 은밀하게 빛이 났다. 슬쩍 입술 끝이 움직이더니 긴가민가하는 미소가 희미하게 떠올랐다 사라졌다.

"그럼 백수는 아니네. 노래하는 것도 일인데."

"일주일에 네 시간짜리 알바예요. 직업이라고 하기엔 너무 초라하다고요. 한석재 씨에 비하면."

"나와 비교해서 초라하지 않은 사람은 우리나라에서 몇 안 됩니다. 원래부터."

"제 말은 그게 아니라……."

"아까 말 들어보니, 기획사 쪽에서 윤도연 씨의 노래에 관심을 가지고 있다고 하던데요. 그럼 굉장한 거 아닌가? 잘하면 음반도 나오고 방송도 타는 거잖습니까. 그 정도면 유능한 거죠."

"그거야 어떻게 될지 모르는 거고요. 아까 실수도 했고…… 아무튼 내세울 만한 건 아니에요."

달금한 내음. 석재는 도연이 입을 열 때마다 풍겨져 오는 상큼하면서도 아릿한 내음에 열기가 솟구쳤다. 단순한 비누 향 같은데 왜 이렇게 자극적인지. 너무 가깝게 다가앉아 있기 때문인걸까? 석재는 울컥울컥 솟아오르기를 갈망하는 욕구를 짓누르며, 느리고 낮은 음성으로 중얼거렸다.

"결혼이 아닙니다. 교제해 보자는 거지. 혹시 착각하는 거 아닙니까?"

도연의 양쪽 눈썹이 휙 치켜 올라갔다.

"너무 진지하게 생각하지 말아요. 어차피 교제일 뿐이니까. 만나다가 서로가 맞지 않다고 여기면 그때 가서 멈추면 됩니다."

꿀꺽. 마른침을 삼키니 도연의 목울대가 움직였다. 고개를 쳐들고 있어서 그 움직임이 선명하게 드러났다. 당황한 흔적이 역력한 그녀의 얼굴 위로 잠시 고뇌하는 기색이 스쳐 지나갔다. 그녀가 뭐라 말할지 석재는 심히 궁금했다. 빤히, 그는 도연의 살짝 벌어진 입술을 내려다보았다.

"이해가 안 돼요. 왜 나한테 이러는지. 한석재 씨라면 더 나은 조건의 여자를 만날 수 있잖아요."

빨갛고 도톰한 도연의 입술이 조심스럽게 움직였다. 색정적이고 야릇한 느낌을 주는 움직임이었다. 그 바람에 그의 신체 부위 중 가장 거칠고 버릇없는 놈이 꿈틀, 움직였다. 좋지 않은 조짐. 여기서 멈춰야 했다. 그렇지 않으면 꼴사나운 상황이 벌어지게 될지도 몰랐다.

석재는 침착하게 빙긋 웃었다. 그리고 수많은 인수협상 테이블 앞에서 갈고 닦은, 탁월한 수준의 언변술로 도연을 설득하기 시작했다.

"나에게 필요한 건, 더 나은 조건이 아니라 바로 윤도연 씨 같은 사람이에요."

"나…… 같은 사람이라고요?"

믿을 수 없는 듯 멍하게 그녀가 속삭였다. 그의 턱 바로 밑에서. 꿈틀꿈틀, 그놈이 더욱 심하게 요동을 쳤다. 머릿속으로 빨간 경보기가 울렸다. 석재는 고려호텔을 떠올렸다. 죽는 날까지 구차하게 되어버린 강만원 회장과 고려호텔이 오랜만에 꿈틀거리는 자신의 남성적 본능을 잠재워 주길 기원했다.

"나도 행복하고 싶어요. 노래할 때의 당신처럼."

도연은 몽롱한 시선으로 그를 빤히 올려다보았다. 잘생긴 이목구비가 쏟아질 듯 그녀를 향해 내려다보고 있었고, 그중 가장 섹시한 입술은 달콤하게 속삭이고 있다. 자기에게 필요한 건 윤도연이라고. 완전히 홀려 버린 기분. 시선을 뗄 수가 없었다. 그의 눈에 사로잡혀 도연은 꼼짝할 수가 없었다.

"도연 씨 말대로 돈 없고, 능력없고, 장래성도 희박한 당신이 나보다 더 행복해 보이더군요. 그 기분, 나도 느껴보고 싶어요. 윤도연 씨라면, 행복해지는 방법을 내게 가르쳐 줄 수 있을 것 같은데요."

내 곁에 있어, 내겐 너뿐이야, 너만을 원해. 그녀의 가슴을 파고드는 석재의 말과 눈빛은 그 어떤 직설적인 표현보다도 더 커다란 반향을 일으켰다. 아까부터 삐딱하게 구는 그의 모습과는 사뭇 대조적인 느낌 때문일까? 그는 진지했다. 거짓말일 리 없다고 느낄 정도로. 그리고 거짓없는 깨끗한 그의 눈동자에서 도연은 갈망을 보았다. 간절함이었다. 입으로 말한 건 아니지만, 그는 눈빛으로 그녀에게 전했다. 제발, 이라고.

"조, 좋아요."

이렇게 말해도 되나? 툭, 본능이 시키는 대로 대답해 놓고 도연은 깜짝 놀랐다. 생각해 보겠다고 말해야 하는데, 자신이 한 말은 확답이었기 때문이다.

"저 그, 그게 아니라…… 있잖아요. 제 말은……."

"디 엔드."

그의 기다란 검지가 도연의 입술로 날아 들어왔다. 읍, 당황한 신음을 내뱉은 도연은 두 눈을 휘둥그레 뜨고 깜빡거렸다.

"이제 합의 본 겁니다. 그러니 더 이상 교제에 대해서는 왈가왈부하지 맙시다. 알겠습니까?"

하지만……! 안 된다고 말하려고 입을 여는 찰나, 열린 입술이 그의 손가락에 짓눌렸다. 덕분에 도연의 침이 그의 손가락에 묻고…… 화들짝 놀라 도연은 얼른 상체를 뒤로 젖혔다. 순식간에 얼굴이 시뻘게졌다. 남세스러워서야 원! 숨마저 가빠져와 도연은 콩닥콩닥 뛰는 가슴을 손으로 누르며 힐끗 석재의 반응을 살폈다.

'화났을까?'

굳은 얼굴의 석재는 도연에게 기울였던 몸을 반듯하게 하고는, 척 두 팔을 운전대에 올렸다. 매다 만 안전벨트를 힘차게 매고 아무 일도 없었다는 듯 천천히 자동차를 출발시켰다. 덜덜덜, 상황에 어울리지 않게 우스꽝스러운 소리를 내며 차가 움직였다. 차가 제 속도를 내며 씽 달리기 직전 그의 중얼거림이 들렸다.

"죽겠군."

차가 달리고, 한 삼십 분쯤 지났을까? 침묵이 감도는 차 안은 달리는 내내 이상한 기류가 흘렀다. 도연은 그가 기분이 나빠 그런 거라고 넘겨짚었고, 석재는 한순간 몸이 반응했던 아까의 일이 자꾸만 마음에 걸려 찜찜해하고 있었다. 어쨌든 서로 삼십 분씩이나 말을 하지 않고 있던 터라 도연은 좌불안석, 불편해 죽을 맛이었다. 어떻게든 이 어색한 분위기도 풀어야 교제에 대한 이야기도 마무리 지을 수 있을 텐데…….

그는 더 이상 그 문제에 대해 언급하지 말자고 했지만 도연은 생각이 달랐다. 뜻하지 않는 말을 들어 얼떨떨했고, 그래서 자세한 걸 따져 물을 수가 없었을 뿐, 기본적인 생각은 변함이 없었기 때문이다. 도대체가, 대한민국 경제계를 수름잡는 한석재와 그녀가 어울리기나 하냔 말이다. 괜히 사귄다고 마음 설레다가 나중에 헤어지게 되면, 당연히 상처받는 쪽은 그녀가 될 것이다. 석재 말대로 뻔하지만, 도연의 말처럼 정말 중요한 문제가, 바로 이 계층 간의 차이다. 그것이 바로 도연이 석재의 제안을 선뜻 받아들이지 못하는 가장 큰 이유였다.

푹― 한숨을 내쉬며 도연은 그의 눈치를 살폈다. 운전 중인 그는 특유의 무표정이라 무슨 생각을 하는지 알아내기가 힘들었다. 어떻게 말을 꺼낸다지? 한참을 고민하고 있을 때다. 앞만 보고 운전에 몰두해 있던 석재가 먼저 입을 열었다.

"내 얼굴에 뭐 묻었어요?"

갑작스레 그가 건네온 말. 도연은 흠칫 놀라 그를 돌아보았다. 그는 여전히 앞쪽을 응시한 채였다. 옆에도 눈이 달렸나? 억지웃음을 눈가에 매달고 도연은 버벅거렸다.

"그, 그냥요. 불편하, 할 것 같아서…… 요."

"뭐가요?"

거침없이 그가 묻는다.

"차요. 좁잖아요, 많이."

"괜찮아요. 참을 만합니다."

얼마 전 자신이 했던 말이 떠올라 석재는 피식 웃었다. 웬만

하면 새 차 한 대 뽑지 그러냐고 했었다. 딴에는 농담한답시고 가볍게 건넨 말. 최고 연봉을 받는 유명 디자이너께서 폐차 직전의 차를 몰고 다니는 걸 빗대어 한 말이었는데 지금 돌이켜 보니, 도연이 꽤 무안했을 것 같다. 일주일에 겨우 몇 시간짜리 아르바이트 가수. 당연히 새 차를 뽑는다는 건 꿈도 못 꿀 것이다. 기름 값 대기도 벅차지 않을까?

문득 궁금해졌다. 진짜로.

돈이 없으면서도 저렇게 생글거릴 수 있는 그녀의 인생이 말이다.

"카페에서 노래한 지는 얼마나 된 겁니까?"

대수롭지 않은 말투로, 할 말이 없어서 아무 말이나 막 하는 듯한 분위기로, 무관심을 가장하여 그는 물었다. 고개를 슬쩍 사이드미러 쪽으로 기울이는 트릭까지 프로페셔널하게 써주었으니 절대 그녀는 그가 겪는 조그만 혼란을 눈치 채지 못할 것이다.

"일 년 조금 더 됐어요. 아는 애가 그 카페에서 노래를 하고 있었거든요. 반주자가 필요하다고 해서 처음 무대에 서게 됐는데 어쩌다가 노래까지 하게 됐죠."

"노래, 잘하던데요?"

"아! ……고마워요."

머뭇머뭇, 그러나 정말 행복한 듯 도연이 수줍은 미소를 지었다. 지금껏 한 번도 본 적이 없는 밝은 미소였다. 얼굴에 광이 날 정도다. 예상 못한 반응에 석재는 약간 당황했다.

"결과가 어떻게 됐는지 궁금하지 않아요? 아까 그 기획사."

"아……. 조만간 알게 되겠죠. 될 거라고는 생각 안 해요. 아직 많이 부족하니까요."

살짝 웃는 그녀의 얼굴엔, 그러나 자부심이 떠올라 있었다.

"어느 기획사인지 물어봐도 돼요?"

윤수가 근무하는 기획사 이름이 뭐더라? BMS? BNC? BMC?

"마이스타라고, 크게 알려진 데는 아니에요."

수줍고 소심하게 도연이 말했다. 윤수네는 아니군. 마이스타……. 처음 들어본 곳이었다. 그녀의 말대로 대형 기획사는 아닌 듯. 하긴, 윤수네는 십대 초반의 아이들을 어릴 때부터 연습생으로 키워내는 걸 선호하는 편이었다. 윤수네 기획사 기준으로 봤을 때, 도연은 너무 나이가 많았다.

"음반 내는 거 쉽지 않나? 내가 알기론, 돈만 있으면 쉽게 내는 걸로 아는데. 윤 사장님이 안 도와주나요?"

"제 힘으로 해야죠. 내 돈 들여서 낸 음반, 아무 의미 없잖아요. 그것보다는 내 재능을 인정받아서 투자받는 쪽이 훨씬 더 값지다고 생각해요."

도연이 어깨를 으쓱하며 당연하다는 듯 말한다. 핏, 석재는 웃었다. 하도 생각이 갸륵해서. 요새 저런 생각으로 연예인 되려는 애들이 몇이나 있을까 싶으니 윤도연이 정상적으로 뵈지도 않았다. 비현실적인 여자였다. 핑크색 미래를 꿈꾸며, 세상을 곧이곧대로 살아가는. 세상은 그렇게 만만치 않다는 걸 모르는 걸까? 윤 사장이 큰딸을 너무 온실 속의 화초로 키운 것 같다.

"바람직한 생각이네요. 그래도 혹시 기획사가 필요하면 말해요. 내가 아는 애 중에 기획사에서 일하는 녀석이 있어요. 꽤 유명한 곳인데, 도연 씨 목소리 들으면 곧바로 계약하자고 달려들 거예요."

"그쪽에도 아는 사람이 있으세요? 사업을 아주 방대하게 하시네요."

"그냥 학교 후배예요. 사업과는 전혀 무관한."

"아…… 죄, 죄송합니다."

뭘 실수했다고 느꼈는지, 도연의 얼굴은 순식간에 굳어졌다. 노래에 관련된 이야기로 잠시 부드러웠던 분위기가 단박에 바뀌었다. 도연의 몸이 당황한 채 뻣뻣하게 긴장되는 게 옆에 앉은 그에게 고스란히 전달되었다. 석재는 찡그린 얼굴로 힐끗 그녀를 돌아보았다.

"뭐가 죄송해요?"

"쓸데없이 아는 체를 한 것 같아서요. 기분 나쁘셨죠?"

"나빠해야 하는 겁니까?"

얼굴이 더 찡그려졌다. 도대체 윤도연의 생각은 따라잡을 수가 없다는 생각이 들었다. 겉보기엔 호락호락, 조정하기 쉬울 것 같은 여자데 은근히 어렵다. 정말 윤수의 말대로 수를 쓰는 게 아닌지 의심스러워질 정도로 쉽지 않은 여자다.

저 조그만 머릿속에 무슨 생각이 들어 있는 건지. 대리맞선을 보러 나온 것부터가 범상치 않은 행동이긴 했지만, 그의 교제 제안을 거부한 건 더 희한하다. 그녀 덕분에 '도대체 왜? 내가 어디가 어때서? 와 같은 의문점이 머릿속을 떠나지 않았다. 뭐, 결국은 그녀의 승낙을 얻어내긴 했지만 우격다짐, 억지 승낙에 불과했기 때문에 기분도 썩 좋지 않았다. 이러다가 되레 윤도연에게 당하는 건 아닌지 모르겠다.

도연의 마음을 완전히 사로잡은 후, 모든 게 거짓된 행동이었다고 밝히려 했던 계획. 처음엔 완벽하다고 느껴질 만큼 흥미로웠으나 지금은 아니었다. 왜냐고? 그야, 그가 지금 하고 있는 모든 말과 행동들이 모두 거짓되어야 함에도 불구하고 그렇지 않다는 걸 깨달았기 때문이다.

"윤도연 씨라면, 내게 행복할 수 있는 방법을 가르쳐 줄 수 있을 것 같아요."

그녀를 유혹하기 위해 즉석해서 지어냈다고 여겼던 말. 그러나 점점 그게 맞을지도 모른다는 생각이 들었다. 쥐꼬리만큼의 돈을 대가로, 실력만큼 인정받지도 못하면서. 그렇게 노래하는 인생이 뭐가 그리 좋을까만, 그녀는 아무런 불만이 없어 보였다. 엄청난 부를 쌓고 많은 이들로부터 칭송받는 자신보다도 더 행복해 보일 정도로. 그 행복한, 빛이 나는 미소 앞에서 그는 자신이 초라하게 느껴졌다.

게다가 아까는 그의 몸이 반응했다. 그녀의 망설이는 듯 입술과 꾸밈없이 순수한 눈망울 앞에서, 속수무책으로 꿈틀거리고 일어서려 했다. 그녀의 타액이 손가락을 적실 때는 거의 터지기 직전까지 갔었다. 몸을 움직여 그녀에게서 떨어지지 않았다면 그는 그녀가 보는 앞에서……. 생각만 해도 끔찍했다. 자신의 몸을 제어할 수 없는 순간이 오리라고는 전혀 예측하지 못했었다. 그는 심지어 십대였을 때조차 컨트롤할 수 있었다.

상황이 이러니, 위기감을 느끼지 않을 수 없었다. 윤도연을 유혹하다가 자신이 먼저 유혹당할 수도 있다는 생각이 강렬하게 그를 위협했다.

"한석재 씨 하면 왠지 사업적인 것만 떠올라서요. 선입견이 있었나 봐요. 학교 후배라고 말하실 때, 좀 당황했어요. 누구든 사생활이 있는 건 아주 당연한 건데. 한석재 씨도 부모님이 있을 거고, 선후배가 있을 거고, 애인도 있을 거고……."

"여자는 없었어요. 다시 말하지만."

겨우 그딴 것에 죄송하다고 고개를 조아린 건가? 바보같이.

"말이 그렇다는 거죠, 뭐. ……아무튼 누군가를 그런 식으로 여겼다는 게, 실례를 한 것 같아서……."

"항상 이런 식입니까?"

거칠게 핸들을 꺾으며 석재는 말했다. 짜증스러운 감정을 들키고 싶지 않아 고개를 옆으로 돌리고 있었다.

"네?"

"항상 이렇냐고요. 모든 일에 죄의식 갖고 다른 사람 감정 신경 쓰고."

그럴 리가 있겠습니까? 한석재 씨한테는 지은 죄가 있으니 이렇게 눈치꾸러기 흉내를 내는 거죠. 속으로 구시렁거리며 도연은 콧잔등에 주름이 잡았다. 그의 질문은 생각없는 무뇌아냐는 말이나 매한가지였다. 물론 집에서야 눈총을 받고 있다. 멀쩡한 직업 때려치우고 돈도 안 되는 카페 알바나 하고 있으니 당근 기가 죽을 수밖에 없다. 하지만 밖에서는…… 미쳤나? 아무 죄도 없이 죄의식을 갖게?

도연은 큰 숨을 들이마시곤 아랫입술을 슥 혀로 핥았다.

"그건 아니고, 아무래도 석재 씨한테는 제가 미안할 수밖에 없어서 신경이 쓰여요. 더 이상 실수하면 안 되잖아요."

"거짓말도 실수입니까?"

윽! 말속에 뼈가 들어 있다. 칼침을 맞은 듯 가슴이 뜨끔해 도연은 숨 쉬기도 힘이 들었다. 아, 이 죽일 놈의 죄의식!

"그 일은 정말로 미, 미안하게 생각해요. 고의적으로 그런 게 아, 아니니까 제발……."

"이제 그만 하죠. 어차피 사귀기로 했는데."

"아니, 아니요. 전 아직도 그 문제에 대해서는 좀 생각해 봐야 한다고……."

드르륵, 바퀴 긁히는 소리와 함께 자동차가 아파트 입구로 들어섰다. 어느새 차가 그녀의 집에 도달한 것이다. 그것은 이제 그와 어떤 식으로든 결판을 내야 한다는 뜻. 어떻게 해야 할지 재빨리 머리를 굴리고 있을 때, 그가 거칠게 브레이크를 밟았다. 허름한 자동차가 새된 비명을 질렀다.

끼이—익!

도연의 몸이 운전석 쪽으로 살짝 쏠리고, 그 틈에 그의 눈동자와 눈이 마주쳤다. 무안한 마음에 도연은 그만 헤실헤실 웃어버리고 말았다. 광년이처럼.

그때다. 그가 폭탄 같은 선언을 무차별 쏟아냈다.

"한 번만 더 싫다고 하면, 고의적으로 거짓말한 걸로 단정 짓겠습니다."

"예?!"

눈을 똥그랗게 뜨고 도연은 되물었다. 안 돼!

"고의적으로 날 물 먹이려고 한 게 아니면, 나랑 사귀어요. 그럼 되겠네."

그가 안전벨트를 풀고 도연을 돌아봤다. 그의 얼굴에 빈정대는 기운이 떠올라 있었다. 그가 사귀자는 말을 진정으로 원해서 한 게 아님을 순간, 도연은 알아챘다.

그는 화가 나 있는 것이다. 아니, 상처를 받은 것이다. 상처받은 게 아파서, 분해서, 그 아픈 마음이, 분한 마음이 배배 꼬인 행동으로 드러난 것이다. 순간 도연은 죄책감이 들었다. 고의는 아니더라도 자신의 행동으로 인해 상대가 이렇게 심한 모멸감과 상처를 받았다면 책임을 쉽게 면할 수는 없는 것이다. 그렇다고 이 남자와 사귈 수도 없다. 어차피 끝이 어떨지 뻔히 아는데, 그럼에도 그를 만난다면 그건 스스로 불행을 자초하는 일이다. 어떻게 해야 하지? 망설이고 있을 때, 그가 대뜸 몸을 가까이 붙여왔다.

"한사코 안 된다고 하는 이유가 뭡니까? 내가 마음에 안 듭니까?"

"아, 아니요……."

아까보다도 더 위험한 자세였다. 너무 가까웠다. 입술과 입술 사이에 틈이라고는 거의 없었다. 어느 한쪽이 잘못 움직이면 딱 맞닿을, 그런 거리였다. 긴장한 도연은 숨을 쉬기도 어려웠다. 가슴을 들썩이다가 잘못해 그의 입술에 입박치기라도 하게 되는 날에는……!

으흐음…… 신음이 목구멍을 타고 올라왔다.

"동생 때문입니까? 동생의 맞선 상대라서?"

"아니요……."

초연에겐 오매불망 현식이 있다. 초연의 눈치를 볼 일은 전혀 없었다.

"그럼 부모님이 문제입니까? 화내실까 봐?"

"그건, 어……."

그건 조금 걱정이 되긴 된다. 두 딸이 작당을 해 방자한 일을 서슴없이 거행했다는 걸 알면 초연이나 도연이나 가만두지 않을 것이다.

"좋습니다. 그럼 제가 그 문제를 해결하죠."

"예?"

"윤 사장님 지금 집에 계시죠?"

"아, 아빠 왜요?"

불길한 마음을 뒤로하고 도연은 조심스레 물었다. 그는 악마의 것처럼 달콤한 미소를 희미하게 짓더니 단숨에 차에서 내렸다. 어찌나 재빠른지 어떻게 손쓸 새도 없었다. 깜짝 놀란 도연은 서둘러 자동차 문을 열었다. 시멘트 바닥에 두 발을 내딛으며 도연이 소리쳤다.

"아빠는 왜 찾는데요? 한석재 씨!"

"만나뵈려고요."

휘청. 무릎이 꺾였다. 오, 이런! 안 돼! 그것만은 제발!

"석재 씨가 우리 아빨 왜요?"

후덜덜덜. 도연의 목소리가 떨렸다. 그의 자세는 아주 자연스럽고 느긋했다.

"부모님의 반응이 문제라면서요. 도연 씨 대신 내가 말씀드리겠습니다."

허거거거!!!!

"그게 무슨! 아, 아, 아……."

턱 관절이 잘못된 건가? 아니면, 혀가 굳어버린 건가? 입은 점점 더 크게 벌어지는데 말이 안 나왔다.

"처음 맞선을 본 사람이 도연 씨고, 우여곡절 끝에 도연 씨가 윤초연이 아닌 도연 씨라는 걸 내가 알게 되었고, 지금부터 우리 둘은 사귈 거다. 이렇게 말하면 되는 거 아닙니까?"

안 되죠! 지금 당장은 절대 안 될 일이에요! 누구 죽일 일 있나?

"윤 사장님도 크게 반대하실 것 같진 않은데요. 처음엔 조금 황당해하시겠지만."

조금이겠는가? 절대 아니다.

윤 사장과 곽 여사가 원하는 건 초연의 짝. 집안의 자랑, 그들이 자신들이 만들어낸 최고의 작품이라 믿어 의심치 않는 초연의 남편감으로 석재는 적격의 조건을 갖추고 있는 사람이었다. 그런데 그런 한석재가 첫째 딸과 교제하겠다고 하면 얼마나 놀라시겠나?

곧장 그들은 초연과 도연을 불러 사건이 어찌 된 건지 추궁할 것이다. 왜 초연이 맞선장에 자신이 아닌 도연을 내보낸 건지. 도연은 또 왜 그 장소에 대신 나간 건지. 서슬 퍼런 곽 여사의 추궁을 떠올리니 소름이 쫘르륵 돋았다. 몇 시간 내로 도연은 곽 여사에게 자초지종을 줄줄 불 것이다. 독종 같은 면이 있는 초연과는 달리, 도연은 '육체적' 응징과 압박—구타지, 뭐—에 심히 약했다. 때리면 '윽!' 고통스러워하고 아프면 '아!' 소리치는 단순한 캐릭터가 바로 도연이었다.

아무튼 결과는 하나다. 지금 석재가 도연의 부모를 만나면 일은 걷잡을 수없이 커진다는 것. 도연은 어쩔 수 없이 현석의 존재를 불 테고, 더불어 이백만 원 때문에 초연의 부탁을 들어줘야 했던 일에 대해서도 말해야 할 것이고, 그러면 곽 여사는 도연이 왜 이백만 원이나 되는 돈이 필요했을지 물어볼 것이다. 그녀의 중고차가 얌전히 통장에 들어 있다고 여겼던 퇴직금을 헐어 산 것이고, 중고차를 구입한 직후 사고를 내 그 큰돈이 필요했었다는 걸 곽 여사가 알게 된다면…….

"할게요!"

눈앞이 노래진 그녀는 벼락처럼 고함을 내질렀다.

•제10장 안 되는 인생•

"뭐라고요?"

예상했던 반응에 씩, 미소를 지으며 석재가 되물었다.

"하겠다고요. 백수 여친이라도 창피해하지 않을 자신이 있다면, 좋아요. 석재 씨랑 사귈 게요."

붉게 상기된 얼굴을 한 도연이 숨 가쁜 목소리로 말했다. 그녀는 완전 자포자기 상태로 어깨를 으쓱하며 고개를 살래살래 흔들었다.

"기획사 오디션에서 떨어졌을 수도 있어요. 그럼 계속 반백수로 지내면서 카페에서 노래나 하게 될지도 몰라요. 그런 시시껄렁한 여자랑 사귄다는 소문이 돌면 석재 씨만 골치 아파질 거예요. 그래도 괜찮다면 뭐, 어쩔 수 없죠. 나도 여자라, 한석재 씨 보면 욕심나는 게 사실인데 양심상 그러면 안 된다고 생각했거든요."

"양심?"

석재의 눈썹이 스윽 위로 올라갔다. 도연은 서둘러 쾅, 문을 닫으며 차에서 빠져나왔다. 그리고 차체를 휘잉 돌아 그의 앞에 득달같이 달려와서 하는 말.

"그래 봤자 며칠 지나면 싫증나 금세 후회하실 테니, 그사이에 특수 체험이라고 생각하고 지내보지요 뭐. 안 그러면 내 인생 언제, 한석재 씨 같은 남자를 만나 데이트를 해보겠어요?"

윤도연, 정말 보면 볼수록 신기한 여자다. 어떻게 그를 거부한 이유가 양심 때문이라고 할 수 있는지. 한 번도 이런 상황에 직면해 본 적이 없는 석재로선 심히 당황스러운 일이었다. 분수를 잘 아는 차원을 뛰어넘어 자신의 분수를 깎아내리는 여자였다. 신기해, 신기해.

그나저나 '며칠 지나면 금세 싫증나 후회하게 될 거'라니. 그가 계획했던 상황과 너무나 흡사하지 않은가. 졸지에 그녀의 손바닥 안에서 논 게 되어버렸다. 물론 그녀는 모르지만. 이렇게 되면 그의 계획은 마땅히 수정되어야 하는데……. 그냥 결혼까지 가버려?

'훗! 미쳤군.'

윤도연을 놀라게 하기 위해 그녀와 결혼을 하겠다고 생각하다니. 윤도연은 일을 좋아하는 전문직 여성도 아니며, 쿨한 사고방식의 소유자는 더더욱 아니었다. 그녀와 같은 타입은 감정이 배제된, 친구 같은 아내가 될 수 없다. 그가 생각하는 이상적인 아내감에는 전혀 어울리지 않다는 것이다.

"좋아요. 그럼 이제 들어가죠."

시간을 두고 생각해 봐야겠다는 결심을 하며 석재는 아파트 입구를 향해 몸을 틀었다.

"어? 어디 가는 거예요?"

"도연 씨 댁이요. 이 라인이 맞습니까?"

이 라인이고 저 라인이고. 아니, 댁이 왜 집엘 가? 사귄다는데? 도연의 모든 신경세포들이 비명을 질렀다.

"아니, 석재 씨가 왜 가요? 사귀기로 했잖아요. 그랬으면 됐지 왜……."

"사귀기로 했으니까, 말해야 하잖아요. 직접 말하기 곤란할까 봐 나서는 건데, 왜요? 싫어요?"

당연하다는 듯 그가 말했다. 재미있어하는 기색이 슬쩍 눈동자를 스쳐 지나갔다. 이거이거 약점 하나 되게 잡힌 거 아니야? 어째 불길하다. 도연은 더듬지 않으려고 애를 쓰며 간신히 중얼거렸다.

"그건 아니지만……. 나중에 말씀드릴게요. 지금은 좀 그래요. 지금 밝히면 동생 입장이 난처해질 수도 있거든요."

뭐, 저도 그렇고. 도연은 속으로 중얼거리며 먹구름이 잔뜩 긴 얼굴 근육을 억지로 움직여 웃어 보였다. 어떻게…… 좀 참 아주면 안 되겠니?

"이런 일일수록 빨리 끝내는 게 상책이에요."

"그래도, 먼저 동생이랑 상의해서 입을 맞추는 게 우선이죠. 이렇게 갑자기 석재 씨가 나타나면, 초연인 아마 길길이 날뛸 걸요."

윤초연, 그 성격에 가만있을 리 없다. 뭐라도 하나 부수고 말지.

"어떻게…… 안 될까요? 나중에 적당히 분위기 봐서 제가 얘기 꺼내볼게요."

흐지부지 끝날 사이를 괜스레 부모님께 말할 필요 뭐 있냐고 말하고 싶은 걸, 도연은 꾹 참았다. 쓸데없이 석재의 비위를 건드릴 필요는 없었다. 이대로 불도저처럼 밀고 들어가 진짜로 부모님께 인사라도 드리는 날엔 줄초상 나는 건 시간문제가 아닌가. 철퇴 맞은 초연, 도연에게 철퇴를 가할 것이다. 조용히, 오늘은 무슨 일이 있어도 조용히, 그를 돌려보내는 게 최선이었다.

"네?"

도연을 내려다보는 그의 얼굴을 향해 도연은 방긋 웃으며 눈썹을 파닥파닥 흔들었다. 나름 잘 보여 어떻게든 그의 심기를 가라앉히기 위함이었다. 입술에 자물쇠라도 단 양, 내내 아무 말도 않고 묵묵하던 석재는 한참을 뜸들이더니 나지막이 말했다.

"좋습니다. 그럼 이번 주말. 주말에 다시 찾아뵙고 말씀 올리죠."

이번 주말이라면, 오늘이 수요일이니까……. 헉! 삼 일 정도밖에 시간이 없잖아?!

"저, 저기, 한석재 씨. 이번 주말까지는 너무 시일이 촉박한 것 같은데요."

"자초지종 설명하는 데에 사흘 밤낮이 꼬박 필요한 것 같진 않은데요."

"그, 그건 그렇지만……. 마음의 준비도 해야 하고, 초연이랑 말도 맞춰봐야 하고, 또……."

"그럼 며칠이 적당하다고 생각하는 겁니까?"

"어, 적어도 일주일은 있어야 하지 않을까요?"

도연은 너무 당황한 나머지 안절부절못하고 고개를 이리저리 휘두르다 석재의 입술 끝이 미묘하게 일그러지는 것마저 놓치고 말았다. 어떻게나 잘 속는지. 순진하기 그지없는 여자다, 윤도연은. 덕분에 석재는 터지는 폭소를 참느라 입술 안쪽을 지그시 깨물기까지 했다. 한순간이지만, 이런 여자를 두고 얕은 수나 쓰는 약아빠진 여자일 수도 있겠다고 생각한 자신이 어리석게 느껴졌다.

윤도연은 절대 남을 작정하고 속여먹는 여자는 될 수가 없다. 뼛속까지 순수하고 맑은, 그래서 상대방이 죄책감을 느끼게 만드는 여자였다. 그런 사람이니 쥐뿔도 없으면서도 행복할 수 있는 게 아닐까? 일순, 저 맑음에 물들고 싶다는 충동이 불쑥 솟았다. 그러나 그 충동은 솟구쳤던 것처럼 빠르게 가라앉았다. 장본인인 석재조차도 깨닫지 못할 정도로 빨랐다.

"어떻게…… 안 될까요?"

왜 안 되겠는가? 어차피 석재는 진짜 윤 사장을 만날 생각은 아니었다. 도연이 부모님 얘기만 나오면 경기를 일으키길래, 재미 삼아 한번 해본 말이었을 뿐이다. 실제 그녀의 부모를 만나러 간다는 건, 사실 좀 위험한 일이 아니겠는가. 결혼을 전제로 만나겠다는 말이나 다름이 없으니 말이다. 석재는 어깨를 으쓱하며 그녀가 원하는 대답을 전했다.

"그러죠. 일주일 뒤에."

"어? 정말요? 고, 고마워요!"

도연이 큰 소리로 말했다. 별로 고마워할 일도 아닌 일인데, 엄청 감격한 듯. 땅바닥에 주저앉아 절이라도 할 태세였다. 그 모습은 석재를 저절로 웃게 만들었다. 석재의 미소는 점점 깊어져 있는 줄도 몰랐던 보조개까지 양산해 냈다. 워낙 희미해서 활짝 웃지 않으면 생기지 않기에 본인인 석재조차도 존재하고 있는지 몰랐던 보조개였다. 그런 탓에 그의 볼에 보조개가 생기는 걸 처음 본 도연의 눈동자는 휘둥그레졌다. 그가 이렇게 활짝 웃었던 적이 없었기 때문에 그녀에겐 낯설고 신기한 광경이었던 것이다.

"석재 씨, 보조개 있었어요?"

그녀의 눈동자가 반짝거렸다. 눈이 부실 정도로 반짝거리는 그녀의 눈동자 앞에 석재는 또다시 자신이 초라함을 느꼈디. 알 수 없는 부끄러움이 찾아왔다. 그 부끄러움이 순식간에 미소를 앗아갔다. 석재는 단숨에 표정을 굳히고 무뚝뚝하게 말했다.

"그럼 조심해서 들어가요."

휙, 그녀의 대답은 들을 필요 없다는 듯 석재는 뒤돌아 성큼 발걸음을 디뎠다. 그러나 그 거친 발걸음을 그녀의 모기만한 목소리가 부드럽게 잡아챘다.

"아, 예⋯⋯."

시무룩하게 기가 죽는 도연의 목소리. 등골이 저릿저릿해 온몸의 힘이 저절로 빠졌다. 숨을 쉴 수 없을 만큼 강렬한 감정이 가슴을 헤집었다. 멈칫 그 자리에 선 석재는 젠장, 속으로 욕설을 내뱉었다. 이 정체불명의 아릿함이 너무나 신경 쓰여 도저히 그냥 갈 수가 없었다. 석재는 조용히 뒤를 돌았다.

도연은 기운 빠진 얼굴로 서 있었다. 그 자리에. 물론, 눈동자의 반짝거림 역시 사그라진 후였다. 그 독특한 반짝임을 자신이 꺼버렸다는 생각에 마음이 쓰렸다. 길가에 피어 노래하는 들꽃을 짓밟은 기분이랄까? 나쁜 놈이 된 것 같았다.

석재는 거칠게 머리카락을 쓸어 넘겼다. 그는 자신의 이런 감정은 그저 단순한 연민에 불과하다고 치부하며 툭 내뱉었다.

"빨리 들어가요. 추워요."

*

"차?"

균은 대뜸 차에 올라타자마자 '차 한 대 쓸 만한 거 뽑아놔'
라고 말하는 석재를 돌아보며 물었다. 한때 차라면 외제부터 국
산차까지 웬만한 건 다 섭렵했었던 석재였으나, 지금은 누가 무
슨 차를 타든 별로 신경 쓰지 않는 편이었기에 균은 그가 무엇
때문에 새 차에 관심을 보이는 건지 궁금했다.

"타는 차 말이야?"

"그럼? 먹는 차를 뽑아놓으라고 했을까?"

그의 주특기, 무뚝뚝한 말투와 썰렁한 농담.

"뭐야, 진짜. 형, 너무 썰렁해. 요즘은 유머 감각이 있는 남자
가 대세라고 내가 몇 번이나 말해? 엠씨 유가 괜히 인기있는 줄
알아? 큰일이다, 형. 그래 가지고 형수님이 좋아하겠어?"

"형수님이라고?"

풋, 소리와 함께 석재의 입매가 위쪽으로 휘어 올라갔다. 한
순간 균은 굳어버렸다. 오잉? 뭐냐? 웃는 건가, 지금? 한석재
가? 도저히 믿을 수 없어 균은 놀란 토끼 눈이 되어 석재를 바라
보았다. 그런 균을 흘낏 곁눈질하며 잘생긴 턱에 손바닥을 괴는
석재는 여전히 흔흔한 모습이다.

"왜 그래?"

"아니, 갑자기 형수님이란 단어가 생소하게 느껴져서."

"형이 그렇게 부르랬잖아. 결혼하게 될지도 모른다면서."

"그랬었지."

이내 씁쓸해지는 표정. 균은 석재의 꽉 닫힌 입을 개봉하고 싶어 안달이 나려 했다. 도대체 무슨 생각을 하는 건지 알 수가 있어야지. 형수님, 형수님이란 말이 뭐가 어때서? 하라고 할 땐 언제고.

"무슨 일 있었던 거야?"

균은 궁금증을 참지 못하고 넌지시 물었다.

"아까 형수님 바래다주면서 무슨 일 있었어? 뭐야? 뭔 일인데? 또 만나지 말자고 해?"

일이 있긴 있었지. 윤초연이, 윤초연이 아니고 윤도연이라는 사실을 알게 되었으니. 일이 있어도 심하게 있었던 거라고 할 수 있었다. 게다가 그녀는, 그가 당분간 만나보자는 은혜(?)를 베풀었음에도 불구하고 거절했다. 여차여차해서 결국 그녀와의 교제가 이루어졌지만, 연타로 충격을 먹은 석재에게 '형수님'이란 말은 남다른 의미로 다가왔다.

"아니, 그 반대."

"뭐야? 진짜? 오오—! 예! 확실히 연락 두절이 효과가 있긴 있었네? 아싸!"

균은 입술을 오므리며 호들갑스럽게 감탄사를 난발했다.

"쓸데없는 거 궁금해하지 말고, 이번 주 내로 차나 한 대 뽑아냐."

"이번 주 내면 너무 촉박한 거 아니야? 어디 걸로 뽑아야 되는데?"

"아무 거나 빨리 뽑아낼 수 있는 걸로. 비싼 것보단 예쁘면서도 안전한 거면 좋겠어. 유지비 많이 안 들면 안 들수록 좋고."

"국산?"

"……그래. 국산이 낫겠다."

선물이란 게 그렇다. 아무리 좋은 의도로 마음을 담뿍 담아 준비한 선물이어도 상대가 부담스러워 받지 않겠다고 하면 아무 소용이 없는 것이다. 그 역시 기왕 선물할 것, 돈이 얼마가 들든 좋은 차로 선물하고 싶은 마음이지만 문제는 도연이었다. 그녀는 쉽사리 선물을 받을 것 같지 않았다. 비싼 외제 차라면 더욱 그럴 것이다. 하지만 그렇다고 덜덜거리는 불량 고물 차를 그녀가 계속 타게 내버려 둘 수도 없었다.

석재가 두어 번 운전해 본 결과, 그 차는 계속 타기 위험한 수준에 도달했다는 결과를 도출해 냈다. 이대로라면 사고가 났을 때, 천국행을 면치 못할 것이다. 그녀에 대한 마음이 얼마나 복잡하고 얼마나 혼란스러운지는 둘째 치고, 어쨌든 윤도연은 오늘부터 당분간 그의 애인으로 있을 것이 아닌가. 한석재의 연인이 폐차 직전의 차를 몰고 다닌다는 소문이 퍼지게 만들 수는 없었다.

"이번 주 내로는 아무래도 힘들 것 같은데……. 형수님 뽑아주려고 그래?"

차 시동을 걸며 균은 룸미러를 통해 석재를 보았다. 설명을 요구하는 듯한 균의 시선이 집요하게 따라왔다. 석재가 여자에게 이렇듯 직접적으로 선물을 한 적이 없어서 조금은 놀란 모양이었다. 귀찮게 이런저런 해명을 하기 싫어 석재는 균의 시선을 못 본 체 외면하며 무뚝뚝하게 대답했다.

"어."

"이번엔 제대로인데?"

"뭐라고?"

"간만에 제대로 된 공략해 주시는 거라고. 이햐! 그동안 공부 많이 했구나, 형."

"무슨 소리 하는 거야?"

석재의 눈썹이 꿈틀 움직였다. 심기 불편한 척하는 듯해 균은 속으로 키득키득 웃었다. 은근히 귀엽다, 이 형. 여자한테 잘 보이기 위해 노력하는 모습 하며, 자기 돌아봐 주지 않는다며 연락까지 끊어서 항의하는 모습 하며. 그 나이에, 그 재력에 그러기 쉽지 않았다. 균은 속내를 감추고 시치미를 딱 떼며 말했다.

"여자들이 또 물질에 상당히 약하거든. 선물. 그것도 비싼 거. 주변 사람들의 이목을 끌 만한 거. 예를 들어 보석, 보석 중에서도 다이아몬드. 그리고 크면 클수록 좋지. 형처럼 자동차를 선물해 주는 것도 나쁘지 않아. 기왕이면 비싼 외제 차를 선물해 주지, 왜? 메르세데스 어때? 여자들한테 어울리는 우아함 그런 게 있잖아."

"됐다."

"왜 그래! 형 같은 부자가 그런 차 안 사면 누가 사? 좀 사줘! 형수님도 처음엔 부담스러워하시겠지만, 회사 사람들한테 둘러 싸여 좋겠다, 부럽다, 하는 말들 듣고 나면 생각이 싹 달라지실 거라고."

"됐다니까."

"되긴 뭘 돼. 형수님 연봉이 얼만데 그런 똥차를……. 아, 물론 그럴 수도 있긴 해. 검소한 성격이 나쁜 건 아니야. 하지만 형수님이 다니는 회사를 생각해 봐. 그쪽 사람들 은근히 고급 취향이다. 형수님 자동차 보고 한숨 쉬지 않을 사람 하나도 없을 거라고. 그리고 보면 형수님 성격도 은근 장난 아닌가 봐. 독 불장군 스타일인가 본데. 남들 시선 아랑곳 않는."

"운전이나 해."

퉁명하게 대꾸하는 한석재, 흔들림 없이 꿋꿋하게 무뚝뚝하 다.

"벤츠? 벤츠로 뽑는다?"

"국산 차."

"스읏! 진짜 형, 이상하네. 돈이 아까워서 그러는 거야?"

룸미러를 통해 석재의 표정을 흘낏흘낏 훔쳐보며 균은 연신 고개를 갸웃거렸다. 아, 물론 그러는 척하는 거다. 사실 이런 식 으로 석재를 놀려먹는 건 균만의 즐거움이다. 어느 누가 대한민국 최고의 백만장자, 경제계의 거목, 한석재를 놀려먹겠는가 말이다.

"시끄러워."

석재는 점잖게 윽박질렀다. 턱을 괸 채 차창 너머로 시선을 둔 그의 낯은 여전히 심기가 불편해 보인다. 설정일 뿐이라며 멋대로 생각하고 균은 계속해서 깝죽거렸다.

"형수님이 걱정이라면 내게 맡겨. 여자, 뭐 별거있어? 겉으론 싫은 척해도 속으론 다 좋아하게 되어 있다고. 그게 여자야. 형이 뭘 몰라서 그렇지, 여자들 은근히 허영덩어리다. 늙든 젊든 보석 좋아하는 건 다 똑같고, 돈? 그거 얼마나 밝히는데. 남자들보다 여자들이 더 돈을 좋아한다니까."

"어떤 놈이 자기 여잘 딴 놈한테 맡겨? 추호도 그러고 싶지 않으니까, 넌 입 다물고 운전이나 해."

"아니, 내 말은 그렇게 맡는다는 게 아니라. 내가 알아서 설명을 잘하겠다는 말이지. 형은 아무튼 조크를 모른다니까……."

석재는 투덜투덜 쉴 새 없이 이야기를 끌어가는 균의 뒤통수를 한순간 노려보았다. '형수님이 걱정이면 내게 맡겨'라는 균의 말 한마디가 자꾸만 그의 신경을 갉아먹었다. 듣는 순간부터 신경에 거슬려 짜증이 났었다. 그래서 과민하게 반응했고 반응한 즉시 후회했다. 어떤 놈이 자기 여잘 딴 놈한테 맡기냐니. 너무 과했다. 나쁜 의도로 한 말도 아니었고, 아니라는 걸 알고도 있는 그가 도대체 왜?

'질투하는 놈처럼 이게 뭐 하는 짓인지……'

마음에 안 들었다. 이런 마음이 된다는 게. 윤도연 때문에 균에게 짜증까지 부리는 이 상황이 너무나도 마음에 안 들었다.

"유성 자동차 쪽에 괜찮은 차 나왔던데. 실용적이면서도 깜찍해. 여자들이 많이 선호한다고 하더라. 거기부터 알아볼까? 아참! 형, 거기 사장이랑 알지 않아?"

"알지."

유성의 이민준 사장과는 경영자 클럽에서 안면을 익혔다. 개인적인 부탁을 할 정도로 스스럼없는 사이는 아니지만, 이 기회에 가까워지는 것도 나쁘지 않았다. 알아두면 언젠가는 도움이 될 중요한 인물이니까 말이다.

"그럼 됐네. 형이 연락해 놔. 나머진 내가 알아서 다 할게. 차 뽑는 것부터 배달까지, 완벽하게 해주겠어. 형의 로맨스를 위해서라면 뭔들 못하겠어?"

"……."

로맨스? 듣기 상당히 거북하군.

"그나저나 우리 형수님, 좋아해야 할 텐데. 좋아하겠지?"

"박균."

빌라를 향해 열심히 차를 몰면서도 쉴 새 없이 떠벌거리고 있던 균의 입을 다물게 할 심사로 석재는 그의 이름을 진지하게 불렀다.

"응? 왜?"

"네가 모르는 게 하나 있다."

"내가? 뭘?"

"네 형수님은 이제부터 윤초연이 아니라, 윤도연이야. 가수 지망생 윤도연."

"뭐? 윤도현? 가수?"

균은 얼이 빠진 얼굴로 반문했다. 말귀를 못 알아먹은 듯, 빠릿빠릿하기로 치자면 대한민국 육군 이병보다도 더한 녀석의 그런 얼굴은 엠씨 유의 개그보다도 더 웃겼다. 석재는 축구 응원가를 열심히 부르는 락커, 윤도현을 떠올리고 있는 균을 향해 조용히 읊조려 주었다.

"현이 아니라 연."

✻

"뭐라고?!"

비명 소리가 그녀의 방 천장을 찔렀다. 도연은 눈을 감았다. 앞으로 귀를 찌르며 쳐들어올 잔소리에 대비하며 혓바닥으로 입술을 축였다. 마음의 준비를 단단히 해야 하고!

"이런 멧돼지똥따까리 같은 소릴 봤나. 그걸 거절했단 말이야? 그 남자가 어떤 남자인데 거절을 해? 언니 바보냐? 생각할 줄 몰라? 언감생심, 언니한테 한석재 같은 사람이 걸려들 수 있는 확률이 몇이나 된다고 이런 기회를 차버려? 다시 주워와! 다시 가서 그 남자 주워와!"

성질머리하고는. 끝까지 들어보지도 않고 흥분하는 게 영락 초연 스타일이다. 이러니 얘 앞에서는 결론만 얘기해야 한다는 말이 생기지. 역시 중간에 있었던 일들을 얘기하는 게 아니었다. 그냥 결론만, 한석재와 사귀기로 했다는 사실만 알려줬어야 했는데……. 누굴 탓하랴. 얘기 보따리 풀어놓길 좋아하는 도연이 자초한 일이었다.

"내 말 좀 끝까지 들어봐, 야."

"도대체 왜 안 사귄다는 건데? 걸리는 게 뭐야? 나? 엄마? 아빠?"

으— 말 좀 하자, 말 좀!

"엄마는 걱정도 마. 대한민국에서 최고로 부자인 사윗감을 마다하실 분이 아니라고. 아빠도 그렇고. 아빠는 그 남잘 나한테 소개하려고 했어. 믿음직스럽고 마음에 드니까 그런 거라고. 나도 찬성이야. 그런 남자 흔하지도 않잖아. 언제 또 언니 앞에 떨어지겠냐고. 붙잡아. 가서 얼른 생각 바뀌었다고 말해. 어서! 뭘 꾸물대."

"안 그래도 사귀기로 했어."

딱히 원해서 사귀기로 한 게 아니라서, 말하는 도연의 모양새가 영 개운치 않다. 그런 거물급과 사귄다는 게 실감나지도 않을뿐더러 앞으로 어떻게 해야 할지 심란하기만 했다.

"뭐? 정말?"

"그래."

한숨을 턱 쉬며 도연이 말했다. 초연은 동그랗게 뜬 눈으로 도연의 몸을 위아래로 마구 훑어보았다.

"정말이야? 언니가? 웬일이니?! 언니 주변머리로 사귀자고 했단 말이지? 정말로?"

내 주변머리가 어때서, 라고 발끈하고 싶었지만 사실이 사실이니 도연은 이내 조용히 말을 더듬어주셨다.

"그, 그렇다니까 글쎄."

"어머어머어머! 이거 정말 대박이다. 언니가 진짜 그 백만장자랑 사귀기로 했다니! 그 남자가 언니한테 그냥 사귀어보자고 했다는 것도 놀랍지만, 언니 같은 미련방퉁이가 그러자고 했다는 것도 놀랍다. 우하하! 이건 집안의 경사야!"

호들갑스럽긴. 도대체 한석재가 얼마나 대단하기에 저 난리부르스람? 떨떠름한 얼굴로 도연은 모노드라마를 찍는 초연을 빤히 바라보았다. 초연은 알까? 도연이 얼마나 두려운 상태인지.

뱁새가 황새 따라가다가는 가랑이 찢어진다고 했다. 그 남자의 높은 지위, 높은 프라이드, 높은 기준에 도연은 따라갈 자신이 없었다. 아예 시작조차 하지 않는 게 최선이라는 걸 그녀는 알고 있었다. 그럼에도 도연은 한석재의 반강제적인 제안에 속절없이 끌려들어 갔다. 강제성을 띠었기 때문에 어쩔 수 없이 받아들였다고 말한다면, 그건 거짓말일 것이다. 빠져나가려고 했으면 얼마든지 빠져나갈 구실을 만들 수 있었을 것이다. 하지만 도연은 그러지 않았다. 그러지 못했다. 한석재라는 남자, 그 유혹적인 존재를 그녀는 끝내 뿌리치지 못한 것이다.

일을 이렇게 만들어놓고 걱정이라니. 도연은 스스로에게 비웃음을 던지고 싶었다. 용기도 없으면서 일을 저지르고, 그래놓고 벌벌 떠는 자신이 한없이 한심했다.

"이제 앞으로 언니는 한 가지 임무만 완수하면 돼."

"무슨 소리야? 임무라니."

언니가 무슨 고민을 어떻게 하는지 전혀 모르는 초연, 제대로 신이 났다. 끓어오르는 환희를 주체하지 못하고 목소리까지 괴물로 변한 초연은 완전 방방 뜨기 일보 직전이었다.

"그 백만장자 눈에 쓴 콩깍지가 벗겨지기 전에 확! 알지?"

초연이 열성적인 눈을 반짝거리며 오른손을 휙 공중에 날렸다. 권투 선수가 잽을 날리듯 허공으로 주먹을 날리더니 그녀는 씩, 웃었다.

"잡아먹어야 해."

"잡아먹…… 어?"

이건 또 무슨 소리람. 머, 먹으라니…….

"내 보기에 그 남자, 언니한테 홀딱 반했어. 안 그러면 집까지 찾아와 인사를 하겠다고 말했을 리 없잖아."

"그런 건 아닌 것 같은데…….."

"두고 봐. 내 생각이 맞을 테니까. 이제 남은 건 아빠와 엄마에게 사실대로 털어놓는 일뿐이야."

"뭐라고?!"

"왜 그렇게 놀라? 적어도 왜 언니가 내신 맞선 자리에 나갔었냐에 대해서는 말해야 할 거 아니야?"

정말 내키지 않는 일이다, 아무리 생각해 봐도.

"현식 씨 얘긴 대충 둘러대자. 그냥 사귀는 사람이 있다고만 말할게. 자세한 건 나중에 말씀드리겠다고 하면 문제없을 거야. 지금은 언니 문제가 더 쇼킹하니까 내 문제는 대충 얼버무려도 걸고넘어지지 않겠지."

"너…… 괜찮겠어?"

"언니, 백만장자야. 백만장자를 형부로 얻을 수 있는 절호의 기회라고. 그 정도의 위험은 감수할 자신 있어."

윽! 초연의 눈동자에 광채를 보는 순간, 도연은 억눌린 신음을 흘렸다. 돈 앞에서 사람이 이렇게 변하는구나. 천하의 윤초연도 어쩔 수 없는 거다.

"세상에, 언니가 백만장자 씨의 혼을 쏙 빼놓을 줄 누가 알았겠어? 이 일을 계획했을 때는 전혀 예상치 못했던 일이라고."

초연은 손바닥을 마주하고 마구 비볐다. 그리곤 자신만의 상상에 빠진 듯 마녀 같은 눈동자를 이리저리 굴리며 만족스러운 미소를 지었다.

"백만장자 형부만 있으면 내 문제는 만사 오케이야."

"무슨 소리야?"

"언니 주제로는 절대 상상하지 못하는 일이지."

싱긋, 초연은 웃었다. 도연의 얘길 듣자마자 번쩍 떠오른 생각에 초연은 몸이 달아 죽을 지경이었다. 빨리 빨리 도연이 한석재와 잘되길 바랐다. 가까워지면 가까워질수록 초연의 계획은 성공 가능성을 높여갈 것이다.

계획은 간단하다. 조만간 형부가 될 백만장자를 찾아가 조용히 현식의 문제를 의논하는 거다. 더불어 그녀의 창업에 관해서도 함께 논의할 것이다. 돈 버는 일엔 귀신이라는 그. 그의 도움을 받는다면 그녀의 창업도 현식의 시인 등단도 문제가 안 될 것이다. 하다못해 돈과 인맥을 풀어서라도 현식에게 멋진 시인 타이틀을 붙여줄 수 있을 것이다. 그럼, 초연은 결혼에 골인할 수 있었다. 부모님 눈만 속일 수 있다면, 그래서 현식 씨와 결혼만 할 수 있다면 무슨 짓이든 할 자신이 있는 그녀다.

"뭔데 그래?"

어눌한 어조로 도연이 물어왔다. 하핫! 언니야, 난 절대 말 못해줘. 이해해라. 응?

"별일 아니야. 현식 씨 문젠 내가 알아서 잘 방어하겠다고. 그러니까 언닌 엄마 아빠한테 빨리 말해. 백만장자 씨와 사귀고 있다고."

"내가 왜 말해?"

"그럼? 내가 말하라고?"

"네가 세운 계획이었잖아."

"백만장자 씨와 사귀게 된 사람은 내가 아니라 언니야. 언니
가 말해야지."

"이 일은 엄연히 공모야! 이거 왜 이래?"

초연은 잘 알고 있는 것이다. 윤재규 사장과 곽춘자 여사는
결과보다는 과정이 중시하는 분들이라는 걸. 이건 한석재와는
별개의 문제였다. 부모님은 도연이 그와 사귀는 걸 반대하실 리
는 없었다. 하지만 그렇다고 화가 나는 걸 참으실 분들은 아니
었다.

죽었다, 이제. 괄괄한 성격의 곽 여사는 그녀의 등짝을 후려
칠 것이고 점잖으신 윤재규 사장님은 몇 시간이 그녀를 꿇어앉
혀 놓고 훈계를 하실 것이다. 그녀의 죄명을 늘어놓으며. 한석
재를 기만한 죄, 부모님께 거짓말한 죄, 언니 노릇 못하고 초연
의 계획에 동조한 죄, 그래서 부모 체면 깎은 죄, 기타 등등, 기
타 등등. 설마 초연, 그 일의 총대를 도연에게 옴팡 짊어지게 할
심사는 아니겠지?

"미안하지만 내일부터 일주일간 나 출장 가."

"뭐?!"

거짓말이다! 그 자리를 회피하기 위한 핑계닷!

도연은 헐크처럼 얼굴을 일그러뜨리며 콧바람을 씩씩 뿜어냈
다. 그러나 초연은 얄밉게 살근거리는 미소를 짓더니, 도연이
뭘 어떻게 해보기도 전에 휙 방문을 열었다. 그리고 온 집안이
떠내려갈 정도로 큰 소리로 외쳐 댔다.

"엄마, 나 내일 출장 가! 짐 좀 싸줘!"

"안 돼!"

도연은 방 밖으로 나가려는 초연을 붙들고 늘어졌다. 이대로 모든 걸 혼자 뒤집어쓸 수 없어! 하지만 다음 순간, 주방 근처에서 곽 여사의 말이 날아왔다.

"안 되긴 뭐가 안 돼?"

헉! 귀도 밝다.

"집을 일주일이나 비워야 하거든. 언니가 좀 서운한가 봐."

초연은 낭랑한 목소리로 곽 여사의 물음에 대꾸했다. 꿀 먹은 벙어리마냥 입도 벙긋 못하고 멍하게 서 있는 도연을 향해 그녀는 메롱, 혓바닥을 내밀었다. 그리곤 입술을 과장적으로 오므리며 이렇게 속삭였다.

"화아―이팅!"

애고, 내 팔자야.

•제11장 **사랑이라고?**•

영화 보기, 그리고 식사하기.

어떻게 보면 무지 식상한 데이트 코스다. 중간중간 드라이브나 스포츠 경기 관람, 피크닉 등 다양한 방법으로 데이트를 즐기는 일반 커플과는 너무나 달리, 석재와 도연은 영화와 저녁 식사라는 단순한, 판에 박힌 코스를 매번 돌았다. 삼 일이 지난 오늘까지 날마다.

참으로 고역이다, 날마다 영화 보는 것. 이런 식으로 며칠만 더 하면 그녀의 기억 속 영화들이 서로 트레이드 되어 모든 스토리가 다 엉켜 버릴 것 같았다. 메스 든 이순신이 검은 집에 들어가고, 변신 로봇이 이무기랑 싸우고, 교복 입은 꽃미남이 이

준기를 테러하는 식의.

이런 단조로운 데이트는 처음엔 의무적으로 비춰졌다. 성의가 없다고나 할까? 정말 그녀를 만나고 싶다거나 마음에서 우러나오는 만남이 아니라 꼭 이행해야 하는 절차를 밟는 듯, 약속을 지키기 위해서 억지로 만나러 나오는 듯, 무덤덤하고 형식적인 분위기였다. 만나서 이야기를 많이 나눈 것도 아니요, 기억에 남을 만한 에피소드가 있었던 것도 아니었다. 이런 식이면 그냥 각자 밥 먹고 각자 영화 보는 게 낫지 않을까? 적어도 밥먹다가 체할 뻔하는 위험은 없을 테니 말이다. 하여튼 그를 만나는 삼 일 동안 도연은 점점 지쳐가고 있었다.

더 이상은 못 참겠다고 생각한 것이 오늘 아침이다. 양치질을하며 거울을 보다가 머리카락을 있는 대로 죄다 헝클어뜨렸다. 한석재만 생각하면 짜증이 마구마구 솟구쳤던 것이다.

'아니, 누가 만나달라고 했냐고요! 만나기 싫으면 안 만나면 되잖아. 왜 굳이 만나자고 해놓고 공포 분위기 조성하는 건데? 왜 표정 굳히고 앉아 상대방까지 기분 잡치게 하냐고. 왜?!'

오늘은 무슨 일이 있어도 끝장을 내야겠다, 마음을 먹고 도연은 여느 때와 같이 그와 영화를 보았다. 그리고 그와 영화를 본지 사 일째 되는 오늘, 도연은 목격했다. 어두컴컴한 영화관에서 멋진 포즈로 턱을 괴고 졸고 있는 한석재를. 조는 것도 성격대로인가. 그의 앉아 있는 모습은 거의 박제 수준이었다. 꾸벅꾸벅 졸지도 않았고, 숨소리도 골랐다. 어느 누구 하나 졸고 있다고 의심하지 않을 만큼 완벽한 자세였다.

되게 피곤했었나 보다. 로맨틱한 영화가 아름다운 영상미를 뽐내며 상영되는 두 시간 내내, 그는 한 번도 깨지 않고 줄기차게 졸았다. 어둠 속에서 도연은 조는 그를 뚫어져라 바라보았다. 몰랐는데, 며칠 새 그의 볼이 홀쭉해져 있었다. 피곤했나 보다, 일 때문에. 일이 많아 전화도 못 받을 정도로 바빴었다던 지난번 일을 떠올리며 도연은 그의 머리를 조심스럽게 어깨에 기대게 했다.

코끝이 찡해지는 감동적인 영화 속 스토리에 몰입이 돼 훌쩍거리면서, 도연은 한석재를 돌아보았다. 피곤한 걸 참고 자신을 만나러 온 남자라니……. 영화의 감동에 휩쓸려 찡한 마음이 되었다. 자신을 좋아해서, 미치도록 보고 싶어서 만나러 나온 게 아니란 걸 알면서도 도연은 감동스러웠다. 가슴 한구석이 따뜻해지면서 샘물이 솟듯 퐁퐁 연민이 솟았다. 아마도 여자로서 느끼는 모성본능이리라.

영화가 끝나고 나서야 잠을 깬 그는 당연히 무안해했다. 원래 영화 보는 걸 좋아하는데, 최근 격무에 시달리다 보니 이렇게 됐다며. 겉으론 얼굴을 찡그렸지만 도연이 누군가? 그 찡그린 표정에서 수줍음을 발견했다. 어찌나 귀엽던지. 나중에 들어보니 그는 중요한 소송 문제와 땅 매입, 호텔 인수 건이 겹쳐 삼일 동안 밤낮없이 일을 하고 있다고 했다.

"그럼 바쁜 일 끝나면 만나요. 이렇게 나와서 영화 보고 식사

할 시간에 한숨이라도 자야죠."

그녀의 말에 그는 시원스럽게 기지개를 펴며 이렇게 대답했다.

"이렇게 도연 씨 만나는 게 쉬운 겁니다. 약속이 없었다면 지금도 사무실에 남아 일하고 있었을걸요?"

그 소리에 도연은 괜히 기분이 좋아졌다. 뭔지 뿌듯한 마음이랄까? 말 한마디에 한석재가 달리 보였다. 한석재가 단지 잘생기고 돈 많은 남자가 아닌, 연인으로서 인식되려는 거였다.

서서히 그렇게 되려는 거였다…….

영화를 다 보고 도연과 석재는 지정된 데이트 코스인 레스토랑으로 갔다. 스테이크 조각이 정말 손바닥만했다. 홀쭉한 뱃가죽에 비해 정말 형편없이 적은 양이었다. 절망스러웠다. 오늘은 배를 곯고 집에 가서 비빔밥 한 양푼을 먹어줘야 하나, 고민하고 있을 때 그가 물었다.

"파트너가 영화관에서 졸고 있으면 어떤 기분이 듭니까?"

"네?"

애먼 스테이크에 눈동자 레이저 광선을 쏘아대고 있던 도연은 느닷없는 질문에 퍼뜩 정신을 차렸다.

"자리를 막 뜨고 싶다는 생각, 들지 않나요?"

스테이크 조각을 자르는 일에 전념하는 듯 그는 눈을 들지 않고 있었다. 혹시 멋쩍어서? 설마!

"아! 피곤하면 그럴 수도 있죠. 저도 잘 졸아요."

"꽤 창피했을 텐데요."

"정 창피하면 같이 조는 척하죠 뭐."

순간, 그의 눈동자가 번뜩였다. 전혀 예상치 못한 대답에 그는 놀라고 있었다. 그는 굉장히 신경이 쓰이는 그 일에, 정작 도연은 별로 대수롭지 않게 생각하는 것 같았다.

'이 여자, 여러모로 사람 놀라게 하는군.'

아까는 사무실에 있으면 더 일하게 되기 때문에 그냥 나와 버리는 거라고 말해 버렸지만 사실과는 많이 다르다. 석재라고 두다리 쭉 뻗고 마음 편히 자고 싶지 않을 리 없지 않겠는가. 영화관의 좁은 의자에 앉아 졸고 싶은 마음은 추호도 없었다. 하지만 저녁때가 되면 어김없이 사무실을 나오게 된다. 영화관 로비에 앉아 그녀가 오길 기다리고 그녀와 나란히 앉아 영화를 본다. 오늘은 물론 졸았지만. 식사를 하고 그녀를 집까지 데려다주고, 사무실로 다시 컴백하는 시간은 밤 열두 시. 두 시간쯤 눈을 붙이고 다시 서류를 펼쳐 든다.

힘든 일정을 소화하면서도 도연을 만나는 시간을 잠으로 대체하자는 생각은 단 한 번도 해본 적이 없었다. 석재 본인도 그게 불가사의였다. 왜 윤도연을 만나는 일에 이리도 집착을 하는 것인지. 윤도연을 만남으로써 자신이 얻고자 하는 게 무엇인지. 혼란스러웠고, 그 혼란스러움 속에서 그는 서서히 잊어가고 있었다. 애초 도연을 만나기로 했던 이유를 말이다.

지금도 혼란스럽기는 마찬가지다. 왜 그녀의 말 몇 마디에 그의 마음이 이렇게 풍랑을 만난 돛단배처럼 흔들리는지 알 길이 없었다.

'피곤해서 그래. 그래서 마음이 약해진 것뿐이야.'

석재는 고개를 내저으며 자르던 스테이크 조각을 마저 잘랐다.

"그래도 명색이 데이트인데 매번 이렇게는 좀 심심하지 않나? 야외로 나가는 거 어때요?"

"야외는 무슨. 저녁에 잠깐 짬 내는 것도 힘들면서."

"까짓것. 짬 내보죠, 뭐."

"됐어요. 그렇게까지 해서 놀러 나가고 싶지 않아요. 끼니는 잘 챙겨 먹어요?"

일순 그의 눈동자에 장난기가 출렁거렸다. 입가의 미소가 깊어지더니 치아가 보이고……. 쏙 보조개가 들어갔다.

'와우!'

도연은 꿀꺽 마른침을 삼켰다. 두 번째로 보는 그의 볼우물이었다. 한 번도 남자의 보조개가 귀엽고 섹시하다고 느껴본 적이 없는데. 잘 안 웃는 남자의 보조개라서 그런 건가? 저 보조개를 보기 위해서라면 모 개그맨들처럼 빨간 내복만 입고 길가를 돌아다닐 수도 있을 것 같다.

"걱정되나 봐요?"

"잠도 잘 못 자잖아요. 먹는 거라도 잘 챙겨 먹어야죠."

섹시한 석재의 보조개에 정신을 판 채 도연은 중얼거렸다. 그

사이 석재는 그녀의 스테이크 접시를 가져가고 대신 자신의 접시를 도연의 앞에 놓았다.

"챙겨주는 사람이 없어서, 별로."

그가 내민 접시 스테이크는 이미 먹기 좋은 크기로 잘게 썰어져 있었다. 그녀를 위해 대신 그가 고기를 썰어준 것이었다. 아주 소소한 배려지만 도연은 기분이 썩 좋아졌다. 남자가 썰어준 고기를 먹어본 적이 언제더라? 초등학교 때 아버지가 썰어줬던가?

"고마워요."

"천만에요."

"가족이 없으세요?"

석재가 건네준 접시에 포크를 박으며 도연은 물었다. 그런 그녀를 물끄러미 지켜보던 석재도 천천히 나이프를 들었다.

"어머니가 계신데, 시골에서 혼자 사세요."

스스럼없이 그가 말했다. 도연은 언뜻 예전에 윤 사장과 곽여사가 나누던 대화를 떠올렸다. 땅이 많았던 아버지, 부동산 투기계의 대모인 어머니 사이에서 그가 태어났다는 사실이 생각났다. 갑자기 한석재의 어머니는 어떤 분일지 궁금해졌다. 이렇게 잘생기고 번듯한 아들을 낳은 분이라면 분명 고운 자태를 가지고 계실 테다. 하지만 어쩐지 다정다감한 분은 아닐 것 같다. 따스하고 자애로운 어머니라면 아들이 몸 축내며 일하는데 나 몰라라 하진 않을 것이다.

갑자기 그가 불쌍하다는 생각이 들었다. 대한민국에서 제일 가는 갑부이면 뭘 하나? 꿈도 없고 목표도 없이 오로지 일을 하기 위한 일을 하고 있는데. 아마도 그는 진정한 보람을 느껴보지 못했을 것이다. 삶이 주는 행복감도.

"다른 형제는 없고요?"

"혼자예요."

"그런데 왜 어머님이랑 함께 안 살아요?"

"시골 집을 떠나기 싫다고 하셔서요. 아버지와의 추억이 묻어 있는 유일한 곳이거든요."

언뜻 듣기엔 매우 로맨틱한 말. 하지만 도연은 고개를 가로저었다. 그의 어머니는, 자식보다 남편을 더 소중하게 생각하는 타입이라는 확신이 들었기 때문이다. 한국의 전형적인 어머니라면 죽은 남편의 추억은 가슴에 묻고 자식의 인생에 더욱 관여하려 했을 것이다. 뭐, 석재만큼 크게 성공한 자식이라면 특별히 걱정하거나 관여할 일도 없겠지만. 그래도 어머니들은 다들 아들을 걱정하지 않나? 식사는 제때에 챙겨먹는지, 일을 너무 많이 해 과로를 하지 않는지. 옆에서 하나하나 챙겨주고 싶은 것이 우리네 어머니들의 공통적인 마음일 것이다. 그러나 한석재, 이 남자는 그런 호사를 누리지 못한 게 틀림없었다. 지금도 그렇고, 과거에도 그랬을 것이다.

싸하게 마음 한구석이 아려왔다. 이 남자, 너무 불쌍한 거 아니야?

"혼자 사는 거 안 불편해요?"

"열네 살 때부터 혼자 살았어요. 중학교 들어가면서 고향을 떠나 서울로 왔거든요. 혼자 오래 살아와서 그런지 불편한 점은 못 느꼈어요."

"중학교 때부터 혼자 살았어요?"

안타까움이 절절히 배어나오는 목소리와 표정. 석재는 도연의 얼굴에 드러나는 동정심에 기분 나빠해야 할지 불쾌해야 할지 혼란스러웠다. 누군가에게 이런 시선을 받는다는 것 자체가 그에겐 낯선 일이었다. 누구에게 져본 적도, 양보해 본 적도 없었을뿐더러, 그럴 필요성도 느끼지 못했었다. 공부든 사업이든 늘 1등이었고 강자였던 그를 그 어느 누가 동정했겠는가? 아마 윤도연이 유일무이할 것이다.

'훗! 생각보다 나쁘진 않군.'

굴욕적일 거라고 생각했다. 누군가에게 동정을 받는다는 것, 그것도 여자에게서 연민에 가까운 시선을 받는다는 건 남자에게는 치명적인 일이라고 여겼다. 하지만 지금 이 순간, 석재는 불쾌하지 않았다. 굴욕적이지도 않았고 자존심이 상하지도 않았다. 오히려 보호받고 있는 느낌이 들었다. 우스운 일이다. 이해할 수 없는 일이다. 하지만 정말 그랬다. 든든한 응원군을 만난 기분.

그래서인가? 자꾸만 그의 잠재의식이 그를 부추겼다. 그녀를 걱정시키라고. 연민이라도 좋으니 그녀의 관심을 확실히 가져

오라고. 사내답지 못하게 징징 짜고 응석을 피워서라도 도연의 시선을 모조리 다 빼앗아오라고. 석재는 바보 같은 자신을 꾸짖었다.

"집안 살림을 맡아 해주시던 분은 따로 있었어요."

착 가라앉은 그의 목소리는 아주 나직하고 부드러웠다.

"그래도 그 나이면 아직 앤데, 부모와 떨어져서 혼자 지냈다니……."

"요즘은 혼자 해외유학도 가던데요. 그 나이에."

당장이라도 '안됐다' 며, 쯧쯧 혀를 찰 것 같은 표정. 도연은 어떻게 그럴 수 있냐는 듯 안쓰러움이 가득 담긴 어조로 물어왔다.

"그때랑은 또 다르죠, 시대가 다른데. 많이 외로웠죠?"

"살 만했어요. 원래 외로움을 타는 성격이 아니라서. 어릴 때보단 오히려 지금이 더 외로움을 타는 편이죠."

"그렇게 바쁘게 일하는 와중에도 외롭다는 게 느껴져요?"

"일 년 삼백육십오 일을 계속 이렇게 일하진 않거든요. 이일 저일 벌려놓은 일은 많아도 서류에 사인만 하면 되는 직함이라 평소에는 그럭저럭 괜찮아요. 그러다가 중요한 일이 한두 건씩 생기면 정신없이 바빠지죠. 한참을 바쁘게 일하다 보면 또, 어느 순간 갑자기 한가해져요. 복잡했던 일이 한꺼번에 풀리는 경우라면 더더욱 그렇죠."

"맥 빠지겠네요."

맥 빠지겠다는 그녀의 말은, '정말 불쌍한 인생이네요'라는 환청으로 바뀌어 그의 귓속을 파고들었다. 석재는 어색하게 미소 지었다.

"그 갭이 꽤 커요. 식사도 제때에 못하고 잠도 제대로 못 자는 며칠을 살아내고 보면, 더 이상 아무것도 할 일이 없는 일상으로 돌아가는 게 두려워지죠. 차라리 바빴으면 좋겠다는 생각이 들 정도로요. 그래서 또다시 새로운 일을 시작하게 되고. 그렇게 끊임없이 반복하는 거죠."

누구나 부러워하는 백만장자이면서도 끊임없이 일에 매달렸던 이유가 바로 거기에 있었던 거였다. 돈을 벌기 위해서가 아니라, 외롭지 않기 위해서. 아니, 외롭다는 사실을 잊어버리기 위해서. 도연은 새삼 석재가 안쓰러워졌다. 돈만 많으면 뭐 해? 사는 재미를 못 느끼는데. 얼마나 외로우면 일을 만들어서 하냐고.

"그렇구나……."

시무룩하게 도연은 말끝을 흐렸다. 더 이상 앞에 있는 남자가 멋진 백만장자로 보이지 않는 모양이다. 불쌍한 고아 소년쯤으로 보이겠지. 석재는 피식 웃었다. 어쩐 일인지, 도연의 앞이라면 불쌍한 고아 소년이 되어도 좋다는 생각이 불쑥 든 것이다.

"그 덕에 난 점점 더 부자가 되고 있죠. 밤마다 울부짖는 외로운 부자."

석재는 가볍게 농을 건네며 웃었다. 킥킥, 도연도 따라 웃었다.

"용기를 내세요. 돈이 있잖아요."

콧잔등을 찡그리며 거창하게 그를 위로했다. 그리곤 조그만 주먹을 들더니 불끈 쥐며 작게 속삭였다.

"파이팅!"

훨씬 낫군. 아무리 자신 때문이라고는 하지만 그녀가 울적해지는 건 참을 수 없었다.

"도연 씬 어때요? 나왔어요? 지난번 오디션 결과."

석재는 자연스럽게 화제를 전환했다.

"예? 아!"

도연의 얼굴이 기쁨으로 활짝 펴지는가 싶더니, 순식간에 어그러졌다. 일이 잘 안 된 건가?

"집에서 그냥 기다리라고 하는데 아직 연락이 없어요. 사장님도 절 피하는 것 같고. 아무래도 떨어진 것 같아요."

어깨를 으쓱하는 그녀의 말투는 대수롭지 않은 듯 가벼웠다.

"조만간 연락이 오겠죠. 겨우 사 일 지났잖아요."

"그렇긴 한데. 안 될 확률이 더 높아요. 그날 목 상태도 별로 안 좋았거든요. 감기 때문에…… 실수도 했고요."

마지막에 했던 실수를 말하는 거라면, 그건 그의 탓이 컸다. 노래하던 중간, 그와 눈이 마주친 덕분에 너무 놀라 했던 실수였기 때문이다. 석재의 눈살이 저절로 찌푸려졌다.

"걱정 말아요. 좋은 소식 있을 거예요. 도연 씨가 마음에 안 들었으면 그 자리에서 즉시 말했겠죠."

"사장님이 그쪽 관계자랑 좀 잘 안다고 하더라고요. 아마 그쪽에선 사장님 체면을 고려해서 나중에 말한다고 하고 연락을 끊은 것 같아요. 그래도 뭐 상관없어요. 원래 별 기대를 안 해서 그런지 몰라도 그냥 담담해요."

정말 그런 듯 도연은 활짝 웃었다. 어깨를 으쓱하며 짐짓 강한 척하기도 했다. 그러나 갈매기 날개 모양으로 둥글게 휜 두 눈, 그 속에 둥둥 떠 있는 아쉬움을 석재는 알았다. 누구든 좌절하면 그렇듯 그녀 역시 상처를 받은 것이다. 그럼에도 굴하지 않고 여전히 밝은 그녀가 석재를 부드럽게 흔들었다.

"도연 씨를 떨어뜨린다면, 그건 그쪽의 실수죠. 내가 기획사 관계자라면, 난 절대 도연 씨를 놓치지 않을 거예요. 종신 계약서를 쓰자고 떼를 쓸 겁니다."

"와우!"

깜짝 놀란 듯 도연이 과장된 억양으로 소리를 쳤다. 어깨를 으쓱, 고개는 흔들흔들, 눈동자는 이리저리 빙글빙글. 몸짓 역시 과장되어 있고 연극적이라고 생각하는 순간, 위를 향하고 있던 빈 손바닥이 허공에서 찰싹, 소리를 내며 만났다. 중국 무술 영화에 등장하는 쿵푸청년이 스승에게 '사부님!' 하는 폼으로 그녀는 그에게 고개를 숙였다.

"고마워요. 이 위로, 평생 잊지 않을게요."

"위로 아니에요."

웃음이 풀풀 석재의 입을 뚫고 흘러나왔다.

"아니긴 뭘요. 걱정 마세요. 전 제 분수를 너무나 잘 아니까요. 제가 생각해도 전 많이 부족해요. 너무 평범하달까? 유행 코드랑 안 맞아요. 대중에게 먹힐 목소리가 아니라는 소리죠. 나이도 너무 많고 얼굴도 딸리고 목소리도 구식이고. 뭐 하나 마음에 드는 게 없어요."

"노래를 얼굴로 하나?"

"아무리 실력이 중요하다지만 솔직히 TV 전파를 타려면 비디오도 받쳐줘야 성공하지 않나요? 그런 면에서 전……. 휴! 뭘 믿고 가수를 한다고 했는지 몰라."

도연이 갑자기 한숨을 쉬었다. 이런……. 이러려고 꺼낸 말이 아니었는데. 석재는 의기소침한 도연의 모습에 적지 않게 당황했다. 이대로는 안 되겠다 싶어, 석재는 주머니에서 전화기를 꺼냈다.

"잠깐 기다려 봐요."

"어디…… 전화하게요?"

대답없이 석재는 빙긋 웃어주었다. 윤수에게 전화를 걸 참이었다. 녀석이라면 도연의 노래를 좋아할 것이라고 그는 확신했다. 그러나 시끄러운 통화 연결음이 한참이나 울리더니 투둑 소리와 함께 쩌렁쩌렁 울리는 윤수의 목소리와 마주했을 때, 석재는 자신의 확신이 점점 사그라지는 걸 느꼈다. 수화기를 통해 들려오는 상황으로 보아, 윤수 옆에는 여자가 적어도 둘 이상은 있는 것 같았다.

[형! 웬일이야, 이 시간에? 나한테 다 전화를 주시고.]

"어디냐?"

[어딘지 알면 이리로 오시게? 하긴, 이리로 오면 형을 반길 애들은 아주 많다. 야! 지금 이 몸이 전화하고 있는 분이 누군 줄 알아? 대한민국 최고의 갑부, 한석재 옹이시다!]

버럭 놈이 주위에 대고 소리를 지르자, 한 여자가 소리를 질렀다. 꺄아아아! 그러자 다른 여자가 호들갑스럽게 난장을 떨었다.

[어머어머! 정말? 진짜로? 나 좀 바꿔줘요, 오빠.]

시끄럽고 난잡한 소리들이 수화기를 타고 들려왔다. 귀청이 떨어져 나갈 것 같은 괴성에 석재는 얼굴을 찡그렸다. 아무래도 전화를 잘못 건 듯. 흘깃 도연 쪽을 보니, 그녀는 호기심 완전 충전된 눈으로 그를 보고 있었다. 난감하군, 그렇다고 이대로 전화를 끊을 수도 없고. 어쩌지?

[이거, 이거. 이제 형을 슬슬 경계해야 할 시점이 된 것 같은데? 애들이 한석재라고 하니까, 정신을 못 차리네. 이러다가 요 것들이 전부 다 형한테 홀딱 빠지는 거 아니야? 그러면 곤란한데.]

'곤란한데~'의 어투가 심상치 않았다. 능글맞게 흐트러지는 윤수의 숨소리, 그 뒤로 이어지는 여자의 자지러질 듯한 비명 섞인 웃음소리가 그쪽의 상황을 알려주고 있었다. 이러다가 녀석이 일 치르는 걸 생중계로 듣는 역겨운 일이 발생할지도 모를 판. 석재는 딱딱하게 말했다.

"끊는다."

[엇! 아~ 안 되지. 용건은 말을 하고 끊으셔야지!]

"네 중요한 순간을 방해하고 싶지 않아서."

[방해는 무슨. 쪼물딱거리는 건 전화 받으면서도 할 수 있어. 무슨 일이야?]

쪼물딱……. 어딜 주물럭거리는 건지는 대략 짐작이 간다. 위 아니면 아래겠지. 갑자기 눈앞에 낯 뜨거운 장면이 휙 펼쳐지자 석재는 아랫입술을 질끈 씹었다. 한순간 나타났다 사라진 영상에는 도연과 그 자신, 두 사람이 등장하고 있었다. 빌어먹을……! 몸의 중심, 그곳이 불에 덴 듯 뜨거워지더니 점점 단단해지기 시작했다.

[형, 듣고 있어?]

"……."

듣고 있다, 이 자식아. 너 때문에 변태가 되어가고 있다고.

[말해. 중요한 얘기면 애들 내보낼게.]

"그럴 것까진 없어."

[무슨 얘긴데?]

장난스럽기만 하던 윤수는 어느덧 진지 모드로 돌입 중. 얼굴이 벌게진 석재는 도연 쪽을 보지 않기 위해 살짝 몸을 틀었다. 도연을, 그녀의 순진무구한 얼굴을 지금 보게 된다면 그는 걷잡을 수 없는 상태가 되어버릴지도 몰랐다. 공공장소에서, 아무 생각 없는 도연을 상대로라니. 미친 거로군, 한석재.

"유행 코드와는 맞지 않은 목소리가 하나 있어."

그의 목소리는 살짝 떨리고 있었다.

[목소리?]

"나이는 많고, 얼굴도 딸리고, 목소리는 구식이야."

[가수야? 누군데? 형이 개인적으로 아는 애야?]

윤수의 질문을 무시하고 그는 계속 말을 이어갔다.

"하지만 그 목소리를 듣고 있으면 시원한 청량제를 마신 기분이야. 머리가 맑아지고 에너지가 솟는 기분. 듣고 있으면 넋이 나가. 청중을 몰입하게 만들어."

[오우…… 죽이는데?]

윤수가 낮고 느리게 중얼거렸다.

"너라면 그 가수, 어떻게 할 거냐?"

[당장 계약해야지, 물론. 말이라고 해?]

"그래?"

역시, 놈은 뭘 좀 안다. 석재는 씩, 미소를 지으며 도연을 보았다. 맑고 청명한 눈망울로 이쪽을 보는 도연에게 그는 속삭였다.

"당장 계약할 거랍니다."

"누군데요?"

그녀가 물었다. 단단해진 몸의 중심부가 고통스러울 만큼 커다래졌다. 레스토랑의 조명이 붉은 계통임에 그는 새삼, 감사해

했다. 달아오르는 얼굴빛을 숨길 수 있으니 이 얼마나 다행인가.

"네 형 회사 이름이 뭐지?"

[우리 기획사? 아직도 몰라? BNS. Brand New Star의 준말.]

그는 도연에게 'BNS 관계자'라고 말했다. 도연은 BNS에 대해 아는 듯 깜짝 놀랐다. 하긴, 이 계통에선 그 기획사를 모르는 이는 거의 없을 것이다.

[뭐야? 형, 혹시 그 가수랑 함께 있는 거야?]

"그래."

[누군데? 형이랑 어떤 사이인데?]

균이 아직 말하지 않았나보다. 어쩐 일로?

[혹시 그 맞선녀? 박테리아 놈이, 가수가 어쩌고저쩌고하면서 이상한 말을 해대던데……. 설마 그 맞선녀가 가수라는 말은 아니겠지?]

어쩐지. 말을 하긴 했군. 그런데 윤수가 제대로 알아듣지 못한 모양이었다.

"맞아."

[뭐야?!]

왜 놀라는지 알 수가 없지만, 놈은 미친 듯이 버럭 고함을 질러댔다.

"내 용건은 이걸로 끝이야. 보던 재미, 마저 봐라."

「잠깐만, 형! 형! 나랑 얘기 좀 해. 그러니까 그 여자가, 아니, 그 여자 분이, 아니, 형수님이 가수란 말이지? 진짜로?!」

석재의 고막을 망가뜨리려고 작정을 한 양 윤수는 고래고래 고함을 질렀다. 덕분에 한껏 달아올랐던 몸이 싸하게 식어갔다. 도연 역시 수화기에서 흘러나온, 괴성에 가까운 외침을 들었는지 인상을 찌푸리고 있었다. 완전히 오버로군. 도대체 왜 이러지?

"나중에 말하자. 끊어."

[형! 형!]

윤수의 다급한 목소리에도 아랑곳 않고 석재는 전화기 폴더를 접어버렸다.

"아는 동생이 기획사에 근무한다더니, 그 회사가 BNS예요?"

막 전화기를 접고 나니 도연이 물어왔다. 신기한 듯.

"녀석이 관심을 보이는데요? 말만 해요. 소개해 줄게요."

"사장 동생인가 봐요?"

"백 하나는 든든하죠?"

"그러네요."

도연은 얼어붙은 근육을 억지로 움직여 웃었다. 그러나 BNS 사장의 동생을 소개받을 생각은 추호도 없었다. 그 이유는 당연히 한 가지다. 한석재의 입김으로 가수가 될 생각이 결단코 없기 때문이다. 그런 쪽팔린 일은 절대 하지 않을 것이다. 그녀의 기분을 헤아린다면, 한석재 역시 진지하게 권하진 않겠지. 도연은 가볍게 여기기로 했다.

"다음에 식사나 함께해요. 친한 사이인 것 같은데."

"나보다는 균이 녀석이랑 친해요."

"균? 그 운전해 주던……?"

도연은 개인 비서처럼 그의 뒤를 따라다니던, 멀끔한 청년을 떠올렸다.

"운전도 해주고 스케줄도 관리해 주고. 녀석이 없으면 난 수족이 잘린 거나 마찬가지예요. 중요한 녀석이죠."

다행이다. 그렇게 옆에서 챙겨주는 사람도 있고. 한석재, 외롭다 해도 완전히 혼자는 아닌 모양이네. 요 며칠 이래, 처음으로 편안한 마음이 되어 도연은 활짝 웃었다. 삼 일 내내 흐르던 둘 사이의 냉기류가 푸근한 그녀의 웃음과 함께 녹아 내려갔다.

"그럼 언제 한 번 다 함께 봐요. 재미있을 것 같네요."

재미? 석재는 일순 미간을 좁혔다. 도연과 균, 윤수가 한자리에 어울려 웃고 떠드는 모습이 훅 떠올랐기 때문이다. 상당히 마음에 안 드는 그림.

"나중에…… 기회가 된다면."

하지만 그럴 일이 과연 있을지. 여자들과 지분거리는 걸 좋아하는 윤수에게 도연을 소개해 주긴 싫었다. 연애 백단인 것처럼 떠들어대지만 실은 완전 숙맥이나 다름이 없는 균 역시 마찬가지다. 소프트웨어 준수하고 하드웨어 건실한 균은 좋은 놈이긴 하지만 도연에겐 어울리지 않았다.

어차피 윤도연과는 조금 사귀다가 말 거라고 여겼던 석재는 점점 자신의 마음 안에 피어나는 집착을 깨닫지 못하고 있었다. 자신의 본능은 이미 윤도연을 제 것이라 단정 지어놓고 있다는 걸 모르고 있는 것이다. 물론 지금 자신이 후배들을 상대로 느끼는 감정이 질투라는 것 역시 알지 못하는 상태다. 그걸 스스로 깨닫기엔 그의 감정이 너무 빨리 흐르고 있었다.

너무 빨리…….

식사를 마친 후, 그는 근사한 재즈 음악이 흐드러지게 흐르는 카페로 그녀를 안내했다. 피아노와 색소폰, 더블베이스와 기타의 하모니가 로맨틱하면서도 진지한 분위기를 만들어주었고, 덕분에 도연은 그에 대해 많은 걸 알게 되었다.

그가 운영하는 증권회사 이름이 프라임증권이라는 것부터 시작해서 그의 빌라에 유명배우 안 모씨가 산다는 사실, 어릴 때 우유로 심하게 체한 경험 때문에 우유를 못 마신다는 사실, 최근 갑자기 일이 바빠진 이유까지. 특히 호텔 인수 문제가 난항을 겪고, 운영 중인 쇼핑몰 '파우스트'가 법적 공방에 휩싸인 상황에 대해서는 아주 세심하고 자세히 설명해 주었다.

기분 좋은 수다를 즐긴 후, 도연은 그가 운전하는 차를 타고 집까지 왔다. 물론, 오늘도 그는 그녀의 딱정벌레만한 자동차에 온몸을 구겨 넣은 채로 운전을 했다. 미안해서 수시로 그의 심기를 조심스레 살펴봤는데, 다행히 그는 그다지 신경 쓰지 않는 듯했다.

운전 중에도 그들은 가벼운 대화를 나누었다. 마침내 집에 도착했을 때, 두 사람 사이엔 화기애애한 분위기가 흐르고 있었다. 며칠 동안 눈에 보이지 않던 장막이 가로막혀 어색하고 불편하기까지 했던 둘 사이는 이제 오누이처럼 다정다감했다. 단 몇 시간 만에 이렇듯 친근해졌다는 사실에 놀라면서도 도연은 왠지 벅찼다.

'이 사람이…… 좋아.'

우려했던 일이 기어코 발생해 버렸다. 한석재를 욕심내게 되는 일은, 그 일만큼은 제발 생기지 말길 바랐는데. 그가 원하면 언제든지 즐거운 얼굴로 빠이빠이를 외쳐 주고 싶었던 그녀의 작은 꿈은, 한낱 꿈으로 사라져 버렸다. 이제 빠이빠이 하고 싶지도 않고, 해도 즐거운 얼굴로는 못할 것 같았다. 짧은 기간, 이토록 마음을 빼앗길 줄 꿈에도 몰랐던 도연은 당황스러웠다.

그녀의 아파트에 도착해 시동을 끄는 그를 빤히 바라보며 도연이 작은 한숨을 쉬었다. 앞으로 겪게 될 일들 중 제발 힘든 일은 없었으면, 작은 바람을 마음속으로 조심스럽게 빌었다.

"무슨 생각을 그렇게 골똘히 해요?"

느릿느릿 천천히 자동차에서 빠져나오는 그녀에게 그가 말했다. 그는 이미 도연의 표정이 심상치 않음을 감지하고 있었다.

"아무것도 아니에요. 딴생각 좀 하느라고……"

멋쩍게 머리를 긁적이며 다가서는 그녀에게 석재가 자동차 키를 내밀었다.

"데이트 상대가 지루해서는 아니고?"

도연은 석재의 손에 든 자동차 키를 잡기 위해 손을 내밀며 배시시 웃었다.

"아니에요. 오늘 즐거웠어요. 간만에 수다를 떨어서 스트레스 확 푼 것 같아요."

도연이 키를 잡아채려는 순간이었다. 그의 손에 들려 있던 키가 휙, 어딘가로 사라졌다. 잉? 이건 또 무슨 마술인가? 눈을 동그랗게 뜨고 도연이 석재를 바라봤다.

"왜?"

"모든 일에는 대가가 있는 법이죠."

"예?"

"나로 인해 스트레스 풀었으면 대가를 치르셔야지. 그게 인지상정 아닌가?"

장난기 가득한 얼굴로 그가 눈썹을 휙 치켜떴다. 이 남자, 진심인가?

"석재 씨……."

"난 스트레스가 오히려 더 쌓였어요. 알다시피 잠도 못 잤고, 도연 씨 수다 들어줘야 했고, 운전했고. 게다가 하고 싶은 것도 못하고 참고 있어요."

"참아요? 뭘요? 나 때문에 못하고 있는 거예요?"

"으흠."

고개를 끄덕이며 긍정의 의미로 그가 허밍했다.

"그러지 말지……. 뭔데요? 하세요. 나 때문에 참을 필요 없어요."

그의 삐딱했던 입가가 깊은 보조개를 만들며 올라갔다.

"정말입니까?"

"그럼요. 무슨 일인데 내 눈치를 보고……."

그 순간, 어딘가에 숨겨져 있던 그녀의 자동차 열쇠가 짠! 하고 나타났다. 그리고 열쇠의 갑작스런 등장에 시선을 빼앗긴 도연에게로 그가 단숨에 걸어왔다. 불과 두어 걸음 떨어졌을 뿐이었기 때문에 그의 기습을 예측할 수도, 대비할 수도 없었다. 도연은 그 자리에서 서서 당할 수밖에 없었다.

키스였다. 입술만 살짝 문지른 수준의 경미한 접촉이었지만 도연에겐 엄청난 충격을 가져다주었다. 너무나 놀라 꼼짝도 하지 못했다. 뭐라 대꾸는커녕 하다못해 비명도 지르지 못했다. 온 얼굴이 시뻘겋게 물들었다는 것, 한 손으로 입술을 가린 채 딸꾹질을 하기 시작했다는 것, 석재의 눈을 똑바로 쳐다보지 못한다는 것이 그녀의 심정을 대변해 주고 있을 따름이었다.

"앞으론 눈치 안 보겠어, 윤도연."

숙인 정수리로 툭 던져진 그의 말. 두근두근. 맥박이 미친 듯이 뛰기 시작했다. 이 말은……?! 도연은 그가 한 말의 의미를 정신없이 생각하기 시작했다. 분석하고 또 분석하고. 이 말을 어떻게 받아들여야 할지 생각하고 또 생각했다. 단 몇 초 만에 그녀의 머리는 파뿌리가 될 지경이었다. 그녀의 마음을 아는지 모르는지, 석재는 그녀의 이마에 살짝 입을 맞추었다. 귀여운 여동생에게나 할 법한 그런 다정한 입맞춤. 그러나 온몸이 짜릿해지는 입맞춤이었다.

"잘 자."

아무렇게나 웅얼거린 것 같다. 너무나 따뜻해서, 그가 한 말이 너무나 포근하고 간지러워서, 거의 들리지도 않는 목소리로 인사를 건넸다. 그리곤 뒤도 돌아보지 않고 쏜살같이 후다닥 아파트 입구로 뛰어들어 갔다. 일층에 머물러 있는 엘리베이터의 열림 버튼을 누르고 후딱 안으로 들어간 도연은 거친 숨을 몰아쉬며 두근거리는 심장을 진정시키려 애를 썼다. 십사층까지 올라가는 내내.

한참 후. 딩동댕, 소리와 함께 엘리베이터 문이 열렸다. 도연은 심호흡을 한 번 하고 표정 관리에 들어갔다. 집에는 분명 아버지와 어머니가 계실 터. 최근 주말에 하는 사극에 열을 올리면서 두 분의 귀가 시간 역시 밤 아홉 시로 굳어지고 있었던 것이다.

불그레해진 도연의 볼을 본다면 그들은 분명 그녀를 붙들고 누구의 짓인지 캐내려고 할 거다. 그러다 반지의 주인공에 대해 추궁할 것이고, 왜 데려오지 않는 거냐며 다그칠 테지. 알아오라고 했던 회사 이름은 어떻게 됐냐고도 할 테다. 결국 그녀는 참지 못하고 '프라임증권'이라고 말할 테고, 그럼 윤 사장은 말하겠지. '한 군 회사에 다니는군' 이라고.

'대충 시나리오가 나오지.'

열기를 식히려 차가운 손으로 뜨거운 두 볼을 꽉꽉 찍어 누르며 도연은 생각했다. 그들의 집요한 추궁에 걸려들지 않기 위해선 보통 때와 다름없이 등장해 줘야 하는데 그게 가능할지 의문이었다. 워낙에 놀랐던 터라. 졸지에 키스를…… 한석재와 하게 되었으니 평소 때와 다름없는 자연스러운 행동은 거의 불가능했다. 아직도 가슴이 이렇게 두근거리니 원.

그나저나 한석재와 사귀게 되었다는 말은 또 어떻게 꺼내야 할까? 산 너머 산이라더니, 도연이 딱 그 짝이다. 다음 주 수요일이면 그 남자가 인사하러 오겠다고 한 바로 그 날짜였다. 아직 시일은 삼 일이나 남아 있긴 하지만 지금 같은 심정이라면, 글쎄다. 말 못할 것 같다. 이럴 때 딱 어울리는 말.

—선택을 회피하는 것은 게으름의 일종이다.

모 정신과 의사가 웬 토크쇼에서 했던 말이다. 귀차니스트 중의 귀차니스트라고 스스로 자부하는 도연으로서는 자꾸만 이 일을 뒤로 미루고만 싶었다. 한석재에게 제 정체를 밝힐 때와 마찬가지로. 어떻게든 현실을 회피하려고 드는 거였다.

"아! 머리 깨져."

현관문을 뚫어져라 노려보며 도연은 중얼거렸다.

문자 메시지가 온 건 그때였다. 메시지 수신 벨소리를 들은 도연은 주머니에서 전화기를 꺼내며 현관벨을 눌렀다.

"누구세요?"

곽 여사의 목소리가 현관문 너머로 들려왔다.

"도연이!"

고개를 숙여 메시지를 확인하며 그녀는 대답했다. 메시지의 주인공은 한석재였다. 순간, 확 얼굴이 달아올랐다. 내내 가라앉히려고 노력했던 열기도 후끈. 아! 짧은 입맞춤이었을 뿐인데 왜 이렇게 마음이 싱숭생숭한 거지? 왜?!

"일찍 왔네? 오늘도 노래 안 했어?"

근심스러운 듯 곽 여사가 물어왔다. 아무리 웬수네 뭐네 해도, 딸은 딸. 감기 후유증으로 고생하는 딸이 걱정이 되긴 하나 보다. 어제도 반쯤 잠들어 있는 도연의 머리맡에 다가와 이마를 어루만지며 '얼마나 아프면 그 좋아하는 노래도 못하고, 쯧쯧!' 하고 말하던 그녀였다. 그러나 곽 여사의 걱정은 뒷전. 도연의 시신경은 온통 액정의 문자에 쏟아지고 있었다.

〈말놔도될까〉

무슨 암호라도 되는 양, 메시지는 띄어쓰기도 되어 있지 않은 상태였다. 그것도 딸랑 다섯 자. 말을 놓겠다고?

"너 왜 그러니? 아직도 열이 있는 거야?"

붉게 타오르는 도연의 두 볼을 곽 여사는 다른 쪽으로 오인한 모양이었다. 걱정스러운 듯 고개를 기울이며 물어온다.

"괘, 괜찮아. 약 먹었어."

"거, 얼음팩 좀 만들어서 머리에 올려주지 그래."

어느 틈에 다가온 윤재규 사장님. 역시 걱정스러운 눈으로 도연을 바라본다. 곽 여사에게 얼음팩을 만들라는, 도연으로선 전혀 달갑지 않은 재촉까지 해주시는 센스(?)를 발휘해 주시고. 으......

"어? 드라마 시작하네."

맥주 광고를 끝으로 드라마가 시작되고 있었다.

"난 괜찮으니까 드라마 봐."

"어머? 정말이네?"

깜짝 놀라서 곽 여사는 뒤를 돌아봤다. 좌앙~ 짜자자~안! 거창한 오프닝 곡과 함께 낯익은 배우가 두 눈을 부라리며 상대를 노려보는 중. 아버지는 이미, 나타났던 때와 마찬가지로 쏜 살같이 소파에 앉아 시청 준비를 끝마친 상태였다.

"정말 괜찮겠니?"

그래도 쉬이 발이 떨어지지 않는지, 곽 여사가 조심스레 물었다. 응! 그래. 얼른 드라마나 보라고. 도연은 속으로 열광적인 고갯짓을 해대며 곽 여사의 등을 떠밀었다.

"내가 애유? 왜 그래? 난 내가 알아서 할 테니까 엄만 엄마가 좋아하는 드라마나 보라고."

"그래, 그럼…… 정 열이 안 떨어진다 싶을 때 엄마 불러. 응?"

등 안 떠밀었으면 어쩔 뻔 봤누? 곽 여사는 도연이 채 대답하기도 전에 후다닥 티브이 앞으로 가서 앉았다. 화면에는 눈이 부리부리한 남자 주인공이 입 주위에 시커먼 수염을 잔뜩 달고 침까지 튀기며 전쟁을 해야 한다 역설하고 있었다. 그 앞에는 두 중년 부부가 두 눈을 말똥말똥 뜨고 유명 탤런트가 역사의 실제 인물인 양 정신없이 드라마에 몰입해 있고. 앞으로 한 시간, 드라마가 끝날 때까진 절대 꿈쩍도 하지 않으리.

도연은 두근두근 뛰는 가슴을 안고 후다닥, 그녀의 방으로 내달렸다. 막 방 안에 도착한 그녀에게 또 하나의 메시지가 도착했다.

〈그냥놓는다〉

앗! 정말 말을 놓겠다는 뜻인가? 입까지 맞추고 말까지 놓겠다면……. 팔딱팔딱 그녀의 맥박이 다시금 미친 듯이 뛰기 시작했다. 뭐라고 답변을 보내야 하지? 고민하고 있을 때, 다시 메시지가 도착했다.

〈내가오빠다〉

오빠다?! 풋! 도연은 웃음이 터질 것 같아 손으로 입을 가로막았다. 그녀가 답변을 보내지 않으니, 그는 오해를 하고 있었나 보다. 그녀가 말 놓는 걸 싫어하는 걸로. 그래서 나이로 밀어붙이시겠다? 하하! 뭐, 오빠긴 오빠다. 나이가 더 많으니.

"이 양반, 은근히 귀엽네. 오빠라고?"

뭐라고 답변을 보낼까? 잠시 고민한 도연은 입술을 한쪽 끝으로 몰아붙여 꾸깃꾸깃한 후 꼬물꼬물 움직이더니 천천히 휴대폰 답변 보내기 버튼을 눌렀다. 그리고 엄지손가락 두 개를 이용해 뽁뽁 소리를 내는 휴대폰 글자 버튼을 정성껏 눌렀다.

〈나도놓는다〉

잠시 후, 보내기 버튼을 누른 도연은 씩 만족스러운 미소를 지었다. 입고 있던 외투를 벗으며 샤워실로 향하는 그녀는 그의 반응이 어떨지 상상하며 키키킥 웃었다.

•제12장 사랑, 그까이 꺼 한번 해봅시다•

⟨나 도놓는다⟩

그녀가 이틀 전에 보내왔던 메시지를 내려다보며 석재는 피식 웃었다.

그날, 그녀의 답변을 받은 그는 정말 미친놈처럼 웃어댔었다. 얌전히 운전하던 균이 다 무슨 일이냐고 소리를 칠 정도였다. 겨우 웃음을 진정시킨 그는 흡족한 마음으로 ⟨그래도연아⟩라고 답했다. 그 후 삼십 분, 기다리던 그녀의 메시지가 날아왔다. ⟨그래 한석재⟩라는.

그 뒤부터 도연과의 다섯 자 문자 메시지 대화는 몇 시간 동안 지속되었다. 그녀의 메시지가 현재 시각을 일깨워 주기 전까지.

〈석재야잠와〉

도대체 몇 시지? 궁금해 시계를 보니, 작은 바늘이 이미 숫자 2를 넘어서고 있었다. 시간이 벌써 새벽 두 시라니, 놀라지 않을 수 없었다. 문자 메시지는커녕 전화도 오 분 이상 하지 않는 타입의 그가 고작 애들이나 하는 메시지질로 밤을 새우고 있었다니, 균과 윤수가 알면 배꼽이 빠져라 웃어댈 일이었다.

시간이 늦은 관계로 종료되었지만, 그날의 문자 메시지 채팅은 다음날에도 계속되었다. 눈 뜨자마자 날린 문자 메시지에 기다렸다는 듯 도연이 답을 보내왔다. 영화 보기 위해 만나기 전까지 두 사람은 핸드폰 문자 메시지로 수다 떠는 재미에 푹 빠져 하루를 보냈다.

그렇게 이틀을 보내고 오늘, 호텔 매입 협상이 재개될 조짐으로 다시 분주해진 사무실에서 그는 그녀의 메시지를 다시 읽고 있었다.

"어차피 아쉬운 건 우리 쪽이 아닙니다. 분명히 그쪽에서 한 수 접고 들어올 겁니다. 강만원 회장이 아직 자리보전하고 누워 있는 상태이니 협상은 아마도……."

부사장이 브리핑 도중 말을 멈추었다. 석재는 여전히 휴대폰을 내려다보고 있는 중. 빙긋 입가에 미소가 감돌고 있었다. 균은 눈살을 찌푸리며 큼큼, 목청을 가다듬었다. 신호를 보내는 거였다. 제발, 정신 좀 차리라고!

"사장님?"

아뿔사다. 결국 부사장이 눈치를 채고 말았다. 사장이 한눈팔고 있는 걸. 그것도 중요한 안건을 놓고. 부사장은 호텔 회의실이 아닌, 사장의 개인 집무실까지 원정을 와 안건을 보고하는 성의를 보이고 있건만, 사장이란 작자는 여친의 문자 하나에 넋을 잃고 헬렐레 하고 있으니 원. 균은 곁눈질로 석재를 힐끗 보고는 고개를 살래살래 흔들었다. 석재의 이런 모습은 지금껏 처음이었다.

"큼! 사장님?!"

윤세윤 부사장이 좀 더 큰 소리로 석재를 불렀다. 휴대폰 문자에 정신이 팔려 있던 석재가 퍼뜩 정신을 차릴 만큼의 볼륨이었다. 석재는 고개를 번쩍 들었다. 입에 걸려 있던 미소가 어색하게 일그러졌다. 그제야 윤 부사장과 민 상무의 시선이 자신에게 집중적으로 쏟아지고 있다는 걸 깨달은 듯했다. 균은 포복졸도하고 싶은 심정을 굳게 짓누르며 입술 안쪽을 꽉 깨물었다.

"아, 계속해요."

우리의 석재, 전혀 당황하지 않은 듯 가장하며 어깨를 으쓱했다. 지금껏 계속 듣고 있었다는 듯 자연스러운 동작이었다. 그러나 균은 알았다. 저게 그의 트레이드 마크라는 걸. 문어발식으로 확장되어 있는 다양한 비즈니스와 억! 소리 나게 많은 일감들을 전부 감당하고 있는 그의 저력이 바로 저런 여유라는 걸. 한석재는 절대 당황하지 않는다. 무슨 일이 있어도. 적어도, 일에 있어서는.

탁 소리를 내며 그는 휴대폰을 닫았다.

"아! 예……. 아마도 협상은 강만원의 아들이자 고려의 실질적인 오너인 강원재 사장이 나설 것으로 보입니다. 강원재는 아버지인 강만원보다는 훨씬 현실적인 인물입니다. 입사 이후 줄곧 고려를 현대적으로 탈바꿈시키고자 노력했었고, 2003년부터는 방송 매체에 숙박권을 무료로 제공하는 등의 홍보 활동도 꾸준히 이어왔습니다. 그렇지만 번번이 강만원의 고집 앞에 무릎을 꿇었죠. 지금으로선 강원재가 아버지의 고집을 못 꺾은 게 매각 사태까지 불러일으킨 것이라 할 수 있겠습니다."

"그렇다면 강원재와는 원만한 타결이 가능하겠군요."

"저희 쪽 예상으론 그렇습니다."

"하지만 반대의 경우를 완전히 배제할 수는 없다고 봅니다."

민 상무가 입을 열었다.

"강원재는 효자라고 정평이 나 있습니다. 죽음을 불사하면서까지 강만원은 고려호텔이 없어지는 걸 막으려 했습니다. 효자라면 그걸 완전히 무시하지 못할 겁니다."

일리가 있는 말이었다. 균은 민 상무의 의견이 아주 가능성 없는 말 같지 않았다. 석재 역시 그리 생각하는 듯 고개를 끄덕이는 중이었다.

"맞아요. 이래 죽으나 저래 죽으나, 죽기는 매한가지니까요. 어차피 호텔 사수는 물 건너갔고, 고려가 망하는 건 이제 기정 사실화되고 있으니 어떻게든 고려의 이름만은 남기려고 할 겁니다. 여차하면 파라다이스도 있으니 그쪽에선 애 닳을 일이 없겠죠. 물론 최대한 파라다이스로는 안 넘기려고 할 테지만요."

파라다이스는 국내 호텔업계에서 내놓은 자식이나 다름이 없었다. 더러운 암흑의 돈을 끌어들이는 것도 모자라 그들과 손잡고 해외 진출을 시도하는가 하면, 그들의 돈세탁까지 해주고 있는 판국이었다. 호텔업에 대한 자존심으로 똘똘 뭉친 강만원은 무슨 일이 있어도 파라다이스에 고려를 넘기려 들지 않을 것이다. 아무리 좋은 조건을 제시한다 해도.

"한서은행 쪽은 어떻게 됐습니까?"

균이 한마디 거들자 석재가 굳은 얼굴로 물었다. 날카로운 사업가의 눈매로 되돌아온 석재의 물음에 윤 부사장이 즉각 답했다.

"조만간 결정을 내릴 겁니다. 강만원과의 두터운 신의 때문에 쉽게 결정을 내리진 못하겠죠. 하지만 몇 시간 전, 강만원의 건강이 최악으로 치닫고 있다는 소식이 전해졌습니다. 은행장 역시 조만간 알게 되겠죠. 이삼 일 내로 김 행장으로부터 연락이 올 겁니다."

김 행장은 강만원이 끝까지 고집을 꺾지 않을 것을 대비해,

석재가 만들어놓은 비상대책이었다. 한서은행은 고려호텔을 단번에 망가뜨릴 수 있는 거액의 어음을 갖고 있었다. 강만원과 깊은 신의로 맺어져 있는 지인, 김 행장은 강만원이 고려호텔을 제 입맛에 맞는 조건으로 매각시킬 때까지 그 어음을 은행에 묶어두고 있을 작정이었을 테다. 아마 미리 강만원이 양해를 구해놓았을 것이다.

그러나 세상에 돈보다 더 위력적인 건 없는 법. 백만장자 한석재의 위력은 몇 십 년의 우정까지도 무너뜨렸다. 조만간 김 행장은 석재의 편에 설 것이다. 그리고 은행의 최고 고객인 석재를 위해 갖고 있던 엄청난 금액의 어음을 돌릴 것이다.

"그럼 이제 협상이 재개되기만을 기다리면 되는 겁니까?"

석재가 물었다.

"이번 협상은 저희가 알아서 하겠습니다. 사장님이 직접 나서지 않아도 될 것 같습니다."

"그래요? 그거 듣던 중 반가운 소리군요."

어느덧 싸늘해진 그의 입술이 냉소를 머금었다. 엄청난 연봉을 받으면서도 이런 커다란 일이 있을 땐 늘 그에게 도움을 요청하는, 실로 무능력하고 덜떨어진 실무진들을 향한 비웃음이었다. 그의 비난이 느껴졌는지 윤 부사장과 민 상무가 헛기침을 하며 시선을 흩뜨렸다. 무안하기도 하겠지. 균이 봐도, 그들은 바지저고리였다. 심부름꾼에 지나지 않는. 이러니 석재 형이 마음 편히 휴가도 못 떠나지. 쯧쯧! 허구한 날 일에 찌들어 연애도 제대로 못하는 팔자가 괜한 게 아니다.

"어쨌든 한시름 놓게 되었군요. 그래도 아직 안심하기는 이르니까, 일 해결되었다 마음 놓지 마시고 고려 측 움직임 잘 살피세요. 아시겠습니까?"

석재는 진땀을 흘리는 중역진을 향해 날카로운 시선을 날렸다. 나이 많은 중역진들을 휘어잡는 솜씨로 따지면 세계 최고일 듯. 석재가 원래 아랫사람을 과하게 부리거나 거만하게 군림하려 드는 스타일이 아닌 데다가 나이까지 어려, 가끔은 이렇게 휘어잡아 줄 필요가 있었다. 부하직원에게 얕잡히면 그만큼 회사에는 마이너스이기 때문. 남들은 그가 돈 많고 시간 많은 백만장자라, 사업 역시 취미 삼아 하는 줄 알지만 천만에 말씀이다. 그는 일에 있어서는 언제나 치밀하고 정교했다.

"그만 들어들 가보세요."

"예, 사장님."

부사장과 민 상무가 고개를 조아렸다. 아마 이들은 석재의 개인 집무실을 나가는 즉시 넥타이를 풀고 손수건으로 이마를 훔칠 것이다. 쌤통이군. 균은 쩔쩔매며 사무실을 나가는 두 중역을 향해 고개를 꺾으며 피식 웃었다.

텅. 소리와 함께 문이 닫혔다. 부사장과 민 상무를 집어삼킨 사무실 문을 확인한 균은 털썩, 자리에 앉았다.

"뭐야? 애들처럼."

"무슨 소리야?"

커다란 책상 앞으로 바짝 다가간 석재는 컴퓨터 모니터에 시선을 박았다. 커다란 모니터로 국내 증시가 실시간으로 업데이트되어 올라오고 있었다. 음흉하기는, 모른 체하면 그냥 넘어갈 줄 아셨나?

"문자 메시지 말이야. 고딩 중딩도 아니고 그게 뭐야? 채신머리없이."

"난 네가 무슨 말을 하는지 모르겠다."

"연애한다고 너무 티내지 말라고."

짐짓 심술이 난 사람처럼 균은 일부러 볼멘소리를 냈다. 물론, 전혀 심술 안 났다. 오히려 덩실덩실 춤이라도 추고 싶을 지경. 평소, 한석재에게 부족한 게 있다면 그건 바로 '여자'라고 생각했기 때문이다.

엊그제 윤수 녀석과 만나 술을 마시던 중 알게 된 사실은 균을 더욱 신나게 했다. 윤수의 말에 의하면, 석재는 윤도연을 가수로 데뷔시켜 주고 싶어한다고 했다. 처음엔 핸드폰, 그 다음엔 자동차, 그 다음엔 가수 데뷔……. 이러다간 지구를 통째로 윤도연 코앞에 바치게 생겼다. 어지간히 좋아하는 여자가 아니면 한석재가 이렇게 나서지 않을 거라는 생각이 들었다.

"티꺼우면 너도 하든지."

"난 여잘 사귀어도 형처럼은 안 해. 뭐야, 꼬맹이들처럼? 늙수그레한 아저씨가 그런 짓 하면 낯부끄럽지도 않나?"

"안 부끄러워."

"너 완전히 닭 됐다. 이거 봐, 닭살 짜하게 돋은 거."

균은 오른팔을 들어 반쯤 걷어 올린 소매를 쭉 더 올려, 컴퓨터에 시선을 고정한 석재의 눈가로 마구 들이밀었다.

"징그럽다. 치워라."

"모니터에 보물 숨겨놨수? 그만 좀 쳐다봐라. 회의 끝난 지 몇 분이나 됐다고 그걸 또 쳐다보냐? 눈도 안 피곤해?"

"시끄러워."

손목시계에 힐끔 시선을 떨구며 석재는 말했다.

"아니, 형이 아직도 세일즈 트레이더냐고. 일선에서 손 뗀 게 언젠데 아직도 그 짓이야? 진짜 구리다."

말은 이리 하지만, 균은 전혀 '구리다'고 여기지 않는다. 석재의 원래 전공이 바로 이 증권 분야고, 백만장자의 대열에 낀 것도 모두 이 분야에서 성공한 덕이라는 걸 잘 알고 있기 때문이었다. 평소 석재는 '투자는 감이다'라고 말하곤 했었는데, 그의 '감(感)'은 정말 귀신같았다. 치고 빠지는 데에 정확한 타이밍 감각을 가진 그의 이력은 그가 현역에서 은퇴한 지 칠 년이 지난 지금까지도 거의 전설로 통하고 있었다.

"지금 그게 자기 자산관리자한테 할 소리냐?"

"아이씨, 또 그 소리다!"

뻑하면 하는 말. 균은 불만스러운 얼굴로 석재의 뒤꽁무니를 흘겨보았다. 하지만 어쩌랴? 상대가 다름이 아닌, 신기에 가까운 투자의 감을 가지고 계신, 전지전능한 인간, 그 이름도 찬란한 한석재인데. 그의 손끝 하나로 균의 전재산이 왔다 갔다 했다.

"내가 형한테 괜히 맡겼지. 무슨 말만 하면……!"

"차 올 시간이야. 내려가 봐."

균의 불평을 무시하며 석재는 다시금 시계를 들여다보았다. 십 분 후면, 조그맣지만 귀여운 디자인의 경차 한 대가 그의 사무실로 배달되어 올 것이다. 나흘 전쯤, 그는 평소 사업가들 모임인 '라이더스 클럽'에서 안면을 익혔던 이민준, 유성그룹 사장을 통해 쉽게 차 한 대를 손에 넣을 수 있었다. 그 대가로 이 사장은 자신이 새로 시작하는 유통사업에 석재의 도움을 바라는 눈치였지만, 그거라면 석재 역시 나쁘지 않았다. 이민준 사장이라면, 그도 함께 일해볼 마음이 있었다.

"내가?"

"그래. 열쇠 받으면 곧바로 도연이한테 갖고 가."

"왜? 형이 직접 전해줄 거 아니었어?"

쑥스럽게 그걸 어떻게 전해주나. 비싸고 거창한 거라면 또 모르겠다. 석재는 손이, 얼굴이 부끄러워 차마 선물이라고 건네줄 자신이 없었다.

"네가 전해줘. 전해주고만 와라. 딴소리 말고."

모니터에 눈동자를 고정시킨 채로 그는 무심하게 말했다. 균은 특유의 민첩함으로 재빨리 그러겠다는 대답과 함께 자리에서 일어났다. 입고 나갈 재킷을 챙겨 들고 그는 사무실 문을 밀었다. 그리고 밀었던 사무실 문을 닫을 찰나, 그가 물었다.

"근데 형! 형수님을 도연이라고 불러? 말 언제 텄어?"

"네가 관여할……."

쾅! 그가 뭐라 대답할 새도 없이 문이 닫혔다. 피식, 석재는 어이가 없어 웃어버렸다. 못 말리는 놈. 그냥은 절대로 안 물러나지. 노총각의 뒤늦게 불붙은 늦깎이 사랑을 놀려먹고자, 아주 용을 쓴다. 놈의 의도가 어찌되었든, 석재는 썩 기분이 좋았다.

문자 메시지는 그들을 생각보다 훨씬 더 많이 가깝게 만들어주었다. 장난으로 시작한 반말이 두 사람 사이의 감정적 갭을 확 줄여주는 계기가 되었다고나 할까? 편해졌다. 서로의 기분을 맞추기 위해 눈치를 보고, 말조심하고, 그러면서도 자신의 감정은 죽기 살기로 숨기는 그런 숨바꼭질은 하지 않아도 되었다. 게다가 항상 옆에 있는 듯한 기분이 든다. 수시로 연락을 하고 받기 때문인지 모르겠다. 휴대폰을 가운데 두고 서로가 묶여진 듯한 기분 좋은 착각이 든다.

'자동차를 받으면 분명 좋아하겠지?'

처음엔 안 받겠다고 극구 사양할 거다. 그러나 결국 마지막에 가선 받겠지. 앞날이 벌써부터 눈앞에 선하게 그려지는 듯했다. 도연이 더 이상, 금방이라도 주저앉을 것 같은 고물 자동차를 타지 않아도 된다는 사실이 기분 좋아 석재는 씨익, 깊은 볼우물을 만들어내며 환한 미소를 지었다.

*

"예?"

그녀의 대답을 듣는 순간, 활짝 웃고 있던 균은 완전히 얼어 버렸다. 자신이 얼음조각상으로 변신한 게 아닌가 의구심이 들 정도. 얼떨떨했다. 흔쾌히는 아니더라도 좋아라는 할 거라고 생각했었는데.

아, 물론 상대가 이렇게 나올 거라는 걸 예상 못했던 건 아니다. 대충 한두 차례 거절하는 시늉 정도는 낼 거라고는 여겼었다. 여자들 특유의 내숭 같은 거라고나 할까? 좋아 죽어도 좋은 티를 내지 않는 게 바로 여자라는 족속들이라고, 균은 생각했다. 그래서 '뭐 이런 걸'이라든지 '어머, 이런 거 부담스러운데' 라는 식의 미약한 저항(?)을 예상했던 그였다.

그런데 그게 아니다. 됐다고, 안 받을 테니 가져가라고 말하는 여자에게서 찬바람이 쌩 돌았다. 아니, 왜? 뭐가 싫다는 거야? 이런 선물 아무나 받나? 여느 남자들은 애인에게 사주고 싶어도 돈이 없어서 못 사주는 선물이다. 백만장자 한석재를 남친으로 뒀으니 가능한 일이라는 말이다. 그런데 무엇 때문에 싫다는 건가? 균의 상식으론 이해가 안 됐다.

"받지 않겠다고요. 다시 가져가시라고요."

상대가 반박하지 못하도록 얄짤없는 말투로 그녀는 다시 한 번 말했다. '결단코 받지 않겠으니 나를 설득할 생각 하지 마라'

느 의미의 말은 못을 박듯 단호했다. 정말 안 받는다는 말이렷다?

실실 웃어대며 엄지와 검지로 잡은 키를 상대에게 건네려던 균은 조심스럽게 그것을 다른 쪽 손으로 그러쥐었다. 도연이 진짜로 기분이 상한 거라면, 그래서 안 받는 거라면 균은 좀 더 조심스러워질 필요가 있었다. 정말 여자들은 알 수가 없는 종족이라니까. 균은 속으로 불평하며 도연의 기분을 잡치지 않도록 주의하며 배시시 웃었다.

"제 일은 이걸 전해주는 건데요. 다시 가져가면 혼나요."

우선은 이 정도. 설마 웃는 얼굴에 침 뱉으랴? 살살 달래든 동정심을 유발하든, 하다못해 죽는 시늉이라도 해서 도연이 석재의 선물을 받게끔 해야 했다.

"그런 거라면 걱정 마세요. 석재 씨에겐 내가 따로 말할게요."

어라? 생각보다 당차네. 석재에게 전화해서 '당신 선물 안 받겠으니 당장 가져가' 라고 말할 거란 말이지? 새삼스레 균은 윤도연이란 여자를 다시 보았다.

다리 옆선에 흰 줄이 그어진 허름한 트레이닝복을 입고, 세수도 하지 않은 듯 거친 피부에 머리는 아무렇게나 질끈 묶은 윤도연. 배달 왔다는 소리에 싼티 나는 쓰리라인 슬리퍼를 질질 끌고 나타난, 정말로 허심탄회(?)한 여자가 미래의 형수라니. 처음엔 속으로 기함을 했더란다. 석재가 뭐에 홀려도 단단히 홀렸지 싶고, 이런 초라하고 주접의 극치인 모습을 보고도 좋아한다는 말이 나올까도 싶었다. 하지만 이야기를 나누는 단 이 분 만에 균은 생각을 바꿨다.

이 여자, 아니, 형수님 은근히 매력이 있다. 느슨함 속의 색(色)이랄까. 막 잠에서 깨어난 여자의 섹시함과도 같은 묘한 매력이 그녀에게는 있었다.

균을 처음 대할 때, 그녀의 눈동자에는 경계심 대신 호기심이 떴다. 자동차 이야기가 나오자 그녀는 가시를 세우며 짜증을 부리는 대신 간단히 결정을 내렸다. 한석재에게 전화를 하겠노라고. 은근한 포스가 느껴졌다. 한석재가 하사한 선물을 거절한 여자는 아마 윤도연이 처음일 것이다. 석재 역시 이렇게 큰 선물을 보낸 적이 없기는 하지만.

아무튼 균은 잠정적으로 결론을 내렸다. 윤도연은 한석재의 돈에 홀리지 않은 유일한 여자라고. 그러니 당연히 석재가 관심을 가졌을 테고, 도연의 모험심 만땅 인생에 호기심이 일었을 거라고. 일 속에 파묻혀 지긋지긋한 인생을 살아가고 있던 한석재에게 윤도연은 미지의 땅이었다. 윤도연을 만나면 즐거운 일이 생길 것 같은, 그녀의 옆에만 있어도 신기한 일을 경험할 수 있을 것 같은, 그런 기분이 들었을 거라고. 안정적인 삶을 지향하던 한석재가 인생을 상대로 거하게, 배팅 한 번 땡긴 거라고나 할까?

'마음에 듭니다, 형수님.'

한석재에겐 도박이 필요했다.

균은 씩 웃으며 석재에게 전화를 걸기 위해 주머니에서 전화기를 꺼내는 도연을 향해 팔을 뻗었다.

"형수…… 아, 아니, 윤도연 씨!"

"……?"

뚱한 얼굴로 도연이 고개를 들었다. 뭡니까? 하는 표정이다. 정말 거침없는 여자로구만. 쭈뼛쭈뼛, 도연의 팔을 붙잡았던 손을 내리며 그는 머리를 긁적거렸다.

"설마 진짜로 안 받겠다는 건 아니시죠?"

"안 받는 게 당연한 거 아닌가요? 난 불로소득 싫어해요."

상당히 꽉 막히셨군. 보통 여자들, 이럴 때 대부분 그냥 넘어가는데.

"선물이잖습니까. 그냥 받으시죠? 사장님 마음인데."

"마음을 왜 이딴 식으로 표현해요?"

"왜요? 좋잖아요. 사장님은 윤도연 씨가 타고 다니는 차가 사고의 위험에 노출되어 있다고 여기셔서……."

"창피해서는 아니고요?"

"예?"

오밀조밀 귀엽게 생긴 도연의 얼굴이 살짝 일그러졌다.

"남들 보기 민망해서는 아닌가요? 하긴, 돈 많은 사업가를 남자 친구로 뒀으면서 아직도 그런 차를 몰고 다니냐는 소리, 나도 듣긴 들었어요. 나도 들은 소리, 그 사람이라고 안 들었을 리 없죠."

"당치 않아요. 그, 그런 말은……."

들은 적이 없을 겁니다, 라고 말해야 옳을 일이지만. 균은 차마 입술을 뗄 수 없었다. 왜냐고? 그야 그런 말을 한 장본인이 바로 자신이었기 때문이다. 이럴 땐 정말 자신의 방정맞은 입을 확 꿰매 버리고 싶어진다. 아, 어쩌지? 이분, 정말 석재 형에게 필요한 사람인데. 이러다가 헤어지자고 나오는 거 아닐까?

"됐습니다. 박균 씨가 이런 말 들을 이유 없다고 봐요. 석재 씨와 통화하고 해결 볼 테니 이 차는 그냥 가지고 가세요."

어랏? 내 이름은 어떻게?

균의 얼굴에 떠오르는 의구심을 보았는지 그녀는 말했다.

"박균 씨 맞죠? 석재 씨한테 얘기 들었어요."

어느새 자신의 얘기까지 주고받은 건가 싶어 균은 살짝 놀랐다. 평소의 석재는 사소한 잡담은 별로 즐기지 않는 타입이었기 때문이다. 이전에도 실은 균이 다리를 놓아 몇 명의 여자들과 데이트를 했던 적이 있는 석재였으나, 번번이 사적인 일은 입을 꽉 다물고 털어놓지 않아 여자들의 원성(?)을 샀었다. 이건 도연을 특별히 여기고 있다는, 아주 중요한 단서였다. 확실히 그가 도연에게 홀딱 빠진 것 같은데 말이지…….

그렇담 이대로 있을 수 없지. 확실한 지원군 역할을 해줘야 하지 않겠어? 도연이 돈이나 밝히는 시시껄렁한 여자가 아니라는 확신이 든 지금이니 꺼릴 것도 없었다. 균은 짐짓 커다랗게 가슴을 부풀리며 큰 숨을 들이쉬었다.

그리고 큰 소리로 외쳤다.

"받아주세요!"

"네?"

도연은 무슨 엉뚱한 짓이냐는 눈으로 균을 빤히 바라보았다. 움푹 들어간 눈자위와 가무잡잡한 피부로 인해 전체적으로 매우 이국적인 인상을 가지고 있는 박균은 두 눈을 부릅뜨며 입매에 주름이 생길 정도로 입술을 꽉 다물었다. 비장미마저 흐르는 진지한 모습에 도연은 전화기 숫자 버튼을 누르려던 손동작을 멈추었다.

"사장님, 아니, 우리 형, 사람 배경 봐가면서 만나는 사람 아니에요. 생각해 보세요. 배경 빵빵한 여자 원했다면 윤도연 씨와 사귀겠어요? 뭐, 물론 윤 사장님도 존경할 만한 사업가시지만 석재 형, 아니, 어…… 사장님 정도면 더 짱짱한 배경의 아내감을 충분히 구할 수 있습니다."

"석재 씨가 배경 봐가면서 사귀는 사람 아니라는 건 나도 알아요."

도대체 무슨 말을 하려는 거야? 이 차랑, 대단한 한석재 씨의 인기랑 무슨 관계가 있단 말인가? 도연은 눈썹을 찡그리며 균의 입을 주시했다. 그러자 그녀의 심정을 헤아리는 듯 균은 혓바닥으로 아랫입술을 슥 핥으며 열성적으로 설명을 하기 시작했다.

"형은, 아니, 사장님은……."

"그냥 형이라고 말하세요. 괜찮아요."

"아…… 고맙습니다."

"뭘요."

빨리 말해보시라고요, 박균 씨. 이 차랑 한석재 씨의 인기랑 무슨 연관이 있는 거냐고. 도연은 괜히 솟아나는 심술에 팔짱을 턱 끼고 균을 빤히 바라봤다.

"형, 지금도 중매 시장에선 상종가예요. 형의 재력, 외모, 베일에 싸인 사생활 등 때문에 여자들이 사족을 못 쓰죠. 이런 표현, 거북하진 않죠?"

"계속하세요."

귀찮아서 패스. 듣기 거북하긴 하지만 그걸 다 따지고 지나갈 만큼 여유롭지 못하기 때문에. 균은 그녀의 말을 거북하지 않다는 말로 해석한 듯 고개를 끄덕이며 다음 말을 이어갔다.

"그런 형이 윤도연 씨를 선택했어요. 다른 여자들처럼 돈도 많지 않고, 특별히 예쁘지도 않고, 그렇다고 삑적지근한 집안이나 배경이 있는 것도 아닌 윤도연 씨를 말이에요. 이거, 기분 나쁘시라고 한 말 아닙니다. 오해 말아주세요."

"괜찮아요. 계속 말씀하세요."

괜찮긴 개뿔. 기분 무진장 나빴다. 왜? 균이 무례하다고 여겨서? 아니다, 균이 한 말이 다 사실이라서 기분이 나빴다. 부인할래야 할 수가 없는 진실이기 때문에.

'으! 한석재는 왜 그렇게 돈이 많은 거야. 그냥 그럭저럭 먹고 살 정도만 있어도 되는 거잖아. 왜 어마어마하게 돈이 많아가지고, 여자들이 욕심내게 만드냐고! 빌어먹을 인간.'

돈 많은 것도 죄다. 너무 많아서, 여자들의 타깃이 되기 쉬운 존재라서. 애인이 잘나가면, 남들은 부러워할지 몰라도 여자는 괴롭기 마련이다. 지키기에 급급하다가 지치고, 힘들어하고, 그러다 결국엔 포기하게 되는 수도 있는 것이기에.

"음, 그러니까 제 말은, 형이 윤도연 씨의 외적인 면보다는 내적인 면에 끌린 거란 말이죠."

윽! 얼굴 못생긴 여자더러 마음씨 착하다고 말하는 것 같다. 너무 뻔한 말 아닌가? 이런 말에 속아 넘어가는 여자가 21세기에 과연 존재할까? 비참하구나, 윤도연. 도연은 썩을 것 같은 기분으로 온 인상을 찡그렸다. 그녀의 반응이 당황스러운지 균은 한동안 버벅거렸다.

"다, 당연히 그, 그럴 수밖에 없는 거란 말이죠, 제 말은. 혀, 형한텐 더 이상의 돈도 성공도 중요하지 않아요. 형은 남자들이라면 다 갖는다는 명예욕도 없어요. 의외로 굉장히 소탈한 사람이거든요. 보기와는 좀 다르죠? 물론 형수님도 대충 파악하셨겠지만."

형수님? 이건 또 뭔 소리야? 누가 누구더러 형수님이래?

"하지만 형은 마음이…… 아시죠? 마음이……."

"마음이 뭐요?"

미간을 가운데로 모으고 그녀는 균의 다음 말을 조용히 채근

했다.

"허해요, 마음이."

"예?"

"어딘지 모르게 마음이 비어 있는 사람 같아요, 형은. 가끔은 옆에서 보기 안타까울 정도로요. 물론 혼자 있는 거 좋아하고, 진중하고, 입 무겁고, 말 적은 사람이 형 혼자뿐만은 아니죠. 그런 사람들이 죄다 마음이 비어 있다는 말은 아니에요. 형에겐 뭐라 말로 표현할 수 없는, 공허함이 있어요. 형 옆에는 언제나 사람들이 바글거리지만, 정말 형을 사랑하고 아끼는 사람들은 별로 없는 것 같아요. 일에 대한 열정이 대단해서 끊임없이 일에 매여 살지만, 정말 형이 원하는 건 일이 아닌 것 같기도 하고요."

"그래서요? 왜 이런 이야길 나한테 하는 건가요?"

가슴 한구석이 꽉 짓눌린 듯 아려왔다. 아픔을 애써 무시하며 도연은 의식적으로 냉정해지려 했다. 그가 짠한 사람이라는 거 이미 아는 사실이고, 그것과 자동차 선물과는 하등의 관계가 없다고 여겼기 때문이다. 그가 아무리 불쌍한 사람이라도 상의도 없이, 동의도 구하지 않고 막무가내로 보낸 고가의 선물은 받을 수 없었다. 이건 그녀의 자존심 문제였다.

"휴! 제가 말재간이 별로 없어서…… 죄송합니다, 형수님. 제대로 표현을 못하겠어요."

머리를 긁적이며 균이 고개를 푹 수그렸다. 형수님……? 또?

왜 지꾸 형수님이라는 건가? 부담스럽게.

"하지만 확실한 건, 우리 형, 형수님 무지 좋아한다는 거요."

"……."

"형수님이 조그만 차, 그것도 무지 오래된 중고차를 타고 다닌다는 게 엄청 마음에 걸렸나 봐요. 혹시라도 사고가 나면 많이 다치실 거라고 무척 걱정했어요. 그래서 형수님과 사귀기로 한 바로 그날, 차를 선물하겠다고 마음먹으신 거고요. 이 차는, 형의 우월 의식이 아니에요. 형수님을 걱정하는 애정이죠. 애정…… 딱 그거네요."

"왜 자꾸…… 형수님이라고 하세요?"

거북합니다, 라는 표딱지를 얼굴에 달고 도연은 인상을 팍 구겼다. 그러자 균이 펄쩍 놀라 입을 쩍 벌렸다. 자신이 그녀를 두고 형수님이라고 말한 것조차 의식하지 못한 듯한 모습이었다.

"아, 죄송합니다. 형이 장래 형수님이 될지도 모른다고 해서 저도 모르게 그만."

"석재 씨가 그런 말을 했다고요?"

믿을 수 없다. 그가 그런 소릴 했다고?! 정말로?!

"그럼요. 형수님이라고 안 한다면서 얼마나 무섭게 굴었는데요."

마음속으로 승리의 브이 자를 그리며 균은 씩, 만면에 미소를 그렸다. 드디어 돌파구를 캐치한 것. 형수님이란 말에 윤도연이 흔들리고 있다는 걸 균은 느낄 수 있었다. 그리고 이 사실 하나가 도연 역시 석재를 남달리 생각하고 있음을 단적으로 증명해 주는 거라고 균은 확신했다.

뭐, 살짝기 뻥을 섞어주었지만. 엇나가려는 연인들을 바로잡아 주는 선행에 뻥이 대수랴. 이런 일은 원래 결과가 좋으면 다 좋게좋게 넘어가는 법이다.

"형수님과 맞선 본 직후부터 그랬어요. 그때부터 형, 형수님한테 완전 올인했어요. 폭 빠지셨더랬죠."

이것 역시 과장이 좀 섞인 말. 하지만 균은 개의치 않았다. 자신의 새하얀 거짓말이 도연의 단호한 표정에서 냉기를 걷어내고 있었기 때문이다. 그러나 냉랭함이 없어졌다고 안심할 수는 없는 일. 좋아, 더 가보는 거야!

"형수님이 그 어떤 사람이었더라도 형은 상관하지 않았을 거예요. 형은 형수님한테 첫눈에 반했거든요."

"……"

안 믿는 건가? 도연은 미동도 하지 않은 채 묵묵부답으로 일관했다. 무슨 말이라도 해보라고요, 형수님!

"우리 형, 무뚝뚝하고 자기 마음 표현 잘 못하는 사람이에요. 돈 빼곤 뭐 하나 제대로 갖고 있는 게 없는 형이에요. 그런 형이 자기가 너무도 좋아하는 여자에게 좋아하는 감정을 과연 뭘로 표현할 수 있겠어요? 형수님은, 좋아하는 마음을 꼭 이런 커다란 선물로 해야 하냐고 말했지만…… 우리 형, 정말 서툰 사람이에요. 여자도 정식으로 사귀어본 적 없는 연애초보자예요. 그래서 이런 식으로밖에 표현 못해요."

여전히 도연은 무표정이다. 이쯤 되면 보통의 여자들은 감동의 눈물을 줄줄 흘릴 텐데 말이다. 정말 이분, 알 수가 없다. 순진하고 맹한 줄로만 알았는데 어느새 석재를 확 후려 버리고, 이제 보니 은근 자존심도 있고 당돌하기까지 하다. 보라, 균이 그동안 석재를 보면서 느꼈던 모든 것들을 다 절절히 표현했는데도 미동조차 하지 않는 걸. 도대체 저 속에 무슨 마음이 들어 있는지 균은 궁금해 죽을 지경이었다.

'이제 어쩌지?'

그가 할 수 있는 일은 다했다. 없는 말주변으로 석재의 마음을 대신 표현하기도 했으니, 그로선 최선을 다한 거다. 그런데도 윤도연이 저리 목석처럼 군다면, 결국 방법은 한 가지밖에 없다는 건데. '형은 형수님을 사랑하고 있어요' 라는 다소 작위적이고 닭살스럽고 왕뻥스러운 문장을 읊어대는 것 말이다. 너무 구린가?

그가 잠시 망설이고 있을 때였다. 도연이 입을 천천히 열었다.

"그렇게까지 애쓰지 않아도 돼요. 그냥 받을게요."

잉? 뭐라고? 받는다고? 심봉사가 눈을 뜨듯 번쩍 두 눈을 크게 키우며 균이 쩍 입을 벌렸다.

"예에―?!"

어지간히도 놀라는군. 속으로 중얼거리며 도연은 입술을 삐죽거렸다.

"어차피 폐차 직전이었어요. 잘됐네. 고맙다고 전해줘요."

"어……."

기뻐해야 할지, 말아야 할지 감을 못 잡은 듯 균은 뻘쭘하게 서 있었다. 보기 딱할 지경. 놀라기도 했을 것이다. 도연에게 차를 전달해야 하는 자신의 임무를 완수하기 위해 그가 얼마나 노력했는가. 거짓말이 빤히 들여다보이는 말을 줄줄 늘어놓는 그는 옆에서 보기 안쓰러울 정도였다. 특히 형수님께 완전 올인했어요, 라는 말엔 꺄악! 소리가 절로 나왔다.

물론 그녀는 균의 말을 믿지 않는다. 특히 형수님 부분이나 첫눈에 반했다거나 하는 말 등은 더더욱. 그녀의 건강을 걱정했다는 말은 조금 수긍이 가긴 하지만, 첫눈에 반했다는 건 좀 믿기 어려웠다.

아무튼 그녀는 받아주기로 했다. 눈물겨운 균의 설득에 그냥 넘어가 주는 척하는 거다. 이렇게까지 말하는데 안 받으면 그녀가 더 이상한 사람이 되는 것 같기도 하고. 선물이 너무 과하다고 여기는 거야, 그녀의 생각일 수도 있지 않은가. 어찌 됐든 상대는 백만장자. 그녀에게 차 한 대 뽑아준다고 큰 타격 안 받는 사람이다. 그의 레벨로 봤을 땐, 이 정도 선은 되어야 선물 축에 끼는지도.

"그냥 내가 말하는 게 낫겠네요. 직접 만나서 고맙다고 하죠 뭐."

"아, 예."

뒤끝이 좀 찝찝한지 균은 찌푸린 얼굴로 어정쩡하게 서 있었다.

"그만 가보세요. 가서 보고해야 하잖아요."

"예?!"

더욱 얼어붙은 모습으로 균이 반문했다. 그녀의 말투에 서린 비아냥거림이 느껴진 건가?

"아니에요. 바쁘실 텐데 가보시라고요."

"예, 그럼……. 전 이만 가보겠습니다. 여기 이거."

고개를 숙이며 인사를 하고는 자동차 키를 건네는 균의 표정은 그다지 밝지 않았다. 여전히 찝찝한 듯. 아마도 그는 석재에게 뭐라고 보고할 것인가 미친 듯이 생각하고 있을 것이다. 차를 받긴 받았지만 그녀가 전혀 기뻐하는 기색을 내비치지 않으니 그럴 법도 하다.

'왜 안 좋겠어? 공짜로 차가 생겼는데. 이제 그 지긋지긋한 고물차, 안 타도 되니 얼마나 좋아. 당근 좋지.'

하지만…….

"네."

떨떠름한 얼굴로 도연은 키를 받았다. 설렁설렁 인사를 받는 둥 마는 둥 건성으로 고개를 끄덕이고는 손 안에 들어와 있는 열쇠를 멍하게 내려다보았다. 박균은 그런 그녀를 잠시 불안한 얼굴로 바라보다 뒤를 돌아 걸어갔다.

도연은 손바닥 위에 누워 있는 자동차 열쇠를 빤히 내려다보았다. 참으로 우여곡절 끝에 그녀의 손바닥 위에 안착을 한 열쇠. 그걸 보고 있자니 왈칵 눈물이 쏟아질 것 같았다.

'웬일이니!'

미친다. 이 상황에 눈물이 어울리니? 왜 우는 건데? 옆에 미진이나 초연이 있었으면, 아마도 이리 말했을 것이다. 자동차를 선물로 받았으면 기뻐서 날뛰어야 정상 아니냐고. 울긴 왜 우냐고.

하지만…… 지금 그녀의 기분은 말할 수 없이 참담했다. 말로는 표현이 불가능한 기분. 뭐랄까, 우선순위에서 밀린 기분이랄까? 서운했다. 돈으로 마음을 표현하는 그의 행위가 마치 '돈 버는 일이 우선이고, 너는 다음 순위야'라고 말하는 것 같았다. 물론, 그녀가 너무 오버하는 것일 수도 있다. 석재는 별생각없이 한 선물인데 그녀 혼자 거창한 의미를 부여하는 것일 수도 있다. 아까도 말했듯이, 그는 백만장자. 이깟 몇 백만 원짜리 소형차는 한 달 수입만으로도 몇 십 대는 살 수 있는 사람이니까.

그래도 우울해지는 기분은 어쩔 수가 없다. 한석재에게 가장 중요한 건 일과 돈이라는 거, 그거 모르는 거 아닌데도 말이다. 씁쓸했다. 그가 직접 와서 차를 전해줬다면, 이렇게 이상한 기분이 들지는 않았을 텐데…….

'뭘 기대하는 거야, 윤도연?'

그 사람에게 '너는 내 운명'이라는 식의 낭만적인 멘트를 듣고 싶은 거야? 왜? 그새 한석재가 운명의 상대라고 생각해서?

그래서 그의 불성실함이 서운한 거야? 작지만 마음이 가득 담긴 선물을 직접 들고 와줬더라면, 하고 기대한 거냐고!

"휴!"

심란함에 한숨이 터져 나왔다. 뭐가 뭔지 잘 모르겠다는 생각이다. 그에게 왜 서운한 마음이 드는 건지도 모르겠고, 서운해하면 왜 안 되는지도 모르겠고. 머릿속이 복잡했다. 더 이상 생각하기도 귀찮고 짜증도 나, 도연은 휙 몸을 돌려 아파트 입구를 향해 걸었다.

그러나 몇 걸음 씩씩하고 우악스럽게 걸어가던 도연, 다시금 뒤를 돌았다. 멀리 택시를 잡기 위해 길가에 서 있는 박균이 보였다.

"저기요, 잠깐만요!"

전혀 계획되지도, 사전에 의도하지도 않은, 다분히 충동적인 기분으로 도연은 균을 불렀다.

"저 말입니까?"

고개를 돌린 균이 얼빠진 얼굴로 반문했다.

"네."

"무슨……?"

끔벅끔벅 눈만 떴다 감았다 반복하는 균에게 도연은 서너 걸음 가까이 다가갔다. 그리고 푹 한숨을 내쉬며, 이렇게 말했다.

"석재 씨한텐 내가 좋아하더라고 전해주실래요? 부탁해요."

•제13장 가슴 아파서 목이 메어서.

왜 그런 부탁을 했는지 모르겠다. 그냥 그에겐 심란하고 복잡한 심경을 알리고 싶지 않았다. 자신만 너무 앞서나가는 것 같아 창피하기도 하고 자존심도 상하고. 그녀의 마음을 알게 되었을 때 그가 어떤 반응을 보일지, 무섭기도 하고. 뭐, 여러 가지 이유가 복합적으로 작용했다고 할 수 있겠다.

그날 저녁엔 그가 급하게 바쁜 일이 생겨 그녀를 만나러 오지 못했다. 대신 전화 통화를 길게 했는데, 그녀는 '선물 고맙다, 마음에 들었다' 하는 식의 형식적인 말을 늘어놓았고 그는 그녀의 말을 별 의심 없이 받아들이며 기꺼워했다. 그나마 전화로만 얘긴 했으니 다행이지. 실제로 만났다면 아마도 도연은 그녀의 복잡한 마음을 효과적으로 숨기지 못했을 섯이나. 그녀는 심란함, 서운함 등을 죄다 얼굴에 담고 있었을 테니까.

아무튼 그렇게 혼란스러운 마음으로 하루를 보내고, 뜬눈으로 밤을 새우다시피한 도연은 다음날 점심때쯤 날아온 전화 한 통 덕분에 겨우 일어날 수 있었다. 사장으로부터 걸려온 전화였는데, 오늘 무대에 서야 할 동료 가수가 집안에 급한 일이 생겼으니 도연더러 대신 펑크를 막아줬으면 좋겠다는 용건이었다.

[요새 푹 쉬었잖아, 도연 씨. 어차피 내일이 도연 씨 공연 날이니까, 하루 앞당겨서 한다고 생각하면 될 것 같은데. 어때?]

처음엔 이런 식으로 제안 비스꼬롬하게 했지만, 도연이 전날 잠을 제대로 못 자서 컨디션이 좋질 않다며 거절하자, 사장은 마구 매달리기 시작했다. 다른 가수들은 바쁘거나 일이 잡혀 있거나, 몸이 좋질 않아서 도저히 무대를 메워줄 수가 없다나, 어쩐다나. 그래. 도연은 달리 할 일도 없고 한가한 것이, 제일 만만하지. 땜빵으론 최고다.

자못 서글픈 마음으로 그녀는 카페로 향했다.

"언니, 언니! 사람들이 또 왔어, 언니 노래 들으러. 언니 완전 상종가 아니야?"

카페에 도착한 시각은 네 시쯤. 기분 꽝에 머리도 무거워서 인상을 팍 쓰고 카페 입구로 들어서는 그녀의 팔을 확 낚아채며 미진이 호들갑스레 말했다.

"무슨 소리야? 마이스타에서 또 왔어?"

오디션을 본 지 일주일이나 지난 지금, 새삼스레 마이스타에서 연락을 해온 건가?

"아니! 이번엔 마이스타가 아니야."

"마이스타가 아니야? 그럼?"

묘한 기분이 그녀를 휩쓸었다. 오늘따라 유별나게 반짝이는 미진의 눈이 도연을 초조하게 만들었다. 주위를 둘러보니, 카페는 이미 약간 격앙된 듯 술렁이는 분위기였다. 한우도 저쪽에 서서 도연을 향해 함박웃음을 지으며 엄지손가락을 들어 보였다. 다른 직원들 역시 도연에게 부러움이 담긴 시선을 보내고 있었다.

도연은 꿀꺽 마른침을 힘겹게 삼켰다.

"어딘데?"

진실을 맞닥뜨리기는 두려웠으나 도연은 차분히 미진의 대답을 기다렸다. 반짝거리는 미진의 눈망울이 한 번 딱 감겼다 번쩍 떠졌다. 미진은 이보다 더 좋을 수 없다는 듯 째지는 웃음을 만면에 가득 띠고 이렇게 속삭였다.

"BNS."

철렁. 순간, 가슴 안에서 뭔가가 떨어져 내렸다.

"놀랐지? 놀랐지?! 나도 처음에 듣고 놀라 자빠졌잖아. 도대체 BNS에서 언니를 어떻게 알고 왔는지 모르겠어. 마이스타 쪽에서 오디션 보러 온 건 전혀 모르고 있더라고, 그 사람들이. 그래서 생각해 봤는데……."

너무 과한 기대였나? 제발 BNS만은 아니길 바랐다. 제발 한석재가 그런 짓만은 하지 않았으면 하고 바랐다. 그녀를 조금이라도 존중한다면, 절대 그런 짓은 할 수가 없을 거라고 여겼다. 그녀가 꿈을 이루기 위해 얼마나 노력하는지, 세상에 인정받는 일이 그녀에게 얼마나 중요한 일인지 안다면 절대로…….

일순 무거운 뭔가가 숨통을 짓누르고 있는 듯한 느낌이 도연을 관통했다. 답답하고 무섭고, 그러면서 찢어질 듯 아픈. 도연은 새파랗게 질려가고 있었다.

"내 생각엔 언니의 그 부자 남친이 빽을 좀 쓴 게 아닐까? 그래서…… 어? 언니, 왜 그래?"

도연의 낯빛을 감지한 미진이 놀라며 물어왔다. 도연은 흐르는 신음을 목구멍으로 꾸역꾸역 밀어 넣었다. 여기서 울 수는 없다고 이를 악물며 버티며 그녀는 최대한 자연스럽게 말하려 노력했다.

"아니야. 아무것도. 그래서? 지금 그 사람들 어디에 있는데?"

"사장이랑 이야기 중이지. 언니 나올 때까지 기다리는 눈치야. 근데 언니, 사장이 얼마나 웃기는 줄 알아? 완전 자기가 무슨 언니 매니저라도 되는 것처럼 굴어. 자기가 언니를 발굴하고 키웠다는 거야, 글쎄. 여기서 노래하게 해준 것도 발굴인가? 자기가 뭐 해준 게 있다고……."

BNS 관계자들에게 사장이 무슨 말을 하든지 상관없었다. 그런 건 관심 밖.

"잠깐만, 미진아."

"응?"

열심히 종알거리던 미진이 순간 말을 멈추었다. 뭔가 심상치 않음을 느낀 것이었다. 무슨 일일까? 미진은 핏기 하나 없는 도연의 얼굴을 유심히 관찰했다. 하지만 눈동자를 내리깔며 미진의 시선을 회피하는 도연에게선 아무런 낌새를 포착해 낼 수가 없었다.

"나 조금 있다 다시 올게."

"어디 가려고? 지금 사장이랑 BNS가 언니 오기만을 기다리고 있는데……."

"잠깐 들렀다 와야 할 데가 있어서."

"언제 올 건데?"

"……곧."

도연은 손에 든 가방을 어깨에 들쳐 멨다. 그러자 흘러내린 앞머리가 치렁치렁 힘없이 흔들렸다. 밤새 잠 못 잔 그녀의 눈 밑은 거뭇거뭇하고 몸 역시 기운이 없었다. 하지만 도연은 이번 일을 그냥 지나치지는 않을 것이다. 아니, 오히려 더 확실히 해 두고 넘어갈 생각이었다. 자동차 건도 그렇고, 이번 기획사 건까지. 한석재는 뭔가 단단히 잘못 생각하고 있었다. 도연은 그걸 바로잡아 줄 생각이었다.

'내가 좋아할 거라고 생각했다면, 한석재 씨, 당신 실수한 거야.'

도연은 이를 악물었다. 그리고 저벅저벅, 도전적인 걸음걸이로 카페를 나섰다.

✳

"아! 생각하면 할수록 열 받네. 어떻게 우리랑 하던 협상을 내팽개쳐 두고 다른 호텔이랑……. 완전 우리 뒤통수치려고 작정을 한 거야. 어떻게 그런 물밑 작업을 할 수가 있냐고. 전혀 안할 것처럼 굴더니."

운전석에 앉은 균이 동그란 운전대를 주먹으로 툭, 치며 울화통을 터뜨렸다. 석재는 눈살을 찌푸리며 뚜뚜거리는 전화기를 물끄러미 내려다보았다.

[고려호텔이라고요? 삼십 분쯤 후? 알았어요. 나도 그때쯤엔 도착할 수 있을 것 같아요. 조금 있다 봐요.]

석재는 방금 도연과의 통화를 마친 상태였다. 일 때문에 급하게 고려호텔로 향하던 중 그녀에게서 전화가 왔고, 당장 만나고 싶다는 그녀의 말에 그는 고려호텔 입구에서 만나자고 말했다. 지금 당장은 도저히 그녀를 위해 시간을 뺄 수가 없었던 것이다.

상황이 급박했다. 곧 죽을 것 같던 강만원이 기사회생하고 김 행장은 고려의 어음결제 시기를 늦추기로 결정했다.

그런 상태에서 방금 파라다이스 호텔 경영진들이 고려호텔의 사장인 강원재와 접촉을 시도했다는 소식이 전해졌다. 일이 그가 원했던 방향과는 전혀 다른 곳으로 흘러가고 있는 것이다. 고려가 깡패 조직의 자금으로 운영되고 있는 파라다이스호텔과 거래를 할 거라고 누가 상상이라도 했겠는가? 특히나 강만원이 두 눈 시퍼렇게 뜨고 살아 있는 이 시점에서 효자라고 정평이 나 있는 그의 아들이 주도를 했다니. 믿을 수가 없는 일이었다. 절대 일어나지 않을 거라 여겼던 일이 벌어지니, 석재는 당황하지 않을 수 없었다.

강원재에 대해 너무 안이하게 생각했던 게 화근이라면 화근. 더 이상 잃을 게 없는 그들을 너무 몰아붙인 것 또한 그의 실수였다. 물론 최근 들어 그의 집중력이 약화되었다는 것 역시 중요한 원인 중의 하나다. 집중력 약화의 주원인은 도연이고.

여하튼, 사태가 이렇다 보니 도연에게 낼 수 있는 시간은 협상 테이블에 앉기 전, 몇 분 정도가 고작이었다. 무엇 때문에 급하게 그를 보고자 하는지는 모르지만, 위급한 일이 아니기만 바랄 뿐이었다.

'그나저나…… 무슨 일이지?'

전화 속의 도연은 어딘지 모르게 싸늘한 구석이 있었다. 발그레한 볼이 연상되는, 그녀 특유의 곰살궂은 어투가 아니었다. 정나미가 뚝 떨어질 정도로 차가운 느낌. 그 급한 와중에도 그녀의 전화가 반가워, '도연아!' 라고 외치고 싶었던 그의 마음에 찬물을 끼얹을 정도의 냉랭함이었다.

"형은 어떻게 생각해? 파라다이스가 얼마를 제시했을 것 같아?"

석재가 무슨 생각을 하고 있는지 알 길이 없는 균은 운전대를 왼쪽으로 깊게 꺾으며 열렬하게 물었다.

"차는 잘 전해줬다고 했지?"

"응?"

여전히 통화가 끊긴 전화기를 내려다보며 석재가 중얼거렸다.

"도연이 말이야. 차, 잘 받았다고 했지?"

"아, 뭐…… 응."

균은 말끝을 질질 끌더니 마지못해 대답했다. 왠지 석연찮게 느껴지는 어투였다. 무슨 일이 있었는지 물으려는 찰나, 균이 재빠르게 물었다.

"왜 갑자기 차 이야기야? 지금 중요한 협상이 코앞인데."

그렇긴 하다. 강원재가 사상 유래 없는 배팅을 시도하고 있는 순간이다. 그는 자신들이 원하는 조건이 아니라면, 고려를 리치스가 아닌 다른 어느 곳에든 팔 용의가 있다는 걸 석재에게 똑똑히 보여주려는 거였다. 강원재의 작전에 말려들지 않고, 고려를 독식하기 위해서 석재는 지금부터 정신을 똑똑히 차려야 했다. 그렇지만 자꾸 도연이 마음에 걸리는 걸 어쩌란 말인가.

젠장, 벌여놓은 사업이 너무 많다. 그가 혼자서 감당해야 할 몫이, 리스크가 너무 컸다. 잠도 거의 못 자고 일을 해야 하는 이 상태로 연애를 한다는 건 무리였다. 급하게 만나 해야 할 이야기가 있다는 연인에게도 시간을 못 내주는 남자라니…….

'줄여야 해.'

이번 일만 마무리 지으면, 조금씩 사업을 정리해 가야겠다는 생각이 들었다. 방대하고 다양한 사업군을 한두 가지로 줄이는 대신 사업 컨설팅 쪽의 일을 해보는 것도 나쁘지 않겠다 싶었다. 어차피 지금 하는 일과 다르지 않고, 프리랜서 식의 일이니 무리할 이유도 없고.

"무슨 일 있어? 아까 형수님이랑 통화하던데. 형수님이 뭐라 그래?"

"아니, 그냥 궁금해서."

"어제 두 사람이서 통화 안 했어? 마음에 든다고 하셨잖아."

"그랬지."

하지만 기분이 이상해서 말이야.

"남자 친구가 해준 선물에 기분 나빠할 여자가 어디 있어? 비싸고 좋은 차가 아니라서? 에이! 형수님이 그런 사람은 또 아니지. 오히려 부담스러워했으면 했지, 비싼 차 안 사줬다고 삐지고 그럴 사람은 아니야. 안 그래?"

"네가 그걸 어떻게 알아?"

석재는 눈살을 찌푸리며 균의 뒤통수를 찔러봤다. 도연에 대해 너무 예리하게 집어내는 게 수상쩍었다.

"어…… 형이 저번에 그랬잖아. 형수님이 부담스러워 할까 봐 비싼 것 못 사준다고. 자기가 말해놓고도 기억을 못하네. 나 원 참, 하하하……."

너스레를 떨며 머리를 긁적거리는 균. 뭔가 감추고 있다는 느 낌을 지울 수 없어 석재는 두 눈을 가늘게 뜨고 균의 뒤통수를 찔러보았다. 설마 급하게 해야 한다는 도연의 말이 균과 관련된 문제? 그럴 가능성이 과연 있을까?

'미쳤군. 어디 질투할 사람이 없어서 균에게 질투를!'

석재는 고개를 가로저으며 풀썩 좌석 등받이에 몸을 기댔다. 과로, 수면 부족 등이 겹쳐서 신경이 예민해진 거였다. 거기에 도연이 갑작스레 할 말이 있다고 하니, 신경이 곤두서지 않을 수가 없는 것이다.

석재에겐 휴식이 간절히 필요했다.

"그나저나 고려 말이야. 어떻게 될 것 같아? 강원재가 정말 파라다이스한테 고려를 팔 것 같아? 내 생각엔……."

석재는 갑자기 마구 떠벌리기 시작하는 균의 말소리를 들으 며 눈을 감았다. 극심한 피로가 해일처럼 밀려왔지만 지금은 그 어느 때보다도 더 긴박하고 중요한 상황. 긴장의 고삐를 늦춰서 는 안 되었다. 석재는 호텔 문제에 집중했다. 강원재를 회유하 기 위해서는 무엇이든 한 가지쯤 포기해야 한다는 걸 그는 이미 알고 있었다.

석재의 차가 고려호텔 입구로 미끄러져 들어온 시각은 그로부터 약 한 시간 후. 차가 서자마자 석재는 튀어나오듯 차에서 빠져나왔다. 균 역시 빠르게 석재의 뒤에 따라붙으며 신속하게 협상 테이블과의 연락을 취했다.

"뭐라고요? 아니, 그럼 안 되죠. 붙잡아요."

강 전무와 통화를 하는 균이 다급하게 말했다. 불길한 예감이 석재의 심장을 쥐어짰다.

"사장님 방금 도착하셨어요. 도로가 오늘따라 막히더라고요. 오다가 보니까 앞 쪽에 교통사고가 나 있었어요. 일부러 늦으려고 늦은 게 아니었다니까요. 강원재 빨리 잡아요. 협상 결렬이라니요!"

피가 온몸에서 빠져나가는 기분. 이건 있을 수도 없는 일이다! 고려를 갖기 위해 벌였던 오 년간의 물밑 작업들이 이 한순간으로 물거품이 되어버린다는 건 말도 안 되었다. 그것도 하이에나 같은 족속, 파라다이스에게 빼앗긴다는 건 참을 수 없는 굴욕이었다. 젠장! 욕설을 씹어뱉으며 석재는 발걸음을 더욱 재촉했다.

그때였다. 한쪽 코너에 몸을 숨기고 있던 누군가가 쑥 몸을 내밀며 그의 앞을 가로막았다. 펄럭, 진분홍색 목도리가 휘날리고…….

"아, 도연……."

석재는 서서히 걸음을 멈추었다. 그의 앞을 가로막은 이는 다름 아닌 도연이었다. 그녀는 입가에 주름이 생기도록 입을 꽉 다문 채 사뭇 비장한 표정으로 이쪽을 노려보며 서 있었다. 도연의 까칠하고 푸석푸석한 얼굴이 제일 먼저 눈에 들어왔다. 어디가 아픈 걸까? 왜 핏기가 하나도 없지?

도연이 나타난 걸 눈치 채지 못한 듯, 이미 저만치 멀어져 가는 균을 흘낏 보고 석재는 도연을 바라보았다.

"왔군."

그가 입을 열었다. 뚜벅뚜벅, 십 미터 정도의 간격을 두고 그녀와 마주 보고 서 있던 그가 천천히 그녀에게로 걸어왔다. 도연은 입술에 힘을 주고 꽉 어금니를 사려 물었다.

"미안해요. 바쁜 사람 붙들어서. 하지만 오늘 꼭 해야 할 말이 있거든요."

"급한 일인가 봐."

"어떤 면에서는요."

잘하고 있어. 차분하게, 쿨하게. 멋지게 잘해내고 있다고. 도연은 스스로를 독려했다. 그리고 준비해 두었던 말을 하나씩, 천천히, 조리있게 끄집어내기 위해 노력했다.

"돌려줄 게 있어서요."

그래, 먼저 이걸 주는 거야. 자동차 키와 핸드폰. 그리고 쏴주는 거다.

"뭐?"

석재는 그녀를 빤히 내려다보며 물었다. 방금까지 매우 바쁜 것처럼 보였던 석재, 지금은 완전히 도연의 페이스에 말려든 것 같았다. 발걸음이 차분했다. 시간에 쫓기는 사람의 발걸음치곤.

"이거요."

도연은 주머니에 넣어두고 있던 손을 뺐다. 짤랑, 소리와 함께 자동차 키와 핸드폰이 그 모습을 드러냈다. 그는 약간 벙찐 얼굴로 그녀의 손바닥 위에 놓인 물건들을 뚫어져라 보았다.

"이걸 왜?"

"필요없어졌어요."

도연은 단호한 목소리로 중얼거리고는 석재의 팔을 붙들어 올렸다. 그의 커다란 손에 휴대폰과 키를 쥐어주고, 그녀는 고개를 들어 올렸다. 자, 이제 말해. 헤어지자고. 어서!

"혹시 차가 마음에 들지 않아서 그런 거라면……."

"아니에요!"

급하게 도연은 그의 말을 막았다. 굳이 끝까지 듣지 않아도, 그가 무슨 말을 할까 대략 짐작이 갔다. 수치심에 그녀의 얼굴은 붉어졌다. 지금 당장, 먼지가 되어 사라지고 싶은 지경이었다. 이런 식은 싫었다. 이 남자에게 돈이 의미하는 게 뭔지는 몰라도, 이건 아니다. 돈이면 뭐든 해결된다는 생각, 그것만큼 어려운 것 없다. 아무리 돈이 많다기로, 지금껏 돈 버는 일 이외엔 별다르게 해본 일이 없다기로, 어떻게 남의 꿈까지 짓밟을 수가 있을까. 한석재에게 윤도연이란 여자는, 그저 돈에 환장한 여자일 뿐인가?

"그만 만나요. 우린 역시 안 맞는 것 같아요."

혐오감 짙은 목소리로 도연은 겨우겨우 말을 꺼냈다.

"······!"

혀가 무거워 도연은 잠시 입을 다물었다. 당황한 석재 역시 굳어버린 듯 대꾸가 없다. 난데없는 선언에 충격받아 두 눈을 부릅뜬 채였다.

"BNS 측에서 찾아왔더군요. 나와 일하고 싶다고."

훌륭해. 이 정도면 최고라고. 흔들리지 않고 의연하잖아. 이 상태를 계속 유지해. 그녀의 내면이 끊임없이 자신을 향해 속살거렸다.

"BNS?"

무슨 뜬금없는 소리냐는 듯, 그는 되물었다. 그때 그녀의 등 뒤로 균의 고함 소리가 들렸다.

"형! 얼른 안 오고 뭐 해!"

촌각을 다투는 시급한 일이 있는 모양이었다. 그러나 석재는 눈 하나 깜짝 하지 않고 잠자코 도연을 내려다보았다. 그녀의 다음 말을 기다리며.

"거절할 참이에요. 석재 씨에겐 미안한 말이지만, 그런 관심 제겐 필요없거든요."

"왜 내게 미안한 일이라는 거지?"

석재는 조용히 다그쳤다. 머리 좋은 사람답게, 그는 단 몇 초만에 문제의 핵심을 제대로 간파했다. 도연은 그와 BNS로부터의 컨택이 서로 밀접한 연관이 있다고 여긴 것이었다. 물론 석재는 BNS의 사장과 안면이 있었고, 사장의 동생인 윤수와는 절친한 선후배 사이이다. 그러나 BNS가 어떻게 도연을 알고 컨택한 건지는 석재도 잘 모른다. 혹, 도연이 그 컨택을 석재의 부탁으로 성사된 거라고 여긴다면 문제는 살짝 복잡해진다. 지금 당장 이 자리에서 단순한 말 몇 마디로 풀어질 일은 아니지 싶었다.

"형! 뭐 하는 거야? 늦었다고."

헐레벌떡, 오십 미터는 족히 될 기나긴 복도를 따라 균이 달려왔다. 석재의 늦장에 안달이 난 그는 도연과 석재의 곁으로 와 오만상을 찌푸렸다.

"아, 안녕하셨어요?"

도연에게 아주 형식적인 인사를 하더니 균은 '지금 형, 중요한 협상이 있거든요. 호텔 하나를 고스란히 날릴 판이에요. 급한 이야기 아니면, 나중에 하면 안 될까요?' 라고 말해 버렸다. 석재는 얼굴을 일그러뜨리며 엄하게 말했다.

"넌 끼어들지 말고 먼저 들어가 있어."

"아니요. 돼요. 난 내 이야기 모두 마쳤거든요."

뭐라고? 도연의 말에 석재는 두 눈을 번뜩였다.

"내 얘긴 들어보지도 않겠다는 거야?"

"들어보나 마나잖아요."

도연도 지지 않고 핏대를 올려 세웠다. 이런, 젠장. 오해도 단단히 하고 있군.

"자자자! 사랑싸움은 나중에 하시고, 지금은 일에 집중할 땝니다."

균은 두 팔을 석재와 도연의 사이를 막았다. 당장이라도 싸울 기세로 분위기가 험악했다. 도연은 도연대로 서운한 게 있는 것 같았고, 석재도 막무가내로 나오는 도연에게 실망한 듯했다. 균은 두 사람의 눈치를 살피며 살살 눈웃음을 쳤다.

"호텔 하나입니다. 호텔 하나가 지금 이 순간, 왔다 갔다 한다고요. 이 문제는 나중에 따로 만나서 해결하시는 게 좋겠습니다. 어때요? 네? 오케이?"

"나중이고 뭐고, 전 할 말 다 했어요. 더 들을 이야기도 없는 것 같고. 그러니 이만 가볼게요."

싸늘하게 대꾸하는 도연. 역시 이 여자, 은근히 포스 있다. 어제 자동차 넘겨받을 때도 그렇고, 지금도. 어리바리하고 순하게만 보이는 여자가 단칼에 자르는 걸 보라. 여자들은 진짜 무섭다니까. 균은 흠칫 부르르 몸을 떨었다.

"내 말은 안 끝났어."

"자동차 얘기 하시려거든 바깥에 있는 저 차에 대고나 하시죠, 백만장자 씨."

경고성 짙은 석재의 눈빛에도 아랑곳 않고 도연은 고개를 빳빳이 들었다.

"차가 문제라면 다른 걸로 바꿀 수도 있다고 말했을 텐데."

"하, 기도 안 차! 난 차를 바꾸고 싶은 게 아니라, 당신을 바꾸고 싶은 거라고요. 당신 말이에요. 한석재, 당신!"

급기야 화가 머리끝까지 난 도연은 석재의 널찍한 가슴에 손가락을 대고 쿡쿡 찔러댔다.

"질렸어. 지긋지긋해. 돈만 아는 불한당 같은 놈."

석재의 낯이 검붉게 타올랐다. 균 앞에서 이런 일을, 그것도 여자에게 당하고 있다는 사실이 무척이나 수치스러운 일이었나 보다. 그러나 균은 생각이 달랐다. 윤도연. 이 여자, 정말 대단한 걸? 균은 쩍 입을 벌렸다.

'최고야, 최고!'

그는 늘 석재에겐 이런 여자가 필요하다고 생각했었다. 절대 석재에게 밀리지 않는 그녀만의 포스를 가진 여자. 한순간이지만, 균은 호텔 건에 대해 까맣게 잊어버렸다. 둘이 어떤 식으로 싸우는지 계속 관람하고 싶은 심정이랄까. 상황이 여유롭지 못한 게 아쉬울 따름이었다.

"도대체…… 문제가 뭐야?"

유일한 관중 균이 흥미진진한 눈으로 둘을 번갈아 보고 있는 사이, 석재가 도연의 가느다란 팔목을 휘어잡았다. 석재가 이를 악물고 있는 것이 그 역시 엄청 화가 난 듯했다. 영문도 모르고 당할 수는 없다고 생각한 것이다. 두 사람은 서로를 태워 버릴 듯 강렬한 눈으로 노려보았다.

"놔요."

"말을 헤야 알 거 아니야. 무엇 때문에 이러는 건지."

"형…… 미안한데 시간이 촉박해. 나중에 다시 이야기하면 안 되겠어?"

균이 다급한 상황을 상기시켰다.

"입 닥쳐."

씹어뱉듯 말하는 석재는 심지어 고개도 돌리지 않고 그녀만을 내려다보고 있었다.

"강원재가 자리에서 일어섰대. 협상은 없었던 걸로 하자는 말만 남기고."

"그만 입 다물……."

"엇!"

균은 복도 쪽을 기웃거리다가 기절초풍하고 말았다. 강원재가 코너에서 돌아 나와 복도로 들어서고 있었기 때문이다. 정문으로 나와 어딘가로 향할 모양이다. 더 이상 지체할 수는 없었다.

"형, 강원재야! 강원재가 이쪽으로 오고 있어."

"뭐?"

그제야 석재가 도연으로부터 시선을 뗐다. 그사이, 도연은 그의 손아귀에서 자신의 팔목을 잡아 뺐다. 그리곤 복도 쪽을 바라보며 난감한 표정을 짓고 있는 석재를 향해 신랄하게 쏴붙였다.

"가보셔야죠, 백만장자 씨. 괜한 치기로 호텔 하나를 날릴 수는 없잖아요?"

"……."

석재는 입술을 깨물었다. 어떻게 해야 할지, 어디에 우선순위를 둬야 할지, 잠시 고민이 된 게 사실이었기 때문에. 균은 그런 석재의 팔을 잡아끌었다. 멀리, 강원재가 멈칫하더니 걸음을 멈추고 이쪽을 바라보고 있는 모습이 포착되었다. 강원재가 석재를 알아본 게 확실했다. 이제 막 검버섯이 하나둘 피어오르기 시작하는 강원재의 얼굴에 불편한 심기가 그득했다. 어린 놈이 까분다…… 뭐 그런 식의 표정이었다. 이제 칼자루는 자기가 쥐고 있다 이거겠지.

균은 한 손을 석재의 등판에 대고 힘을 주었다. 그리고 고개를 돌려 우두커니 서 있는 도연을 향해 눈웃음을 쳤다. 그러면서 엄지와 소지로 전화기 모양을 만들어 귀에 대고 속삭였다.

"형수님, 그럼 조금 있다가 뵈어요. 전화 켜두세요."

도연은 힐끗 잠깐, 아주 잠깐 두 남자의 뒷모습을 훔쳐보았을 뿐 온전한 시선을 주지는 않았다. 그나마도 흘러내린 머리카락으로 반쯤 얼굴을 가린 채. 그렇지 않았다면 아마 균과 석재는 그녀의 눈동자 위로 떠오른 감정을 눈치 챘을지도 몰랐다. 상처받은 그녀의 마음을 조금은 알아주었을지도 몰랐다. '당연히 호텔을 먼저 구해야죠. 나 따위가 뭐라고'라고 중얼거리는 그녀의 말소리도 어쩌면 들었을지도.

그러나 그녀의 감정을 전혀 눈치 채지 못한 석재는 잠시 망설였을 뿐이었다. 발길이 차마 떨어지지 않았는지 몇 초간 자리에서 맴돌더니 이내 균의 손길에 밀려 앞쪽으로 나아가기 시작했다. 아마도, 그는 도연의 기분쯤 나중이라도 충분히 대화로 풀수 있을 거라고 여기는 모양이었다. 하지만…….

'천만에 말씀. 이제 끝이야!'

도연은 입술을 짓이기듯 깨물며 호텔 입구 쪽으로 몸을 돌렸다. 지긋지긋한 한석재. 이젠 진짜로 바이바이다. 다신 그를 만나고 싶지 않았다. 어차피 그녀와는 어울리지 않았던 존재. 정상적인 상황이었다면 그녀와 얽히는 일조차 없었을 그런 존재. 어떻게 생각해 보면 진즉에 두 사람이 찢어지지 않은 게 이상했다. 아니, 한석재가 그녀를 원했다는 것 자체가 '세상에, 이런 일이'에 나올 일이지.

차라리 잘됐다. 부모님께는 아직 알리지 않았으니. 일 처리가 번거롭지 않고 수월하게 됐다. 어차피 그가 가진 돈에 대한 애착과 사랑을 도연으로선 절대 뛰어넘을 수 없었을 것이다. 이 시점이 가장 적절한 타이밍인지도 몰랐다. 어차피 헤어질 거면, 이렇게 일찍 갈라서는 게 나은 것일 수도 있다. 정 들면 그나마도 힘들 테니 말이다.

그런데…… 왜 이렇게 마음이 아픈 걸까? 이럴 줄 알았으면 절대 사귀는 데에 동의하지 않았을 거란 생각이 간절하게 그녀의 가슴을 울렸다. 며칠 만난 것도 만난 거라고, 고작 십여 일 만나 얘기한 게 전부인데……. 그새 정이라도 든 건가?

왜…… 왜 이렇게 심장이 아프지?

호텔 입구를 터벅터벅 힘없이 걸어나오던 도연은 그제야 깨달았다. 가슴 한쪽이 무너져 내리고 있는 걸, 그만큼 그와 헤어지는 게 쉽지 않다는 걸, 당장이라도 문자가 올 것 같은 착각에 빠져 전화기를 들여다보고 있는 자신을. 그리고…… 이 모든 것들이 단순한 정이 아닌, 사랑에서 비롯된 증상이라는 걸, 도연은 깨닫고 말았다.

빌어먹을.

•제14장 사랑한다고 그냥 외치면 돼•

협상은 타결되었다. 쌍방에 입장 차이라는 게 있고, 때문에 해석에 따라 다른 결론이 나올 수도 있는 것이겠지만 어찌됐든 결론을 내고 자리에 일어난 건 석재이니, 그의 입장에선 타결이었다.

주변의 경악스러운 시선과 숨죽인 비명을 뒤로하고 협상장을 빠져나왔지만 마음은 가벼웠다. 비록 협상장에 들어선 지 불과 십오 분 만에—물밑작업까지 합하면 오 년이 넘는 기간을 공들여 왔던 일이었음에도 불구하고—박차고 나왔으면서, 그 행동으로 인해 그가 입게 될 손해가 엄청날 것임을 알았지만 마음만은 날아갈 듯했다. 호된 의무감에서 벗어난 듯한 느낌이랄까?

균과 리치스의 실무진들, 심지어 강원재와 그 측근들까지 죄다 턱을 밑으로 늘어뜨리며 놀랐던 그 순간이 지금까지의 석재 인생에 있어서 가장 짜릿한 순간이었다. 모든 이의 뒤통수를 후려칠 수 있다는 거, 모험을 감행해서 성공을 쟁취할 수 있다는 거, 그것들이야말로 진정한 한석재를 이루는 근간, 원천이라는 걸 그는 깨달았다.

"고려 측의 요구 조건을 전부 수용하겠습니다. 하나도 빠짐없이 완벽하게. 이제 협상은 끝난 거죠?"

오 년을 기다렸다가 몇 개월 동안이나 치밀하게 진행시켜 왔던 인수 프로젝트를 단 십오 분 만에 뒤집어엎어 버린 폭탄선언. 그가 협상 테이블을 향해 툭 던진 이 거대 핵폭탄으로 말미암아 실내는 순식간에 싸늘해졌다. 아니, 싸늘보다는 어리둥절에 가까웠다. 정적이 휘몰아쳤고 아무도 숨을 쉬지 않은 것 같았다. 누구 하나 섣불리 입을 열려고도 하지 않았다. 석재는 그들이 석재의 제안을 받아들이지 않으려는 게 아니라, 이해하지 못한 거라 여겼다. 왜 석재가 그리 나오는지 도무지 납득이 안 되었을 것이다. 그들이 생각하는 한석재는 절대로 손해 보지도, 실패하지도 않는 완벽주의자 괴물이니까. 뭔가 그들이 생각지 못한 어택을 해올 것으로 여겼을 것이다. 그에 대비해 마음가짐을 단단히 하고 나온 강원재에게 한석재는 '백기'를 든 것이다.

물론 석재 자신은 그걸 백기로 여기지 않았다. 오히려 무조건적이고 고려 측에 일방적으로 유리한 이번 인수 결정으로 인해 그는 영혼에 날개를 단 기분이었다. 몇 달 만에 처음으로 마음의 안식을 찾았다. 아직까지 병실에 누워 있는 강만원에 대해서도 이제는 마음이 편안해졌다. 알게 모르게, 자신이 강만원에 대한 일말의 죄책감과 책임감을 느끼고 있었다는 걸 석재는 비로소 깨닫게 되었다.

고려호텔은 이제 곧 그의 수중에 떨어질 것이다. 호텔의 재무와 건물, 땅을 비롯해 오래된 직원들과 고려호텔이라는 이름, 명예, 전통이 모두 그의 소유가 되는 것이다. 그는 약속을 지킬 것이다. 계약 조건을 충실히 이행해, 그가 소유하고 있는 한은 고려호텔을 고려호텔로 지켜 나갈 것이다.

왜 이 생각을 진작 하지 못했을까? 막상 결정하고 보니 쉬웠다. 치열하지 않은 세상, 덤비지 않고 느긋하게 살아가면 어려울 것 없는 세상을 왜 힘들게만 살아왔는지. 그는 지금까지도 충분히 복잡하고 타이트하게 살아왔다. 치밀하게 계산된 투자에만 열을 올린 나머지 마음의 평화에 대해선 전혀 신경 쓸 겨를이 없었다. 하지만 이젠 그리 살지 않을 것이다. 더 이상 그는 손해를 두려워하지 않을 자신이 있었다.

그런 충만함으로 협상장을 빠져나온 석재는 제일 먼저 도연에게 전화를 걸었다. 벨소리가 자신의 주머니에서 울리자, 그는 그녀가 일하는 카페를 수소문해 연락했다. 문의해 보니 그녀는 오늘 공연이 잡혀 있었다. 밤 일곱 시부터 아홉 시까지. 일곱 시까지 카페로 간다면 그녀를 만날 수 있을 것이다. 살짝 안도한

석재는 곧바로 윤수에게 전화를 걸었다. 통화중이라는 멘트를 여섯 번이나 듣고, 겨우 일곱 번째에 통화가 되었다. 놈은 시끄러워서 안 들린다며 다음으로 통화를 미뤘다. 하지만 눈치 빠른 석재는 윤수가 그를 일부러 피하고 있다는 걸 간파했다. 석재는 시계를 확인한 후, 그를 족쳤다. 일곱 시까지 여유가 된다면 그를 직접 만나러 갈 생각이었다.

그가 있는 곳을 알아내는 데에는 겨우 십여 분 정도밖에 걸리지 않았다. 그는 카페 유리에 있었다. 빼도 박도 못한 정황에 윤수는 뭐 마려운 강아지마냥 안절부절못했다.

그리고 카페 근처의 커피 전문점. 커피 두 잔이 놓여 있는 동그란 테이블을 사이에 두고 마주 앉은 윤수는 대수로운 척 연기하려고 갖은 애를 썼지만 내심 진땀을 흘리고 있다는 걸 석재는 알아챘다. 얼굴이 노랬다.

"형! 진짜 왜 그래? 그게 그렇게 화낼 일이야?"

"몰라서 물어?"

"뭐가 어쨌다고. 난 아무 죄 없어. 추천은 형이 먼저 했잖아."

자긴 죄가 없다는 듯 어깨를 으쓱하며 고개를 가로저었다. 두 손을 펼쳐 보이기까지. 마치 자신은 아무런 흑심도, 의도도, 속셈도 없었다는 듯 말이다. 하지만 석재는 알고 있었다, 자신의 재력에 대해 자세히 아는 윤수이니 가능했으리라는 걸.

"난 추천하지 않았어. 너도 알잖아."

"그게 추천이지. 온갖 멋진 말을 다 갖다 붙였잖아. 그런 가수를 누가 포기해?"

"난 대중음악에 대해선 전혀 모르는 사람이야. 그런 내 칭찬에 너 같은 전문가가 쉽게 넘어갔다는 게 말이 돼?"

"전문가는 내가 아니야. 우리 형이지."

"네가 갖은 사탕발림으로 네 형을 요리했겠지."

"우리 형, 그렇게 귀 얇은 사람 아니야. 형 말대로 전문가라고. 투자해서 이익없는 가수한테 누가 계약서를 내밀겠어? 그것도 노래 한 번 안 들어본 가수를."

"아주 결정적인 말을 네가 하는구나."

"어……!"

윤수는 제 무덤을 스스로 팠다. 석재는 굳은 얼굴로 단호하게 말했다.

"당장 철수시켜. 카페에 있는 BNS 직원들 모두. 난 네가 원하는 대로 해줄 수 없다."

"형!"

"못해, 난."

확실히 못을 박아줘야 했다. 두 번 다시는 이런 짓을 하지 못하도록.

"형처럼 돈이 많은 사람이, 애인을 위해서 그거 하나 못해줘? 형의 재력이면 그 여자…… 아니, 그분. 충분히 스타 될 수 있다고. 아니, 천하의 한석재가 스폰서 해주는데 누가 되든 뜨지. 안 그래? 뭐, 꼭 그래서 그분과 계약을 하겠다는 건 아니지만……."

"더 이상 듣기 싫다."

"그분, 윤도연이라는 분. 재능 아주 없는 거 아니라며. 형이 돈 좀 풀어주면 빵빵한 작곡가들 섭외해서 음반 최고 수준으로 만들고 방송 몇 방 때리면 완전 스타 되는 거라고. 뭐가 문제야? 가수한테 음반 내주고 홍보해 준다는데. 우리한테 맡기라니까. 형이 돈만 조금 풀어주면……."

"못해. 난."

"아니, 왜 못해. 애인 아니야? 아……! 스폰서 따위 걱정하지 마. 형이 스폰서 해주면 다른 스폰서는 필요없게 되는 거니까. 원한다면 형의 애인이란 말도 흘리지 않을게. 약속할게. 각서라도 쓸게!"

"넌 날 잘못 알고 있어."

"그럼 밝히는 걸 원하는 거야? 그것도 나쁘진 않지. 요즘은 다들 그러는 추세니까. 데뷔 초부터 애인이 있다고 밝히는 건 좀 그렇지만 나중이라면 뭐, 우리 쪽에서 반대할 생각은 없어. 오히려 대한민국 최고의 독신남과 열애 중이라고 하면 홍보 효과가 훨씬 좋지. 그런 쪽 결정은 형 마음대로 해. 형은 투자만 해주면 되는 거야. 나머지 일쪽은 우리가 다 알아서 할 거니까. 진짜 대박은 장담할게."

질긴 녀석이다, 이 녀석. 게다가 완전 마이동풍. 무슨 말로도 씨알이 안 먹힐 것 같았다. 석재는 눈살을 찌푸렸다.

"미안하지만 이건 내가 결정할 사안이 아닌 것 같다. 난 권한이 없어."

"형! 정말 이렇게 나오기야? 왜? 그 정도 돈을 못 풀어? 형 스케일로 이만한 일, 아무것도 아니잖아."

그도 풀고 싶다. 그깟 돈 도연에게 투자하는 거라면 억만금도 안 아까웠다. 하지만 그건 도연을 위한 일이 아니었다. 석재는 자리에서 벌떡 일어났다.

"왜인지 알고 싶어?"

"그래! 왜?"

석재는 대들듯 물어오는 윤수를 굽어보며 한숨을 푹 쉬었다.

"너도 연애해 봐. 남녀 사이엔 해도 될 일이 있고, 죽어도 안 되는 일이 있다는 걸 알게 될 거다. 같은 일이라도 타이밍이 얼마나 적절하냐에 따라서도 달라지는, 아주 예민한 게 바로 연애야."

"뭐야? 형이 언제부터 연애 박사가 됐어?"

윤수가 히죽거렸다. 며칠 전까지만 해도 자신의 코치를 받아가며 여자를 만났던 그가, 이젠 완전히 연애 고수인 그를 가르치려 들었다. 석재는 부드러운 반원을 그리며 한쪽 입술을 휘었다. 그는 아주 여유롭고 느긋한 미소를 윤수에게 돌려주었다. 녀석이 뒤늦게라도 뭔가를 깨닫길 바라며.

"사랑은 원래 위대해."

"사, 사랑?"

"한 번 제대로 하기만 하면, 누구나 다 박사가 되거든."

충격 선언이라도 들은 듯 윤수는 순식간에 얼어붙어 버렸다. 입에 물려 있던 담배가 툭, 탁자 위로 떨어지는 걸 보며 석재는 커피숍을 나왔다. 나서기 직전 '철수. 알지?' 라는 협박성 짙은 말을 날려주었으니 더 이상 이 문제는 커지지 않을 것이다.

그리고 저녁 일곱 시하고도 이십 분을 넘긴 이 시각.

석재는 그녀가 일하는 카페, 유리의 출입문 앞에 섰다. 지금 쯤 도연은 무대에 올라가 노래를 부르고 있을 것이다. 그는 느긋하게 그녀의 공연을 즐기다가 아홉 시가 되어 무대에서 내려오면 이야기를 할 생각이었다. 일이 그의 생각과는 정반대로 꼬였다는 걸 알면 그녀도 금세 납득하고 오해를 풀 것이다. 그러면 즐거운 마음으로 함께 식사를 할 수 있겠지. 식사를 하면서 오늘 그에게 일어났던 호텔 매입 사건과 앞으로의 계획 등을 얘기하면서 데이트를 즐기는 거다. 머릿속 청사진을 즐거이 떠올리며 석재는 자동으로 열린 유리문을 가로질러 카페로 들어섰다.

새벽이 오는 소리 눈을 비비고 일어나
곁에 잠든 너의 얼굴 보면서
힘을 내야지 절대 쓰러질 순 없어.
그런 마음으로 하루를 시작하는데.

기페에는 도연의 노래가 흘러나오고 있었다. 잔잔한 이지리스닝 계열의 노래를 주로 연주하고 노래하던 그녀의 평소 무대와는 사뭇 다른 강렬한 느낌의 곡이었다. 천사의 목소리인 양 가늘고 섬세하다고 느꼈던 도연의 것이 오늘은 유난히 강하게 들려왔다. 절절하다고 해야 하나?

"혼자 오셨습니까, 손님?"

멍하게 피아노에 앉은 도연의 뒷모습을 바라보고 서 있는 그에게 카운터에 서 있던 여종업원이 물어왔다.

"조금 있다가 일행이 합석할 겁니다."

"아…… 혹시 도연 언니……."

도연 언니? 석재는 종업원을 돌아봤다. 낯이 익었다. 전에 이곳에 왔을 때 도연과 귓속말을 주고받던 종업원인 듯. 가슴팍에 박미진이란 이름표를 확인하며 석재는 무의식중에 피식 웃었다.

"네. 조금 있다가 같이 식사할 겁니다."

"그게……."

미진은 잠시 말을 잇지 못하고 얼굴을 찡그렸다. 입술을 오므리다가 이로 아랫입술을 잘근거리고 간간이 한숨을 쉬고. 입이 근질거리는 폼이다. 질문을 해야 하나, 말아야 하나. 한참을 우물쭈물 고민하던 그녀는 결국 참지 못하고 묻고 말았다.

"무슨 일 있었죠, 두 사람?"

"도연 씨가 뭐라고 그러던가요?"

"그런 건 아닌데. 아까 화장실에서 우는 걸 봤거든요."

움찔, 석재는 놀랐다. 울었다고? 그녀가?

"노래하기 전엔 울고 그러면 안 돼요. 아시다시피 목도 메고 감정적으로 약해져서 무대 서기는 좀 위험하거든요. 근데 언니가 울고 있더라고요. 아무 일도 없다고는 하는데…… 안 믿었거든요. 눈코입이 완전 퉁퉁 부어가지고. 지금 목소리 들어보세요. 걸걸한 것이, 완전 맛 간 상태예요. 원래 저 정도로 기분이 저조하면 무대를 펑크 내는 게 보통이거든요. 근데 자꾸만 서겠다고 우기는 거예요. 확실히 뭐가 잘못되었다는 걸 알겠더라고요."

석재는 도연의 뒷모습으로 시선을 돌렸다. 울다니……. 마음 아픈 티는 전혀 내지 않던 그녀가 숨어서 울고 있었다니. 석재는 불과 몇 시간 전의 도연을 떠올렸다.

"자동차 얘기 하시려거든 바깥에 있는 저 차에 대고나 하시죠, 백만장자 씨. 하, 기도 안 차! 난 차를 바꾸고 싶은 게 아니라, 당신을 바꾸고 싶은 거라고요. 당신 말이에요. 한석재, 당신! 질렸어. 지긋지긋해. 돈만 아는 불한당 같은 놈."

전차처럼, 탱크처럼 저돌적이었던 그녀. 감히 그에게 돈만 아는 불한당이라고 말하던 그녀를 떠올리며 석재는 뜨거운 숨을 내뱉었다. 그녀는 진짜로 많이 상처받았던 것이다. 제대로 견뎌

낼 수 없을 정도로 큰 상처를 받았던 것이다.

"지금도 사실 위험천만해요."

미진이 걱정스러운 듯 무대 쪽으로 기웃거리며 말했다. 머리카락을 등 뒤로 늘어뜨린 그녀는 미진의 말대로 살짝 거친 목소리로 노래의 하이라이트를 부르고 있었다.

아! 젠장. 속이 쓰라려 왔다. 지친 듯 많이 허스키한 도연의 목소리를 듣는 것만으로도 울컥 감정이 쏠렸다. 그녀가 울다니. 그녀를 울게 하다니. 그깟 호텔이 뭐라고. 입술에 힘주어 꽉 입을 다물고 석재는 미진을 돌아봤다.

"잘 들어요. 이제부터 내가 할 행동이 어쩌면 카페를 엉망진창으로 만들지도 몰라요."

"네?"

미진이 무슨 영문이냐는 듯 두 눈을 휘둥그레 떴다.

"도연 씰 데리고 나갈 거거든요."

"허업! 정말요? 어머, 웬일이야."

두 손을 입가에 대고 미진이 혼잣말을 속삭였다.

"뒷일을 미진 씨한테 맡겨도 될까요?"

"그, 그럼요! 그런 일엔 당연히 제가 도와야죠."

"고마워요, 미진 씨. 이 은혜, 잊지 않을게요."

"천만에요. 언니를 위한 일인데요 뭘."

미진은 배시시 웃었다. 이런 남자, 어디 없나? 이런 남자라면 당장에 결혼이라도 할 수 있을 것 같았다. 평생 꿈꿔왔던 영화

배우의 꿈을 접을 수도 있을 것 같았다. 도연 언니, 언니는 완전 봉 잡았수. 콩그레출레이션이야. 브라보!

미진은 한석재가 무대를 향해 성큼성큼 걸어가는 걸 보며 재빨리 음향실 담당인 양 군을 찾았다. 다행히 근처에서 서빙을 하고 있던 양 군과 눈이 마주쳤고 그녀는 아무런 설명 없이 그에게 지시를 내렸다. 음악 내보낼 준비 하라고. 양 군은 잠시 반항하듯 얼굴을 찌푸렸지만 미진의 필살기인 '차인표의 분노 3종 세트 흉내 내기'에는 당해내지 못했다. 몇 초 만에 그는 투덜거리며 음향실로 향했다.

절대로 약해지면 안 된다는 말 대신
뒤처지면 안 된다는 말 대신
지금 이 순간 끝이 아니라
나의 길을 가고 있다고 외치면 돼.

선곡 한번 거지 같군. 도연은 속으로 자신에게 저주를 퍼부었다. 짜증났다. 가사를 읊을 때마다 울컥울컥 치미는 감정 때문에 노래 자체에 집중이 안 되었다. 노래하면서 질질 짜는 가수만큼 꼴불견이 없는데. 창피해 죽을 맛이었다. 할 수만 있으면 촉촉한 눈가를 훔치고 싶은데, 그렇다면 피아노 연주를 멈춰야 했기 때문에 그럴 수는 없었다. 그래서 짜증은 더욱 배가되었다.

그때였다. 손님들이 동요하는 듯 웅성거린다 싶어 고개를 돌리려는 순간, 시꺼먼 그림자가 피아노의 흰 건반을 뒤덮었다. 뭐야? 낯이 익은 양복 단추가 제일 먼저 그녀의 눈에 들어왔다. 불길한 예감에 도연은 흠칫 떨었다.

"지금 이 순간 끝이 아니라, 나의 길을 가고 있다고……."

불길함을 떨쳐 내며—아니, 떨쳐 내려 노력했다—도연은 서서히 고개를 들었다. 헉! 정말 예상대로 그가 서 있었다. 낮에 입고 있던 그 옷차림 그대로.

"외치면…… 빌어먹을……."

웅성웅성, 시끄러움이 더 커졌다. 도연은 그제야 자신이 노래하던 도중 욕설을 내뱉었다는 사실을 깨달았다. 속으로 중얼거린 거라고 여겼는데, 그게 입 밖으로 나온 것이다. 그리고 욕설은 마이크를 타고 카페 전체로 흘러나갔다. 그때 타이밍도 절묘하게 스피커에서 노래가 흘러나왔다. 그녀가 방금 불렀던 곡, 여자 가수의 원곡이었다. 누가 이런 자비를 베풀었는지는 모르겠지만 지금 심정으론 큰절이라도 올리고 싶은 마음이었다.

"여긴 왜 왔어요?"

마이크를 OFF 시키고 도연은 물었다. 냉정하게 대한다고 한 말이었으나 그녀는 몰랐다, 자신의 목소리가 떨리고 있다는 걸. 제 눈동자 밑이 눈물로 얼룩져 번들거리고 있다는 걸. 알았다면 강한 척하는 걸 포기했을 것이다.

화난 사람처럼 표정을 굳히고 있던 석재는 아무 대답도 없이 단호한 손길로 도연의 팔뚝을 붙들었다. 희고 검은 피아노 위에 올라가 있던 도연의 손은 순식간에 석재의 품으로 끌려왔다. 얼떨결에 자리에서 일어난 그녀의 몸까지 딸려간 것은 말할 것도 없고.

"뭐, 뭐 하는 거예요?"

"나가서 얘기해."

설명은 그것으로 끝이었다. 그는 무턱대고 그녀를 잡아끌었다. 탁탁탁, 계단을 내려온 도연은 사람들이 보는 앞에서 질질 끌려가는 추태를 보이지 않기 위해, 종종종 석재의 커다란 보폭을 따라잡았다. 수십 개의 호기심 어린 눈동자들이 그녀의 뒤통수로 쏟아졌다. 아, 따가워. 창피해서 도연의 얼굴은 시뻘게졌다. 너무나 갑작스레 벌어지는 상황에 당황했다. 그녀는 화가 났다기보다 창피한 심정으로 소리쳤다.

"이거 놔요!"

도연은 그의 손에 잡힌 손목을 마구 흔들었다. 그러나 그는 눈 하나 꿈쩍하지 않고 성큼성큼 발걸음도 힘차게 카페 입구를 향해 걸어갔다. 카운터 앞에 서 있는 미진이 눈에 들어왔다. 이쪽을 바라보며 웃음을 참고 있었다. 단순한 사랑싸움으로 오해하는 게 분명했다. 어휴, 미쳐! 창피해 돌아가실 지경! 내일부터 무슨 낯으로 여길 오냐고!

"이 사람이 진짜. 나 공연 끝내려면 아직 멀었다고요. 제발 이 손 좀 놓고 이성적으로 얘기해요. 예?!"

헐. 기도 안 차. 지금은 화를 내야 하는 상황이다. 돈이나 열심히 벌 것이지, 여긴 왜 왔냐고 마구 성질을 부려야 하는 시점이란 말이다. 그런데 어처구니없게도 도연은 석재에게 사정을 하고 있다. 이게 말이나 되냐고요? 방금까지 그녀는 남자에게 버림받은 비련의 여주인공처럼 슬피 울고 있었는데! 그런데 이게 뭐냐고요. 꼴사납게 많은 사람들 앞에서 왕창피나 당하고. 한심하다, 한심해. 이렇게나 한심할까? 도연은 제자신이 기가 막혀 어이가 없었다.

도연이 스스로를 한심해하고 있는 그 순간, 석재는 도연을 데리고 아주 손쉽게 카페를 빠져나왔다. 카페 출입구가 자동유리문이라는 사실에 도연은 개탄을 금할 길이 없었다. 나중에 사장에게 말해 수동 여닫이문으로 바꿔달라고 말해야겠다, 단단히 벼르고 있는데 그가 건물의 후미진 코너로 휙 돌아갔다.

직원들만 드나드는 비품실이었다. 그는 비품실로 들어갈 생각은 없는 듯, 입구 앞에서 걸음을 멈추었다. 그리고 꽉 그러쥐고 있던 도연의 손목을 놓아주었다. 족쇄에서 풀려난 듯한 자유로움에 도연은 앓는 소리를 내며 안도의 한숨을 내쉬었다. 그러나 곧, 그녀는 깜짝 놀랐다. 그가 벽 쪽에 등을 대고 붙어 있는 도연을 거대한 상체와 강건한 두 팔로 가두었던 것이다.

"헉! 뭐, 뭐 하는 거예요?"

"지금부터 내가 하는 얘기 잘 들어."

뭘 들으라는 거야? 들을 말이 뭐가 있다고. 가서 돈이나 열심히 버시지. 도대체 왜 왔는지 모르겠다. 아깐 잡지도 않았으면서. 얼마나 서운했었는데. 얼마나 비참했었는데! 헤어지자고 말은 했지만, 사실은 잡아주길 바랐던 그녀다. 여자들이란, 여자들 마음이란, 다 그런 건데. 화딱지가 나서 헤어지자고 말은 했지만, 마음 한쪽에선 상대방이 한 번쯤 잡아주지 않을까? 하는 상상에 사로잡혀 있다. 그녀 역시 그랬었고.

그랬는데…… 그는 호텔을 삼키러 가버렸다. 뒤도 돌아보지 않고. 그때의 비참함이란, 무참함이란, 상실감이란!!

남자들은 다 찐따다. 이렇게 늦게 와서 뭘 어쩌라고. 헤어지자는 선언을 되돌리기엔 너무 늦어버렸다고! 도연은 목구멍으로 꾸역꾸역 미어져 나오는 욕설을 삼키며 석재를 향해 휙, 두 눈을 치떴다. 뭐라고 한마디 톡 쏴줄 작정이었다.

그러나 그의 시선을 마주한 그 순간, 그녀는 완전히 얼이 나가 버리고 말았다. 석재의 눈빛이 너무나…… 너무나 강렬했다. 어찌나 이글거리는지……! 도연은 석재의 눈빛에 완전히 사로잡혀 버렸다.

"BNS 측과 내가 개인적인 친분이 있다는 거, 맞아. 전에도 말했지만, 오너의 친동생이 나와는 절친한 후배야. 그건 비밀도 아니고 숨기고 싶은 마음도 없어."

맞다. 지난번 통화 때도 그는 자연스레 후배에 대해 말을 했었다. 숨기려는 의도 따윈 없어 보였다. 도연은 꿀꺽 침을 삼켰다.

"무슨 이유로, 어떤 근거로 그런 오해를 하게 된 건지 모르지만. 윤도연, 당신 틀렸어. 그거 아니야."

뭐가 아니라는 거야? 입술이 얼어붙어 말은 하지 못했지만, 석재는 그녀의 생각을 읽기라도 한 듯 정확히 그녀의 궁금증을 풀어주었다.

"BNS 측에 압력이나 청탁을 넣었을 거라는 당신 상상 말이야."

뭐라고?

"그럼…… 아니란 말이에요?"

"당연히 아니지. 당신은 누군가의 부탁 없이도 충분히 가수로 대성할 수 있는 사람이야. 그런데 내가 왜 굳이 나서서 가수 윤도연의 가치를 끌어내리겠어?"

가수 윤도연의 가치?

"물론, 나에게 투자할 권한이 있다면 난 당신에게 투자해. 내모든 걸 걸어도 아깝지 않을 정도로 난 당신 노래에 푹 빠졌으니까. 거의 광적으로."

도연은 한석재의 입가가 살짝 비틀리는 걸 멍하게 바라보았다. 모든 걸 걸어도 아깝지 않다고? 도연의 노래에? 이 남자…… 자기가 무슨 말을 하고나 있는지 알고 있는 걸까? 모든걸 걸다니……. 그래도 전혀 아깝지가 않다니!

'젠장. 너무 감동적이잖아.'

호텔, 안 뺏기고 잘 사수했나 보지? 이런 감동 멘트도 날려주는 자비를 다 베풀어주시고. 성은이 망극하다며, 신랄하게 대꾸

해야 하나? 아! 하지만 어쩌랴. 이렇게 속내가 빤히 보이는 접대용 멘트가 감동스러운 것을! 빌어먹을이다. 화를 내야 하는데, 가슴 가득 감동이 밀려오다니. 어떻게 이렇게 멋진 말만 골라 하냐? 정말 미치게 사랑스러운 남자다, 한석재는. 아까, 호텔 때문에 그녀를 그냥 버려두고 떠나지만 않았다면 진짜 최고의 남자였을 텐데. 진짜로 놓치고 싶지 않았을 텐데…….

그녀의 고개가 슬그머니 아래로 꺾였다. 뭔가를 골똘히 생각하는 폼이다. 고 작은 머리로 또 무슨 생각을 그리하는지. 석재는 미간에 주름을 잡으며 고개를 살랑살랑 흔들었다.

"아니. 안 돼."

석재는 도연의 턱을 가볍게 잡고 끌어 올렸다. 들려진 고개 위로 순박해 보일 정도로 까만 눈동자가 초롱초롱 반짝였다. 순간이지만, 석재는 가슴이 뛰는 걸 느꼈다.

"생각하지 마. 이 문제는 그만 잊어버려. 그러는 게 낫겠어."

"하지만…… 당신이 말하지 않았다면 그 사람들이 날 어떻게 알았겠어요? 그 큰 회사에서 나 같은 신인을 오디션도 보지 않고 바로 계약하자고 했다는 건! 그건 말이죠…….."

돈. 그가 가진 돈 때문이었다. 윤수는 도연의 음악성보다는 석재의 재력에 더 매력을 느낀 것이다.

"당신 마음, 내가 모두 전했어. 그러니까 그만. 앞으로 그런 일로 당신 마음 상하게 하는 일은 없을 거야."

"그 사람들을 만났어요?"

도연의 눈동자가 유난히 말갛다. 상처받은 듯 그렇게……. 휴, 석재는 한숨을 내쉬었다. 그가 가진 돈이 도연에게 이렇게 큰 상처를 줬다는 게 마음에 안 들었다.

"아까 만나서 얘기 마무리 지었어."

"뭐라고요?"

"이건 윤도연이 판단하고 결정할 문제라고 말했지."

"그래서 없었군요. 카페에서 날 기다리고 있었는데, 석재 씨 만나고 다시 가봤더니 없더라고요. 이미 돌아간 후였어요. 그런데……."

이상하다고 도연은 생각했다. 그녀는 석재와 헤어지고 곧장 카페로 갔었는데, 그사이 BNS 관계자들이 돌아갔다는 말은……? 그녀가 카페로 돌아가기 전에 이미 석재가 BNS 관계자를 만났다는 말이었다. 다 잡은 호텔을 날리지 않기 위해 걸음을 재촉하던 석재가 어떻게 그렇게 빨리 그들을 만날 수가 있었지?

"혹시라도 그쪽에서 연락이 오면, 피하지 말고 만나. 오디션 보자면 보고. 하지만 거기에 내가 개입되었을 거란 생각은 말아. 분명히 말하지만, 난 내가 나서서 윤도연의 가치를 끌어내릴 생각은 없어. 당신은 내가 없어도, 내 후광이 아니어도 충분히 빛이 나는 사람이야."

"언제 만났어요?"

도연은 대뜸 물었다. 상처받은 말간 눈동자에 힘이 들어갔다.

"응?"

"그 사람들이요, BNS 사람들. 언제 만났냐고요. 당신이 만났다면 내가 돌아가기 전에 만났다는 건데, 시간적으로 안 맞잖아요. 일을 다 마치고 만난 거 맞아요?"

풋, 그가 웃었다. 영문을 모르는 도연은 점점 더 의아해졌다.

"다 마쳤지, 그럼."

어떤 쪽으로든. 석재는 속으로 덧붙였다.

"어, 어떻게 그럴 수 있어요? 엄청 중요한 협상이라고 하지 않았어요?"

"맞아."

"그런데 어떻게 그래요? 얼마나 빨리 끝났으면 나보다 더 먼저 그 사람들을 만나고 일까지 다 해결해 놓을 수 있어요?"

"전화가 있잖아."

그래, 전화. 전화로라면, 그녀가 도착하기 전에 그 사람과 연락이 닿는 게 가능할 수도 있었다. 하지만 기분이 영…… 이상했다. 석연찮았다.

"일은 어떻게 해결 봤는데요?"

"그게 중요한가?"

그가 살짝 미간을 찌푸렸다.

"중요한 건 아니지만 알고 싶어요."

"지금은 말해주고 싶지 않은데."

"왜요?"

피식, 그가 웃었다.

"지금은 다른 걸 해야 하니까."

"뭐, 뭘…… 요?"

저도 모르게 도연은 입술을 조그맣게 벌리고 그를 올려다보았다. 그의 고개가 조금, 아주 조금 내려온 듯한 기분이었다. 착각인가? 그의 눈빛은 아까의 강렬함에 그득함마저 더해져 그녀의 심장을 벌렁벌렁 뛰게 만들었다. 섹시한 그의 입매가 야릇하게, 그러면서도 조심스럽게 움직이며 다가왔다.

"키스."

예? 키스라고요?! 기겁한 도연이 피하고 어쩌고 할 새도 없이 그의 입술이 그녀를 덮었다. 그의 부드럽고 달콤한 입술이 피부에 닿자 도연의 머릿속은 완전히 새하얗게 비워졌다. 질끈 두 눈을 감고 도연은 숨을 쉬기 위해 애를 썼다.

따뜻하고 미끈거리는 그의 혀가 도연의 입술 안쪽을 쓸고, 도연은 벽에 머리와 몸을 딱 붙인 채로 꼼짝하지 않았다. 아니, 움직이려고 해도 움직일 수가 없었다는 말이 더 정확한 표현일 듯했다. 그의 입술은 마취제처럼 그녀의 몸과 마음을 꼼짝 못하도록 포박해 버렸다. 스치듯 할짝거리는 그의 키스는 마치 그녀가 이질적인 존재를 입 안으로 받아들이는 이 일에 적응하도록 도와주려는 듯 조심스럽고 상냥했다. 본능적으로 키스를 피하려고만 했던 도연은 어느 틈에 서서히 입술을 열고 있었다. 점점, 자신의 숨이 가빠지는 것을 도연은 느꼈다.

석재의 손이 도연의 허리를 감싸더니 그의 품으로 끌어당겼다. 그의 품 안은 단단하고 따뜻했다. 격해진 숨결로 인해 가쁘게 오르내리는 도연의 가슴은 그의 갈비뼈 근처에 밀착되었다. 도연은 불편한 몸을 틀기 위해 살짝 움직였다. 그 바람에 뭉클, 그녀의 가슴이 움직이며 그의 갈비뼈를 문질렀다. 찌르르. 석재의 하복부가 순식간에 긴장했다. 꾹 누르고 있던 욕망이 꿈틀꿈틀 발작적으로 일어섰다. 피가 거꾸로 솟구치는 격렬함이 그를 휩쓸었다. 석재는 한 손을 움직여 도연의 목을 받치고 깊고 강렬한 키스를 퍼부었다.

도연의 숨결은 더욱 뜨겁고 가빠져 그의 귓불을 간질였다.

'아! 젠장.'

그녀의 입 안은 환상이었다. 혀가 녹아버릴 만큼 달콤하고 뜨거웠다. 얌전하면서도 욕망에 순응하듯 솔직하게 안겨드는 도연의 몸은 따뜻하고 부드럽고 포근했다. 도연을 꽉 껴안고 느낀 감동은 이루 말할 수 없는 것이었다. 나의 것, 내 여자, 나만을 위한 피조물! 확신이 들었다. 이 여자가 그의 것이라는.

그때다. 도연의 가느다란 팔이 머뭇머뭇 움직이더니 그의 목을 감았다.

"빌어먹을!"

그녀의 입술을 탐험하는 관능적인 여행에 심취해 있던 탓에 그의 욕설은 웅얼거림으로 들렸다. 그녀의 행동 하나하나가 그에겐 최음제로 작용했다. 점점 더 흥분하고 점점 더 그녀에게 빠져들었다.

이런 식으로 가다가는 후미진 건물 모퉁이에서 무슨 짓을 저지르게 될지도 모를 일이었다. 공공장소에서 애정 행각을 벌이는 철없는 연인들을 보면 늘 눈살을 찌푸렸던 석재가 말이다. 그는 죽을 때까지 그런 유치하고 저질스러운 행위는 절대로 하지 않을 거라고 다짐하곤 했다. 그런데 그가 이렇게 자제심을 잃고 흥분하게 될 줄 누가 알았겠는가.

그러나 석재의 입술은 더 깊이 그녀의 안으로 잠식해 들어갔고, 그녀의 허리를 받치고 있던 손은 서서히 그녀의 긴 스웨터 자락 안으로 침투하고 있었다. 맨살에 대한 강렬한 욕구가 그를 흔들었다. 그녀의 손이 그의 양복 자락 안으로 수줍게 들어오자 그는 본능적인 분출 욕구에 완전히 사로잡혀 버렸다.

그 순간이었다.

때르릉—

그들의 사랑스러운 헐떡임을 뚫고 벨소리가 들렸다. 전화였다.

"전화 왔어요."

그의 혀를 여전히 입에 물고 그녀가 중얼거렸다. 살포시 눈을 감고 감미로운 숨소리를 내고 있는 그녀는 그 어느 때보다도 예뻤다. 그녀의 혀를 혀로 감은 채 쭈욱— 길게 빨고 그가 속삭였다.

"상관없어."

그리고 그는 다시 그녀의 입술을 붙들고 그녀의 숨을 삼켰다. 나른한 신음을 흘리며 도연이 석재의 넓은 어깨에 매달렸다. 그녀가 그의 가슴에 얹어놓고만 있던 손을 서투르게 움직이기 시작하자 석재는 거친 숨을 들이쉬었다. 완전히, 이건 고문이었다. 이대로 끝까지 갈 수는 없는데, 그런 식은 그도 참을 수가 없는데……! 이 미치도록 유혹적인 도연을 어떤 식으로 물리칠 수 있을까?

때르릉—

벨소리가 집요하게 울렸다. 석재는 한동안 끊겼다가 다시 울리기 시작하는 전화를 받기로 했다. 이대로 계속 그녀와 키스를 하는 건 여러모로 보아 위험했다.

"여보세요."

그를 끌어들이는 마력의 입술에서 겨우 입술을 뗀 석재는 발신인이 누군지도 확인하지 않고 전화를 받았다. 채 풀지 못한 욕구로 인해 목소리가 꽉 잠겨 있었다.

[나네, 한 군.]

한 군? ……설마? 석재는 벽에 기대 숨을 헐떡이고 있는 도연에게 시선을 돌렸다. 그녀의 두 볼이 붉게 달아올라 있었다. 너무나 귀여워 깨물어 버리고 싶었다. 빨갛고 도톰하게 부풀어 오른 입술은 그를 또다시 흥분으로 몰아가고 있었다. 깊은 날숨으로 끓는 피를 겨우 제어하며 석재가 되물었다.

"안녕하십니까, 윤 사장님?"

도연이 회들짝 놀라 휙, 고개를 돌려 그를 보았다.

[지금 당장 우리 집으로 오게.]

묵직하게 떨어지는 윤 사장의 음성. 석재는 일순 긴장했다. 뭔가 잘못되었음을 본능적으로 알 수 있었다. 그러나 석재는 놀란 도연에게 걱정하지 말라는 의미의 다정한 미소를 날렸다.

"무슨 일이십니까?"

[우리 애와는 연락이 되지 않구먼. 그러나 자네는 연락이 되겠지. 가능하면 우리 애와 함께 오게.]

"초연…… 씨 말입니까?"

초연의 연락처는 당연히 모른다. 게다가 두 사람을 함께 부르겠다니. 무슨 말을 하려는지 모르겠지만, 이건 보통 문제가 아니었다. 생전 처음 본 여자와 연인인 척 연기하는 일은, 그에겐 죽기보다 어려운 일이었다.

'가만! 오늘이 바로 일주일째 되는 날인데…….'

설마 도연이 아직까지 사실을 말하지 않은 건가? 그렇다면 오늘 그가 직접 사실을 알려줘야 하는 것? 심장 약한 도연이 아직 모든 걸 밝히지 않았다면, 좋다. 그라도 나서서 대신 말해줄 수도 있었다. 오히려 잘됐다. 윤 사장도 석재 앞에서는 쉽사리 화를 내지 못할 것이다.

[지금 그걸 말이라고 하나?]

윤 사장이 부르르 화를 냈다.

[도연이 말일세. 자네가 데이트하고 있는 애, 도연이 아닌가?]

석재는 예기치 못한 반격에 얼어붙고 말았다. 어쩐 일인지 윤 사장은 이미 모든 걸 알고 있었다. 전화를 끊고, 영문을 모르고 멍하게 그를 바라보는 도연을 향해 석재는 어색하게 웃었다.

"잘될 거야."

그로부터 두 시간 후, 도연의 집에는 무서운 정적이 흐르고 있었다. '도연 씨를 도연 씨 그 자체로 사랑합니다'라는 한석재의 폭탄선언이 있고 난 후부터 일 분이 지난 지금까지 이어져 온 것이었다. 대담하고 솔직한 한석재의 선언에 서슬 퍼렇던 윤 재규 사장과 곽춘자 여사가 딱 입을 벌리고 굳어버렸다. 오죽하랴? 장본인인 도연도 이리 놀랐는데. 가족 중 가장 멀쩡한 이는 초연이었다. 사태를 이 지경으로 몰아넣은 그녀는 그 이름도 찬란한 윤초연답게, 네 사람을 관망하며 실실거리고 있었다.

출장이랍시고 집을 나가, 일주일간 호텔에서 출퇴근하며 신선놀음을 하고 돌아온 초연. 그녀는 오늘, 아주 기겁을 하고 말았다. 일주일 새에 당연히 도연이 말했거니, 하고 꺼낸 이야기에 윤 사장도, 춘자 씨도 모두 화들짝 놀란 것이다.

"한석재와 도연이라고? 그게 무슨 말이냐? 두 사람이 사귀고 있단 말이니? 너는!"

정말 윤도연다운 짓이었다. 일주일간 단 한 마디도 하지 않다니. 좋아, 좋다고. 그리 간덩이가 작다면 뭐, 하는 수 없지. 이 몸이 말해주는 수밖에. 그리하여 초연은 자신이 총대를 메고 사실내로 말하기에 이르렀다. 그녀 대신 도연이 맞선을 보러 나갔었고, 다행히 그는 도연을 초연이라 여겼고, 정말 운명처럼 두 사람이 짜잔 서로에게 이끌렸다…… 대충 이런 스토리였다. 물론, 현식의 존재에 대한 말은 쏙 뺐다. 원래는 밝힐 생각이었으나, 충격에 놀란 부모님이 '왜 언니에게 대신 나가달라고 했냐'는 문제에 대해 전혀 추궁하려 들지 않는 관계로다가. 나중에 물어보면 그때 대답하지 뭐, 까짓.

놀라 숨도 못 쉬고 있던 윤 사장과 곽 여사는 곧바로 정신을 차리고 도연에게 전화를 걸었다. 하지만 무슨 일 때문인지 도연은 전화는 받지 않았다. 뭐, 어쩔 수 없지. 결국 그들은 석재를 불러들이기로 했다. 그리고 두 시간 뒤, 그들은 함께 나타났다.

한석재는 앞태, 뒷태, 옆태, 어디를 보아도 흠 잡을 데 없는 남자였다. 훤칠하고 잘생긴 데다가 돈도 많으니 정말 언론에서 떠들만 하다는 생각이 들었다. 남자, 얼굴 다 필요없고 경제력과 허리 하나 이상 없으면 됐다는 말을 만날 입에 달고 다니는 곽춘자 여사도 완전 혹해 정신없이 눈알을 위아래로 굴리는 지경이니 할 말 다 했다. 그런 데다 곱지 않은 눈초리와 날카로운 어조의 말도 안 되는 윤 사장의 다그침—정확히 '이게 어떻게 된 일인가? 지금 자네, 내 딸 둘을 가지고 장난친 겐가?' 라고 했다. 어이쿠!—에 윤도연을 사랑한다고 말했으니! 순식간에 춘자 씨는 석재의 편으로 돌아서 버렸다.

"처음엔 도연 씨를 윤초연 씨로 알고 만났습니다. 도연 씨가 도연 씨라는 걸 안 건 겨우 일주일 전이었고요."

"어머, 한 군이 엄청 놀랐겠네. 이 철없는 것들이 그런 일들을 꾸미고……. 어휴, 내가 다 민망하네."

곽 여사가 석재의 손을 덥석 잡았다. 도연은 웃지 않으려고 입술을 꽉 깨물었다.

"따님을 존중합니다. 장난을 치다니, 그건 있을 수도 없는 일입니다. 이런 일들이 윤 사장님께는 기분 나쁜 일이 될 수도 있을 겁니다. 둘째 딸과 선을 본 남자가 첫째 딸과 엮였으니, 대외적으로도 눈살 찌푸리는 일이 될 것이고요. 하지만 그건 제 본심과는 전혀 무관합니다. 전 처음부터 쭉 도연 씨를 원해왔습니다. 그걸 몰랐을 뿐이죠."

"사람들의 수군거림이 무에 대순가? 그것이사 설명만 잘하면 되는 거지. 운명적으로 사랑에 빠졌다는데 누가 뭐라 그러겠어? 두 사람, 너무 잘 어울리잖아. 사람들 입방아 같은 건 신경도 쓰지 말게."

곽 여사는 잡고 있던 석재의 손을 꽉 쥐고 흔들며 말했다. 한석재는 정말 여자들을 죄다 자기편으로 만드는 남자였다.

"도연이, 너! 너도 같은 생각인 거냐?"

곽 여사의 반응에도 아랑곳 않고 윤재규는 도연을 돌아보며 물었다. 스물일곱 해 동안, 항상 동생에게 좋은 걸 양보하고 자신의 영역이나 생각을 주장하지 못했던 딸. 늘 인내하기를 강요받으며 살아왔다는 걸 잘 아는 그는 도연이 사랑만큼은 제 뜻대로 했으면 했다. 그래서 남은 인생을 정말 사랑하는 사람과 함께할 수 있었으며, 혹여 이번 일로 후회할 일을 만들지 않았으면 하고 그는 바랐다.

"음……."

선뜻 도연은 대답하지 못했다. 어쩐지 여기서 말 한 번 잘못하면 배신자 낙인이 찍힐 것만 같다는 생각이 문득 들어서였다. 말도 안 돼. 아버진 석재 씰 싫어하는 게 아니잖아.

"한 군을 좋아하는 거냐고 물었다. 한 군의 진심을 믿는 거냐? 한 군의 사랑을 받고 너 또한 그만큼 돌려줄 수 있겠어?"

도연은 힘있는 아버지의 음성을 들으며 입술을 축였다. 석재의 시선이 그녀를 향해 있었다. 자신의 마음을 전달하려는 듯 그의 시선은 강렬했다. 아까 카페 비품실 입구에서 함께 나누었던 키스를 떠올릴 만큼. 도연은 벌떡벌떡 뛰기 시작하는 심장을 다스리며 두 주먹을 꼭 쥐었다. 그리고 두 눈을 똑바로 뜨고 아버지를 향해 말했다.

"네."

"아! 하느님!"

춘자 씨가 양손을 붙들고 작게 외쳤다. 할렐루야를 외치고 싶은 모습이었다. 평소에 기대도 하지 않았던, 성공에서 완전히 제쳐 놓았던 딸이 이런 대어를 낚아올 거라곤 상상도 못했을 테니 당연한 반응이었다. 허벅지 위에 놓여 있는 그녀의 주먹을 석재의 커다란 손이 감쌌다. 따뜻한 기운이 전해져 오자 도연은 없던 용기가 불끈불끈 샘솟는 기분을 느꼈다. 도연은 석재를 힐 끗 쳐다보곤 좀 더 자신있는 말투로 말했다.

"그러고 싶어요, 아빠. 아직 서로에 대해서 아는 것보다 알아 야 할 것들이 더 많겠지만, 저 이 사람 좋아요. 사랑…… 하는 것 같아요."

순간, 그녀의 손을 쥔 그의 손에 힘이 들어갔다.

"이 사람이면 믿을 수 있을 것 같아요. 또 저라는 사람을 가장 잘 이해해 줄 수 있는 사람 같고요. 아시잖아요, 아빠도. 제가 얼마나 특이한 앤지."

"한심할 정도로 특이하지."

곽 여사가 통박을 놓았다. 그러나 말투에는 애정이 듬뿍 담겨 있었다. 석재는 씩, 미소를 지었다. 곽 여사는 원래 나긋나긋하 고 여성적인 성격이 아니었다. 화통하면서도 정이 많은 스타일? 도연에게 정신 차려 시집이나 가라고 수도 없이 잔소리를 해댔 겠지만, 그건 모두 딸을 사랑해서였을 것이다. 이제야 석재는 안심이 되었다. 도연이 집에서 구박만 받고 있었던 게 아니라는 사실을 확인했기 때문이다.

"좋네. 그렇다면 내, 두 사람이서 사귀는 걸 허락함세. 하지만 일단 정식으로 약혼을 했으면 싶구만. 사람들 입에 오르내리기 시작하면 좋을 게 하나 없으니 말이네. 확실히 해두는 게 뒤탈 도 없고 좋을 성싶어."

"아, 아빠! 약혼은 너무……. 우린 만난 지 겨우 삼 주예요."

정확히 이 주 하고 이틀이다. 약혼하기엔 너무 빠른 거 아닌 가?

"네 말대로 만난 지 겨우 삼 주인 두 사람이 서로 사랑한다고 하지 않았니? 사랑하면 결혼해야지. 뭐가 문제여서 결혼을 미뤄? 한 군 나이도 있는데."

곽 여사는 이참에 결혼까지 밀어붙이려는 듯 목소리를 높였다. 이런……. 난감한 얼굴로 도연은 석재를 올려다보았다. 그는 아무래도 상관없다는 듯 눈썹을 치켜떴다. 그녀더러 알아서 하라는 투다. 도연은 얼굴을 붉적이며 가족들 눈치를 슬슬 살폈다.

"그 말도 일리는 있구만. 그래, 어쩔 거냐, 도연인?"

윤 사장이 물었다.

"약혼보다는 곧바로 결혼이 나아요. 그렇지, 도연아?"

곽 여사가 도연을 향해 얼굴을 들이밀며 물었다. 하하하……! 겁나네…….

"쇠뿔도 단김에 빼랬는데 뭘. 그냥 해버려, 언니."

곽 여사 옆에서 초연이 샐샐거렸다. 초연의 너울거리듯 아름답게 컬된 긴 머리카락 위로 '그래야 빨리 형부한테 손 내밀지'라고 써져 있는 말풍선이 동실동실 떠다녔다. 도연은 입술을 깨물었다. 어쩌지? 결혼보다 아직은 연애를 더 하고 싶은데…….

따르릉—

중요한 순간엔 어김없이 전화벨이 방해를 놓지. 탁자 위에 놓인 전화기를 보며 곽 여사는 얼굴을 찌푸렸다.

"이 시간에 누구지? 잠깐만요."

곽 여사는 석재를 향해 양해의 미소를 지으며 전화 수화기를 들었다. 휴! 도연은 안도의 한숨을 내쉬었다. 잠깐이지만 일단은 궁지에서 벗어난 기분이었다. 곽 여사의 전화통화가 끝날 때까지 적어도 몇 초는 시간이 있으니까.

"적당히 둘러대. 내가 나중에 알아서 할게."

그녀의 귀에 입술을 대고 그가 속삭였다. 그녀의 얼굴에 드리워진 근심을 읽었나 보다. 도연은 그의 마음 씀씀이가 고마워 빙그레 웃었다. 그는 그녀가 우유부단하게 이리 휘둘리고 저리 휘둘려도 꿋꿋이 지켜봐 주며 그녀의 지지대가 되어줄 그런 사람이었다.

'행운이야, 난. 이런 사람을 만나게 된 걸 하늘에 대고 감사해야 해.'

기분 좋은 얼굴로 도연은 슬쩍 보일 듯 말 듯 고개를 위아래로 끄덕였다. 알겠다는 뜻. 데이트를 일 년 정도 더 한 후 결혼하겠다고 말해야지.

"뭐라고?!"

친구에게 온 전화인 듯 소곤소곤 속삭이며 전화를 받던 곽 여사. 갑자기 버럭 고함을 질렀다. 도연을 비롯한 가족들, 석재까지 모두 놀라 곽 여사에게 주목했다. 당황해 얼굴이 벌게진 그녀는 가족들의 이목이 자신에게 집중된 걸 깨닫고 서둘러 전화들 끊었다.

"나중에 다시 연락하자. 그래."

툭. 곽 여사는 거친 손길로 전화 수화기를 내려놓았다. 휙, 의문의 시선을 석재에게 던진 그녀는 짐짓 비장한 얼굴로 벌떡 자리에서 일어났다.

"여보, 잠깐 나 좀 봐요."

"나?"

윤재규는 자신을 지목한 아내의 어투에 놀라 깜짝 놀랐다. 머릿속으로 휙휙, 아내 몰래 마련해 놓은 비자금과 은행 구좌가 지나갔다. 설마 그중 하나를 알아낸 건 아니겠지?

"방으로 가서 이야기해요."

"……"

윤 사장은 아무 말 없이 아내의 뒤를 따랐다.

"무슨 일일까?"

초연이 도연을 돌아보며 물었다. 도연은 어깨를 으쓱하며 고개를 저었다. 알 도리가 없었다. 시종일관 화기애애했던 곽 여사가 아닌가? 그런 곽 여사가 무슨 일로 저리 갑자기 변해 버렸는지 그녀로선 모를 일이었다. 그때였다. 방 안에서 내지르는 고함 소리가 방 밖까지 흘러나왔다.

"안 된다고요! 저 계집애 하는 말 못 들었어요? 사랑한다잖아요. 우리가 하는 말이 귀에 닿기나 하겠어요? 다른 대책을 강구해야 해요."

대책? 무슨 대책? 도연은 의아한 얼굴로 석재를 향해 고개를 돌렸다. 의아하기는 석재도 매한가지인 듯.

"언니, 내가 제대로 알아들은 거야?"

초연 역시 이게 어떻게 된 일인지 전혀 모르는 얼굴. 도대체 일이 어떻게 되어가는 거지? 도연은 입술을 깨물며 자리에서 벌떡 일어났다.

"내가 들어가서 알아볼게."

"언니……."

초연의 부름을 뒤로하고 도연은 부모님의 방으로 다가갔다.

"도연이 의사가 무슨 상관이에요, 지금?! 도연이 걘 지금 제대로 된 판단 못해요. 눈에 콩깍지가 씌었잖아요. 무조건 안 된다고 말해야 해요. 어떻게…… 어떻게…… 키운 앤데. 아무리 돈 많은 백만장자라도 태생이 그런 놈한테는 우리 도연이 못 줘요. 안 줘요. 당신도 그리 알고, 한석재 그놈 알아서 처리해요."

그 순간이었다. 발길이 저절로 멈칫, 도연은 그 자리에 우뚝 멈춰 서고 말았다. 곽 여사의 음성은 엄청났다. 방 밖으로 흘러나와 거실에 앉아 있는 석재와 초연에게까지 선명하게 들릴 정도로. 태생이라니……! 그의 태생이 그랬게? 도연은 휙, 고개를 돌려 석재를 돌아보았다. 그는 이미 소파에 앉은 채로 꼼짝도 하지 않고 있었다.

무표정이었다. 상대방에게 감정을 노출시키지 않는 포커페이스. 그러나 도연은 알았다, 그것이야말로 그만의 방어 전략이라는 살. 사신의 감정을 숨기기 위해 짓는 표정이라는 걸. 그것은 상처받았다는 뜻이었다. 상처받은 마음을 들키고 싶지 않아서, 무표정으로 자신을 감추는 것이었다. 가슴이 저릿저릿 아파왔다. 태생이 어떠하든 그게 무슨 상관인데? 도연은 그가 살인자의 아들이래도 상관없었다.

"왜 말을 못해요? 아직도 도연이한테 물어보고 결정할 생각인 거예요? 도연인 지금 우리가 무슨 말을 해도 안 들을 거라니까요! 당신, 혹시 회사 때문에 그래요? 한석재라는 놈, 그놈한테 회사 한번 맡겨보려고 그러는 거냐고요?"

"무슨 말도 안 되는 소리를 하나? 그런 억지가 어디 있어?"

"그럼 왜 그래요? 왜 그렇게 망설이는데요? 매춘부였대요. 어미가 몸 팔던 여자였대요!"

매춘부! 크게 놀라 도연은 입을 벌리고 굳어버렸다. 초연도 놀란 듯 눈알을 굴리며 표정 관리를 하는 중. 석재는 여전히 무표정이었다.

"그런 여자의 아들이 돈 좀 벌었다고 우리 딸을……. 말도 안 돼. 절대 안 돼요! 절대로! 절대로! 우리 집 망하는 일이 있어도 절대 안 돼요."

"내가 장담하건대, 한 군 괜찮은 사람이야. 도연이도 사랑한다잖아. 그깟 부모님 일이 뭐 그리 대수라고 반대를 하나?"

"미쳤어요, 당신? 제정신이에요? 술집 여자였다니까요?"

석재가 자리에서 일어섰다. 나중에 다시 들르겠다는 말을 정중히 남기고 그는 뒤로 돌아 출입문을 향해 걸었다. 도연은 꼼짝도 하지 못하고 그의 뒷모습을 바라보고 있었다. 안 돼. 지금 그를 보내면 그는 돌이킬 수 없는 상처를 받게 될 거야. 잡아야 돼! 그녀의 여성적인 직감이 속살거렸다.

"그 끼가 어디 가냐고요. 모르긴 몰라도 저놈, 여자관계 복잡할걸요? 우리 도연이가 순진해서 저놈한테 낚인 거라고요. 알아요? 다 필요없어요. 난 반대예요. 결혼해서 바람이라도 피우면 어쩔 건데. 그때 가서 이혼시킬 거예요? 지금 떼놓아야지 상처도 덜한 법이죠. 안 그래요?"

"하지만 도연인……."

"걘 아무것도 모른다니까요! 내 말 잘……."

"알아요!"

온 집 안이 쩌렁쩌렁 울리도록 도연은 고함을 질렀다. 그러자 안방 문이 벌컥 열리면서 윤 사장과 곽 여사가 모습을 드러냈다. 현관에서 신발을 신고 있던 석재가 행동을 멈추었다. 사랑은 타이밍. 이제야말로 그녀가 뭔가를 보여줄 때였다. 도연은 아연실색한 아버지와 흥분으로 얼굴이 빨개진 어머니 앞으로 다가갔다.

"저도 다 알아요. 다 알고 있었던 거예요."

"뭐라고? 너…… 미쳤구나? 어떻게 그걸 알고도 사랑한다는 말이 나와?"

곽 여사가 얼이 빠진 얼굴로 부들부들 떨었다. 마치 딸이 악마에게 영혼을 판 것처럼 경악하고 있었다.

"그걸 알고도 사랑해요. 사랑하니까 사랑해요. 저 사람이, 내가 윤도연이니까 나를 사랑하는 것처럼, 나도 저 사람이 그냥 한석재니까 사랑하는 거예요. 어머니가 무엇을 하던 분이었는지 난 상관없어요."

"정신 빠졌구나, 너."

곽 여사가 힘없이 중얼거렸다.

"빠져도 단단히 빠졌죠. 난 엄마, 아빠가 뭐라고 하시던 석재 씨 만날 거예요."

"너…… 왜 그래? 왜 반항해? 사춘기 때에도 하지 않던 반항을 왜 지금 해? 가수한답시고 회사 때려치운 것 빼고는 속 썩인 적 없던 애가. 어휴! 여보, 얘 좀 어떻게 해봐요. 얘, 이러다가 일 내겠어요."

곽 여사는 필사적이었다. 아마도 외할아버지의 외도에 마음고생을 심하게 했던 어린 시절 기억 때문에 저리도 필사적일 터다. 아들 못 낳아 첩까지 한집에 들여놓아야 했던 어머니를 곁에서 바라보며 곽 여사 역시 불행했었던 것이다. 그래서 평소에도 바람피우는 남자는 거시기를 절단해야 한다는 징그러운 소리 곧잘 했었던 그녀였다.

그런 어머니의 마음을 잘 알고 있기에 도연은 곽 여사의 퀭한 눈자위가 안쓰러웠다. 만난 지 며칠 되지도 않은 남자를 위해 몇십 년 키워준 부모님 가슴에 대못을 박는 자신이 싫었다. 하지만 어쩔 수 없었다. 그녀는 석재를 믿었다. 그가 어떤 집안의 어떤 부모 밑에서 자랐든, 그녀가 알고 있는 한석재는 가장 믿음직스럽고 따뜻하고 다정한 사람이었다.

"반항 아니에요, 엄마. 석재 씨를 사랑해요. 믿어요. 저 사람은 날 알아봐 준 유일한 사람이라고요. 내 가치를 알아봐 주었어요. 내가 소중하다는 걸 깨닫게 해줬다고요. 내가 최고래요. 전 재산을 투자해도 아깝지 않을 정도로 내 재능을 사랑한대요."

"이 멍청아…… 그런 말을 누가 못해? 그걸 믿는 바보가 어디 있어?"

"난 믿어요. 다 믿어요. 저 사람이 하는 말, 다 믿을 거예요."

"넌……!!"

"나도 믿는다."

윤 사장이 끼어들었다.

"여보!"

"네가 믿기 때문에 나도 믿는다. 네 결정을 믿을 거다."

오, 이런! 적어도 아빠는 내 편이야! 환호성을 치고 싶은 마음으로 도연이 활짝 웃었다.

"여보! 당신까지 왜 이래요? 앤 객관적인 생각을 못하잖아요. 당신이 나서서 말려야 할 판에 이게 무슨 짓이에요. 애들한테 휘말려서!"

"믿어줍시다, 우리. 도연이 저 혼자 제 앞길 판단할 능력 있는 아이잖아."

"당신은 지금 무슨 소릴 하는 거예요?!"

석재는 여전히 현관문 앞에 서 있었다. 이 소동 사이에서 나가야 할지 말아야 할지, 감이 안 서는 모양이었다. 도연은 찢어질 듯 환한 미소로 그에게 달려갔다.

"저, 저, 저……."

도연의 뒤를 따라가려는 곽 여사를 윤 사장이 가로막았다. 도연은 석재의 팔을 잡아당겨 집 안으로 다시 들어오도록 했다. 그는 난감한 듯 어찌할 바를 몰라 허둥댔다. 아! 어쨌든 아까의 포커페이스보다는 낫다! 훨씬, 휘어어어얼씬!

"저 이 사람이랑 일 년 정도의 기간을 두고 데이트할래요."

그의 손을 마주 잡고 그의 눈을 들여다보며 도연은 흡족한 얼굴로 자랑스레 말했다.

"저것이 저…… 너 분명히 내가 안 된다고 했다!"

윤 사장의 품에서 곽 여사가 몸부림치며 말했다.

"엄마가 반대해도 난 만날 거예요. 설마 딸을 방에 가두거나 머리를 박박 깎는 유치한 행동은 안 하시겠죠."

"너!"

"끝까지 반대하시면 뭐, 신문사에 투고를 해버리든지. 연합물산 윤재규 사장의 장녀, 윤도연이 대한민국 최고의 매력남, 한석재와 열애 중. 뭐, 이런 식으로다가."

곽 여사가 콧방귀를 끼었다. 한마디로 어처구니없다는 반응.

'설마 네가 그런 짓을?' 이라는 뜻이었다. 그러나 그녀는 진짜로 그렇게라도 할 각오가 되어 있었다. 그런 스캔들로 세상에 알려지는 것보다는 가수로 먼저 유명해지는 게 소망이지만, 어쩌랴. 어쩔 수 없는 상황에 처하게 된다면 그렇게라도 해야지. 별 수 있나?

도연은 흥미로운 눈으로 자신을 지켜보고 있는 석재를 향해 씩 도발적인 미소를 지었다. 그리고 손바닥을 휙 뒤집어 그의 눈앞에 내밀었다.

"손 줘 봐요. 오른손."

모멸감은 어느새 싹 없어진 후. 석재는 도연의 귀여운 반항이 깨물어주고 싶을 만큼 사랑스러웠다. 감히 말대꾸 한 번 제대로 못했던 부모 앞에서 용기를 내 그의 편을 들어주다니. 이만큼 그를 감동시킨 여자는 처음이다. 손을 달라고? 손이 아니라 그 어떤 것이라도 그는 내어줄 준비가 되어 있었다. 석재는 그녀가 시키는 대로 손을 내주었다.

"실례."

깜찍하게 속삭이더니 그의 손가락에 끼워진 아버지의 금반지를 그녀가 쏙 빼내었다. 집 안의 모든 사람들이 그녀의 행동을 숨죽여 지켜보는 중. 도대체 뭘 하려고 저러는 거지?

"이 반지, 어쩐지 소중해 보여요."

"어머니가 아버지께 프러포즈하시면서 끼워준 반지야."

머리 좋은 석재 씨. 그는 뭔가 눈치 챈 듯 두 눈을 반짝였다.

아! 이기 안 되겠는데. 깜짝 놀라게 해주려고 했거늘. 너무 머리
가 좋으신 남친 때문에 한 단계 더 업그레이드된 퍼포먼스가 필
요하겠어.

"아항! 그렇구나."

도연은 고개를 끄덕이며 반지를 들여다보았다. 빙그레 웃으
면서. 앞으로 그가 얼마나 놀라게 될지 생각하니 짜릿한 기분이
물밀듯이 밀려왔다.

"그런 깊은 사연이 있는 줄 몰랐네요. 그렇다면 그 전통을 내
가 이어야죠."

도연은 반지를 천천히, 이 순간을 음미하며 그의 손가락에 끼
워주었다. 저 미친 것이! 하는 곽 여사의 목소리가 뒤통수를 후
려쳤다. 하지만 휘둥글 과장된 눈짓을 해보일 뿐 도연은 전혀
개의치 않았다. 윤 사장을 자빠뜨리지 않는 한 곽 여사가 도연
을 테러할 가능성은 희박했다. 그리고 은근히 윤 사장, 근육질
이다.

"나랑 연애해 줄래요?"

반짝반짝. 도연의 두 눈이 미치도록 귀엽게 반짝였다. 손에
쥐고 싶을 정도로 사랑스러운 빛이었다. 석재는 앞으로 일생 동
안 이 귀여운 눈빛에서 헤어나지 못할 거라는 걸 예감했다. 그
녀가 뭘 부탁하든, 뭘 요구하든, 하물며 그를 배신하고 차갑게
돌아선다 해도 그는 도연을 버리지 못할 것이다. 그는 그녀를
미친 듯이 사랑했다.

석재는 떨리는 목소리로 대답했다.

"당신이 원한다면."

도연의 입술이 옆으로 길쭉하게 찢어졌다. 새하얀 이가 드러났다. 저 이를 뜨거운 혀로 핥을 수 있다면……

"난 당연히 원하죠."

"저것들이 지금 뭘 하는 거예요? 여보, 빨리 어떻게 해봐요. 그냥 두고만 볼 거예요?"

곽 여사의 고함이 도연의 대답을 삼켰다. 도연은 얼굴을 잠시 찡그리더니 다시 석재를 향해 방긋 웃었다.

"그럼 이것으로 일 년짜리 연애 계약이 성사된 거예요."

"연애 계약?"

"일 년이 지나면 자동으로 결혼으로 골인하는 거예요."

"아하!"

"그 반응은, 싫다는 말?"

"좋다는 말."

"좋아요. 그럼 우릴 지켜보는 엄마와 아빠, 그리고 초연이를 증인으로 해서 계약을 성사시키도록 하죠."

"좋지."

"뭐라고 하는 거야?!"

뒤에서 곽 여사가 소리쳤다. 도연은 석재의 손을 꼭 잡았다.

"그럼 이제 도장을 찍어야죠."

"도장?"

"가만히 있어봐요."

도연은 다시금 씩 미소를 지었다. 은밀하면서도 장난기 가득한 미소였다. 호기심이 뭉게뭉게 피어올랐다. 석재는 반쯤 시그시 감은 두 눈으로 도연을 내려다보며 그녀의 표정을 관찰했다. 도대체 이 귀엽고 사랑스러운 아가씨가 뭘 하려는 걸까?

궁금해하는 바로 그 순간이었다. 석재의 눈이 번쩍 뜨여졌다. 제일 먼저, 자신의 딸이 돌발 행동으로 여러 사람 놀래키는 모습을 턱이 빠져라 입을 벌리고 바라보는 곽 여사와 윤 사장이 눈에 들어왔다. 초연은 오호—! 하며 감탄사를 쏟아내더니 휘파람을 불며 자리를 떴다. 뒤늦게 정신을 차린 윤 사장도 너무나 놀라 할 말을 잃어버린 아내를 수습해 방으로 데리고 들어갔다. 탁, 비교적 작은 소리로 방문이 닫히는 것까지 확인한 석재는 비로소 두 눈을 편안히 감았다. 그리고 도연이 공략해 오는 입술을 서서히 벌려주었다. 유혹이 쉬워지도록.

"당신 어머님이 날 쉽게 예뻐해 주실 것 같지 않은데."

신음에 섞인 목소리로 그가 속삭였다. 그는 도연이 발돋움으로 겨우 자세를 지탱하고 있다는 걸 알아채고 그녀의 허리를 붙들어주는 중이었다. 좀 더 안정적인 자세에서 그에게 키스할 수 있게 된 도연은 킥킥 웃었다.

"대신 내가 더 많이 예뻐해 줄게요."

그녀의 콧잔등에 입술을 들이밀며 그는 말했다.

"이보다 더?"

"우리 엄마 생각이 싹 달아나게."

"절연이라도 하자고 하면 어쩌지?"

"우리 엄마의 최대 매력이 뭔 줄 아세요?"

"글쎄."

"뒤끝이 무르다는 거예요. 순간만 잘 모면하면 나중엔 쉬워요."

"우리 어머니와는 정반대로군."

"잘 만났죠 뭐. 사돈끼리 궁합이 잘 맞겠는데요?"

"심히 기대가 되는군."

"나도."

"키스 더 해주지 않을래?"

"키스쟁이."

장난스레 도연은 그의 옆구리를 쿡 찔렀다. 석재는 낄낄거리며 도연의 허리가 꺾일 정도로 거세게 그녀를 껴안았다. 그리고 그녀의 머리카락에 얼굴을 묻었다.

"키스는 나의 힘이지."

"키스 받으면 파워 업! 되는 거예요?"

"윤도연 것만 해당돼."

그가 고개를 들고 짐짓 진지하게 고백했다.

"좋아요, 좋다고요. 하루에 한 번, 키스를 주유해 줘야겠네."

"한 번으론 부족해. 당신도 알다시피 내가 워낙 일이 많다 보니까."

"그럼 두 번?"

새침을 떨며 거만하게 도연이 물었다.

"두 번으로도 부족하지."

"아! 좋아요, 그럼 세 번. 거기까지. 더 이상은 안 돼요."

"세 번이라…… 뭐, 좋아. 당분간은 그걸로 만족해야지. 그럼 오늘은 한 번 남은 건가?"

"계산이 빠르시군요, 백만장자 씨."

장하다는 듯, 도연이 석재의 볼을 톡톡 두드렸다.

"계산이야 내 전공이니까."

눈썹을 휙 끌어 올리며 석재가 중얼거렸다. 그의 눈엔 이미 열기가 가득했다. 사랑의 열기가.

"좋아요, 그럼……."

"그만. 이제부터 주유할 시간이야."

"아!"

석재가 섹시하기 이를 데 없는 입술을 내리누르자 도연은 앓는 소리를 냈다. 이미 달콤하게 부어오른 입술을 그의 입술이 부드럽게 머금었다. 맛 좋은 음료라도 되는 양 할짝거리는 그의 입술에 도연은 행복에 겨운 신음을 연신 내뱉었다.

•제15장 일 년 뒤의 그들•

일 년 후.

잠자는 시간을 제외하고는 하루 종일 따라다니며 그를 보필하는 균을 떼어놓는 일은 쉬운 일이 아니었다. 장거리 운전은 아무나 하는 게 아니라며 한사코 자신이 운전을 맡겠다고 나서니 종국에는 짜증이 날 정도였다. 도연은 그가 충성심 많은 부하라며 다음 달 명절 보너스를 더욱 두둑이 넣어줘야 한다고 했지만 석재는 알았다. 균이란 놈이 왜 자꾸 운전을 하겠다고 나섰는지. 도연과의 밀월 데이트를 방해하고 싶은 거였다.

물론 이번 여행은 데이트가 아니다. 시골 석재의 집으로 인사차 방문하는 거였다. 도연과 데이트를 즐긴 지 내일모레면 일 년. 애초 약속했던 대로 그들은 곧 결혼을 할 예정이었다. 그런데도 어머니는 시골집에서 한 발자국도 움직이려 들지 않으니, 이쪽에서 움직일 수밖에. 그게 아니어도 아랫사람이 찾아가는 게 도리이긴 하지만. 아무튼 석재는 균이 따라오는 불상사는 기어이 막아냈다. 대신 놈은 다음 달, 지금도 두둑한 보너스를 더욱 두둑이 받게 될 것이다. 순진하고 착하고 귀여운 도연이 덕분에.

"내 생각엔 어머님이 스스로를 가두는 것 같아."

"무슨 말이야?"

"어머님 스스로 죄책감을 가지시는 거지. 석재 씨 출세에 방해가 된다고 여기는 거 아닐까?"

"무슨 그런 말도 안 되는 소릴 해?"

"말이 왜 안 돼?"

"난 이미 출세 따윈 할 만큼 한 사람이야."

그는 인상을 잔뜩 찌푸리며 자동차 전면 유리 건너편 전방을 주시했다. 도연은 속으로 씩 웃었다. 그의 표정만 봐도 그가 무슨 생각을 하고 있는지 그녀는 다 알고 있었다. 일 년을 연애해보니 이젠 완전히 그를 파악했다고나 할까? 저 표정의 의미는 '알지만 인정하고 싶지 않아'였다. 알면서 왜 인정은 하려 하지 않는지, 원. 도연은 오늘따라 유난히 고집스럽게 보이는 석재의 옆얼굴을 살짝 훔쳐보았다. 누굴 닮았는지는 빤하다. 저 고집, 분명 어머님 닮은 거겠지.

그의 마음이 어떻다는 건, 아주 희미하게 알 것 같았다. 이해도 할 수 있을 것 같다. 자신 때문에 어머니가 스스로를 낮추고 숨기며 몇 십 년 동안이나 살아왔다는 사실을 도무지 받아들일 수 없을 것이다. 어머니를 사랑하고 존경하는 만큼 자신이 혐오스러울 것이다. 자신이 어머니를 숨게 만들었다는 죄책감 때문에 견디기 힘들 것이다. 그래서 유독 어머니 거처 이야기만 나오면, 신경질적인 반응을 보이게 되는 것이었다. 제발 그러지 말지, 왜 자꾸 숨으려고만 드는지 모르겠다, 짜증내는 것이다. 그리고 그 짜증을 풀어줄 수 있는 사람은 도연, 그녀밖에 없었다.

"그래. 자긴 진저리나도록 심하게 출세를 했지. 어찌나 출세를 했는지, 기자들이 마구 떠들어댔잖아. 한석재의 애인은 밤무대 가수다!"

"그 사건은 그만 잊어."

킥킥 그가 웃었다.

"난 밤무대 가수는 아니라고. 뭐, 별로 다를 것도 없는 신세지만. 그래도 이지성 라이브 콘서트에서 코러스도 하는 몸이라고. 차원이 좀 다르지 않아?"

"다르지. 많이 다르지."

"어떤 기자는 심지어 내가 애인이 아니래. 애인이 아니라 하룻밤 거시기, 뭐냐? 응? 그런 거였다고 했잖아. 나 원 참. 아무리 무명 가수라지만 너무한 거 아니야? 자기한테 내가 많이 부족하다고 여기는 거잖아. 자긴 출세했고 난 안 출세했고."

"됐어. 내가 대신 그 기자 아작 냈잖아."

석재의 어깨가 들썩였다. 참 웃기기도 하겠다. 얄미운 석재를 향해 콧잔등을 찡그리며 도연은 신세타령을 늘어놓았다.

"정말 출세한 남자랑 사귀기 힘들어. 웬만큼 비싼 음식점은 사람들 이목 때문에 못 다니잖아. 만날 낙지볶음에 삼겹살 집 다니는 것도 이젠 진력이 난다. 나도 칼 썰어보고 싶다고. 그윽한 조명 아래에서 낭만적인 음악 들으며 최고급 와인을 홀짝 마시는 그 기분을 느끼고 싶다고. 무슨 백만장자 애인이 그런 것도 못해주냐고."

"가. 내가 안 데리고 가는 거 아니잖아. 싫다는 사람이 누군데."

"내 취향이야 뭐, 원래 원조 코리안이긴 하지만."

"내일이라도 갈까?"

기분이 풀어진 듯 그가 만면에 웃음을 띠었다. 휴, 살짝 안도하며 도연은 또다시 재잘거리기 시작했다.

석재는 도연의 기분 좋은 수다를 들으며 씁쓸한 미소를 지었다. 그가 어머니 얘기만 나오면 민감하게 군다는 걸 도연은 잘 알았다. 그래서 조금만 그의 기분이 나빠지는 것 같으면 늘 이렇게 마음에도 없는 바가지를 해대곤 한다. 그걸 알면서도 그는 어머니 얘기가 나올 때마다 심기 불편함을 감추기 힘들었다.

어머니는 도연의 말대로 석재를 위해 은둔하고 있었다. 이 바닥이 얼마나 좁고 말이 많고 시끄러운 동네인지, 자신이 모습을 드러냈을 때 아들을 둘러싼 많은 소문들이 그 실체를 드러낼 것을 어머니는 알고 있었다. 아무리 그가 거대한 재력가라도, 그래서 그런 스캔들 따위에 쉽게 휘청거리지 않을 사람이라 해도, 견디기 힘들 것이라 여기는 것이다. 자신의 존재가 해가 됐으면 됐지, 결코 그의 앞길에 플러스가 되진 않을 거라 생각하는 것이었다.

어머니의 고집을 생각하면 정말이지 짜증스러웠다. 몇몇 입담꾼들만 단속하면 별 소문 없이 조용해질 것을. 그딴 소문들이 뭐가 그리 중요하다고. 그는 괜찮다는데도, 사람 이목보다 어머니가 더 중요하다고 말하는데도 어머니는 고집을 꺾지 않았다. 못된 짓이라는 걸 알면서도, 어머니 생각만 하면 피곤해지는 걸 석재도 어쩔 수가 없었다.

"어제 엄마가 그러더라."

"응?"

깊은 생각에 빠져 있던 그는 도연의 '엄마' 라는 말에 깜짝 놀랐다. 지난 일 년 중 십 개월을, 그들 사랑의 강력한 반대자로 커다란 영향력을 행사해 온 곽춘자 씨에 대해서라면 자다가도 벌떡 일어날 지경이었다. 정말 지난 일 년 동안 그는 곽 여사의 환심을 사기 위해서라면 무슨 짓이든 했었다. 심지어 지난 그녀의 생일에 고깔모자를 쓰고 노래를 부르는 촌극을 벌이기까지 했다. 뭐, 그 덕에 곽 여사의 마음이 확 돌아서긴 했다.

사실, 곽 여사의 마음이 돌아선 건 꽤 오래전이다. 집에서 그런 난리법석을 치르고 두어 달 후였을까? 하루가 멀다 하고 문지방이 닳도록 그녀의 집을 넘나들며 석재를 두어 달 지켜보니 겉보기와는 달리 은근히 진국이라는 생각이 든 것이다. 혈통도 천박한 데다가 가진 돈이 백만금인데, 그런 남자가 도연일 진심으로 좋아할 리 없다고 생각했던 곽 여사는 점점 자신의 생각이 틀렸었다는 걸 인정했다. 그러나 쉽사리 마음을 열 수는 없는 일. 곽 여사는 적당한 계기가 생기기만을 기다렸었다. 그런 찰나, 그가 알록달록 고깔모자를 쓰고 생일축하 노래를 부른 것이었다.

"어머님 만나 뵈러 간다고 하니까 날 불러놓고 당부하더라고."

석재는 본능적으로 긴장했다. 설마 교제를 허락한 지 겨우 두 달 만에 다시 허락을 철회하는 건 아니겠지?

"뭐라고?"

"음. 다 그런 거라고. 자식이 잘못될까 봐, 혹여나 자기가 자식 앞길에 방해가 될까 봐, 하지 않아도 될 걱정 사서 해가면서 그렇게 노심초사하는 게 부모 마음이라고."

"……"

"열 달 뱃속에 품었을 때는 예쁜 생각만 하고 정직한 마음만 가지고 바른 행동만 하고. 하다못해 과일을 먹어도 반듯하게 생긴 것만 먹고. 그렇게 내 피를 나눠 뱃속에서 키워온 아이, 살이 찢어지는 고통 속에서 낳아, 불면 꺼질세라 쥐면 터질세라 눈에 넣어도 아프지 않을 만큼 애지중지 어여삐 여기며 키워놓은 자식……. 도움 준 것도 하나 없이 혼자 알아서 척척 제 앞길 개척해 나가는 걸 보면 흐뭇하고 대견한데……. 그런데 그런 자식 앞길에 등불은 못돼줄망정 방해는 되지 않아야 하지 않겠니, 하시더라고. 그런 마음이 바로 부모의 마음 아니겠냐고. 당신 어머님도 그런 마음이실 거라고."

차분하게 그녀는 말을 이어나갔다.

"엄마도 요새 내가 하는 걸 보면서 그런 생각 자주 한대. 왜, 지난번 대전 공연 때는 대전까지 직접 찾아오시기도 했잖아. 온천 왔다는 핑계 대면서."

"그러셨지."

피식 그는 소리 내 웃었다. 말로 표현은 않지만 곽 여사의 도연 사랑은 의심할 여지가 없었다. 도연을 어찌나 자랑스러워하시는지. 이지성이 콘서트만 열면 VIP석으로다가 몽땅 사서 친구들에게 골고루 나눠 주곤 하는 분이다. 도연이 창피하다며 그러지 말라고 하지만, 전혀 개의치 않으시고 아주 한결같이 콘서트장을 쫓아다니신다. 확실히 그녀는 도연의 열성팬이었다. 석재마저도 감탄할 만큼.

"가끔은 창피해 죽을 것 같다니까. 무슨 학예회도 아니고, 다 큰 딸 일하는 데는 왜 따라다녀?"

"어릴 때부터 그랬다면서. 고등학교 축제 때, 대표로 노래한

적 있다던데 그때도 그랬었다며?"

"맞아. 그때도 몰래 왔다가 노래만 듣고 가셨다지. 그것도, 공연부에 뽑혀서 독창하게 되었다니까 콧방귀 끼시던 분이."

"네가 자랑스러웠던 거지. 표현은 안 하셨지만."

"끝끝내 가수 되는 걸 반대하셨잖아. 그래 놓고 무슨 열혈팬인 척?"

"그거야 가수가 쉽지 않은 길이니까 반대를 하신 거고. 가능성도 없는 일에 자식이 매달리는데 어느 부모가 안 말리겠어."

"어떻게 그렇게 잘 알아? 우리 엄마도 아니면서."

"부모 마음은 다 같다며."

도연은 삐쭉 입술을 내밀었다.

"부모 마음을 그렇게 잘 알면서 자긴 왜 그래?"

"내가 뭐?"

"짜증내잖아, 어머니한테."

"짜증은 무슨."

말은 그리했지만 내심 마음은 뜨끔. 석재는 힐끗 도연을 돌아보았다. 도대체 어떻게 아는지 귀신같단 말씀이야. 도연에게 신기가 있는 거 아닐까 의심스러울 지경. 실제로 그는 시골 어머니와 거처 문제로 입씨름을 하는 경우, 대부분은 짜증을 냈다. 처음엔 웃으면서 좋게 시작한 대화도 결국엔 짜증내고 화내고.

"휴!"

어머니를 설득하는 것도 이젠 지쳤다. 도연 앞에서 면목이 안

서니 더 그런지도 모른다. 이제 그만 자식 덕 보고 살아도 될 것을 웬 고집을 그리 피우시는지.

"한숨 쉬지 마."

달콤한 향기가 훅, 귓가를 스쳤다. 이쪽으로 몸을 기울인 도연의 체취였다. 쭈뼛. 석재의 온몸이 본능적으로 긴장했다.

"내가 있잖아."

그녀가 그의 귓바퀴에 부드러운 입술을 묻고 속삭였다. 석재는 한쪽 눈썹을 휙 위로 끌어 올리며 도연을 지그시 내려다보았다. 스르르, 자동차 속도가 현저하게 떨어졌다. 전방을 여전히 주시하며 그는 도연의 콧잔등에 쪽, 입술을 맞추었다. 그리고 장난스럽게 물었다.

"네가 어쩔 건데?"

도연이 두 눈을 반달 모양으로 휘며 빙긋 웃었다. 석재가 껌뻑 죽고 못 사는 윤도연표 웃음. 이 웃음 한 방이면 모든 게 다 패스다. 한마디로 석재의 아킬레스건이었다.

"내가 모셔올 거야."

도연은 석재의 지그시 뜬 눈을 올려다보며 아랫입술을 느리게 핥았다. 석재의 두 눈에서 파팟, 불꽃이 튀었다.

"무슨 수로?"

"내게 맡겨. 무슨 일이 있어도 어머님은 내가 모셔올 거니까. 대신 옆에서 짜증만 부리지 마. 괜히 염장 질러서 어머님 화 돋우면 말짱 도루묵 되니까. 알았지?"

하사하게 눈웃음을 짓는 그녀는 그의 기분을 안다는 듯 그의 어깨를 토닥토닥 두드리며 고개를 끄덕였다. 당장이라도 꽉 껴안고 저 앙증맞은 입술을 깨물어주고 싶은 충동에 휩싸였다. 석재는 서서히 자동차를 갓길 쪽으로 붙이며 나른한 미소를 지었다.

　"고속도로 위에서 키스해 봤던가, 우리?"

　"뭐어?"

　웬 딴소리냐는 듯, 도연이 눈살을 찌푸리며 소리쳤다.

　"재미있을 것 같지 않아?"

　"신성한 귀향길이야. 불순한 생각은 버려."

　"우리 키스도 신성해."

　"어머님 기다리신다고!"

　똥그랗게 두 눈을 뜨고 항의하는 도연. 그러나 그녀의 입가엔 즐거운 미소가 걸렸다.

　"딱 십 분이면 돼."

　"입술 부으면 어떡하라고."

　"원래 도톰한 편이라고 생각하실 거야."

　차는 어느새 갓길에 붙어 얌전히 정차되었다.

　"이거 위험한 짓이야!"

　"이대로 계속 운전하는 게 더 위험한 짓이야."

　"지나가는 차들이 보면 어쩔 건데?"

　"사랑스러운 커플이라고 생각하겠지."

안전벨트를 풀며 그가 씩 웃었다. 도연은 그의 볼에 생긴 섹시한 보조개를 보며 앞니로 아랫입술을 살짝 깨물었다. 그의 키스를 떠올리자니 흥분되지 않을 수가 없었다. 그와 키스할 때면 늘 그녀는 '볼트와 너트'의 아귀가 떠오른다. 딱 맞아떨어짐. 빈틈없는 어울림. 기분 좋은 섞임. 그의 혀가 입속에서 노닐 때면 그녀는 마치 구름 위를 걷고 있는 듯 황홀한 기분을 느낀다.

"도발하지 마. 지금도 잔뜩 흥분해 있으니까."

그가 경고했다. 그의 미소가 더욱 깊고 은밀해지자 도연은 눈을 감았다. 그의 상체가 그늘을 만들며 그녀에게로 다가왔다.

따르릉—

전화가 온 건 그때였다. 그의 것이었다. 절묘하기도 하지. 왜 하필 지금이람. 도연은 슬그머니 눈을 떴다. 전화 받고 싶은 생각이 없는지 석재는 여전히 그녀를 지그시 내려다보고 있었다.

"전화 안 받아?"

도연은 턱으로 그의 가슴 쪽을 가리키며 물었다.

"별로 받고 싶지 않은데."

"중요한 전화일 수도 있잖아."

"너만큼 중요한 일, 나한테 없어."

"쇼당 입당하셨나."

찌뿌듯한 얼굴로 중얼거리는 도연의 말에, 풋! 그가 웃었다.

"빨리 받아."

"아, 정말! 도대체 누구야?"

짜증 섞인 손짓으로 머리카락을 휙 훑어 위로 넘기며 석재는 의자에 몸을 기댔다. 그가 전화기를 꺼내는 모습을 지켜보며 도연은 살포시 희미하게 미소를 지었다.

지난 일 년, 거의 날마다 그와 만나 아기자기한 데이트를 즐겼다. 당일치기였지만 교외에도 나가 맑은 공기도 쐬었고, 놀이공원에서 목이 쇠도록 비명도 질러보았다. 그녀가 좋아하는 브라이언 크레인의 공연과 축구평가전 관람도 함께했고, 그녀가 공연 때문에 지방으로 내려갈 때 역시 늘 함께했다. 소소한 일상의 추억을 함께 나누는 사이 그에 대한 사랑은 더욱 깊어졌다. 이젠 한석재가 없는 자신은 생각도 하기 싫다고, 도연은 생각했다.

"어라? 웬일이지?"

석재가 전화기 액정을 살피며 혼잣말을 중얼거린다.

"왜? 누군데?"

"아니……."

"누군데 그래?"

난처한 표정을 짓는 석재를 도연은 예리한 눈으로 훑어보았다. 그는 자신의 일에 대해 거리낌없이 모두 도연에게 이야기하는 사람이었다. 저리 말 못하고 난감해하는 경우는 처음. 냄새가 나. 도연은 가늘게 뜬 눈으로 석재를 노려보다가 그의 손에서 전화기를 휙 낚아챘다.

"아, 저……."

윤초연! 초연의 이름이 액정 발신자 표시란에 정확히 떠 있었다. 오, 이런!

"뭐야? 초연이잖아. 얘가 왜 자기한테 연락을 해?"

"저기, 그러니까······."

"자기! 초연이 일 도와주고 있는 거야?!"

도연은 엊그제 초연이 떠벌리던 말을 떠올리며 버럭 고함을 질렀다. 석재에게 돈을 꿔달라고 부탁해 보겠다나 어쩐다나. 그 자리에서 도연은 행여 그런 소리 입 밖으론 꺼내지도 말라고 단단히 못을 박아놓았었다. 사업을 하려면 자기 돈으로, 자기가 감당할 수 있을 만큼의 규모로 벌여 조금씩 늘리는 거지, 나중에 잘못되면 어쩌려고 돈까지 꿔가면서 사업을 벌이냐고 간만에 언니다운 잔소리를 했더란다. 그런데 뭐시라?!

"그게 아니고, 김현식 씨 시집······."

"현식 씨?!"

헉! 현식의 일까지 도와달라고 한 건가?!

"내 이놈의 계집애를."

"잠깐. 도연아, 잠깐만."

석재의 저지에도 도연은 전화 폴더를 확 열어젖히고 전화를 받았다.

"야! 윤초연!!"

아이고, 두야! 석재는 제 이마를 주먹으로 쿵 찧으며 자책했다. 초연이 도연에게만은 절대 알리지 말아달라고 신신당부했었는데. 그래서 며칠 동안 아주 은밀히 일을 진행하고 있던 그였다. 그런데 이렇게 허무하게 들켜 버리다니. 한석재의 인생, 윤도연의 손바닥 안에 꽉 잡혔군! 석재는 어떻게 하면 이 일을 초연과 도연의 마음에 쏙 들게 마무리 지을 수 있을까 속히 머리를 굴렸다. 그는 처갓집에도 잘 보이고 싶고, 아내에게도 잘 보이고 싶은 평범한 남자였다.

"너, 내 남자 이용하지 말라고 그랬지!"

아이쿠야! 도연의 음성이 쩌렁쩌렁 차 안을 울렸다. 석재는 킥킥킥 터지는 웃음을 참기 위해 입술을 꽉 다물었다. 그러나 점점 커지는 웃음소리를 막아내기란 쉽지가 않았다.

"우리 석재 씨가 네 봉이야?"

행복하니까. 나를 사랑하는 내 여자의 단호함이 나를 행복하게 하니까.

•에필로그—They, Too•

SHE—

　내 이름은 윤도연.

　무대 위의 어린 왕자, 이지성의 코러스로 노래하게 된 지 삼년. 틈틈이 노래 수업도 받아와 지금은 싱글 앨범 출시를 앞두고 맹훈련 중이다. 내 기획사인 BNS 측에서는 내 이미지 콘셉트를 '한국에서 피아노 록이라는 새로운 장르를 개척한 실력파 여가수'로 잡았다고 한다. 일본에서 한창 유행하는 장르라고 하는데, 그건 잘 모르겠고. 일단 피아노를 신들린 듯 두드리며 시원하게 쫙 한 곡조 뽑아내는 건, 내 특기 맞다. 여기에 약간은 거친 록의 창법을 구사해 줘야 한다는데. 뭐, 연습 중이다.

아, RNS와의 계약은 작년에 이루어졌다. BNS가 주최하는 오디션에 당당히 합격한 결과물이었다. 이 년 동안 이지성 밑에서 무대 경험도 쌓고 노래 수업도 열심히 받던 내게 이지성이 BNS의 오디션에 나가보라고 권유한 것이 계기가 되었다. 해마다 BNS가 주최하여 열리는 오디션은 경쟁률이 꽤 셌지만 대형 스타들을 여럿 배출한 바 있어 그 권위가 상당했다. 하지만 나는 잠시 고민했다. 남편, 한석재와 BNS 측 관계자가 얼마나 가까운 사이인지 잘 알고 있는 마당에 쉽사리 내 이름으로 오디션에 참가하기 힘이 들었다. 나는 일단 내 이름이 아닌 Y라는 이름으로 데모를 만들어 대회 측에 보냈다. 물론 주변 사람들에겐 오디션에 참가한다는 사실을 비밀에 붙였다. 1차 데모테이프로 통과가 되는 이변(?)이 일어나자 나는 변장을 하고—진한 화장과 헤어스타일을 바꾼 후 뿔테 안경까지 쓰고—시험장에 나갔다.

　그런 쇼를 벌이고, 결국 나는 500:1의 높은 경쟁률을 뚫고 가수가 되었다.

　아까 잠깐 언급했던 내 남편, 한석재는 요즘도 바쁘다. 그동안 몸담고 있던 수많은 사업체에서 하나씩 발을 빼고 정리해 나아가는 일이 그가 하는 주요 업무다. 앞으로 그는 쉬면서 인생을 조금 더 느슨하게 만끽할 생각이란다. 물론 기존의 회사들이 그를 쉽게 놓아줄 리 만무하다. 실무 경영에는 거의 참여하지 않는, 이름뿐인 이사나 상무였지만 그의 동물적인 투자감각은 매번 회사가 커다란 갈림길에 서 있을 때 안내자 역할을 해왔었기 때문이다. 그는 어느 회사에서나 꼭 필요한 존재였다.

하하! 하지만 그는 이미 '쉼'의 미학을 깨달았다고 한다. 휴식홀릭이라나, 뭐라나. 나와 꼭 붙어 떨어지고 싶지 않다나, 뭐라나. believe it or not. 아무튼 이제 일하는 거 별로 재미없단다. 어차피 작년에 태어난 우리 아들, 도현에게 푹 빠져 일할 시간도 없었는데 잘됐다.

우리 아기, 도현! 내 이름의 첫 글자, '도'와 어머님의 이름 첫 글자, '현'을 따서 도현이다. 가끔 그가 '도현아!'라고 부르면 '왜?!' 하고 내가 대답하는 우스꽝스러운 상황이 연출되긴 하지만 상관없다. 그는 도연이도 도현이도, 모두모두 사랑하니까. 도현이보다 나를 더 많이 사랑한다고, 말은 그렇게 한다. 어디까지나 '말만'이다. 애정도로 봤을 때, 가끔 난 아들인 도현에게 밀린다는 위기감을 느끼곤 한다. 어찌나 아들을 애지중지하는지. 어떨 땐 남편이 애를 너무 과잉보호하는 것 같다는 생각마저 든다.

오늘도 할머니 댁에서 잘 놀고 있는 도현이를 데리고 와야 한다고 안달복달을 하면서 출근했다. 이번에 잡힌 공연 일정 때문에, 도현이를 어머님께 며칠 맡겨놓았더니만. 휴! 역시 일과 육아를 병행하는 건 어느 여자에게나 딜레마다. 아, 참! 어머님 얘기가 나와서 말인데, 우리 어머님은 정말 엄청난 고집쟁이셨다. 한때 어머님을 모시고 올 자신이 있다고 큰소리 뻥뻥 쳤던 나는, 어머님의 고집에 두손두발 다 들고 말았다.

어머님은 나와 남편이 결혼한 지 이 년이 지난 지금까지도 시골집에서 혼자 지내고 계신다. 일 년에 서너 달은 상경해 우리와 함께 지내곤 하시지만 그것도 도현이가 보고 싶어서 그런 것이다. 도현에 대한 어머니의 지극정성은 이루 말로 표현할 수가 없을 정도다. 혈육을 끔찍이 여기는 건 모자(母子)가 똑같다. 그래서 생각해 낸 게, 바로 도현일 무기로 어머님을 협박하는 것.

'아무래도 어머님, 도현일 애 보는 사람에게 맡겨야 할 것 같아요. 제가 일이 좀 많아질 것 같거든요. 그런데 걱정이에요. 출신 성분도 부정확하고 성격도 어쩔지 모르는 사람에게 도현이를 맡긴다는 게 께름칙하거든요. 엊그제 뉴스 보셨죠? 베이비시터가 잠자는 사이에 아기가 베란다에서 떨어졌다는 뉴스 말이에요.'

이런 식으로 왕창 부풀어 걱정시켜 드린 후, '어머님이 대신 봐주시면 안 될까요?' 하고 넌지시 꺼내보는 거다. 도현일 지극히 아끼고 사랑하시는 분이시니, 어쩌면 통할지도 몰랐다. 철옹성 같은 마음의 벽을 스스로 무너뜨리고 세상 밖으로 나오실지도 몰랐다. 그러면 좀 더 확실히 깨달으시겠지. 당신이 살아 계시는 것만으로도 자식에겐 행복이고 축복인 것을. 당신의 과거는 전혀 자식에게 해가 되지 않는다는 것을.

아—! 그리고 내 아들, 도현. 내 인생에서 빼놓을 수 없는 두 남자 중 하나. 이제 겨우 만 두 살인 도현은 벌써부터 돈을 밝혀서 걱정이 태산이다. 동전은 절대 안 받고 지폐도 배추색 아니면 안 받는다. 남편도 어릴 때 그랬다고 하니, 참으로 신통방통한 일이다. 어떻게 닮아도 그렇게 쏙 닮을 수가 있을까? 아무래도 할머니와 아빠의 대를 이어, 이놈도 나중에 큰돈 만지며 살 모양이다.

나의 근황은 대충 이렇다. 애 키우고, 틈틈이 노래 연습하고, 남편 외조도 충분히 받고.

행복하다, 난. 사랑하는 사람들이 내 옆에 건강하게 있고 나는 내 꿈을 향해 전진할 수 있으니 이런 행운은 아무나 가지는 게 아닐 것이다. 그러나 여러분들도 할 수 있다. 행복해질 수 있다. 사랑하시라. 사랑하면 모든 게 다 잘될 것이다. 행복한 사람이 될 것이다.

HE—

내 이름은 한석재.

불과 이 년 전, 나는 삼십대 젊은 나이에 백만장자 반열에 오른 명실 공히 대한민국 최고의 독신남이었다. 땅부자인 아버지와 부동산계의 대모인 어머니를 둔 덕에 어릴 때부터 갑부라는 타이틀을 달고 다니던 나는 늘 더 높은 지위를 향해, 더 많은 돈을 벌기 위해 미친 듯이 일했다. 이미 부자인 내가 왜 그렇게 아등바등 일했을까? 지금은 어리석게 느껴지지만, 사실 그땐 돈 버는 일이 내겐 존재하는 유일한 이유였다. 돈에 대해 트라우마가 심한 어머니 때문에, 태어나면서부터 줄곧 돈을 벌어야 한다는 강박관념에 시달렸던 것 같다.

그런 내게도 사랑은 찾아왔고, 난 내가 살고 있는 이윤추구의 치열한 세계 이외에 또 다른 세상이 있다는 걸 깨달았다. 더 이상 돈을 버는 일에 매달리지 않게 되었다. 어릴 때부터 줄곧 들어왔고, 커가면서 스스로 뼈저리게 느꼈던 '돈이 사람의 지위를 말해준다'는 만고의 진리를 그녀가, 내 아내 도연이 깨뜨린 것이다.

아내는 지금도 내가 일을 줄이고 좀 더 많은 휴식을 취하며 인생을 즐기길 바라고 있다. 다달이 수입이 줄고 있음을 어찌나 기꺼워하던지. 가끔 의심마저 든다. 그녀가 혹 천사의 후예가 아닐까? 하는 의심 말이다. 워낙 욕심이 없어서인지, 그녀는 가수로 데뷔하는 문제에 있어서도 내 개입을 원치 않았다. 돈만 있으면 가수 데뷔, 그까짓 것 문제도 아닌데. 나의 재력과 후광이면 그녀를 순식간에 톱가수로 만들 수 있다고, 윤수는 만날 때마다 입술이 부르트도록 말한다. 나 역시 내 능력이 닿는다면 충분히 도와줄 용의가 있다. 어찌 됐든 난 그녀의 마니아이니까. 그러나 아내는 나의 도움을 원하지 않는다. 천사이긴 한데, 고집 센 천사다.

사실, 이 고집 센 천사 때문에 난 참 많이도 체면을 구겼다. 명색이 백만장자인 내가 돈 문제로 까탈 부리는 건 솔직히 좀 쪼잔하게 보이는 게 사실이다. 특히나 아내의 가족들을 위해서 쓰는 돈이라면 더욱 그렇다. 난 그래서, 처제인 초연의 창업 문제도 그렇고, 그녀의 약혼자인 현식의 출판 문제도 그렇고 내가 할 수 있는 만큼은 도와주고 싶었다. 초연은 은행이율로 딱 삼 년간만 창업 자금을 융통해 주었으면 한다고 했지만 난 이자는 커녕 원금조차 받을 생각이 없었다. 현식의 시를 출판할 수 있도록 출판사를 알선해 달라고 부탁해 왔지만, 난 출판비 전체와 홍보비 전액을 부담할 용의가 충분히 있었다. 그러나 난 그 어떤 것도 내 마음대로 하지 못했다. 고집 센 천사 때문에.

결국 절정의 쪼잔함으로, 난 처제에게 은행 이자를 받으며 삼 년간 돈을 빌려주기로 하였다. 백만장자 타이틀이 무색하게도 말이다. 현식의 출판사 알선 얘긴 도연과 당사자인 현식의 강력 반발로 아예 없었던 일이 되어버렸다. 당시, 노발대발 난리를 치던 초연을 떠올리니 소름이 오싹할 정도다. 도연이나 현식이나 현실성없는 데이드리머라며 마구 날뛰었지만 결국 초연은 현식의 뜻을 꺾지 못했다. 내가 도연의 뜻을 꺾지 못한 것처럼.

얼마 전, 현식은 꽤 명망있는 신문사 공모전에 입선했다. 소원이었던 등단을 하고 나니 사라졌던 자신감도 되찾고, 초연과 자신을 도와주었던 많은 사람들에게도 면목이 선다고 그는 말했다. 중단했던 학업을 마치고 나면, 초연의 사업을 도와주며 시 쓰는 일에 매진하겠다는 포부도 함께 밝혔다. 조만간 초연이 부모님께 그를 소개한다고 하니, 둘의 결혼은 초읽기가 아닐까.

"거봐, 안 도와줘도 될 사람은 된다니까. 오히려 그때 도와줬으면 이렇게 잘되지 못했을지도 몰라."

고집 센 천사, 도연의 명언이시다. 현식을 도와주지 않았던 게 오히려 더 약이 된 거라며 한 말이다.

세상엔 정말로 돈으로 살 수 없는 것들이 무궁무진한 것 같다. 사람의 마음을 살 수 없는 것처럼 꿈도, 미래도 살 수는 없을 것이다. 그에 따른 행복과 충족감도.

요즘 내게 행복과 충족감을 주는 존재는 도현이다. 만 두 살인 녀석은 내 하나밖에 없는 아들이다. 어찌나 총명하고 귀여운지 하루 종일 보고만 있어도 배가 부르고, 눈에 넣어도 아프지 않을 것 같다. 부모 마음이 다 그런 건가. 내가 아이였을 때, 어머니께서도 날 보며 그리 느꼈을까? 이런 생각들로 나는 어머니께 더욱 겸손해진다. 존경하고 사랑하는 어머니……

아무튼 난 요즘 살맛난다. 비록 삼 년 전 아내와 연애 당시 아내에게 선물하려 했던 자동차로 인해 코가 꿰인 이후, 줄곧 봐주고 있는 유성그룹 일 때문에 눈코 뜰 새 없이 바쁘긴 하지만 지금은 사업이 런칭 단계에 있기 때문에 그런 것이고. 이 시기가 지나면 바쁜 건 좀 덜할 조짐이다. 일단 고려호텔은 전문 경영인인 정원재에게 맡겨놓았다. 조부가 세웠고, 부친과 자신이 평생을 몸담았던 호텔이니 애착을 갖고 운영해 나아갈 것이다. 쇼핑몰은 균에게 넘겼다. 내가 부풀려 놓은 자산으로 균은 충분히 쇼핑몰을 살 수 있었고, 내 밑에서 배운 일솜씨로 회사 운영 또한 잘해낼 것으로 나는 믿고 있다. 뭐, 물론 초반엔 내 도움이 많이 필요하겠지만 말이다.

당분간 난, 이렇게 남의 사업에 조언을 해주는 일에 매진할 예정이다. 대략 일이 년 후라면, 잡다한 일에서 완전히 손을 뗄 수 있을 것이다. 그럼 삼 년쯤 푹 쉬어볼까 생각 중이다. 아내의 로드매니저로 나서볼까도 고려 중. 그러면 정말 내가 무엇을 하고 싶은지, 내가 평생 추구할 만한 꿈이 무엇인지 떠오를 수도 있을 것이다.

하핫! 비웃지 마라. 이러는 내가 난 너무 좋다. 행복하다. 꿈을 먹고 사는 소녀를 아내로 둔 덕에 나 또한 꿈 많은 남자가 되어버린 것 같다. 그 기분, 그 행복, 느껴보지 않은 사람은 모른다. 얼마나 행복한지. 이런 행복을 선사해 준 아내에게 감사한다. 사랑한다고, 이보다 더 사랑할 수는 없을 거라고, 도연에게 말하고 싶다.

당신과 커플이 된 건 내 인생의 가장 큰 축복이야.

이 넓은 세상 위에, 그 길고 긴 시간 속에, 그 수많은 사람들 속에 오직 그대만을 사랑해.

•작가후기•

 겨울에 썼던 글이 여름에야 여러분 앞에 선을 보이게 되었네요. 원고를 마지막으로 검토하는데 깜짝 놀랐습니다. 연일 계속되는 불볕 더위에, 목도리를 두르고 있는 여자 주인공이 나오는 소설이라니. 아마도 읽으시면서 땀을 훔치시지 않았을까, 걱정해 봅니다.

 이 소설의 여자 주인공 도연의 꿈은 '가수'입니다. 노래하는 게 너무 좋아 마음껏 노래할 수 있는 가수가 되고 싶은 것이죠. 주위 사람들은 도연을 두고 무지개를 좇는 현실도피형 인간이라 말합니다. 하지만 인생에 있어서 돈은 별로라는 모토의 도연은 별로 개의치 않아합니다. 도연이 넉넉한 형편에서 힘든 것 모르고 자랐으니 그런 배부른 소리도 할 수 있는 거라고 생각하시는 분들도 간혹 있으리라 봅니다. 그러나 '꿈'이 그저 마음속에 넣고만 있어도, 그것만으로도 충분히 가치있는 것임을 부정하시는 분은 없으리라 생각합니다. 마음 같아선 작가로서 여자 주인공인 '도연'에게 뻑적지근한 인기를 안겨주고 싶었으나 꿈을 이룬 모습만으로도 도연이 행복할 거라 여겨 심심하게, 가수 데뷔만 시켜주었습니다. 하지만 무명으로 사라진다 해도 도연이 행복해할 거라는 거, 잘 아시죠?

 마지막 장면에서 도연의 어머니가 주인공들의 결합에 반대했는데요. 그 부분에 대해 필요없이 사건을 만든 게 아니냐는 지인의 지적이 있었습니다. 그러나 제 작가적 본능에 의해 세팅된 장면이었기 때문에 저는 만족하고요. 특별히 이야기를 꼬기 위함이 아니었음을 알려 드립니다.

후기를 쓸 때마다 느끼는 거지만, 책 한 권에 많은 걸 보여 드리고 싶고 주인공들을 행복한 커플로 이끌고 싶은 마음은 큰데 그게 쉽게 마음대로 되지 않는 것 같습니다. 최선을 다해 내놓은 결과물에 부족함이 보이는 것만큼 큰 좌절은 없죠. 그래서 전 또 자판을 두드립니다. 그 부족함을 완전히 메울 날이 언젠가는 올 거라고 여기면서요. 저 나름의 소박한 '꿈'이랍니다.

부모님께 감사드립니다. 건강하시고, 너무 걱정 마세요. 네이, 희진, 이한, 그냥, 고마워. 승주 언니 고마워요. 늘 힘이 많이 됩니다. 로맨스트리(http://romancetree.com)회원 여러분들께도 무한한 감사를 올립니다. 안규탁, 하이! 봤지? ^^

부족한 원고를 다듬도록 도와주신 청어람 편집부 여러분께도 심심한 감사를 드립니다. 더운데 고생 많으세요. 건강이 최우선이라는 거 아시죠? 힘내세요. 마지막으로 여기까지 읽어주신 독자 여러분, 사랑합니다. 더 좋은 글로 찾아뵐게요. 감사합니다.

—홍윤정.

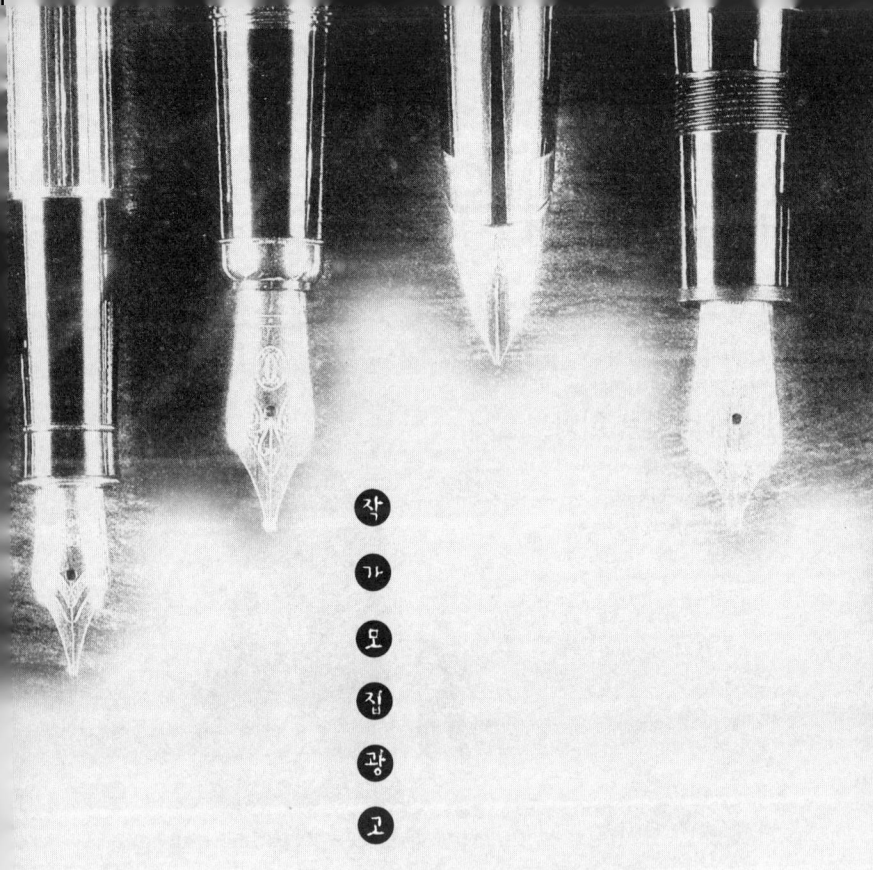

작
가
모
집
광
고